C. M. SPOERRI

ANGEL

DEIN WEG ZU MIR

Romance

www.sternensand-verlag.ch I info@sternensand-verlag.ch

1. Auflage, April 2021
© Sternensand Verlag GmbH, Zürich 2021
Umschlaggestaltung: Alexander Kopainski
Lektorat / Korrektorat: Sternensand Verlag GmbH I Natalie Röllig
Korrektorat zwei: Sternensand Verlag GmbH I Jennifer Papendick
Sensitivity Reading: Lektorat Laaksonen I Stefan Wilhelms
Satz: Sternensand Verlag GmbH
Druck und Bindung: Smilkov Print Ltd.

ISBN-13: 978-3-03896-187-1
ISBN-10: 3-03896-187-1

Für Pierre

und alle, die ›on fleek‹ sind:

Bleibt euch treu.

Ihr könnt Außergewöhnliches bewirken,

denn euer Strahlen bringt die Welt zum Leuchten.

Inhaltsverzeichnis

Herzlich willkommen auf der Reise Ihres Lebens,
Angel de Flores!
Wir wünschen Ihnen einen wunderbaren
Aufenthalt und unvergessliche Erinnerungen!
Ihr Kapitän und die Crew

Reiseverlauf

Tag	Hafen	Land/Insel	Ankunft	Abfahrt
Freitag	Heraklion	Kreta		11:00 pm
Samstag	Santorin	Griechenland	8:00 am	07:00 pm
Sonntag	Athen/Piraeus	Griechenland	8:00 am	06:00 pm
Montag	Seetag			
Dienstag	Korfu	Griechenland	8:00 am	06:00 pm
Mittwoch	Kotor	Montenegro	8:00 am	03:00 pm
Donnerstag	Split	Kroatien	8:00 am	11:30 pm
Freitag	Seetag			
Samstag	Venedig	Italien	6:00 am	
Sonntag	Venedig	Italien		

Ihre Kreuzfahrt im Überblick:

1
Einundzwanzig, zweiundzwanzig

Angel

Das Erwachen aus einem Albtraum war jedes Mal das Schlimmste. Nicht nur wegen der Bilder, die in mir nachhallten – es zeigte mir gleichzeitig auf, wie verloren ich war. Wie hilflos. Den verfickten Erinnerungen ausgeliefert, die ich nicht mehr verändern konnte.

Und dennoch waren die Gefühle genau gleich wie an jenem Tag, der sich in mein Leben gebohrt hatte wie ein Granatsplitter in schutzloses Fleisch.

Ich schaltete das Licht an und brauchte einen Moment, um zu begreifen, dass ich mich nicht zu Hause in meinem New Yorker Apartment, sondern auf einem Kreuzfahrtschiff im Mittelmeer befand. Der Jetlag machte mir zu schaffen, aber das war nicht der Grund, warum ich kaum geschlafen hatte.

Schwer atmend lag ich auf dem Bett in meiner Kabine und verfluchte wieder einmal Gott und die Welt.

Nun ja, vor allem die Welt, denn einen Gott gab es definitiv nicht, das hatte ich im Krieg oft genug erlebt. Gäbe es einen Gott, wäre ich jetzt tot und hätte nicht so viel Leid über Menschen gebracht, die ich noch nicht einmal kannte.

›Todesengel‹ hatten sie mich in meiner Einheit genannt … ja, das war ich auch. Ich hatte so oft getötet. Unzählige Male. Männer, Frauen, Kinder … Ihre Blicke, ehe ich ihnen mit ihrem Leben das Letzte nahm, was sie noch besaßen, verfolgten mich fast genauso in meinen Albträumen wie jener verhängnisvolle Tag vor einem dreiviertel Jahr, der meinem Leben als Navy SEAL ein abruptes Ende setzte.

Aber im Krieg hieß es: entweder sie oder du … da machte es keinen Unterschied, wer mit einer Waffe in der Hand auf einen zulief. Es gab nur Schwarz und Weiß – Verbündete und Gegner. Freunde, denen man Deckung gab, Feinde, die niedergeschossen werden mussten. Selbst wenn der Feind vor einigen Stunden noch mit einem Teddy im Arm geschlafen hatte.

Genau diese gottlose Welt hasste und verfluchte ich.

Ein Teil von mir war viel zu lange ein Stück davon gewesen und daran elendiglich krepiert. Verreckt wie ein Regenwurm in der Sonne. Der andere Teil hatte den Krieg mit nach Hause gebracht. Mit einem Regiment an Dämonen, die mich nicht mehr losließen.

Ich bemühte mich täglich, zu vergessen, zu verarbeiten und irgendwie zu begreifen, wie tief ein Mensch sinken konnte. Was man alles tat, nur weil es irgendwo auf einem Papier stand und jemand den Befehl gab, die Worte zu befolgen.

»¡Mierda!«, fluchte ich in meiner Muttersprache Spanisch, ballte die Hand zur Faust und schlug damit auf die Bettdecke, die ein hässliches Blumenmuster aufwies. »Scheiße!«

Doch die Stimmen verbannte ich damit nicht aus meinem Kopf. Den Nachhall des Albtraums.

›Angel! Renn!‹

»¡Vete!«, zischte ich den Dämon zwischen zusammengepressten Zähnen an, der mich gerade mit den Worten meines toten Kameraden heimsuchte. »Verschwinde, lass mich in Ruhe.«

Ich kniff die Augen so fest zusammen, dass es fast schon wehtat. Aber der Dämon war lauter als ich.

›Bring dich in Sicherheit, verdammt!‹

»No«, flüsterte ich in die Stille meiner Schiffskabine.

Damals hatte ich das Wort geschrien. Jetzt … ich hatte kaum noch Kraft, es zu hauchen.

Der Film lief weiter vor meinem inneren Auge ab. Ich sah meinen besten Freund, wie er auf dem verstaubten Boden lag, hilflos dem Scharfschützen ausgeliefert, der irgendwo zwischen den Ruinen eines zerbombten Hauses hockte. Rick war angeschossen worden, konnte sich nicht aus eigenen Kräften aus der Gefahrenzone bringen.

Ich beobachtete mich selbst, wie ich zu ihm rannte, versuchte, ihm auf die Beine zu helfen.

Und dann …

Mein Körper zuckte zusammen, als würde ich erneut von der Kugel getroffen. Ich stöhnte, presste mir die Faust auf den Mund und riss die Augen auf.

Wie von selbst tastete meine andere Hand nach meinem rechten Knie, das damals zertrümmert worden war.

Por todos los demonios …

Ich verfluchte den Typen, den ich nie gesehen hatte. Aber in meinen Albträumen besaß er *immer* ein Gesicht. Manchmal war es ein Mann, manchmal eine Frau, ab und an sogar ein Kind. Und immer hatte der Schütze dieses diabolische Lächeln auf den Lippen, ehe er Rick in meinen Armen erschoss – und dann die Waffe nochmals auf *mich* richtete.

Der Knall ertönte zum tausendsten Mal in meinem Kopf, bevor die Welt ebenso wie der Schmerz in meiner Schulter explodierte, als ich von einer weiteren Kugel getroffen wurde.

Bis heute war ich mir sicher, dass der Scharfschütze mich extra nicht tödlich verwundet hatte. Das verfluchte Schwein wollte, dass ich diese Scheiße überlebte. Und hetzte mir in dem Moment, in dem er mir die zweite Kugel verpasste, die Dämonen auf den Hals, die mir ab sofort dieses klägliche Leben zur Hölle machten.

Joder ... Fuck ...

Wieder kniff ich die Augen zusammen und atmete tief durch, wie es mich der Psychiater gelehrt hatte, den ich nach meiner Entlassung aus dem Dienst ein halbes Jahr lang wöchentlich zu Gesicht bekam. Der meinen Dämonen den Namen PTSD (Posttraumatische Belastungsstörung) verpasste. Das endgültige Aus für meine Einsätze bei der Navy, denn mit dieser Diagnose war es so gut wie unmöglich, die Security Clearance zu behalten – die Sicherheitseinstufung, die notwendig war, um an die hochgeheimen Informationen für die Missionen zu gelangen. Instabile SEALs wurden aussortiert. So einfach war das. Aber ich hatte nach Ricks Tod ohnehin genug von all dem Mist, und mit meinem kaputten Knie hätte ich sowieso keine Einsätze mehr geschafft.

Mein Psychiater Dr. Turner war jung, frisch von der Uni und hatte weiche unschuldige Hände, die ich kaum zu schütteln wagte, wenn ich in sein Sitzungszimmer trat. Seine Finger versanken förmlich in meinen Pranken und ich hatte immer das Gefühl, einen Teil von dem Blut, welches ich berührt hatte, an ihn abzugeben. Obwohl da schon lange kein Blut mehr klebte. Das war abgewaschen, meine Hände sauber. Was man von meiner Seele nicht behaupten konnte, denn in solch tiefe Abgründe vermochte nicht einmal Wasser zu sinken.

Dr. Turners Mondgesicht und der rundliche Bauch standen in krassem Gegensatz zu meinem durchtrainierten Körper, den ich auch nach meiner Entlassung aus der Army täglich mit Yoga und Fitnesstraining in Form hielt.

Ich hatte den Kerl abstoßend gefunden, als ich ihm das erste Mal gegenüberstand. Ein Bürohengst, der keine Ahnung vom richtigen Leben da draußen besaß und dessen größte Herausforderung des Tages wahrscheinlich darin bestand, ein Bier am Abend vor dem Fernseher zu öffnen.

Unsere erste Sitzung war eine Katastrophe gewesen und ich hatte mir geschworen, nie wieder zu diesem Psychodoktor zu gehen.

Diesen Vorsatz hielt ich eine ganze Woche lang durch und als ich das nächste Mal vor seiner Tür stand, öffnete er mir ohne Vorwürfe oder unnötige Vorträge und bat mich herein. Da wusste ich, dass ich ihm eine Chance geben sollte.

Und diese Chance hatte sich gelohnt, denn er hatte es nach unzähligen Therapiesitzungen geschafft, dass ich zumindest tagsüber kaum mehr Flashbacks bekam und auch nicht mehr bei jedem lauten Knall zusammenzuckte (trotzdem hasste ich Feuerwerke wie die Pest). Aber gegen die Albträume in der Nacht war selbst er machtlos.

Sie kehrten immer wieder.

Jede. Verdammte. Nacht.

Inzwischen ging ich nur noch sporadisch zu den Sitzungen mit ihm. Bei einer der letzten hatten wir diese Reise besprochen, auf der ich mich nun befand. Die mir helfen sollte, wenigstens mit einem Teil meiner Vergangenheit abzuschließen und damit vielleicht die Albträume zu vertreiben.

Ich bezweifelte, dass das jemals möglich war, aber eine andere Lösung hatte ich nicht parat, daher buchte ich die Kreuzfahrt. Schaden konnte es ja nicht.

»Im Hier und Jetzt bleiben«, murmelte ich mein Mantra und öffnete die Augen einen Spalt, um mich zu fokussieren.

Die geschmacklos eingerichtete Schiffskabine, die ich seit gestern Abend bewohnte, half mir nicht sonderlich dabei, schöne Bilder heraufzubeschwören. Aber wenigstens vermochte ich meine Gedanken zu sortieren, während ich auf den schwarzen Flatscreen gegenüber dem Bett starrte. Direkt daneben befand sich eine Duschkabine, das Bad mit dem Klo lag zu meiner Rechten in einem separaten Raum neben der Kabinentür.

Einundzwanzig. Zweiundzwanzig.

Einatmen.

Einundzwanzig. Zweiundzwanzig.

Ausatmen.

Langsam verblassten die Bilder, und die Stimme des Dämons wurde leiser, ließ mich endlich los und in die Gegenwart zurückkehren.

Ein Blick auf mein Handy verriet mir, dass es noch sehr früh war, um aufzustehen. Dennoch wusste ich, dass ich keine Chance mehr haben würde, wieder einzuschlafen, ohne dass die Erinnerungen mich weiter verfolgten. Wenn sie so real waren und ich sogar Ricks Stimme hörte, blieb ich besser wach und wartete, bis mich meine verfluchte Vergangenheit vollständig aus ihren Klauen entließ.

Manchmal half ein Schluck Alkohol – oder mehrere. Von Drogen hatte ich bisher die Finger gelassen, aber was noch nicht war, konnte ja noch werden. Ganz verwerfen wollte ich diese Option nicht, sollte diese Reise keinerlei Verbesserung mit sich bringen.

Mit einem Seufzen schwang ich die Beine aus dem Bett und ging ins angrenzende Bad. Der Raum war klein und zweckmäßig eingerichtet, aber das war genau das, was ich wollte.

Obwohl Geld keine Rolle spielte, hatte ich eine der günstigsten Kabinen gebucht, da ich keine Luxuskreuzfahrt brauchte. Mein Ziel war nicht, den Urlaub meines Lebens zu verbringen, wie es mir vom Bildschirm des Fernsehers entgegengeleuchtet hatte, als ich gestern die Kabine betrat. Ich wollte *überhaupt* leben. Das konnte man auch in einer Zehn-Quadratmeter-Innenkabine mit verfickter Blümchenmusterdecke.

Ich spritzte mir etwas kaltes Wasser ins Gesicht, stützte die Hände auf dem Waschbecken ab und ließ den Kopf zwischen den Schultern hängen, während ich versuchte, meinen Puls zu beruhigen.

Dann hob ich langsam den Blick und betrachtete das Bild, das mir der Spiegel zeigte.

»Maldito«, murmelte ich. »Verdammt.«

Spiegel waren beschissen, denn sie waren tausendmal ehrlicher, als es ein Mensch je sein könnte. Sie beschönigten nichts, verhüllten keine Makel, keine Ecken oder Kanten.

Ich hasste sie dafür. Hasste das Bild, das sie mir präsentierten.

Dennoch konnte ich nicht anders, als hinzustarren.

Die dunklen Augen, die gehetzt wirkten, die zusammengepressten Lippen, welche von einem kurz getrimmten Bart umrahmt wurden. Das schwarze Haar, zerzaust vom Schlaf.

Ich versuchte, den zweiunddreißigjährigen Mann vor mir mit den Augen eines Kindes zu sehen, das seine Schusswaffe auf ihn richtete, wie es mir Dutzende Male passiert war.

Würde ich abdrücken? Den Kerl da vor mir töten, um mein eigenes Leben zu retten?

Ja. Ohne zu zögern.

Denn der Mann, der mir entgegensah, war ein Wrack – ein Schatten seiner selbst. Die Welt wäre absolut besser dran ohne ihn.

Wieso verdammt noch mal lebte ich dann noch? Wieso hatte es in all den beschissenen Jahren keine einzige Kugel geschafft, mich dort zu treffen, wo sich der Off-Knopf befand?

Ich starrte auf meine nackte Brust, auf der ich an einer silbernen Kette meine Erkennungsmarke trug, die auch Hundemarke genannt wurde. Das kleine Stück Stahl, auf dem mein Name, Sozialversicherungsnummer, Blutgruppe und Religion vermerkt waren, war alles, was mir von meinem Dasein als Soldat noch blieb. Das und die Narben an und in meinem Körper, die von all den Feinden zeugten, die ich überlebt hatte.

Stirnrunzelnd betrachtete ich das Einschussloch der Kugel, die nur knapp meine Lunge verfehlt hatte. Die Ärzte hatten von ›Glück‹ gesprochen. Ich empfand es als Demütigung und die Narbe als Hohn des Schützen.

Sein Lachen konnte ich förmlich hören und presste mir die Hände auf die Ohren.

»Vete«, murmelte ich. »Hau ab.«

Doch seine Stimme blieb, er lachte über mich und mein armseliges Leben, das er mir gelassen hatte.

Kein Wunder, dass ich wieder single war, obwohl ich glaubte, endlich den Mann gefunden zu haben, mit dem ich alt werden wollte. Aber John hatte leider recht gehabt mit den Worten, die er mir an den Kopf schmiss, ehe er mich vor ein paar Monaten verließ: Ich war verachtenswert und kaputt – zu sehr in meinen Problemen und dem Selbsthass gefangen, als dass irgendjemand mich daraus befreien, geschweige denn mich lieben könnte.

Wie wollte mir jemand helfen, wenn ich selbst es nicht konnte? Wenn nicht einmal der Psychiater weiterwusste und mich vor lauter Ratlosigkeit auf eine verdammte Kreuzfahrt schickte?

Ich atmete tief durch, ging zum Klo und entleerte meine Blase. Dann griff ich zum elektrischen Rasierer, entfernte die dunklen Stoppeln von den Wangen.

Anschließend kehrte ich zurück in die Kabine und machte ein paar Yogaübungen, die mir halfen, den Kopf durchzulüften. Jeder SEAL praktizierte das, da es nicht nur den Körper fit hielt, sondern auch die Konzentration und das Stressmanagement förderte. Denn neben der körperlichen Fitness war vor allem mentales Training wichtig. Damit man für die Einsätze gewappnet war, in denen das eigene Leben und das seiner Kameraden oft am seidenen Faden hing und man binnen eines Lidschlags schwerwiegende Entscheidungen treffen musste.

Auch wenn ich nicht mehr in der Navy war, begann ich jeden Morgen mit Yoga, nur schon, um irgendeine Routine in meinen Alltag zu bekommen. Gemäß Dr. Turner war das sehr wichtig beim Kampf gegen PTSD.

Danach stellte ich mich unter die Dusche, die viel zu klein für mich war. Keine Ahnung, mit was für Gästen die hier rechneten, aber offensichtlich nicht mit muskulösen Puerto-Ricanern, die sich während des Duschens auch noch drehen wollten. Meine Schultern stießen bei jeder Bewegung gegen die Glaswände.

So gut es ging, wusch ich mir den Schweiß vom Körper, trocknete mich notdürftig ab und griff zu Deo und Aftershave, ehe ich Boxershorts, Jeans sowie irgendein Shirt und Turnschuhe anzog, um nach draußen an die frische Luft zu gehen. Das Handy steckte ich in die Hosentasche.

Meine Kabine lag in einem der unteren Decks und ich musste erst einen langen Gang hinter mich bringen, bis ich endlich ins Freie treten konnte.

Wenigstens etwas Gutes hatte diese Reise, das wurde mir bewusst, als ich das Meer vor mir sah und die salzige Luft einsog. Vielleicht hätte ich mir doch besser eine Meerblick-Kabine gönnen sollen, denn die Weite, die sich vor mir auftat, ließ mich durchatmen. Der Wind wühlte in meinen Haaren, strich über meine braun gebrannten Unterarme.

Endlich kehrte so etwas wie Ruhe in meine Gedanken, während ich über das dunkelblaue Wasser zum Horizont blickte, wo soeben die Sonne dabei war, den neuen Tag zu begrüßen. Es war noch kühl, aber würde ein warmer Tag werden. So zumindest die Wettervorhersage meines Handys für diesen Samstag.

Wieso konnte nicht jeder Morgen mit Ruhe beginnen? Wieso mussten mich immer wieder diese verwünschten Erinnerungen quälen, die mir den Tag schon verdarben, ehe er überhaupt gestartet hatte?

Ich schlang beide Hände um das schmale Geländer der Reling und drückte das Kreuz durch, um erneut tief einzuatmen – da wurde ich mit einem Mal so hart von hinten in den Rücken gestoßen, dass mir kurz die Luft wegblieb.

Mein Körper reagierte mit jahrelang antrainierten Reflexen. Ich wirbelte herum und packte den Kerl, der gerade versuchte, sein Gleichgewicht wiederzuerlangen, am Hals. Keine Sekunde später hatte ich ihn gegen die Bordwand gepresst und er starrte mich aus schreckgeweiteten dunkelbraunen Augen an.

»Sorry, ich … au, das tut weh, lass mich los!«, rief er auf Englisch.

Ich blickte auf den jungen Mann hinunter, der mindestens einen Kopf kleiner als ich sein musste. Er war wahrscheinlich Ende zwanzig, sein blondes Haar zerzaust und fiel ihm teilweise ins Gesicht. Seine Wangen waren gerötet und kleine Schweißperlen glänzten auf Oberlippe und Nase, während er um Atem rang. Anscheinend war er gerade noch gerannt.

Mein Blick schien ihn einzuschüchtern, denn ich spürte, wie er zu zittern begann, ehe ich ihn ruckartig losließ.

»¡Cretino!«, knurrte ich und wandte mich von ihm ab.

»Ich kann nicht so gut Spanisch, aber hast du mich gerade ›Dummkopf‹ genannt?«, tönte er hinter meinem Rücken.

»Sí. Pass gefälligst auf, wo du hinläufst!«

»Hey, du sprichst auch Englisch!«

Na, da hatten wir ja mal einen Blitzmerker …

»Tut mir leid, ich wollte dich nicht anrempeln«, murmelte er. »Aber dieser Wellengang … vielleicht ist Joggen auf einem Schiff doch nicht die beste Idee.«

Ich knurrte in mich hinein und umfasste die Reling wieder mit beiden Händen.

»Hi, ich bin Hannes«, erklang es neben mir und eine schlanke Hand schob sich in mein Blickfeld. »Und du bist?«

Ich verengte die Augen, ohne den Kopf zu ihm zu drehen. »Nicht interessiert«, brummte ich.

»Oh … schade.«

Ich glaubte tatsächlich, so etwas wie Bedauern in seiner Stimme mitschwingen zu hören, und presste die Kiefer aufeinander.

Obwohl meine abweisende Körperhaltung im Grunde für sich sprach, ließ sich der Typ dadurch nicht abwimmeln. Er plapperte ungeniert weiter.

»Bist du hier, um dir den Sonnenaufgang anzusehen? Oder macht dir einfach der Jetlag zu schaffen? Du stammst auch aus Amerika, oder?«

Maldito, dieser Kerl ging mir gehörig auf die Eier.

»Lass mich einfach in Ruhe«, erwiderte ich barsch.

»Oookay.« Die Hand verschwand endlich aus meinem Blickfeld. »Vielleicht können die Sonnenstrahlen ja etwas Wärme in dein dunkles Gemüt zaubern. Bye, man sieht sich.«

Hoffentlich nicht.

Ich überlegte, wie groß die Wahrscheinlichkeit war, dass ich dem Typen nochmals über den Weg lief.

Gut, auf einem Kreuzfahrtschiff mit knapp dreitausend Passagieren nicht ganz abwegig, aber ich würde ihn einfach ignorieren. Denn ich war nicht hier, um Freunde zu finden, sondern wegen ihm. Rick.

Al diablo con esto …

Wann würde meine Vergangenheit endlich aufhören, so verflucht wehzutun?!

2

Me estás tocando
los cojones

Angel

Wer behauptete, dass Kreuzfahrten geil waren, dem gehörte die Zunge rausgerissen. Dieses Schwanken die ganze Zeit, das Aufeinanderhocken in einem Blechkasten … Dass ausgerechnet Rick mich in diese Lage befördert hatte, erschien mir wie ein letzter schlechter Scherz von ihm.

Oh ja, wir hatten viele Witze gerissen. ›Galgenhumor‹ nannte man das. Aber es hatte uns geholfen, nicht an all das Leid zu denken, das wir im Begriff waren, über die Menschen zu bringen. Rick war ein absolut miserabler Witzerzähler gewesen, der jede Pointe versaute und oft schon in einen Lachanfall verfiel, ehe er überhaupt richtig zu erzählen begonnen hatte.

Während ich mit dem Lift zu einem der Sonnendecks hinauffuhr und eine Liege suchte, um mir nun tatsächlich den Sonnenaufgang anzusehen, erschien Ricks Gesicht wieder vor mir. Seine stahlblauen Augen, die in diesem Moment mit dem Meer um die Wette gefunkelt hätten. Seine kurzen schwarzen Haare, das kantige Gesicht. Ich hatte ihn besser als irgendjemand sonst auf dieser Welt gekannt – er war mein bester Freund gewesen.

Auch wenn ich homosexuell war, hatte ich mich nie körperlich zu ihm hingezogen gefühlt. Das war so ein dummes Vorurteil, dass Schwule nicht mit Männern befreundet sein konnten, ohne mit einer Latte in der Hose herumzurennen.

Rick wusste (ebenso wie ich von ihm) alles über mich. Kannte jeden dunklen Winkel meiner Seele und er hatte mich dennoch stets bedingungslos akzeptiert, nie irgendetwas infrage gestellt. Auch nicht meine Homosexualität, was ich ihm hoch anrechnete, denn im Militär war das leider immer noch ein ziemliches Tabuthema. Obwohl sich diesbezüglich in den letzten Jahren ein bisschen was zu verändern begann. Dennoch war Rick in unserer Einheit der Einzige gewesen, dem ich es erzählt hatte.

Es war nun über neun Monate her, dass ich ihm in die gebrochenen Augen geblickt hatte. Doch der Schmerz war so gegenwärtig, als wäre es gestern gewesen. Wenn man jemanden verlor, der einem so viel bedeutete, starb immer ein Teil der eigenen Seele mit ihm. Das war die schreckliche Wahrheit, die ich seither kannte.

Ich beobachtete die Sonne, wie sie immer höher stieg, hörte die Lautsprecherstimme, die in vier verschiedenen Sprachen verkündete, dass das ›Early Bird‹-Frühstücksbuffet eröffnet sei.

Aber obwohl mein Magen verlangend nach Speck knurrte, wollte ich noch eine Weile hier auf dem Sonnendeck sitzen, in die Ferne starren und an meinen Freund denken, dem ich näher gestanden hatte als einem Bruder.

Ich war derart in Gedanken versunken, dass ich den Typen erst bemerkte, als er sich laut seufzend neben mich auf eine Liege fallen ließ.

Mein Kopf schnellte herum und meine Miene verfinsterte sich, noch während ich erkannte, wer da neben mir Platz genommen hatte.

Santa mierda, wenn Nervensägen rollen würden, müsste der Kerl den Berg rauf bremsen.

»Hach, Sonnenaufgänge sind schon was Feines, oder?« Er strich sich durch das blonde Haar, das nun frisch gewaschen war, und leuchtete mich mit seinen großen braunen Augen an, während ein leichtes Lächeln um seine Lippen spielte. »Isst du kein Frühstück?«

»Keinen Hunger.« Ich wandte den Blick wieder von ihm ab.

Leider schien ihn meine Wortkargheit nicht abzuschrecken. »Verrate mir mal eines: Wieso reist ein hübscher Kerl wie du auf einem Familien-Kreuzfahrtschiff, wenn er seine Ruhe haben will?«

Hatte er gerade ›hübsch‹ gesagt? Dass Männer einem Wildfremden Komplimente machten, war etwa so selten wie eine Blume in einer asphaltierten Straße. Bedeutete das etwa, dass er auch schwul war? Falls ja, wusste er ja nichts von meiner Homosexualität, was mir den Vorteil verschaffte, ihn endlich loszuwerden.

»Ich warte auf meine Verlobte«, log ich, ohne ihn anzusehen.

Ein leises Prusten erklang zu meiner Rechten, was mich wieder den Kopf zu ihm drehen ließ.

Seine Augen funkelten belustigt, während sein Lächeln breiter wurde. »Entschuldige, falls ich dir zu nahe trete, aber alle meine Antennen sagen mir, dass du auf Männer stehst«, gab der Schlaumeier von sich. »Und meine Antennen haben in den meisten Fällen recht.«

»Ach?« Ich hob desinteressiert eine Augenbraue.

»Etwa nicht?« Er setzte sich auf der Liege gerade hin, wandte sich mir zu.

»Me estás tocando los cojones«, erwiderte ich grimmig. Wenn ich emotional wurde, schwappte ich oft ins Spanisch, ohne es zu

25

merken. Das wurde mir gerade wieder bewusst, weil mein Gegenüber mich mit Fragezeichen in den Augen ansah. Daher riss ich mich zusammen und atmete tief durch. »Hier gibt es sicher noch andere Kerle, denen du auf die Eier gehen kannst«, verdeutlichte ich meinen Missmut auf Englisch.

»Schon verstanden.« Er nickte immer noch lächelnd. »Du möchtest noch eine Runde einsamer Wolf spielen.«

»Geh einfach.«

Langsam riss mir der Geduldsfaden und das machte mich noch wütender. Als SEAL hatte ich mich stets unter Kontrolle gehabt, aber seit ich dieses verdammte PTSD mit mir rumschleppte, fuhr ich ständig aus der Haut. Und ebendas hielt mir vor Augen, wie kaputt ich war – wie stark mich der Krieg gezeichnet hatte.

Ja, gut, es war schräg, wenn ein Single eine Mittelmeer-Kreuzfahrt von Kreta nach Venedig buchte. Aber ich war nicht hier, um antike Säulen zu bestaunen, sondern um ein Versprechen einzulösen. Eines, das ich einem Toten gegeben hatte und das mir hoffentlich half, mit jenem verhängnisvollen Tag abzuschließen, der ihn aus meinem Leben riss.

Aber das würde ich bestimmt nicht auf die Stupsnase dieses blonden Engelchens binden, das immer noch grinsend neben mir auf der Sonnenliege hockte.

Wenigstens erhob sich der Kerl nun endlich und ich setzte alles daran, stur nach vorne aufs Meer zu starren, während er neben mir stehen blieb. Wahrscheinlich wollte er noch etwas sagen, doch meine abweisende Haltung schien endlich Wirkung zu zeigen, sodass er schließlich mit einem leisen Seufzen von dannen zog.

Dass ich die Luft angehalten hatte, merkte ich erst, als ich mich wieder auf meinen Körper konzentrierte, der in der Jeans, dem

Shirt und dem immer stärker werdenden Sonnenschein zu schwitzen begann.

Aber ich wartete noch fünf Minuten, ehe ich auch aufstand, um nun doch noch zum Frühstücksbuffet zu gehen.

Natürlich hatte ich Hunger. Den hatte ich immer am Morgen und ich war froh gewesen, als ich in der Broschüre gesehen hatte, dass die Reise all-inclusive war. Ich konnte also wenigstens so viel essen und trinken, wie ich wollte, wenn ich diese bescheuerte Kreuzfahrt schon auf mich nahm.

Ich lud meinen Teller, so voll ich konnte, und suchte dann im Heck des Schiffes nach einem ruhigen Tisch. Im Frühstücksraum zu essen, kam für mich nicht infrage. Viel zu laut, und das fröhliche Gelächter der anderen Passagiere kratzte zusätzlich an meinen Nerven.

Gerade als ich mich niedergelassen hatte, ertönte der Summton meines Handys. Ich nahm es aus der Hosentasche und warf einen Blick darauf.

Unwillkürlich breitete sich ein Schmunzeln auf meinen Lippen aus, als ich den Namen und die Nachricht las, die mir im Sperrbildschirm angezeigt wurden.

Charly♡:
Und, wie ist Griechenland
so? Vermiss dich.

Gleichzeitig lösten die Worte aber auch eine Sehnsucht in meinem Herzen aus, die ich gerade jetzt nicht dort haben wollte. Also verstaute ich das Handy wieder in der Hosentasche und biss in den Speck, den ich mir auf dem Teller geschichtet hatte. Ich würde später zurückschreiben.

Gestern Abend hatte das Kreuzfahrtschiff in Kreta abgelegt und heute gegen acht Uhr fuhren wir in den Hafen von Santorin ein. Eine griechische Inselgruppe, die sich im Ägäischen Meer befand.

Es war der erste Landgang unserer Reise, und die Einfahrt in den Hafen, der sich in einem überfluteten Vulkankrater befand, sei ein Highlight, wie die Lautsprecherstimme gerade erklärte. Sie forderte die Reisenden auf, an die Reling zu gehen, um sich einen guten Platz zu sichern, damit sie ja nichts verpassten.

Während die Passagiere brav aus dem Frühstücksraum strömten, lehnte ich mich zurück und war froh, diesen der Sonne abgewandten Tisch gefunden zu haben.

Ich stellte mir vor, dass Rick neben mir säße. Er hätte ebenso wie ich darauf verzichtet, sich in die Menschenmassen zu stellen, um ein Foto irgendeines Hafens zu schießen. Wir tickten da ziemlich ähnlich, er und ich.

Meine Gedanken drifteten zu einem unserer ersten Gespräche. Wir waren beide dazu abkommandiert worden, einen Bauernhof in der Nähe der Stadt Tikrit zu observieren, und hatten darauf gewartet, dass die Nacht hereinbrach. Während wir nebeneinander im Steppengras lagen, erschienen die ersten Sterne über uns.

»Und, was tust du so in deiner Freizeit?«, fragte er mich und grinste dabei schief.

»Krafttraining, Yoga, Kampfsport, Joggen … das Übliche«, erwiderte ich. »Wieso?«

»Ich reise für mein Leben gern.« Sein Grinsen wurde breiter, während er den Blick wieder nach vorne richtete. »Warst du schon einmal in Europa? Also ich meine, als Tourist?«

Ich schnaubte leise und schüttelte den Kopf.

»Ich leider auch nicht«, sagte Rick bedauernd. »Aber würde es dich nicht interessieren? Die alten Städte zu sehen? Die Wunder, die die Kultur der alten Welt groß gemacht haben?«

»Du meinst die großartige Kultur, die dazu führte, dass wir jetzt hier im Gras liegen und darauf warten, in ein Haus einzudringen, das uns nicht gehört?«

Rick schmunzelte über meinen Zynismus. »Ich würde gern irgendwann eine Kreuzfahrt übers Mittelmeer machen«, meinte er. »Vielleicht Athen oder Venedig besuchen. Das wär was.«

Bevor ich ihm antworten konnte, waren wir abgelenkt worden, da der Bauernhof in Flammen aufging, noch ehe wir überhaupt irgendetwas hatten untersuchen können.

Später erfuhr ich, dass in dem Gebäude ein alter Bauer mit seiner Frau gelebt hatte, die anscheinend Wind davon bekamen, dass das Militär in der Nähe war. Sie hatten das Feuer selbst gelegt und dafür gesorgt, dass kein Stein auf dem anderen blieb, damit wir nichts finden würden. Ob sie überhaupt etwas versteckt hatten oder nur verhindern wollten, vom US-Militär gefangen genommen und verhört zu werden, konnte niemand im Nachhinein mehr sagen.

So viel zu unserer großartigen Kultur.

Rick würde jetzt die Augen verdrehen und sich dann am Oberarm kratzen, wie er es immer getan hatte, wenn er über etwas nachdachte.

Genug mit den Erinnerungen. Ich war hier, weil ich meinem Freund einen letzten Gefallen erweisen wollte. Und das würde ich gleich in Angriff nehmen, denn inzwischen hatte ich den Teller leer gegessen und die Durchsagestimme verriet mir, dass wir beim Hafen von Santorin angekommen waren.

Seufzend erhob ich mich von meinem Tisch und schlenderte zum Versammlungsort für die Reisegruppen im Eingangsbereich des Schiffes. Dort hatten sich die meisten anderen Passagiere schon eingefunden und standen in Grüppchen zusammen, die anhand von Nummern gebildet wurden, welche ein Lautsprecher ausrief.

Je nachdem, welches Tagesprogramm man gebucht hatte, musste man sich in einer anderen Lounge zusammenfinden und erhielt einen dem Tagesziel entsprechenden Flyer mit Infos in die Hand gedrückt.

Eigentlich hätte ich den Ort gerne auf eigene Faust erkundet, aber hier ging es nicht um mich und meine Wünsche, sondern um die von Rick. Es standen drei Tagesausflugs-Varianten im Angebot: einmal das ›historische Santorin‹, dann ›Inselhighlights‹ und ›Griechenland pur‹.

Tja, wofür hätte Rick sich wohl entschieden? Leider war das, worauf seine Wahl gefallen wäre, definitiv nicht nach meinem Geschmack. Trotzdem würde ich es für ihn durchziehen.

3
Ich sag's dir
noch ein Mal, chico

Hannes

»Na, suchst du jemanden?«

Die Frauenstimme ließ mich schuldbewusst zusammenzucken, denn ja, ich hatte tatsächlich in der Lobby, wo sich alle für den Landgang versammelten, nach jemandem Ausschau gehalten. Jemandem, den ich seit heute Morgen nicht mehr aus dem Kopf bekam.

Ich wandte mich zu der jungen Frau um, die mich mit einem breiten Lächeln musterte. Sie war sechsundzwanzig und damit zwei Jahre jünger als ich, seit Kurzem meine Chefin und inzwischen auch eine meiner besten Freundinnen.

Es gibt diese Menschen, die man einmal sieht und bei denen man direkt weiß, dass man mit ihnen auf einer Wellenlänge ist. Das war bei Kate und mir so, als wir die Kunstausstellung eines gemeinsamen Bekannten in New York besucht hatten. Eigentlich hieß sie Kathleen, aber alle nannten sie bloß Kate, da sie diese Abkürzung lieber mochte. Der Name passte auch besser zu ihr, sie war einfach eine Frohnatur und mir daher ähnlich.

Mit ihren jungen Jahren hatte sie es schon wahnsinnig weit gebracht und ich bewunderte sie für ihren Biss und Ehrgeiz.

Sie war einer der klügsten Menschen, die ich kannte, und auch einer der warmherzigsten. Wenn sie einen anlächelte, fühlte man sich direkt geborgen – also ich zumindest.

Sie strich sich eine blaugrüne Strähne aus der Stirn, die ihr trotzdem direkt wieder ins Gesicht fiel.

Ja, Kate hatte ein gewöhnungsbedürftiges Auftreten, das so gar nicht zu ihrem Beruf als Kunsthändlerin passte. Meist trug sie farbenfrohe Kleider, die selbst mir (und ich hatte echt nichts gegen Experimentierfreudigkeit) mehr als einmal beinahe die Tränen in die Augen getrieben hätten. Kombiniert mit ihrem Augenbrauenpiercing und der bunten Mähne fiel sie auf wie ein Pfau in einem See voller Schwäne.

Konnten Pfaue überhaupt schwimmen? Egal.

Jedenfalls war sie eine Erscheinung und jeder musste selbst entscheiden, ob von der guten oder schlechten Sorte.

Heute trug sie ein leichtes Sommerkleid mit einem rosa Blumenprint, das ihre schlanke Figur betonte. Wenigstens hatte sie ihre riesige Handtasche, die sie normalerweise immer mit sich herumschleppte, gegen eine leichte Umhängetasche aus weißem Leder getauscht.

Gerade setzte sie sich einen nicht wirklich zu ihrem Outfit passenden gelben Hut auf, der sie vor der Sonne Griechenlands schützen sollte. Ebenso wie ich bekam sie rasch einen Sonnenbrand, weshalb wir schon mehr als einmal darüber gelacht hatten, dass ausgerechnet wir beide uns für eine Kreuzfahrt im Mittelmeer entschieden hatten.

Sie hatte mir meinen allerersten Urlaub in Europa schlicht und ergreifend geschenkt – mit der Voraussetzung, dass wir möglichst viele antike Stätten besuchten, um mein Wissen, was die ›alte Welt‹ anging, aufzupolieren. Denn Kate hatte mich vor einiger Zeit als Mitarbeiter in ihrem Laden eingestellt und ich ihr erst später gestanden, dass ich im Grunde keine Ahnung von den antiken Kulturen unserer Welt besaß.

Ja, ich hatte mich immer schon für Kunst interessiert, aber eben nur für die modernen Werke. Genau das wollte sie nun ändern. Zudem hielt sie stets nach weiteren Sammlerstücken für ihren Laden Ausschau und hoffte, in Europa fündig zu werden.

Und da waren wir nun: Zwei befreundete Singles, die sich auf eine abenteuerliche Woche im Mittelmeer freuten, nachdem wir bereits eine kleine Reise hinter uns hatten. Denn aufgrund meiner Flugangst waren wir mit dem Schiff von New York nach Europa gefahren.

Nach dieser Kreuzfahrt würden wir durch Italien und vielleicht auch Frankreich ziehen. Ich hatte überlegt, kurz einen Zwischenstopp in London einzulegen, wo gute Freunde von mir wohnten, aber diese Option wollte ich noch offenhalten. Schließlich war bereits Herbst und das hieß, ich würde sie ohnehin bald in New York treffen, wenn sie mich dort wie immer zur Weihnachtszeit besuchten.

»Du wirkst nachdenklich«, bemerkte meine Freundin und tippte mir mit dem Zeigefinger gegen die Brust.

Da ich selbst nicht der größte Mann war, konnten wir auf Augenhöhe kommunizieren. Was mich wieder zu dem düsteren Schönling von heute Morgen brachte. Dieser überragte mich um mehr als einen Kopf, war viel breiter gebaut als ich und allein der Gedanke, wie er mich gepackt hatte, ließ eine Gänsehaut über meinen Rücken jagen.

Okay, es war nicht nur dieser Gedanke, sondern vielmehr die vielen Gedanken, die auf diesen Gedanken folgten.

Ich stellte mir vor, wie es wäre, von ihm zärtlich, aber bestimmt gepackt zu werden. Wie seine Augen leidenschaftlich glühten, wie seine Muskeln sich anfühlten, die ich unter dem Shirt, das er trug, erahnt hatte. Wie er mir mit diesem sexy lateinamerikanischen Akzent irgendwelche Schweinereien ins Ohr knurrte.

Nachdenklich? Oh ja, ich war gerade ziemlich nachdenklich. Aus gutem Grund, denn selten hatte ich diese Vibes einem Mann gegenüber gespürt, wie ich sie bei dem mysteriösen Fremden heute früh erlebt hatte.

Dieser Kerl ... er besaß einfach alles, was ich mir bei einem Mann wünschte.

Konnte man es mir dann verdenken, dass ich in ihn schockverliebt war und mir bereits malerische Sonnenuntergänge mit ihm vorstellte? Nein. Eben.

»Erde an Hannes«, machte Kate einen weiteren Anlauf, mich aus meinem Gedankenkarussell herauszuzerren, in dem ich definitiv nicht nur auf einem Schaukelpferdchen ritt.

»Ja, sorry«, murmelte ich und strich mir mit dem Handrücken über die Augenpartie, um damit hoffentlich auch das Bild des fremden Adonis aus dem Kopf zu kriegen.

Fehlanzeige. Keine Chance. Es hatte sich wie eine Klette in meinen Gehirnwindungen festgesetzt und ich wusste, dass ich es da nicht so rasch wieder wegbekommen würde. Ich war nun mal begeisterungsfähig und gerade erreichte meine Begeisterung ungeahnte Höhen – trotz meiner Höhenangst.

»Ist was?«, hakte Kate nach und sah mich mit schief gelegtem Kopf an. »Du bist irgendwie abwesend. Ich dachte, du freust dich so auf den Landgang in Santorini.«

»Nein, alles okay«, log ich und wusste, dass sie mich direkt durchschaute.

Ihr Lächeln, das erneut auf ihren Lippen erschien, sprach Bände.

»Du weißt, dass man seine Chefin nicht anflunkern sollte?«, fragte sie mit hochgezogenen Augenbrauen.

Ich seufzte leise, da mir bewusst war, dass ich nun in der Bredouille saß. Entweder ich erzählte ihr von der Begegnung mit Mr. ›Ich bin mürrisch und unnahbar, träum gefälligst von mir‹, was zur Folge hätte, dass Kate mich mit Fragen löchern würde. Oder aber ich verschwieg ihr die Begegnung, was ebenso zur Folge hätte, dass Kate mich mit Fragen löchern würde.

Pattsituation.

Mist ...

Doch ehe ich ihr überhaupt etwas erzählen konnte, wurde meine Aufmerksamkeit auf einen breitschultrigen dunkelhaarigen Mann gelenkt, der sich in ebendiesem Augenblick der Gruppe anschloss, in der wir standen und die sich für das ›historische Santorin‹ entschieden hatte. Eine Tatsache, die mich gleichzeitig verwirrte, erfreute und verblüffte.

Historische Wissbegierde hätte ich dem Düster-Latino nicht zugetraut. Es machte ihn noch spannender als ohnehin schon.

Als sich unsere Blicke trafen, konnte ich das ›Scheiße‹ förmlich in seinen Augen lesen.

Okay, einen gravierenden Fehler wiesen meine Tagträume auf: Prinz Nicht-Charming schien kein Interesse an mir zu haben. Aber das ließ sich korrigieren. Hoffte ich.

»Wer ist das?«

Natürlich war Kate meinem Blick gefolgt und musterte nun ihrerseits den mürrisch dreinblickenden Grund meiner zukünftig schlaflosen Nächte.

»Keine Ahnung leider«, antwortete ich. »Bin ihm heute beim Joggen begegnet.«

»Der sieht wahnsinnig heiß aus«, flüsterte Kate ehrfürchtig.

»Ja, aber er befindet sich in meinem Jagdrevier, nicht in deinem«, stellte ich meine Besitzansprüche klar.

Sie zog eine ihrer Augenbrauen in die Höhe (dafür beneidete ich sie, ich wollte das auch können!) und sah mich fragend an. »Nicht dein Ernst, oder?«

»Schwulsein ist kein Tattoo, das man auf der Stirn trägt.« Ich zuckte mit den Schultern. »Glaub mir, er ist es.«

»Das glaube ich dir erst, wenn ich es von ihm selbst höre«, wandte meine Chefin ein und machte eine Geste, als wollte sie sich die nicht vorhandenen Ärmel hochkrempeln.

»Du wirst dir an ihm die Zähne ausbeißen«, prophezeite ich ihr und schmunzelte, da ich mir vorstellen konnte, dass die finstere Ausstrahlung des Fremden an Kate ebenso wie an mir abprallen würde.

Wir waren einfach zu positive Menschen, um uns davon beeindrucken zu lassen. Ein Grund, wieso wir beide uns so fantastisch verstanden.

»Wetten, dass ich ihn – sollte er wirklich schwul sein – bekehren kann?« Sie sah mich grinsend von der Seite an.

»Kate«, stöhnte ich. »Hör bitte auf mit diesem Klischeedenken. Sexuelle Orientierung ist kein Shirt, das man einfach mal umdreht und auf der anderen Seite trägt.«

»Jaja, ist ja gut.« Sie schob schmollend die Unterlippe vor. »Dennoch schade für die Frauenwelt, wenn du recht behalten solltest.«

»Ich hab bei so was immer recht«, hielt ich dagegen und streckte den Rücken durch – zuckte aber direkt zusammen, da sich Mr. Universum mit einem Mal auf uns zubewegte.

Sein Gang glich dem eines Panthers, der sich an seine Beute anpirschte. Na gut, eher eines verletzten Panthers, denn mir fiel in ebendiesem Moment auf, dass er das eine Bein etwas nachzog.

»Oh«, hauchte Kate, die sein Näherkommen ebenfalls bemerkt zu haben schien.

Ich schluckte, denn der verärgerte Blick, mit dem der Fremde uns bedachte, ließ nichts Gutes erahnen. Mein Herz schlug mit einem Mal viel zu schnell und meine Handflächen wurden feucht, während ich ihn wahrscheinlich wie ein verschrecktes Kaninchen anstarrte.

Als er bei uns angekommen war, versenkte er seinen dunklen Blick erst in meinen, danach in Kates Augen und schnaubte grimmig. »Wenn ihr dann fertig seid mit eurer Analyse über mich: Ich bin weder an dir, Goldlöckchen, noch an dir, Papagei, interessiert«, knurrte er und mein Herz, das eben noch wie ein Kolibri geflattert hatte, stürzte augenblicklich in die Hose ab.

Mist, er hatte unsere Diskussion mitbekommen! Wie peinlich war das denn?!

Aber wer hätte auch ahnen können, dass dieser Typ das Gehör einer Fledermaus besaß?

Am liebsten wäre ich im Erdboden versunken, aber da hatte ich die Rechnung ohne Kate gemacht.

Meine Freundin schien die Ansage des verärgerten Schönlings als Herausforderung zu sehen. Sie streckte ihr Kinn in die Höhe, baute sich zur vollen Größe auf (was dennoch bloß dazu führte, dass sie dem Fremden bis zur Brust reichte), und ich konnte gerade noch ›Tu es nicht‹ denken, da tat sie es auch schon.

»Woran bist du dann interessiert?«, fragte sie in einem provozierenden Tonfall. »Vielleicht lässt sich was arrangieren.«

Der Fremde schob seine Augenbrauen so stark zusammen, dass die Zornesfalte dazwischen wie ein Krater wirkte, und funkelte meine Chefin wütend an. »¿Eres tonto o tiras piedras a los aviones?«

Ich hatte keine Ahnung, was er gerade gesagt hatte, aber es klang wie eine Beleidigung.

Sein Gesicht verfinsterte sich noch stärker, ehe er leise durchatmete und Kate erneut anschnauzte, dieses Mal auf Englisch. »Bist du dumm, ignorant oder einfach nur frech, mir solch eine Frage zu stellen?!«

Das rief *mich* auf den Plan. Keiner nannte meine Freundin ›dumm‹!

»He, keiner nennt meine …« Weiter kam ich nicht, denn da hatte sich der Fremde bereits an mich gewandt und der flammende Blick, den er mir schenkte, ließ jedes weitere Wort in meinem Hals ersticken.

»Ich sag's dir jetzt noch ein Mal und hoffe, dass das reicht, chico«, knurrte er mit rauchiger Stimme, die zu der Glut in seinen Augen passte. »Lass mich in Ruhe und halte dich von mir fern.«

Okay, ich hätte vielleicht eingeschüchtert sein sollen, stattdessen verspürte ich ein Kribbeln im Magen. Eines von der guten Sorte, denn die Art, wie er mich mit diesem finsteren Gesichtsausdruck ansah, war einfach nur sexy. Und wenn er ›chico‹ sagte, klang es fast wie ein Kosename, obwohl es ›Kleiner‹ oder ›Junge‹ hieß und er es wohl abwertend meinte. So gut Spanisch konnte ich.

Jetzt verstand ich die Motten, die immer wieder ins Licht flogen, obwohl sie sich dabei die Flügel verbrannten. Denn das Feuer in den Augen dieses Bad Boys wirkte auf mich wie eine verheerende Flamme, in die ich immer und immer wieder eintauchen wollte. Beinahe magnetisch zog er mich an.

Gruselig …

Nein, ich hatte mir das heute Morgen nicht eingebildet: Da war etwas zwischen uns.

Auch er konnte es in diesem Moment fühlen, das sah ich ihm an. Gerade weil er sich so abrupt und bestimmt abwandte und davonstürmte, dass keine Zweifel mehr blieben.

»Ooookay, du hast recht«, hörte ich Kate neben mir leise sagen. »Er muss auf Männer stehen, so wie die Funken gerade zwischen euch geflogen sind.«

»Du hast es auch bemerkt, oder?« Ich stieß die Luft aus, die ich angehalten hatte.

Als ich Kate den Kopf zuwandte, grinste sie mich an.

»Ay, caramba und wie.« Sie knuffte mich in die Seite. »Und das Gute an einem Kreuzfahrtschiff ist, dass man sich immer wieder über den Weg laufen kann.«

In ebendiesem Moment wurde per Lautsprecher verkündet, dass die Tenderboote bereit seien und sich alle bitte zu ihren Positionen begeben sollten.

Der Reihe nach wurden wir in die Boote verfrachtet, die uns in den Hafen von Santorin bringen würden.

Ich erhaschte einen Blick auf Mr. Unnahbar, der im selben Boot wie Kate und ich saß. Er schien seine Pläne also trotz allem durchziehen zu wollen.

Geradlinig auch noch … ja, er wurde immer mehr zu meinem Traummann. Auch wenn er mich seinerseits wohl eher als seinen Albtraum bezeichnet hätte.

4
Das war knapp

Angel

Da unser Kreuzfahrtschiff zu groß war, um im Hafen von Santorin anzulegen, wurden wir zu den Ausflugszielen getendert. So nannte man das, wenn eine Horde Touristen zusammengepfercht in schwankenden Eierschalen vom Ankerplatz zum Ziel gefahren wurde.

In den Tenderbooten gab es Platz für bis zu hundertfünfzig Personen und sie wurden von den Griechen selbst gestellt, wie uns eine fröhliche Lautsprecherstimme mitteilte. Tender von Reedereien waren in Santorin verboten.

Sinnvoll, so bleibt das Geld zumindest hier.

Das Ganze dauerte nur ein paar Minuten, worüber ich froh war, denn ich spürte die Blicke von Blondie und seiner Freundin in meinem Nacken. Sie saßen ein paar Bänke weiter hinten.

Na gut, vielleicht hatte ich vorhin etwas überreagiert. Aber wenn zwei Wildfremde in aller Öffentlichkeit über mich tratschten (und dann noch meine Sexualität thematisierten), brachte mich das nun mal auf die Palme. Ich war noch nie ein Mensch gewesen, der einen Konflikt scheute. Nicht nur, weil ich ein Ex-Soldat war, sondern auch, weil ich es nicht mochte, wenn andere Leute über einen ein Urteil fällten, obwohl sie gar keine Ahnung von ihrem Gegenüber hatten.

Für einen Augenblick hatte ich überlegt, den blöden Landgang sausen zu lassen und einfach den ganzen Tag am Pool zu liegen, der wohl menschenleer wäre, da alle Passagiere Santorin unsicher machten. Doch dann hatte ich mich an Rick erinnert. Daran, wie seine Augen geleuchtet hätten, wäre er jetzt hier.

Al diablo con eso.

Ich wollte das durchziehen. Für ihn. Für mich! Davon konnten mich auch kein dämlicher Mitreisender und seine verpeilte Freundin abhalten!

Als SEAL war es mit das Wichtigste, dass man niemals aufgab. Nie. Mochten die Widerstände noch so groß sein, man hielt durch. Da wäre es lächerlich, wenn ich mich von Knallfröschen wie denen direkt am ersten Tag aus der Bahn werfen ließe – die zwei waren gegen die Hell Week ein Witz.

Ich würde ihnen heute einfach aus dem Weg gehen, und beim nächsten Ausflug hätte ich sie mit Sicherheit nicht mehr an der Backe. Denn ich konnte mir beim besten Willen nicht vorstellen, dass diese zwei Clowns sich jedes Mal dafür entschieden, die historischen Wurzeln der alten Welt zu verfolgen.

Wahrscheinlich erwarteten sie eine Indiana-Jones-Tour und würden vom ›historischen Santorin‹ derart enttäuscht sein, dass sie sich beim nächsten Landgang gut überlegten, ob sie sich das nochmals geben wollten.

Anders als ich. Ich hatte vor, mir die ganze verdammte antike Dröhnung reinzuziehen, die diese Reise zu bieten hatte. Für Rick. Das tat ich tatsächlich nur für ihn.

Während wir dem Land entgegentenderten, richtete ich meinen Blick zum ersten Mal bewusst auf Santorin, oder Santorini, wie es korrekterweise genannt wurde. Die Lautsprecherstimme erklärte soeben, dass der Name aus dem italienischen stamme (von ›Santa Irene‹) und die Stadt etwas mehr als siebzehntausend Einwohner habe.

Da hat jemand wohl Wikipedia vor sich geöffnet.

Diese Dinge interessierten mich nur marginal. Vielmehr beeindruckte mich die Lage dieser Stadt, die an der dunkelgrauen Kraterwand eines erloschenen und von der Ägäis überfluteten Vulkans erbaut worden war.

Anscheinend war dieser Ort, dessen Caldera etwa sieben mal fünf Meilen maß, vor dreitausendsechshundert Jahren bei einer gewaltigen Eruption entstanden. Der Legende nach sollte dies sogar die Grundlage von Platons Geschichte über das versunkene Atlantis darstellen. Was man ziemlich sicher sagen konnte, war, dass die damalige Naturkatastrophe den Untergang der minoischen Kultur zur Folge hatte, wie die fleischgewordene Wikipedia-Frau vorne im Bug des Bootes gerade ins Mikrofon plapperte.

Der Hafen von Fira, auf den wir zusteuerten, befand sich unterhalb einer fast tausend Fuß hohen Steinklippe, an die sich die typisch griechischen Häuser in blau-weißen Farben schmiegten. Vom Ankerplatz der Tenderboote aus führten eine Seilbahn sowie ein gewundener Weg nach oben in die Stadt, wie ich beim Näherkommen feststellte. Von hier aus fuhren auch Busse um die Insel, aber unsere Reiseroute sah vor, dass wir erst oben in der Stadt in einen Bus wechseln würden.

Nachdem wir aus dem Boot ausgestiegen waren, wurden wir von einer Reiseleiterin versammelt, die für unsere etwa vierzig Touristen zählende Gruppe verantwortlich war. Der Hafen wirkte nicht hektisch, sondern beinahe idyllisch und versprühte den Charme der griechischen Gemütlichkeit, wie ich ihn bereits in Kreta wahrgenommen hatte, wo wir gestern ablegten.

Schwarzer Strand breitete sich am Fuße der Felswand aus, der mir gewöhnungsbedürftig erschien. Ich kannte sonst nur weiße Strände aus feinem Sand und dieser hier bestand aus dunklen Kieselsteinen.

Die Reiseleiterin, eine blonde Dame um die fünfzig, erklärte in gebrochenem Englisch, dass wir nun entweder mit der Seilbahn, zu Fuß oder auf Maultieren zur Innenstadt hinaufgelangen könnten. Wir würden uns dann oben wieder versammeln, wenn es alle hochgeschafft hatten.

Sie zählte uns durch und stellte sicher, dass alle ihre Armbändchen trugen, die wir beim Versammeln auf dem Schiff erhalten hatten und die uns als ›historisch interessierte Englisch sprechende Nerds‹ brandmarkte.

Stirnrunzelnd betrachtete ich die gemäß Reiseleitung etwa siebenhundert Stufen, die sich im Zickzack über die Felswand nach oben schlängelten. Vor meiner Knieverletzung hätte ich, ohne mit der Wimper zu zucken, die Challenge angenommen, zu Fuß hochzusteigen. Und wäre damit ziemlich sicher der Einzige gewesen, so wie unsere Reisegruppe aussah, die Größtenteils aus etwas übergewichtigen Amerikanern und Engländern bestand.

Aber ich wusste, dass mich dies inzwischen an meine Grenzen bringen würde, und das wollte ich mir nicht direkt am ersten Tag antun. Auch so schon konnte ich mit meinem kaputten Knie kaum einen Schritt machen, ohne zu hinken, und wenn ich mich derart überforderte, würde ich heute Nacht nur mit Schmerzmitteln schlafen.

Verdammter Krieg.

Aus dem Augenwinkel registrierte ich, wie der blonde Plagegeist und seine Freundin sich gerade jeweils auf ein Maultier schwangen. Die Tiere warteten hier unten darauf, Touristen nach oben und wieder zum Hafen zu bringen.

Als ich die Halbesel genauer betrachtete, verfing sich mein Blick kurz in dem des Typen mit dem Honigkuchenpferd-Grinsen. Seine Augen konnte ich hinter der übergroßen Sonnenbrille, die er inzwischen trug, nicht erkennen, aber auch so entging mir das glückliche Gesicht nicht, das er aufgesetzt hatte.

So viel geballte Frohnatur war schlicht und ergreifend ein Overkill.

Schon machte sich sein Maultier auf den Weg, die breiten Treppenstufen (mit den vielen Kackhaufen) nach oben.

Ich seufzte leise in mich hinein, da ich wusste, dass ein Maultier mich zwar tragen könnte, aber durch mein Körpergewicht, das auf meine Größe und die Muskeln zurückzuführen war, halb tot oben ankommen würde.

Nein, das wollte ich diesen armen Tieren, deren trauriges Schicksal ohnehin ziemlich sicher Tierschützer auf die Barrikaden trieb, nicht zumuten. Zudem konnte ich gut darauf verzichten, den ganzen Tag nach verschwitztem Esel zu stinken.

Also rückte ich meine Sonnenbrille zurecht und wandte mich der Seilbahn zu, vor der sich bereits eine Schlange gebildet hatte.

Lo siento, Rick, kein Maultier-Abenteuer für dich.

Zwar dauerte die Fahrt mit der Seilbahn nur drei Minuten, aber dafür musste ich eine halbe Stunde warten, weil so viele Touristen in die Stadt hochwollten und immer nur sechs Personen in eine Gondel passten.

Während des Wartens schnappte ich ein Gespräch zwischen zwei jungen Frauen auf, die sich über die Zustände der Maultierhaltung echauffierten. Anscheinend gab es tatsächlich schon mehrere Versuche, die Tiere von ihrer unschönen Aufgabe zu befreien oder sie zumindest erträglicher zu machen. Das erklärte auch, wieso so viele Touristen inzwischen die Seilbahn oder Busse der Maultierquälerei vorzogen.

Oben angekommen, hatte ich noch etwas Zeit, die Aussicht anzuschauen, da wir ohnehin noch auf die Eselreiter warten mussten.

Ich ließ den Blick über die malerische Kraterlandschaft schweifen.

Gut, ich musste Rick ein erstes Dankeschön aussprechen. Ohne ihn hätte ich diesen idyllischen Anblick des gewaltigen Kraters aus dunklem Gestein mit dem blauen Meer und den weißen Häusern um mich herum niemals zu Gesicht bekommen.

Man spürte förmlich den Zauber der Antike. Wenn ich mir vorstellte, dass hier vor Tausenden von Jahren eine derart zerstörerische Naturkatastrophe stattgefunden hatte, konnte ich die Schönheit, die sich nun vor mir ausbreitete, kaum begreifen.

Womöglich brauchte es manchmal eine vollständige Auslöschung, ehe etwas Neues, Schönes entstand.

Welch Ironie.

Die Reiseleiterin riss mich aus den Gedanken, indem sie die Gruppe wieder zusammenpfiff. Inzwischen waren auch die Maultier-Reiter oben in der Stadt eingetrudelt. Zu Fuß hatte sich (wie erwartet) keiner aus unserer Truppe hochgewagt.

Der englischsprachige, historisch begeisterte Anteil der Kreuzfahrtpassagiere befand sich nun allesamt in der Oberstadt, schoss Fotos und Selfies oder bestaunte dieses Wunder der Antike mit Ahs und Ohs. Auch die beiden Plagegeister waren mit von der Partie und stießen begeisterte Rufe aus.

Ich verdrehte die Augen, da mir ihre Euphorie allmählich auf den Sack ging.

Konnte man nicht *leise* genießen?

Kurz ertappte ich mich beim Gedanken, wie das blonde Engel-chen wohl erst im Bett abgehen würde, und schüttelte den Kopf über mich selbst.

Wieso kamen mir bei seinem Anblick solche Bilder?

Siniestro …

Rasch schloss ich mich der Reiseleiterin an, die uns mit einem Fähnchen in der Hand bedeutete, ihr zu folgen. Fröhlich plap-pernd ging sie durch die Straßen zwischen den schneeweißen Häusern voran und ich hörte nur mit halbem Ohr zu, wie sie dies und das kommentierte.

Nach einem Fußmarsch, der mich das rechte Knie wieder stär-ker spüren ließ, kamen wir zu einem Bus, welcher uns zu der Ausgrabungsstätte Akrotiri bringen würde.

Die Fahrt dorthin war tatsächlich ein Erlebnis. Wir passierten malerische Dörfer, die in der Sonne hell funkelten.

Die Lautsprecherstimme auf dem Tenderboot hatte nicht zu viel versprochen, als sie von einem ersten Highlight dieser Kreuzfahrt sprach.

Jeder von uns erhielt ein Fläschchen mit Wasser, das war die einzige Verpflegung auf dem etwa vierstündigen Ausflug. Aber da alle ordentlich gefrühstückt hatten, sollte das kein Problem darstellen.

Die Ausgrabungsstätte selbst riss mich dann allerdings nicht vom Hocker. Was vor allem daran lag, dass ich in erster Linie versuchte, Blondchen und seinem Anhängsel aus dem Weg zu gehen, die sich auffällig oft in meiner Nähe tummelten.

Aber auch sonst hätten mir die alten Steine wohl nicht impo-nieren können. Obgleich ich zugeben musste, dass die Archäolo-gen hier ganze Arbeit geleistet hatten, eine jahrtausendealte

Stadt auszugraben – mitsamt Häusern, verschlungenen Straßen und Plätzen.

Danach fuhr uns der Bus zurück nach Fira, wo wir noch ein archäologisches Museum besuchten. Klein und langweilig. Doch was tat man nicht alles für Rick? Also gab ich mir zumindest Mühe, mich für die Artefakte zu begeistern, die aus Zeiten stammten, welche komische Namen besaßen und die ich mir nie im Leben würde merken können.

Himmel, was fanden die Leute nur an diesem alten Zeug?

Wenigstens war der geführte Ausflug danach vorbei und die Reiseleiterin erklärte uns mit einem sonnigen Lächeln, dass wir die restlichen paar Stunden an Land zur freien Verfügung hätten. Sie hatte uns bei der Busstation abgeladen und wir sollten die Stadt Fira noch etwas erkunden, ehe es gegen den späteren Nachmittag wieder mit der Seilbahn nach unten und zurück aufs Schiff ging.

Freie Zeit. Endlich!

Mir schwirrte bereits der Kopf von all dem Gefasel und den Zahlen, die sie uns um die Ohren gehauen hatte. Als Börsenmakler konnte ich nicht anders, als sie mir merken zu wollen.

Das sollte nun jeden Tag so weitergehen? Na, das würde ja heiter.

Ich brauchte jetzt dringend Alkohol. Am liebsten ein Glas Wein. Gestern Abend hatte es auf dem Schiff einen hervorragenden griechischen Rotwein zum Essen gegeben. Vielleicht würde ich ihn hier auf der Insel in einem Restaurant wiederfinden. Auf jeden Fall würde ich aber – wenn ich zurück in New York war – meinen Weinhändler beauftragen, den Tropfen für mich zu bestellen.

Gerade wollte ich mich von der Busstation ab- und der weißen Stadt zuwenden, da registrierte ich im Augenwinkel etwas, das meine im Krieg antrainierten Reflexe erneut aktivierte.

Einer der Reisebusse setzte sich soeben in Bewegung und fuhr rückwärts aus dem Parkplatz, während eine Person sich gleichzeitig genau in seine Richtung aufmachte. Ebenfalls rückwärts, da diese Person ein Bild von seiner schrulligen Begleitung auf seinem Handy verewigen wollte, die sich lasziv gegen eine weiße Hauswand lehnte und dabei theatralisch in den Himmel schaute. So konnte sie den Bus nicht sehen, der viel zu schnell auf ihren stupiden Freund zusteuerte, welcher anscheinend taub war – den Lärm des Motors hätte auch *er* hören müssen, der Blödmann!

Ehe ich michs versah, stürzte ich in die Richtung des lebensmüden Blondies, dessen Kopf gleichzeitig zu mir herumschnellte. Noch bevor er wirklich begriff, was geschah, hatte ich ihn im letzten Moment vom Heck des Reisebusses weggezerrt, indem ich einen regelrechten Hechtsprung an den Tag legte.

Ich hatte eindeutig zu viel Schwung, denn während ich den Kerl packte, wusste ich bereits, dass unser Flug auf dem Boden endete. Mir war klar, dass ich Goldlöckchen dabei unter mir wie ein Schnitzel erdrücken würde, da er viel kleiner und schlanker war als ich. Daher drehte ich mich noch im Fallen auf den Rücken.

Ein Brennen an meinen Schulterblättern und Oberarmen verriet mir, dass dabei die Haut aufschürfte, und ich presste sowohl Augen als auch Lippen zusammen, um den Schmerz auszuhalten, der meine Wirbelsäule hinaufschoss.

Für eine Sekunde blieb ich schwer atmend liegen, ehe ich die Lider wieder öffnete und erst jetzt richtig wahrnahm, dass Blondchen mit weit aufgerissenen Augen auf mir lag und mich entgeistert anstarrte.

Das Handy, mit dem er das Foto seiner Paradiesvogel-Freundin hatte schießen wollen, hielt er fest umklammert in der Hand.

Einen Moment lang schien die Welt um uns sich langsamer zu drehen, die Zeit beinahe stillzustehen. Und einen Moment lang starrte ich ihn ebenso verwirrt an wie er mich.

Da weder er noch ich eine Sonnenbrille trugen, blickte ich direkt in seine Augen. Mir fiel auf, dass seine Iriden von einem warmen Dunkelbraun mit ein paar helleren Sprenkeln waren, die beinahe golden erschienen. Die Zähne, die ich in seinem halb offenen Mund erspähte, wirkten makellos weiß. Seine Lippen voll, aber nicht *zu* voll. Das blonde halblange Haar fiel ihm in die Stirn und die freie Hand hatte er an meiner Brust abgestützt.

Sein Geruch drang mir in die Nase. Ich hätte erwartet, dass er irgendein billiges Parfum benutzte, aber er schien nur Seife und ein unaufdringliches Aftershave zu verwenden, das ein bisschen an Calvin Klein erinnerte.

Nein, er roch definitiv nicht nach verschwitztem Esel.

Am Rande registrierte ich, dass sein Becken genau auf meinem lag, und dann geschah etwas, das mich nun endgültig aus allen Wolken fallen ließ. Viel härter als der Sturz auf den Boden und viel intensiver.

Blondchen bewegte sich auf mir, da er gerade versuchte, sich von mir wegzustemmen. Dabei drückte er sein Becken noch stärker gegen meins und zu meiner Verblüffung reagierte mein Schwanz darauf.

Seit ich aus meinem letzten Militäreinsatz zurückgekommen war, hatte ich keine Erektion mehr bekommen – der Todesstoß für meine Beziehung mit John, der nicht damit umgehen konnte, dass ich nicht nur eine beschissene psychische Verfassung aus dem Krieg mitgebracht hatte, sondern obendrein auch noch zum sexuellen Krüppel mutiert war.

Dr. Turner hatte ich die Erektionsstörung lange verschwiegen, doch als meine Beziehung in die Brüche gegangen war, wollte er Gründe genannt haben. Also hatte ich ihm zähneknirschend gestanden, dass ich seit meiner Entlassung aus der Army nicht mehr in der Lage war, einen Ständer zu bekommen. Und John das wohl persönlich nahm. So persönlich, dass er auch die anderen Arten von Sex nicht mehr wollte (zumindest nicht mit mir) und mich verließ.

Dr. Turner hatte dann darüber philosophiert, dass manche traumatischen Erlebnisse, wie ich sie im Krieg durchgemacht hatte, dazu führen konnten, dass man keinen mehr hochbekam, und mit irgendwelchen Fachbegriffen um sich geschmissen. Eine weitere These von ihm war, dass ich mich eventuell durch die Entlassung aus meiner Einheit entmannt fühlte und sich dies auf meine Libido niederschlug. Er hatte mir Meditationsübungen und anderen Blödsinn empfohlen, der mir beim Entspannen vor dem Sex helfen könnte.

Alles Bullshit. Nichts davon half, und Lust auf Sex hatte ich ohnehin keine, wenn ich von vornherein wusste, dass ich keinen hochkriegen würde. Warum sollte ich mich also quälen? Ich hatte mich irgendwann damit arrangiert, dass die beschissene Erektionsstörung nun ebenso wie die Dämonen zu meinem Leben gehörte.

Jetzt zu merken, wie meine Männlichkeit soeben aus dem Dornröschenschlaf erwachte und sich kurzerhand entschied, zur Feier des Tages etwas mehr Durchblutung aus meinem Körper abzuzwacken, ließ mich scharf einatmen.

Es war, als würde ein tot geglaubter Teil von mir mit einem Mal wieder leben, nur weil ich diesen Goldlocken-Grinsepeter heldenhaft gerettet hatte.

Das war genug. Eindeutig!

»¡Eso es suficiente, suficiente!«, grollte ich.

Bevor ich noch wirklich einen Ständer bekam, stieß ich den Typen knurrend von mir runter, sodass er auf seinem Hintern landete, und drehte mich von ihm weg, um wieder auf die Beine zu kommen. Letzteres gelang mir mehr oder weniger elegant, da mein verletztes Knie dabei einknickte und ich einen Ausfallschritt vollführen musste, um nicht erneut hinzufallen.

»Wow ... danke«, hörte ich den Kerl hinter mir murmeln.

Er schien erst langsam zu begreifen, dass ich ihn vor einem schlimmeren Sturz bewahrt hatte, denn der Reisebus fuhr soeben davon. Der Fahrer hatte nicht einmal bemerkt, dass er beinahe einen Touristen gerammt hätte.

»Hannes!«, ertönte die besorgte Stimme seiner Begleiterin, die jetzt sowohl ihren lächerlichen Hut als auch ihre Sonnenbrille abnahm und zu ihm stürzte. »Oh mein Gott! Alles in Ordnung? Verdammt, das war knapp! Du meine Fresse!«

Ich wandte den Kopf zu den beiden um und sah, dass der Papagei seinem Goldlöckchen auf die Beine half. Dessen Augen waren allerdings einzig und allein auf mich gerichtet. Es schien, als wäre sein Blick regelrecht an mir festgeklebt.

Rasch setzte ich meine Sonnenbrille wieder auf, die ich oben in den Halsausschnitt meines Shirts gesteckt hatte, da sie im Bus nicht notwendig gewesen war.

»Alles in Ordnung?«, wiederholte Papagei und tastete mit fahrigen Fingern den Oberkörper ihres Freundes ab, als könnte sie dadurch einen Röntgenblick aktivieren.

Den Hut hatte sie achtlos auf den Boden geworfen, die Sonnenbrille kurzerhand zwischen ihre Brüste gepackt.

Ein Nicken war alles, was Goldlöckchen zustande brachte, während er mich anstarrte, als wäre ich ein Alien aus einer anderen Dimension. Oder ein Ritter in goldener Rüstung.

Nein, dann lieber Alien ...

Inzwischen hatten sich ein paar Schaulustige um uns versammelt, aber als sie merkten, dass die Show vorbei war, bevor sie begonnen hatte, wandten sie sich wieder der Stadt zu.

»Du hast ihm das Leben gerettet!«, rief Blumenmusterkleidchen nun an mich gerichtet und kam mit einem Blick auf mich zu, als wollte sie mir gleich um den Hals fallen.

Unwillkürlich trat ich einen Schritt zurück und hob die Hände, um sie aufzuhalten, falls sie tatsächlich auf die einfältige Idee kam, ihre Arme um meinen Nacken zu schlingen.

Sie blieb knapp vor mir stehen und sah zu mir hoch.

Waren das Tränen in ihren blauen Augen? Oh Mann, war die vielleicht nah am Wasser gebaut ...!

»Du hast ihm das Leben gerettet«, wiederholte sie, dieses Mal etwas leiser und mit erstickter Stimme, die vor Dankefeins und Dankeschöns nur so triefte.

»De nada. Er wäre nicht gestorben«, brummte ich, da mir mein Hechtsprung gerade begann peinlich zu werden. Mein Körper hatte die Kontrolle übernommen, ich hatte keine Chance gehabt, ihn aufzuhalten. »Er wär nur ein bisschen ... ramponiert gewesen.«

»Ramponiert?« Die Augenbraue mit dem Piercing hüpfte in die Höhe und sie sah mich mit belustigtem Gesichtsausdruck an. »Das wäre jetzt nicht der Begriff, den ich dafür verwenden würde, dass mein Freund beinahe unter einen Reisebus geraten ist.« Ihre Miene wurde entschlossen. »Du hast ihn gerettet und es ist das Mindeste, dass wir uns mit einem Essen revanchieren.«

Mierda. Das hatte mir gerade noch gefehlt.

»Ich brauche nicht …«, begann ich, wurde aber von der Regenbogen-Lady unterbrochen, die mit dem Zeigefinger vor meiner Nase herumfuchtelte.

»Jeder muss etwas essen und nachdem wir stundenlang ohne Verpflegung und nur mit ein bisschen Wasser unterwegs waren, wird auch *dein* Magen knurren. Komm, wir suchen uns ein gemütliches Restaurant und du bist eingeladen.«

Ich schüttelte den Kopf, aber da hatte sie bereits meinen Arm gepackt und sich bei mir untergehakt.

»Was soll …«

Wieder konnte ich meinen Satz nicht zu Ende sprechen, denn sie grinste zu mir hoch. »Ich bin übrigens Kate. Kate Moore. Unser Start war ziemlich beschissen, ich weiß. Tut mir leid, normalerweise mache ich stets einen prima ersten Eindruck auf andere und die meisten lieben mich auf Anhieb. Wirst du auch noch, keine Sorge.«

Ich war zu perplex, um mich dagegen zu wehren, dass sie mich kurzerhand zu ihrem Freund schleppte, bei dem sie sich ebenfalls unterhakte. Dieser hatte inzwischen ihren Hut vom Boden gepflückt und knetete ihn nervös mit den Händen.

»Also, dann gehen wir Santorini erkunden!«, rief sie fröhlich.

Energisch zog sie sowohl an mir als auch an Goldlöckchen (der seit seinem ›Wow … danke‹ immer noch keinen Ton herausgebracht hatte), um uns zur Straße zu zerren, die in die Stadt führte.

Maldita mierda! Wo war ich da hineingeraten? Und vor allem: Wie kam ich da wieder raus?!

5

Wir sind quitt

Hannes

Wie in Trance ging ich neben Kate her, die das Ruder an sich gerissen hatte. Meinem Retter war es inzwischen gelungen, sich aus ihrem Klammergriff zu befreien, aber ich meinerseits war froh darüber, dass sie mir den Halt gab, den ich brauchte.

Die Sonnenbrille hatte ich wieder aufgesetzt, da das helle Licht, das die weißen Häuser reflektierten, mich blendete.

Oh Mann, ich hätte tot sein können! Und dieser … dieser … (ich kannte noch nicht mal seinen Namen!) dieser fremde Superman mit Batman-Vibes hatte mich gerettet. Einfach so.

Ich riskierte einen Blick zu ihm rüber und betrachtete sein Profil. Er trug ebenfalls wieder seine schwarze Sonnenbrille (die ihm nebenbei bemerkt hervorragend stand, wollt's nur erwähnt haben), hatte die Lippen zu einer schmalen Linie gepresst, die Augenbrauen zusammengezogen und schien zu überlegen, wie er Kate und mich möglichst schnell loswurde.

Keine Chance, dafür kannte ich meine Chefin zu gut. Wenn sie sich einmal etwas in den Kopf setzte, zog sie es auch durch. Und ihr Ziel war es, mit meinem Lebensretter und mir etwas zu essen. Sie würde nicht lockerlassen, ehe wir einander gegenüber an einem Tisch saßen und ein Glas Wein in der Hand hielten. Oder irgendein anderes Getränk, sollte er keinen Alkohol trinken.

Das schien er ebenfalls zu begreifen, denn er hatte aufgehört, irgendwelche Einwände zu bringen, die allesamt von Kate niedergeschmettert worden waren.

Nur am Rande registrierte ich die malerischen Gassen, durch die wir drei schlenderten. Wenn mein Blick nicht auf den Typen gerichtet war, dann auf den Boden, da ich mir fieberhaft überlegte, wie ich ein Gespräch starten könnte.

Denn jetzt wusste ich, dass seine Augen nicht nur vor Ärger zu blitzen, sondern auch aus Wärme zu strahlen vermochten. Ich hatte es gesehen, für einen klitzekleinen Moment. Und an diesem Etwas, mit dem er mich ganz kurz gemustert hatte, hielt ich fest. Ich wollte es noch einmal sehen. Ihm noch einmal so nahe sein. Daher durfte ich es nicht verbocken.

Himmel, wie gut er sich unter mir angefühlt hatte. Die stahlharten Muskeln, seine starken Arme, die sich um meine Taille schlangen. Und erst der Geruch … männlich und herb, mit einer Prise Duschgel oder Deo, so genau konnte ich das nicht einordnen, da die Eindrücke zu schnell auf mich eingeprasselt waren.

Ja, ich war ihm seit der Rettungsaktion noch mehr verfallen als ohnehin schon. Und ich musste mir eingestehen, dass ich für ihn schwärmte. Was nichts Seltenes bei mir darstellte. Aber bei diesem Kerl war es noch mehr als Schwärmen. Es schien mir fast, als hätten sich unsere Seelen berührt, nicht nur unsere Körper.

»Sag mal, hast du auch einen Namen?«, fragte Kate, die ihren Hut inzwischen wieder aufgesetzt hatte, an meinen Retter gewandt.

Ich horchte auf und schielte zu ihm hinüber. Hinter der Sonnenbrille konnte ich seine Augen nicht erkennen, nahm aber an, dass sie wieder unheilvoll funkelten.

Er verfinsterte sein Gesicht noch stärker, ehe er ein knappes »Angel« hervorpresste.

»Nicht dein Ernst, oder?«, rief Kate begeistert. »Dann hattest du im wahrsten Sinn des Wortes einen Schutzengel, Hannes!«

Das Knurren, das Angel von sich gab, ließ mich zusammenzucken. Obwohl es verärgert und damit abschreckend hätte klingen sollen, spürte ich wieder eine wohlige Gänsehaut über meinen Rücken rinnen.

Kate, die mein Zucken natürlich bemerkte, da ich immer noch bei ihr untergehakt war, wandte sich mir zu und sah mich fragend an, doch ich schüttelte den Kopf.

Die Wirkung, die dieser Typ auf mich besaß, konnte ich ihr jetzt keinesfalls erklären – nicht solange er in der Nähe war.

Sie schien zum Glück zu verstehen, denn sie lenkte ihren Blick wieder auf den Weg und deutete mit der freien Hand in eine Richtung. »Dort vorne ist das Restaurant, das ich im Reiseführer gesehen habe und das mir von einem Bekannten, der auch schon mal hier war, empfohlen wurde. Es besitzt eine wunderschöne Terrasse, von der aus man den ganzen Krater und die Stadt überblicken kann. Ist es okay, wenn wir dorthin gehen, Angel?«

Aus dem Augenwinkel sah ich ihn mit den Schultern zucken, was Kate anscheinend als »Ja« deutete, denn sie steuerte geradewegs auf das Restaurant zu, Angel und mich im Schlepptau.

Kurz darauf saßen wir an einem kleinen Tisch der Terrasse, die uns eine atemberaubende Aussicht auf den mit Wasser gefüllten Krater bot. Angel und ich direkt am Geländer einander gegenüber, Kate am Kopfende dem Meer zugewandt.

Rechts und links breitete sich die weiß-blaue Stadt aus, und die Luft war so klar, dass ich unwillkürlich tief einatmete. Augenblicklich wurde ich ruhiger und entspannte mich unter der warmen Sonne, die auf uns niederschien.

Die Bedienung war sofort zur Stelle, und Kate orderte eine Flasche griechischen Weißwein für alle sowie für sich einen griechischen Salat. Angel, der nichts gegen den Wein einwandte, nachdem Kate ihn gefragt hatte, entschied sich ebenso wie ich für einen lokalen Meeresfrüchteteller. Im Nullkommanichts standen gefüllte Wein- und Wassergläser vor uns und wir prosteten einander zu.

Dabei fiel mir auf, dass Angel wohl ein Weinkenner sein musste, so wie er an seinem Glas roch und es hin und her schwenkte, bevor er daran nippte. Mit einem zufriedenen Nicken segnete er den Wein ab.

Wenigstens schien sich seine Laune inzwischen verbessert zu haben, denn er lehnte sich im Stuhl zurück und betrachtete ebenfalls die Aussicht, die einem Reisekatalog hätte entsprungen sein können.

Das Restaurant war wirklich wunderschön gelegen und ich zückte mein Handy, um den Moment festzuhalten. Da mein Akku von dem vielen Fotografieren und Filmen auf der heutigen Tour nur noch ein paar Prozent anzeigte, beließ ich es bei einer Handvoll Fotos, ehe ich mich über das Zaziki hermachte, das die Bedienung ganz selbstverständlich hingestellt hatte. Anscheinend war es hier in Griechenland üblich, dass man immer und überall Zaziki und Weißbrot bekam.

»Wundervoll, oder?«, hauchte Kate und ergriff meine Hand, die ich auf den Tisch gelegt hatte. »So schön hätte ich mir den Start unseres Urlaubes nicht vorgestellt.«

Ich musste ihr recht geben, Santorini war wirklich der Wahnsinn. Die Ausgrabungsstätte hatte mich komplett in ihren Bann gezogen und alles, was die Reiseleiterin über diese verschüttete Stadt erzählte, hatte ich regelrecht in mich aufgesaugt. Ich freute mich bereits riesig darauf, morgen Athen zu erkunden. Schon jetzt war ich Kate bis ans Ende meines Lebens für die Chance dankbar, dass ich mit ihr zusammen nach Europa reisen durfte.

Noch nie war ich so weit von zu Hause weg gewesen, da ich vor dem Job bei Kate nicht allzu viel verdient hatte. Ich lebte in einer kleinen Wohnung in der New Yorker Bronx und war gerade mal so über die Runden gekommen. Doch als Kate in mein Leben trat, veränderte sich alles. Sie ließ mich trotz meiner mangelhaften Ausbildung bei sich im Kunstladen arbeiten und jetzt schenkte sie mir auch noch diese außergewöhnliche Reise.

Ich hatte in der Zeit, in der ich bei ihr arbeitete, sogar schon so viel verdient, dass ich mir einen schönen Batzen zur Seite legen konnte. Ende des Jahres würde ich nach Manhattan ziehen, das hatte ich mir fest vorgenommen. Dann wäre ich näher bei der Arbeit, und Kate kannte einen Makler, den sie für mich engagieren wollte.

Oh ja, Kate war einfach ein unheimlich großzügiger und warmherziger Mensch. Auch wenn sie manchmal zu stark in Klischees dachte und das Herz auf der Zunge trug. Aber hey, wir waren alle nur Menschen, oder?

Noch während ich einen Schluck von dem sagenhaft guten Wein trank, krallte sich meine Freundin mit einem Mal an meiner Hand fest und lenkte damit meinen Blick auf sich.

»Alles okay?«, fragte ich besorgt. Rasch stellte ich mein Glas hin und studierte ihr Gesicht.

Sie hatte die Augen zusammengepresst, ließ jetzt meine Hand los und massierte sich stattdessen mit Daumen und Zeigefinger die Nasenwurzel über ihrer Sonnenbrille. Ihren Wein hatte sie kaum angerührt, also konnte ihre Reaktion nicht auf den Alkohol zurückzuführen sein.

»Kate?«, hakte ich nach und warf einen Hilfe suchenden Blick zu Angel, der sich ebenfalls ihr zugewandt hatte, sie jedoch nur stirnrunzelnd betrachtete.

»Geht gleich wieder«, murmelte meine Freundin und atmete ein paar Mal tief durch. »Mir ist nur schwindelig. Die Hitze, der Ausflug, der Wein …« Sie schüttelte benommen den Kopf. »Mein Kreislauf spinnt ein wenig.«

»Dann lass uns zurück aufs Schiff gehen«, sagte ich entschlossen.

Die Kellnerin kam soeben mit unserem Essen, aber vielleicht konnten wir es einpacken lassen.

»Nein. Nein!«, erwiderte Kate und hob die Hand in die Luft, um ihre Aussage zu unterstreichen. »Bleibt ihr hier und genießt das Essen und die Stadt. Ich geh alleine zurück. Die Rechnung geht auf mich.« Sie kramte in ihrer Handtasche und legte zwei Hunderteuronoten auf den Tisch.

»Kommt nicht infrage«, entgegnete ich, während die Kellnerin etwas unschlüssig neben ihr mit dem griechischen Salat stehen blieb und mich fragend ansah.

Ich bedeutete ihr mit der freien Hand, dass sie den Teller erst einmal hinstellen sollte, was sie auch mit einem erleichterten Lächeln tat, ehe sie sich um den nächsten Tisch kümmerte.

»Ich lasse dich in diesem Zustand nicht alleine zurückgehen«, sagte ich an meine Freundin gewandt.

Sie schenkte mir ein gequältes Lächeln. »Das ist lieb von dir, Hannes, aber es geht mir schon besser und die Seilbahn ist nicht weit entfernt. Ich schaff das, kein Problem. Bleib hier. Ich werde mich in der Kabine etwas hinlegen und am Abend wieder auf der Höhe sein, versprochen.«

Ich zögerte und sah erneut zu Angel, der immer noch stumm das Ganze verfolgte, ohne sein Essen anzurühren. Der Duft des Meeresfrüchtetellers stieg mir in die Nase und ließ das Wasser in meinem Mund zusammenlaufen.

»Bist du sicher?«, hakte ich nach.

»Ja, ich schreib dir, wenn ich zurück auf dem Schiff bin.« Ihr Lächeln wurde etwas fröhlicher, während sie aufstand und mir zum Abschied einen Kuss auf die Wange hauchte. »Mach Fotos, ja?«

Ich nickte und sah ihr hinterher, wie sie die Terrasse verließ. Sie warf nochmals einen Blick zurück und lächelte mir aufmunternd zu, dann war sie um die Ecke verschwunden.

»Que ridículo. Dir ist klar, dass das nur Theater war?«, lenkte Angels Stimme meine Aufmerksamkeit auf sich, nachdem sie gegangen war.

Ich wandte mich ihm zu und sah ihn entgeistert an. »Theater?«

Angel lehnte sich wieder in seinem Stuhl zurück und verschränkte die Arme vor der muskulösen Brust, ehe er leise durchatmete. »Sie versucht uns zu verkuppeln – und das mit allen Mitteln. Glaub mir, ich habe schon so einige Menschen mit Kreislaufkollaps gesehen. Das da war keiner.«

Mein Blick glitt zurück zu der Stelle, wo Kate soeben noch gestanden hatte. »Meinst du?«

Womöglich hatte er recht und Kate ihren Schwindel tatsächlich nur vorgetäuscht, um mich mit Angel allein zu lassen. Wenn dem so wäre, würde sie später auf dem Schiff was zu hören kriegen.

»Sí. Ich bin nicht blöd«, brummte er und hob die Gabel. »Wir essen jetzt, dann trennen sich unsere Wege.« Er schnappte sich Kates Salatteller und stellte ihn zwischen uns. »Buen apetito.«

Obgleich mir das Ganze äußerst unangenehm war, musste ich ihm recht geben. Es wäre zu schade gewesen, das tolle Essen einfach stehen zu lassen. Wenn ich jetzt aufstände und ginge, würde Kate mir zudem den Kopf abreißen, weil ich meine Chance auf ein Date mit Angel nicht ergriffen hatte. Sollte seine Vermutung, dass sie mir diese Gelegenheit absichtlich verschafft hatte, denn stimmen.

»Tut mir leid«, murmelte ich und nahm ebenfalls meine Gabel in die Hand, während Angel bereits die Meeresfrüchte in sich hineinschaufelte. Irgendwie passte es zu ihm, dass er kein langsamer Esser war.

Er sah mich über den Rand seiner Sonnenbrille fragend an (Gott, war das sexy!).

»Das … ich meine … dass meine Freundin uns verkuppeln will«, stotterte ich erklärend. »Also nicht dass ich kein Interesse hätte … im Gegenteil, aber …« Ich schob mir rasch eine Garnele in den Mund, ehe ich weiteren Blödsinn von mir gab und ihm noch einen Heiratsantrag machte.

Angel musterte mich wortlos, während er weiteraß. Er hatte beinahe den halben Teller geleert und dabei auch noch von Kates Salat probiert, während ich gerade mal dabei war, die Auswahl an Meeresfrüchten zu identifizieren. Vieles davon hatte ich in New York noch nie gesehen.

»Ich bin nicht zum Vergnügen hier«, sagte Angel nach einer Weile gedehnt und fuhr sich über das bärtige Kinn. »Und schon gar nicht, um zu vögeln. Auch nicht mit dir.«

Ich riss die Augenbrauen nach oben und spürte Wärme in meine Wangen steigen ob seiner direkten Worte.

Für einen Moment starrte ich ihn sprachlos an, dann glitt ein Grinsen über meine Lippen.

»¿Qué pasa? Ich erinnere mich nicht daran, einen Witz erzählt zu haben«, knurrte Angel und setzte wieder ein Gewittergesicht auf, ehe er weiteraß.

»Hast du auch nicht.« Mein Grinsen wurde etwas breiter, während ich in meinem Essen herumstocherte. Ihn jetzt anzuschauen, hätte ich nicht geschafft, ohne knallrot zu werden.

»Aber du denkst an Sex mit mir und du hast gesagt: ›Auch nicht.‹ Nicht: ›Schon gar nicht.‹ Das bedeutet, du würdest, wenn …«

»Por favor, para con eso«, sagte Angel gefährlich leise und legte die Gabel zur Seite, um einen Schluck Wein zu trinken. »Hör auf damit«, übersetzte er und schnaubte in sein Glas.

»Wieso bist du hier?«, fragte ich und nippte ebenfalls an meinem Wein.

»Weil Frauen wie Kate schlimmer als kleine Pinscher sind, die sich in ihrem Lieblingskuscheltier verbissen haben. Daher wollte ich das Essen einfach nur hinter mich bringen – zudem hatte ich Hunger.«

Ich lächelte über den Vergleich von Kate und dem Pinscher. Das Bild hatte was …

»Ich meine nicht, hier im Restaurant«, präzisierte ich meine Frage. »Sondern hier auf der Kreuzfahrt. Im Mittelmeer. Du meintest, dass du nicht zum Vergnügen hier seist. Warum dann?«

Angel hatte seine Gabel wieder aufgenommen und beugte sich über seinen Teller, um ihn wortlos und in Lichtgeschwindigkeit zu leeren.

Auch ich aß weiter, wenngleich etwas langsamer. Das Gericht war mindestens so genial wie die Aussicht und hatte es nicht verdient, dass man Fast Food daraus machte.

Schon glaubte ich, ich bekäme keine Antwort mehr auf meine Frage, da hob mein Gegenüber den Blick, und durch seine verdunkelten Brillengläser konnte ich es förmlich blitzen sehen.

»Escucha, chico«, sagte er wieder in diesem düsteren Tonfall, der jedem Mafiaboss alle Ehre gemacht hätte. »Ich habe dich vor einem Zusammenprall mit dem Reisebus bewahrt, deine Freundin hat mich zum Dank eingeladen. Wir sind quitt. Hätte ich gewusst, dass mein Einsatz mit einem aufgezwungenen Essen zusammenhängt, hätte ich dich vom Bus rammen lassen.« Er legte die Gabel auf seinen leeren Teller und trank das Weinglas aus. »Danke für das Essen. Und jetzt lass mich endlich in Ruhe.«

Ehe ich etwas antworten konnte, war er aufgestanden und verließ ohne ein weiteres Wort die Terrasse.

Ich sah ihm sprachlos hinterher.

Das war ja wohl die Höhe! So unhöflich war ich noch nie abserviert worden!

Rasch zückte ich mein Handy, um eine WhatsApp-Sprachnachricht an Kate zu senden und damit meinem Ärger Luft zu machen. Sie hatte mir ein Selfie von sich vor dem Kreuzfahrtschiff geschickt, schien also bereits im Hafen zu sein. Oder inzwischen vielleicht sogar schon auf dem Schiff, die Nachricht war einige Minuten her.

Hannes:

›Wow, dieser Angel ist vielleicht ganz hübsch, aber Manieren hat er mal so gar keine! Hat mich einfach hier im Restaurant sitzen lassen, der Hornochse! Ich hoffe, du bist gut auf dem Schiff angekommen und es geht dir etwas besser. Ich schau mir noch die Stadt an, dann komme ich nach.‹

Ich schickte die Nachricht ab, doch es bildete sich nur ein grauer Haken statt zwei. Wahrscheinlich hatte Kate keinen Empfang oder ihr Akku war wieder mal leer. Sie hatte echt Pech mit ihren Handys.

Da ich also keine Antwort von ihr erhalten würde, beschloss ich, mir wenigstens nicht den Tag von diesem aufbrausenden Latino vermiesen zu lassen, und aß in aller Ruhe meinen Teller fertig, ehe ich auch noch von Kates Salat probierte.

Nebenbei postete ich ein paar Bilder und Videos auf meinem Instagram-Account, dem gerade mal sechshundert Leute folgten.

Ich wechselte zum Account unseres Kunstladens, den wir natürlich mit der Europareise vollballerten, womit wir unsere neuntausend Follower unterhielten. Auch dort postete ich einige Fotos in der Story sowie ein besonders schönes im Feed und merkte, dass ich langsam echt auf meinen Handyakku schauen sollte. Er zeigte noch zwei Prozent an.

Während ich das restliche Essen genoss, trank ich den Wein (auch das unangetastete Glas von Kate), was sich im Nachhinein als Fehler herausstellte. Denn der Alkohol ging aufgrund der Sonne, die auf mich herunterbrannte, viel zu schnell in meine Blutbahn.

Aber das war mir in dem Moment egal. Ich hatte Lust, mich zu betrinken, schließlich war ich beinahe gestorben und danach von einem uncharmanten Schönling absorbiert worden!

Nachdem ich sowohl das Zaziki als auch Kates Teller und die Weinflasche geleert hatte, bezahlte ich und steckte den Rest des Geldes ein. Ich würde es Kate nachher auf dem Schiff zurückgeben. Die Kellnerin brachte mir zum Abschluss noch drei große Ouzo, die aufs Haus gingen, und ich exte kurzerhand alle drei, ehe ich mich schüttelte.

Als ich mich erhob, bereute ich, dass ich so viel so rasch getrunken hatte. Alles drehte sich um mich, und die Sonne tat ihr Übriges, dass der Alkohol rasend schnell in meine Blutbahn geriet.

Aber ich schaffte es, schwankend die Terrasse zu verlassen.

Kurz überlegte ich, mir jetzt noch die Stadt anzusehen, doch dann verwarf ich diesen unsinnigen Plan. Ich konnte froh sein, wenn ich heil zurück aufs Schiff käme, und die Seilbahnstation war nicht allzu weit weg. Wir waren vorhin daran vorbeigegangen, als Kate uns von der Busstation zum Restaurant dirigiert hatte.

Also schlug ich den Weg dorthin ein – um nach einigen Minuten zu merken, dass ich keine Ahnung mehr hatte, wo ich mich befand.

Ich stand in einer menschenleeren Seitengasse, in die ich ganz sicher nicht selbst gegangen war.

Oder doch?

Shit, ich hatte mich verlaufen!

Unbeholfen kramte ich das Handy aus meiner Hosentasche, um mit Google Maps den Weg zur Seilbahnstation zu finden. Ich musste mehrmals blinzeln, ehe ich den Bildschirm richtig erkennen konnte. Doch er blieb schwarz.

Auch das noch, mein Akku war endgültig tot.

Ich hätte heulen können!

Tat ich auch. Nun ja, zumindest innerlich.

Ein leises Seufzen drang über meine Lippen, bevor ich mich kurzerhand an Ort und Stelle auf den Boden niederließ. Ich war zu betrunken, um auch nur noch einen Schritt weiterzugehen, und würde einfach hierbleiben, bis mein Rausch nachließ. Ein paar Stunden hatte ich noch, ehe ich auf dem Schiff sein musste, das würde genügen, um zum Hafen zurückzukehren.

Den Kopf lehnte ich gegen die Hauswand hinter mir und schloss die Augen.

Nur kurz ausruhen, dann würde ich wieder auf den Beinen sein.

6

Babysitter

Angel

Ich stand an der Reling und blickte zurück auf Santorin. Es war später Nachmittag und die meisten Passagiere wieder auf das Kreuzfahrtschiff zurückgekehrt, denn in weniger als zwei Stunden würden wir ablegen.

Nach dem Essen hatte ich noch eine Runde durch die Stadt gedreht (die wirklich schön war) und dabei versucht das schlechte Gewissen zu verdrängen, das mir zuflüsterte, ich hätte diesen Typen nicht einfach sitzen lassen sollen.

Aber Hannes hatte schlicht und ergreifend die falschen Fragen gestellt und ich verspürte keine Lust, einem Wildfremden von meinen Beweggründen zu erzählen.

Hätte ich ihm auch einfach so ins Gesicht schleudern können, ja. Aber in solchen Situationen ging nun mal seit meinem letzten Einsatz das Temperament mit mir durch, das ich früher problemlos im Griff gehabt hätte.

Meine Hände schlossen sich fester um die Reling, während ich kurz die Augen zukniff – und sie direkt wieder aufriss, denn jemand schlug mir mit der flachen Hand kräftig gegen den Oberarm.

Was zum …

Ich fuhr herum, bereit, demjenigen eine zu scheuern, hielt aber mitten in der Bewegung inne und starrte auf die schlanke Frau in einem albtraumhaften gelben Punkte-Kleid, dessen Farbe sich mit ihren grünblauen Haaren biss.

»Sag mal, spinnst du?«, fuhr Kate mich gerade an und stemmte die Hände in die Hüften.

Keine Ahnung, was in diese Furie gefahren war, also verschränkte ich die Arme vor der Brust und wartete darauf, dass sie weitersprach.

»Du hast ihn einfach in diesem Restaurant sitzen lassen!«, kam die Erklärung dann auch postwendend.

Ach, Blondie war also zurück und hatte sich bei seiner Freundin ausgeheult. Lächerlich, dass sie mich dafür zur Rede stellen wollte. Ich war nicht sein Babysitter!

»Ich bin nicht sein …« Weiter kam ich nicht, denn sie unterbrach mich direkt.

»Hannes hat in etwa so viel Orientierung wie eine Ameise in der Wüste!«, fauchte sie und fuchtelte mit den Händen in der Luft. »Du kannst ihn nicht einfach in einer wildfremden Stadt allein lassen! Jetzt ist er dort oben irgendwo und findet nicht zurück zum Schiff!«

Ich hob die Augenbrauen. »Du hast ihn doch selbst allein gelassen«, bemerkte ich kühl.

»Ich …« Sie fuchtelte erneut mit einer Hand, ehe sie sich dafür entschied, sie mir ein weiteres Mal gegen den Oberarm zu stoßen.

Damit musste sie gleich wieder aufhören, ich war allergisch darauf, wenn mich jemand ohne meine Einwilligung anfasste.

»Ich dachte, du und er verbringt ein paar schöne Stunden in Santorini!«, zeterte sie und nahm zu ihrem Glück die Hand wieder von meinem Arm. »Ich konnte ja nicht ahnen, dass du den Anstand einer Kanalratte hast!«

»Kanalratte?« Ich verfinsterte meine Miene.

»Ja!« Sie nickte mit Nachdruck. »Du hilfst mir jetzt, ihn zu finden! Wir haben noch etwas Zeit, ehe das Schiff ablegt.«

»Mit Sicherheit nicht«, erwiderte ich grimmig.

»Oh doch!«, entgegnete sie mit einem Befehlston, der mich unwillkürlich an die Navy erinnerte. »Du hast ihn allein gelassen, also wirst du ihn mit mir zusammen suchen!«

Ich bewegte mich keinen Zoll. »Ruf ihn doch einfach an.«

»Geht nicht, verdammt!« Jetzt überschlug sich ihre Stimme (die Frau war echt verzweifelt). »Mein Handy ist zwar wieder geladen, aber seines ist aus. Hat wahrscheinlich keinen Akku mehr!«

»Vielleicht ist er schon auf dem Schiff?«, startete ich einen weiteren Versuch.

»Dann wäre ich ihm begegnet! Ich war schon zehnmal in der Kabine, habe ihm Zettel hinterlegt und alle Orte abgesucht, an denen wir uns bisher aufgehalten haben. Er muss noch in Santorin sein! Ich habe ihn sogar ausrufen lassen, aber nirgendwo ist er zu finden!«

Da ich nicht wirklich auf die Lautsprecherstimme hörte, war das wohl an mir vorbeigegangen.

Ich schloss kurz die Augen, was sie hinter meiner Sonnenbrille nicht sehen konnte, bevor ich tief durchatmete. »Hat er wenigstens eine Kopie seines Passes dabei?«

»Eine Kopie seines …?« Sie sah mich entgeistert an.

»Wenn er das Schiff verpassen sollte, muss er sich ausweisen können«, erklärte ich. »In dem Fall bringt man ihn mit einem Lotsenboot zum Schiff. Oder er wird zum nächsten Hafen gefahren, an dem wir haltmachen.«

»Nach Athen?!« Sie riss die Augen auf.

»Sí.« Ich nickte. »Steht alles in den Reiseunterlagen. Hättet ihr vielleicht mal lesen sollen, statt ständig Selfies zu schießen und euren Akku zu schrotten. Zudem findet sich auf dem Flyer, den sie uns vor dem Landgang in die Hände gedrückt haben, die Nummer des Hafen-Agenten, der das alles für Hannes organisiert.«

»Shit, ich glaube nicht, dass er eine Kopie seines Passes dabeihat«, murmelte sie nachdenklich.

»Wenn er keine Möglichkeit besitzt, jemanden anzurufen, wird es ohnehin schwierig«, entgegnete ich. »Aber das ist ein Touristenort, er kann einfach jemanden fragen, ob er kurz sein Handy benutzen könnte, und sich bei dir melden.«

»Er kennt meine Nummer doch nicht auswendig – lernst du etwa alle Nummern deiner Freunde? Dafür hat man doch eben gerade das Handy! Zudem … wenn er irgendwo rumläuft, wo ihn niemand versteht, würde ihm das beste Einstein-Gedächtnis nicht weiterhelfen! Ich kann nicht einfach hier sitzen und darauf warten, dass er mich womöglich anruft. Bitte, wir müssen ihn finden!« Sie sah mich erneut an, dieses Mal flehend. »Bitte, bitte, Angel. Ich übernehme auch alle Kosten, die womöglich anfallen. Aber ich darf meinen Freund nicht im Stich lassen!«

So jung sie auch war, sie schien ziemlich viel Geld zu besitzen. Wahrscheinlich hatte sie einen reichen Daddy, der ihr die Reise und den ganzen Luxus finanzierte, was mich wieder in mich hineinknurren ließ. Ich mochte solche verwöhnten Gören nicht.

Dennoch konnte ich nicht in aller Ruhe hier auf dem Schiff bleiben, während sie durch Santorin rannte und den verpeilten Typen suchte. So war ich einfach nicht. Und ein kleiner Teil von mir gestand sich auch ein, dass ich womöglich nicht ganz unschuldig daran war, dass Hannes nun vermisst wurde.

Also seufzte ich, ehe ich knapp nickte, was Kate erleichtert den Atem ausstoßen ließ.

»Geh in seine Kabine und lass ihm einen Zettel da für den Fall, dass er zurückkommt, während wir ihn suchen«, wies ich sie an. »Pack zudem ein paar Sachen für dich und ihn ein, sollten wir außerhalb des Schiffs übernachten müssen. Wir treffen uns in einer Viertelstunde bei den Tenderbooten.«

Sie nickte eifrig und huschte davon, während ich ebenfalls in meine Kabine zurückging, um das Nötigste in einen Seesack zu stopfen, den ich mir über die Schulter warf.

Ich hoffte nicht, dass wir an Land übernachten mussten, aber sicher war sicher. Nur schon mit einem Lotsenboot zum Schiff zurückzufahren, würde eine ziemliche Summe kosten, das war Kate wahrscheinlich gar nicht klar.

Zwar erklärte uns der Schiffsmitarbeiter, den wir baten, noch einmal nach Santorin übergesetzt zu werden, dass sie keinerlei Haftung übernehmen und auch nicht auf uns warten konnten, aber das war Kate egal. Ohne mit der Wimper zu zucken, bezahlte sie die Überfahrt und kurz darauf befanden wir uns erneut im alten Hafen des historischen Ortes.

»Wahrscheinlich wird er mit der Seilbahn zurückkommen«, überlegte Kate laut.

»Einer von uns sollte hier unten warten für den Fall, dass er von selbst zum Hafen findet«, bemerkte ich. »Ich werde nach oben fahren, du bleibst hier. Gib mir deine Handynummer, ich rufe dich an, wenn ich ihn gefunden habe. Oder du mich, wenn er hier aufschlägt.«

Sie nickte und tippte ihre Nummer in mein Handy. Ich rief sie kurz an, um sicherzugehen, dass sie korrekt war, und damit Kate

71

auch gleich meine besaß. Dann schnappte ich mir den Rucksack, den sie für Hannes gepackt hatte, und begab mich zur Gondelbahn.

¡Mierda maldita sea!

Unterwegs verfluchte ich mich für meine Hilfsbereitschaft.

Da die meisten Touristen nicht mehr nach oben, sondern nach unten wollten, musste ich dieses Mal nicht lange anstehen und war kurz darauf wieder im Stadtzentrum von Fira. Nur dass der Krater und seine Schönheit mich jetzt kaltließen. Ich wollte einfach so rasch wie möglich diesen Kerl finden, ihn zusammenstauchen und zurück zum Schiff schleppen.

Und danach endgültig sowohl ihm als auch Kate aus dem Weg gehen!

Das hatte ich mir an diesem Tag viel zu oft vorgenommen …

Zur Sicherheit checkte ich, ob mein Handy auch wirklich laut gestellt war, damit ich Kates Anruf nicht überhörte, sollte Hannes von allein im Hafen unten ankommen, und marschierte los.

Ich begann meine Suche in dem Restaurant, in dem wir gegessen hatten. Die Bedienung erinnerte sich sogar noch an uns, konnte mir aber leider nur sagen, dass Hannes vor etwa zwei oder drei Stunden gegangen war. Wohin, wusste sie nicht.

Na, das konnte ja heiter werden …

Damit ich nicht planlos in der Gegend herumlief, zog ich systematisch Kreise um das Restaurant, die immer weiter wurden. Gar nicht so einfach bei den verwinkelten Gassen. Dabei fragte ich beinahe jeden, der mir begegnete, ob er einen blonden Typen gesehen hatte (Kate hatte mir ein Bild von ihm geschickt), aber keiner konnte mir weiterhelfen.

Immer wieder checkte ich mein Handy, um Kates Anruf nicht zu überhören, falls sie Hannes vor mir fand.

Schließlich war beinahe eine Stunde vorüber, und wenn ich jetzt nicht langsam zurückging, würde ich das Schiff verpassen. Denn die Abfahrtszeiten der Kreuzfahrtschiffe waren nicht Pi mal Daumen, sondern wörtlich zu nehmen. Jede Reederei zahlte horrende Hafengebühren und konnte es sich nicht leisten, wegen drei Passagieren zu lange zu ankern. Die Back-on-board-Zeit, die uns vor dem Landausflug angegeben wurde, war bereits in zwanzig Minuten, danach würde es nur mit viel Überredungskunst gelingen, noch an Bord zu dürfen.

»Nichts gefunden«, brummte ich in mein Telefon, als ich Kate anrief.

»Hier ist er auch nicht«, sagte sie resigniert. »Ich habe mit dem Hafen-Agenten Kontakt aufgenommen, er hat den Kapitän unseres Schiffes informiert. Vielleicht wartet er noch ein paar Minuten länger, aber sicher sei das nicht, meinte der Agent. Ich warte noch auf einen Rückruf von ihm.«

»Ich dreh nochmals eine Runde, dann komme ich zurück zum Hafen«, erklärte ich.

Sie willigte ein und ich legte auf, ehe ich tief durchatmete und versuchte, mein pochendes Knie zu ignorieren. Der lange Fußmarsch durch Santorin tat ihm alles, nur nicht gut. Aber das würden ein paar Schmerzmedikamente heute Abend hoffentlich wieder regeln – jetzt musste ich erst mal diesen Kasper finden.

Wo hatte ich noch nicht nachgesehen?

Ich holte den Stadtplan hervor, auf dem ich meine Route mit einem Filzstift nachgezeichnet hatte. Bisher hatte ich nur im Zentrum gesucht, da ich es naheliegend fand, ihn hier anzutreffen. Die meisten Touristen hielten sich hier auf. Aber was, wenn er weiter weg gegangen war?

Die Stadt war zwar nicht allzu groß und wie man sich hier verlaufen konnte, stellte für mich ohnehin ein Rätsel dar.

Aber die Kellnerin hatte gesagt, dass Hannes beim Gehen ziemlich betrunken gewirkt habe. In mir wollte sich wieder das schlechte Gewissen regen, aber dass er die Weinflasche allein ausgetrunken hatte, war definitiv nicht meine Schuld. Nun gut, vielleicht war ich der Auslöser gewesen, aber eingeschenkt hatte er sich selbst.

Seufzend betrachtete ich den Stadtplan, ehe ich auf die Uhr sah, um abzuschätzen, wie weit ich noch gehen konnte, bevor ich umkehren müsste.

Okay, einen Versuch würde ich noch wagen.

Entschlossen begab ich mich aus dem Stadtzentrum und durchsuchte akribisch die Straßen.

Als ich mit einem Mal in einer abgelegenen Seitengasse eine Gestalt am Boden sitzen sah, die selig schlief, entfuhr mir ein lauter Fluch.

Maldición! Dieser Kerl hatte vielleicht Nerven!

7

Hach, wär das
doch ein Disneyfilm …

Hannes

Ich fuhr hoch, da mich jemand an der Schulter rüttelte, und brauchte einen Moment, bis ich begriff, wo ich war und warum.

Die Kopfschmerzen sowie Übelkeit, die mich gleichzeitig mit dem Erwachen überkamen, halfen mir schnell auf die Sprünge und frischten meine Erinnerungen auf.

Ich hatte mich betrunken und war in einer Seitengasse in Santorini eingeschlafen.

»Au«, murmelte ich und griff mir an die Stirn.

»Selbst schuld«, knurrte eine mir inzwischen bekannte Stimme mit lateinamerikanischem Akzent und ich blinzelte, bevor ich in Angels funkelnde Augen blickte.

Er trug keine Sonnenbrille, da die Sonne die Seitengassen nicht mehr erreichte.

Wie lange hatte ich geschlafen?

»Hoch mit dir!«

Ehe ich michs versah, packte er mich mit beiden Händen unter den Achseln und zerrte meinen Körper mit übermenschlich anmutender Kraft in die Höhe.

Mein Magen rebellierte bei der ruckartigen Bewegung und ich konnte gerade noch den Kopf drehen, bevor ich die Meeresfrüchte samt Salat und Zaziki wieder der Stadt zurückgab.

Nun ja, auf dem Teller hatte es zugegebenermaßen besser ausgesehen ...

Angel stieß einen Fluch aus, ehe er mich losließ. Ich hatte alle Mühe, in der Senkrechten zu bleiben. Die Wand hinter mir half dankbarerweise dabei.

»Wir müssen zurück aufs Schiff«, erinnerte mich Angel an die Tatsache, dass ich viel zu lange geschlafen hatte. »Kannst du gehen?«

»Ich hab einen Kater, keine Lähmung«, entgegnete ich mit einem halbherzigen Lächeln, während ich die Sonnenbrille abnahm. »Hast du mich etwa gesucht?«

Er antwortete mir nicht, stattdessen zückte er sein Handy und wählte eine Nummer. »Hab ihn«, sagte er knapp. »Wir kommen zum Hafen.« Die andere Person (wahrscheinlich Kate?) hatte keine Chance, ihm zu antworten, denn er legte direkt wieder auf, und sein Blick traf erneut auf meinen. »¡Vamos!«

Ich nickte und stemmte mich von der Wand ab.

Oh Mann, das hätte echt in die Hose gehen können. Wenn Angel mich nicht gesucht und gefunden hätte, hätte ich womöglich das Schiff verpasst.

Mein Blick fiel auf den Rucksack und den Seesack, die er über der Schulter trug.

Den Rucksack kannte ich.

»Hast du ... ist das meiner?«, fragte ich, während ich hinter ihm herging. Mein Kreislauf war im Eimer, aber ich biss die Zähne zusammen, um mit ihm Schritt zu halten.

»Sí«, war die kurz angebundene Antwort.

»Hättest du etwa … hättest du hier mit mir übernachtet?«
Meine Augenbrauen hüpften in die Höhe und ich starrte ungläubig den breiten Rücken vor mir an.

»Nicht mit dir. Wegen dir.« Er warf einen Blick über seine Schulter. »¡Rápido! Beeilung!«

Ich schluckte und lief schneller, was mir sowohl mein Kopf als auch mein Magen übel nahmen. Aber das war jetzt egal, es galt, rechtzeitig zurück aufs Schiff zu kommen.

»Danke«, rief ich dennoch und meinte es vollkommen ernst. Nach unserem gescheiterten Essen hätte ich nie und nimmer für möglich gehalten, dass Angel mich sogar suchen würde.

Zur Antwort erhielt ich nur ein Brummen, aber immerhin hatte er mich gehört.

Mir fiel auf, dass er stärker hinkte als sonst, und das schlechte Gewissen in mir regte sich unwillkürlich. Anscheinend war er echt lange unterwegs gewesen.

Dank Angels Orientierungskünsten waren wir im Nullkommanichts bei der Seilbahn, und kurz darauf saßen wir in der Gondel und schwiegen uns an. Gerne hätte ich mich nochmals bedankt oder entschuldigt (oder mich dankend entschuldigt), aber Angels verschlossene Miene erstickte jegliches Wort, das mir auf der Zunge lag, im Keim. Also biss ich mir auf ebenjene und starrte aus dem Fenster, was mir wiederum meine Höhenangst in Erinnerung rief.

Huiii, war das hoch! Auf dem Maultierrücken hatte es mir wesentlich besser gefallen.

Zwar dauerte die Gondelfahrt nur wenige Minuten, aber mir kam es vor wie eine Ewigkeit.

Im Hafen angekommen, rannte uns eine erleichterte Kate entgegen und schloss mich in ihre Arme.

»Was machst du nur für Sachen?«, rief sie an meinem Ohr und ich zuckte zusammen, da mein Kopf direkt wieder zu dröhnen begann.

»Bin eingeschlafen«, gab ich zerknirscht zu.

»Eingeschlafen?« Sie hielt mich eine Armlänge von sich weg und sah mich ungläubig an.

»Er hat sich besoffen und eine Seitengasse als Schlafplatz gewählt«, half ihr Angel freundlicherweise auf die Sprünge.

Ich schwankte zwischen Ärger über seine flapsigen Worte und Peinlichkeit, weil er recht hatte.

»Du bist mir einer …«, murmelte Kate lächelnd. »Komm, wir fahren zurück zum Schiff.« Sie deutete mit dem Kopf in Richtung Pier. »Ich konnte den Kapitän überzeugen, dass er noch auf uns wartet.«

Ich nickte und folgte ihr zum Lotsenboot, das sie organisiert hatte.

Schon von Weitem hörten wir die Spottrufe der anderen Passagiere, die sich an der Reling eingefunden hatten, um unsere Rückkehr zu beobachten. Offenbar hatte der Kapitän eine Durchsage gemacht, dass er noch auf ein paar verspätete Mitreisende warten musste, anders konnte ich mir nicht erklären, dass sich so viele Schaulustige eingefunden hatten. Jubel und Klatschen vermischte sich mit Pfiffen und Gelächter.

Oh Mann, das war vielleicht peinlich …

Aber nichts im Vergleich zu dem, was danach folgte, denn wir mussten durch eine Seitenluke in der Bordwand ins Schiff klettern. Dabei waren wir bloß mit Schwimmwesten gesichert – ein gewagtes Manöver, das anscheinend nur in seltenen Fällen durchgeführt wurde, wie Kate mir erklärte.

Notiz an mich: Nie wieder den Landgang versemmeln.

Mit zittrigen Beinen stand ich kurz darauf auf dem Schiff und folgte Kate in unsere Kabine. Angel hatte mir den Rucksack in die Hände gedrückt, ehe er sich mit einem mürrischen »Wir sind endgültig quitt« von uns verabschiedete.

Zurück in unseren vier Wänden warf ich mich stöhnend aufs Bett, nachdem ich mir gleich zwei Aspirin eingeworfen hatte. Kate hatte eine Doppelkabine für uns gebucht, die über ein breites Bett verfügte, das wir uns teilten.

»Also eins muss man dir lassen: Mit dir wird es nicht langweilig«, bemerkte sie lachend und setzte sich neben mir auf die Matratze.

Zur Antwort blinzelte ich sie nur an. Danach kramte ich in meiner Hosentasche und holte das restliche Geld hervor, das sie mit einem Lächeln entgegennahm.

»Danke dir. Ich geh jetzt eine Runde in den Pool«, meinte sie vergnügt und verstaute die Euros in ihrem Portemonnaie. »Ruh dich aus, ich hol dich, wenn die Sonne untergeht, und dann werden wir zusammen essen.«

»Essen«, stöhnte ich. Daran konnte ich jetzt beim besten Willen nicht denken.

»Eine leichte Suppe oder so für dich«, erklärte sie mit mütterlichem Lächeln. »Und viel Salz und Brot.«

Das klang schon besser.

»Wie geht es eigentlich deinem Kreislauf?«, wollte ich wissen.

Sie wandte den Blick ab und erhob sich von der Matratze. »Besser«, meinte sie ausweichend.

»Hast du uns absichtlich alleine gelassen?« Ich musste es einfach wissen.

Jetzt sah sie mich wieder an und grinste. »Das würdest du mir zutrauen?«

»Jap.«

Zur Antwort lachte sie nur und begann, in ihrem Koffer herumzukramen.

Ich beobachtete, wie sie ihre Schwimmsachen zusammensuchte und kurz im kleinen Bad verschwand, ehe sie mit ihrem Bikini zurückkehrte. Ihre Figur war echt der Hammer.

»Bis später«, rief sie und verschwand aus der Kabine.

Ich schloss seufzend die Augen und riss sie gleich wieder auf, da ich unbedingt noch mein Handy aufladen musste. So etwas wie in Santorini durfte mir nicht noch einmal passieren!

Erst dann legte ich mich wieder hin und döste ein wenig, um mich vollständig vom Kater zu erholen.

Kate holte mich wie versprochen wenig später zum Sonnenuntergang ab. Immerhin hatten die Aspirin ihre Wirkung getan und auch meinem Magen ging es wieder besser. Sogar so gut, dass ich mich regelrecht auf eine Suppe und Brot freute.

Aber erst beobachteten wir fasziniert das Schauspiel, das sich uns am Himmel bot. Der Horizont war blutrot und ich dachte wehmütig an Santorini zurück, das bereits weit hinter uns lag. Von den Klippen aus müsste es ein Wahnsinnsspektakel sein, den Sonnenuntergang zu beobachten.

Anschließend saßen wir an einem kleinen Tisch im Speisesaal und ich hatte eine Cola sowie Tomatensuppe vor mir. Und Brot. Viel Brot. Da mein Magen leer war, löffelte ich die Suppe hungrig in mich rein.

»Dort ist Angel«, flüsterte Kate mir zu, die soeben ihr Lammkotelett in kleine Happen schnitt.

Mein Kopf fuhr herum, um nach meinem Lebensretter Ausschau zu halten, und tatsächlich entdeckte ich ihn beim Buffet.

Er trug ein weißes Poloshirt und dunkle Jeans. Das Haar hatte er nach hinten gekämmt, doch eine Strähne fiel ihm in die Stirn, was ihn noch heißer aussehen ließ. Beim Gedanken, dass ich mit diesem hübschen Mann heute sogar gegessen hatte, flatterten kleine Schmetterlinge in meinem Bauch auf.

»Ich hab übrigens seine Nummer«, sagte Kate mit verschwörerischem Zwinkern und aß ein Stück Fleisch, ehe sie nach meinem Handy griff, das ich neben mich auf den Tisch gelegt hatte. »Komm, schreib ihm.«

»Nein«, wiegelte ich ab und schob mir etwas Brot in den Mund, das ich zuvor in die Suppe getunkt hatte. »Das kann ich nicht.«

»Ach komm schon, sei kein Frosch«, erwiderte sie, legte mein Handy aber wieder zurück, da es ohnehin gesperrt war.

»Was soll ich ihm schreiben?«, fragte ich unsicher.

»Dass er ein heißer Kerl ist und du ihm danken willst?« Sie klimperte unschuldig mit den Wimpern. »Oder du fragst ihn direkt nach einem Date.«

»Spinnst du?« Ich riss entgeistert die Augen auf. »Er würde mir den Kopf abreißen.«

»Oder er geht darauf ein – so genau kannst du es nicht wissen.«

»Äh, hallo? Mein Kopf könnte draufgehen.« Ich deutete auf meine Stirn.

»Oder du könntest deinen Traummann daten«, hielt sie dagegen.

»Er hat mir ziemlich klar gesagt, dass ich ihn in Ruhe lassen soll – ein paar Mal sogar schon«, erinnerte ich sie an eine Tatsache, die sie anscheinend großzügig verdrängte.

»Ach, Männer sagen doch das eine und meinen das andere«, tat sie meinen Einwand schulterzuckend ab.

»Du meinst, Frauen. Frauen sagen das.«

»Oder Männer.« Sie grinste. »Wie auch immer, zwischen euch ist etwas, das muss er doch auch merken. Selbst wenn es ›nur‹ ein Urlaubsflirt ist. Das hast du dir verdient.«

»Ich habe ihn beinahe angekotzt. Ich glaube nicht, dass er mit mir flirten will.«

»Trotzdem hat er dich zurück zum Schiff gebracht.« Sie sah mich mit hochgezogener Augenbraue an. »Das bedeutet doch etwas, oder?«

»Dass er das Schiff nicht verpassen wollte.« Ich verschränkte die Arme vor der Brust. »Sosehr ich dich auch liebe, Kate, aus dem Verkupplungsversuch wird nichts. Nicht in diesem Leben.«

»Jetzt zier dich doch nicht so«, schmollte sie mit hervorgeschobener Unterlippe. »Das ist ja schlimmer als in einer Soap.«

»Weil es das echte Leben ist.« Ich prostete ihr mit meiner Cola zu. »Cheers.«

»Määäh.« Sie tippte mit dem Finger gegen ihr Weinglas. »Es muss einen Weg geben, diesem Kerl zu verklickern, dass du ein Hauptgewinn bist.«

»Auch wenn mir das schmeichelt, ich glaube, er würde lieber verlieren, als mich auch nur mit den Fingerspitzen anzufassen.«

Die Art, wie Kate mich gerade mit zusammengekniffenen Augen ansah, gefiel mir nicht. Das tat sie immer, wenn sie etwas ausheckte, und wenn es um mich und Angel ging, war mir das jetzt schon suspekt.

»Du planst etwas, richtig?«, fragte ich und hoffte, sie würde verneinen.

Sie ging nicht auf meine Frage ein, stattdessen fuhr sie sich gedankenversunken mit dem Zeigefinger über die rot geschminkte Oberlippe. »Angel scheint ziemliche Beschützerinstinkte zu haben«, murmelte sie mehr zu sich selbst als zu mir. »Was wäre, wenn wir dich in Gefahr brächten und er dich retten kann?«

»Spinnst du?«, wiederholte ich zum zweiten Mal an diesem Abend. »Ich begebe mich sicher nicht in Gefahr!«

Sie hob abwiegelnd die Hand. »Nicht richtig, nur zum Schein. So, dass er nicht anders kann, als dir zu helfen. Und dann, wenn du in seinen Armen liegst, küsst du ihn einfach oder so.«

»Oder so«, äffte ich sie nach und verdrehte die Augen. »Kate, das hier ist kein Disneyfilm!«

»Findest du ihn scharf?« Sie sah mich forschend an.

»Ja, aber …«

»Und würdest du ihn näher kennenlernen wollen?«, unterbrach sie mich.

»Natürlich, doch …«

»Dann schnapp ihn dir!« Sie ließ ihre Handfläche auf den Tisch sausen, sodass es laut klatschte und unsere Tischnachbarn sich erschrocken zu uns umdrehten. »Wir sind hier in Europa. Im Urlaub. Dort ist ein heißer Kerl. Zudem liegt deine letzte Beziehung Monate zurück … es ist Zeit, wieder aufs Pferd zu steigen. Oder in deinem Fall auf einen Latino.« Sie grinste mich an. »Ich helfe dir dabei.«

»Ich weiß, wie man reitet«, warf ich lachend ein. Ihr Optimismus war einfach ansteckend.

»Nicht beim Reiten, du Blödmann.« Sie stieß mir spielerisch gegen die Brust. »Obwohl … Angel einmal nackt zu sehen, wäre schon ziemlich geil.«

»Wem sagst du das?«, seufzte ich und schielte zu dem dunkelhaarigen Mann, der sich soeben vom Buffet abwendete, um einen Platz draußen an einem der Tische zu suchen. »Ach du lieber Himmel, diese Jeans tut aber auch wirklich alles dafür, ihm einen Knackpo zu verpassen.«

»Wem sagst du das?«, hörte ich Kate neben mir seufzen und wandte ihr den Kopf zu, ehe wir beide laut loslachten.

»Okay«, sagte ich, nachdem wir uns beruhigt hatten.

»Okay?« Sie sah mich fragend an, während ihre blauen Augen vergnügt glänzten.

»Okay, ich wage es«, konkretisierte ich.

»Nicht dein Ernst!«, rief sie und klatschte begeistert in die Hände.

»Aber wenn ich dabei draufgehe, will ich dich nicht auf meiner Beerdigung haben«, bemerkte ich mit erhobenem Zeigefinger.

»Deal!« Sie strahlte über das ganze Gesicht. »Awwww, wie cool! Ihr werdet ein absolutes Traumpaar!«

Ich schüttelte lachend den Kopf.

Wäre das ein Disneyfilm, würde jetzt mit Sicherheit ein Zusammenschnitt der nächsten Tage erfolgen, in denen Kate mich vom Springturm beim Pool stoßen, mir ein Bein stellen und Angel vor die Füße stolpern lassen oder mich an der Reling schubsen würde, damit er mich retten könnte. Und Angel würde ein ums andere Mal mit grimmiger Miene an mir vorbeigehen und mich meinem Schicksal überlassen.

Aber das war nun mal kein Disneyfilm.

»Eine Bedingung«, sagte ich und Kate sah mich abwartend an. »Ich möchte es auf *meine* Art versuchen. Ohne deine Hilfe.« Sie wollte schon etwas einwenden, aber ich ließ sie nicht zu Wort kommen. »Ich will das nicht noch einmal verbocken, okay?«

Die Wärme, mit der sie mich anschaute, berührte mich tief in meinem Innersten.

Was würde ich dafür geben, wenn Angel mich auch nur ein Mal auf diese Weise ansehen würde …

8

Wenn Athena
Aphrodite spielt

Angel

Bereits gegen acht Uhr am nächsten Tag fuhren wir in den Hafen Piraeus bei Athen ein. Dieses Mal stellte ich mich zusammen mit den anderen Passagieren an die Reling, denn ich war neugierig, wie diese berühmte antike Stadt aussah.

Ich musste zugeben, ich war ein wenig enttäuscht. Insgeheim hatte ich gehofft, direkt die Akropolis zu sehen, stattdessen fiel mein Blick auf unzählige Häuser, größtenteils in hellen Farben, sodass es wie ein weißes Meer wirkte, das an die Ägäis anschloss. Der Fog, der sich über der Stadt sammelte, erinnerte mich an jenen in New York.

Das Anlegen im Hafen dauerte etwas mehr als eine halbe Stunde, während der ich den Flyer studierte, den wir erhalten hatten. Anscheinend war Athen über fünftausend Jahre alt und der Hafen, in dem wir ankerten, wurde jährlich von etwa neunzehn Millionen Touristen angepeilt. Imposante Zahlen, die ich mir automatisch wieder merkte.

Unser Kreuzfahrtschiff würde nur bis sechs Uhr bleiben, aber das verschaffte uns genug Zeit für einen ausgiebigen Tagesausflug. Obwohl auch andere Ausflugsziele angeboten wurden, die einen beispielsweise nach Korinth oder Delphi brachten, oder eine Segeltour an der Küste entlang beinhalteten, entschied sich der Großteil unseres Schiffes für die Akropolis-Besichtigung. Dazu gehörten neben dem Besuch des Parthenons auch der des Akropolis-Museums, aber das war in Ordnung. Schlimmer als in Santorin würde die Beschauung der alten Steine, Statuen und Vasen nicht werden. Die Fotos des Museums, das der Flyer mir zeigte, wiesen zudem darauf hin, dass das moderne Gebäude schon allein mit seinen Glasfronten und dem Blick über Athen ein Hingucker war.

Nachdem wir das Hafenterminal verlassen hatten, wartete ein Shuttlebus auf uns, der alle Passagiere ins Zentrum brachte.

In dem ganzen Gewusel der vielen Mitreisenden entdeckte ich weder Blondie noch seine Begleitung. Sehr gut, ich würde einen ruhigen Aufenthalt in Athen verbringen. Allein, nur mit meinen Gedanken und einer weiteren Dröhnung Antike.

Schon vom Reisebus aus konnte ich den imposanten Hügel sehen, der sich über die Stadt erhob. Gemäß Reiseleitung war die wörtliche Übersetzung von Akropolis ›Oberstadt‹ oder ›Stadt über der Stadt‹, und im antiken Griechenland hatte sie einen eigenen Bezirk dargestellt.

Ins Auge fiel natürlich sofort der Parthenon, ein beeindruckender Tempel mit Dutzenden von Säulen. Gewidmet einst Athena, der Schutzgöttin der Stadt, die früher anscheinend als übergroße Statue von dort oben über die Griechen gewacht haben sollte. Seit einigen Jahrzehnten wurden die Akropolis und damit auch der Parthenon renoviert und restauriert, daher umgaben weite Teile des Tempels Baugerüste.

Trotzdem war es bereits aus der Ferne ein Eyecatcher und selbst ich, der kein Historik-Nerd war, kam nicht umhin, die alten Griechen für diese Baukunst zu bewundern.

Der Reisebus brachte uns zum Nordeingang, wo meiner Gruppe, bestehend aus vierzig Mitpassagieren, ein Reiseleiter zugewiesen wurde. Ich war froh, dass ich in weiser Voraussicht eine Wasserflasche vom Schiff mitgenommen hatte, denn ein Blick auf die Preise eines der herumstehenden Getränkeautomaten ließ mich aus allen Wolken fallen. Vier Euro für einen halben Liter! Der reinste Wucher! Anscheinend nutzten solch frequentierte Touristenorte jede Gelegenheit, Geld zu machen. Wassertrinken war hier äußerst wichtig, da die Sonne heiß auf uns herunterbrannte, während wir dem Reiseleiter folgten.

Zum Glück besaßen wir aufgrund des geführten Rundgangs bereits Tickets, denn obwohl es kaum zehn Uhr war, hatten sich beachtliche Touristenschlangen vor den Ticketschaltern gebildet.

Ein Weg führte hinauf zum Eingang der Akropolis, den sogenannten Propyläen, die aus mehreren monumentalen Säulen bestanden. Ein imposanter erster Eindruck dieses antiken Bezirkes. Nachdem wir die Propyläen passiert hatten, fiel der Blick direkt auf den Parthenon, zu dem wir hochstiegen.

Die Marmorplatten des Weges waren durch die vielen Touristenfüße, die jährlich hier hochkraxelten, rutschig und jetzt wurde mir klar, wieso für diesen Landausflug auf festes Schuhwerk hingewiesen worden war. Auch der Wind, der hier oben herrschte, machte einigen Touristen zu schaffen, die Hüte trugen. Unwillkürlich sah ich mich nach Kate um, die heute bestimmt wieder eine geschmacklose Kopfbedeckung spazieren führte. Allerdings konnte ich sie in der Masse der Touristen, die zur Akropolis hochstiegen, nicht entdecken.

Der Reiseleiter erzählte von der antiken Zivilisation, die hier einst gelebt hatte, während er uns zum östlichen Teil der Anlage führte, wo sich eine Aussichtsplattform befand. Von dort aus hatte man eine unheimlich schöne Aussicht über ganz Athen und den Parthenon.

Ich schoss ein paar Fotos und bemerkte dabei eine Nachricht, die auf meinem Handy aufleuchtete und bereits einige Stunden alt war.

Charly♡:
Hey, melde dich gefälligst
mal wieder.
Wie geht es dir?
Was macht Griechenland?

Ich schickte das Foto, das ich soeben geschossen hatte, mit den Worten:

Angel:
Das würde dir gefallen.

Da es in Amerika mitten in der Nacht war, würde ich vorerst meine Ruhe haben.

Der Reiseleiter erklärte gerade, dass wir nun etwas Zeit hätten, um uns auf der Akropolis umzuschauen. Er empfahl noch ein paar antike Stätten, die man seiner Meinung nach unbedingt gesehen haben musste, und ich nahm mir vor, für Rick wenigstens eine davon anzustarren.

Aber erst mal suchte ich mir einen Platz, der nicht von unzähligen Touristen belagert wurde, und ließ den Blick erneut über die weiße Stadt gleiten, deren Fog so viel Geschichte unter sich barg.

Wie winzig man sich fühlte, wenn man etwas derart Monumentalem gegenüberstand.

Ich atmete tief ein und merkte, wie mein Herz zum ersten Mal, seit ich mich hier in Europa befand, wirklich zur Ruhe kam. Die warmen Sonnenstrahlen, die riesige Stadt, die historische Vergangenheit dieses Ortes … alles vereinte sich zu einem Gesamtbild, das einen Abdruck auf meiner Seele hinterlassen würde.

Beinahe konnte ich Rick an meiner Seite spüren, seine Präsenz war fast schon greifbar.

Ihm würde das hier ebenso gefallen wie Charly.

Für eine Minute nahm ich mir Zeit, in den Erinnerungen an Rick zu schwelgen. Ich dachte nicht an die schlimmen Tage, sondern die guten. Jene, wenn wir zusammen gelacht oder uns betrunken hatten. Wenn wir Seite an Seite durch feindliches Gebiet gezogen waren und ganz genau wussten, dass wir einander zu hundert Prozent vertrauen konnten, während das Adrenalin durch unsere Adern jagte. Das, diese Empfindung, war es, die mich süchtig nach dem beschissenen Krieg gemacht hatte. Das Gefühl, mächtig zu sein, unsterblich.

Und nun stand ich hier auf der Akropolis in Athen und musste mir eingestehen, dass ich mich immer und immer wieder selbst belogen hatte. Bei jedem einzelnen Einsatz. Jedes Mal, wenn ich den Finger krümmte, um den Abzug einer Waffe zu betätigen.

Meine Macht war reiner Selbstbetrug gewesen und als das Scheinbild dieser Lüge aufflog, blieb nichts als ein gebrochener Mann, der sich und die Welt, die ihm das angetan hatte, hasste. Der sich wünschte, niemals geboren worden zu sein.

Ich war nicht mächtig, sondern ein Nichts. Ein Niemand.

Das wurde mir in dieser Sekunde unter der Sonne Griechenlands bewusst. In der Stadt, deren Vergangenheit so viele Geschichtsbücher füllte. Trotzdem … selbst die Bauwerke dieses großartigen Volkes waren nach einigen Jahrtausenden nichts weiter als weiße Steine. Verblichen wie Knochen unter den Sonnenstrahlen.

Unwillkürlich wanderte meine Hand zur Hundemarke, die ich an der Kette unter dem Shirt trug.

»Hey, tolle Aussicht, oder?«

¡Maldita mierda!

Die Stimme, die hinter mir erklang, entlockte mir ein genervtes Seufzen. »Stalkst du mich?«, knurrte ich, ohne mich zu dem Plagegeist umzudrehen.

Ich ließ meinen Anhänger los und ballte stattdessen die Finger auf der Brust zur Faust.

»Ist die Frage ernst gemeint?«, ertönte es jetzt neben mir.

Als ich nun doch meinen Kopf zu ihm drehte, sah ich, dass Hannes seine Brauen in die Höhe gezogen hatte. Hinter der Sonnenbrille konnte ich seine Augen nur erahnen und der Wind zerzauste sein blondes halblanges Haar, verwuschelte es in alle Himmelsrichtungen, sodass er ein bisschen wirkte, als hätte er in eine Steckdose gefasst.

»Du weißt schon, dass alle Passagiere unseres Schiffes sich gerade hier auf der Akropolis tummeln?«, setzte der Schlaumeier nach. »Dann würden entweder sie *alle* dich stalken oder aber …« Er machte eine bedeutsame Pause. »OMG … oder … es ist eine Touristenattraktion!« Er riss eine stumme ›Oh‹-Grimasse und hielt sich auch noch die Hand vor den Mund, während er die Augen theatralisch aufriss.

»Ich sehe nicht dreitausend Leute, die sich ausgerechnet einen Platz neben mir ausgesucht haben, um auf die Stadt runterzustarren«, erwiderte ich. »Nur dich.«

»Vielleicht, weil ich der Einzige bin, den deine düstere Aura nicht abschreckt.« Hannes zuckte mit den Schultern.

»Sí. Oder weil du der einzig Lebensmüde bist«, brummte ich. »Nervst du dich selbst eigentlich auch so wie mich?«

Ein leises Lachen drang aus seiner Kehle und ich verengte die Augen, weil ich den Klang irgendwie mochte. Keine Ahnung, warum, aber sein Lachen war seltsam angenehm.

Wann hatte ich das letzte Mal gelacht? Ich erinnerte mich nicht mehr daran … es musste mit Rick gewesen sein. Auch sein Lachen war ansteckend gewesen und hatte mir stets einen Schauer verpasst. Aber nicht von der Sorte, wie es Blondlöckchen gerade zu tun vermochte. Bei Rick war es freundschaftlich und ich hatte immer das Gefühl, ein Stück Heimat dabeizuhaben, wenn er an meiner Seite war.

Bei Hannes war es … Es war was anderes. Anziehenderes. Etwas, das mich in seinen Bann zog, auch wenn ich mich dagegen wehrte. Etwas, das ein Teil von mir erkunden wollte, weil es mein Interesse weckte. Es war rein, unschuldig, unberührt und definitiv nicht für einen kaputten Mann wie mich bestimmt. Doch genau das machte es so faszinierend.

Maldito, ich hatte keinen Nerv für so was.

Ich rückte meine Sonnenbrille zurecht und starrte wieder auf die Stadt herunter, die mir mit ihrem Weiß jetzt plötzlich ebenfalls so rein und unschuldig erschien, dass ich hätte kotzen können.

»Du denkst, du bist es nicht wert, oder?«, fragte Hannes nach einer Weile.

»Sag bloß, du bist ein Psychiater, der wahllos Floskeln von sich gibt in der Hoffnung, dass eine davon zutrifft«, stieß ich zwischen zusammengepressten Zähnen hervor.

Erneut erklang dieses warme Lachen, dieses Mal lauter. »Nein, ich bin Kunsthändler. Nun ja, angehender Kunsthändler. Sozusagen in Ausbildung. Diese Reise ist ein Geschenk meiner Chefin Kate.«

Kunsthändler? Okay, damit hatte ich nun wirklich nicht gerechnet.

Ich warf noch einmal einen Blick zu ihm rüber und schüttelte innerlich den Kopf.

Mit seinen blonden Haaren und den feinen Gesichtszügen widersprach er meiner Vorstellung von Kunsthändlern als alte verschrobene Männer, die sich hinter verstaubten Büchern versteckten.

Er erwiderte meine Musterung, und das Lächeln, das er mir schenkte, war weder aufdringlich noch neckend. Es war einfach ein Lächeln, das sein Gesicht und dadurch ihn selbst strahlen ließ. Beinahe konnte ich die Wärme spüren, die von dieser Geste ausging und ihre Hände nach mir ausstreckte, um mein Innerstes zu berühren.

Mierda, was dachte ich da bloß?

Mein Innerstes war düster und kaputt. Und bestimmt nicht dafür gemacht, sich einem Kerl wie ihm zu zeigen, geschweige denn sich von seinen schlanken Händen anfassen zu lassen, die mit Sicherheit noch nie eine Waffe gehalten hatten.

»Du denkst, du bist es nicht wert, oder?«, wiederholte er und legte den Kopf schief. »Dass man dich mögen könnte, mein ich.«

»Ich muss nicht gemocht werden«, entgegnete ich barsch und wollte mich wegdrehen, um ihn kurzerhand stehen zu lassen, da ergriff er meinen Arm.

Die Berührung elektrisierte mich auf eine Art und Weise, wie ich es nicht für möglich gehalten hätte.

Als Kate mich auf dem Schiff angefasst hatte, war da nur der Drang, sie wegzustoßen.

Bei Hannes … etwas in mir wollte ihn noch intensiver fühlen. Ihn an mich ziehen und herausfinden, was genau es war, das mich in seinen Bann zog. Ob ich einen Teil seiner Reinheit für mich selbst haben konnte – haben durfte.

»Hey«, sagte er leise und ich blieb stocksteif stehen. »Ich … ich mag dich. Das wollte ich dir einfach nur sagen.«

Er ließ mich so langsam los, dass es beinahe wie ein Streicheln wirkte, und auch als seine Finger mich nicht mehr berührten, konnte ich sie weiterhin an der Stelle spüren, wo sie auf meinem Arm gelegen hatten. Es war, als hätten sie Abdrücke hinterlassen.

Wann hatte mir das letzte Mal ein Wildfremder gesagt, dass er mich mochte? Keine Ahnung … das musste in dem früheren Leben gewesen sein, in dem ich auch gelacht hatte.

Wie in Zeitlupe drehte ich mich nach ihm um und musterte ihn. »Was willst du von mir?«, fragte ich stirnrunzelnd.

»Ich möchte dich näher kennenlernen«, sprach er offen die Worte aus, die er nicht hätte sagen müssen.

Es war offensichtlich, sonst hätte er mich nicht gefühlt überallhin verfolgt. Trotzdem hatte ich ihm die Frage gestellt – wieso? Ich hätte ihn wegschicken sollen, verdammt.

Kurz glitt ein verlegenes Grinsen über seine Züge, dann räusperte er sich. »Hör zu, ich bin nicht gut in so was, denn normalerweise mache ich so was auch nicht. Also ich meine … so direkt jemanden anzusprechen. Das ist nicht meine Art. Aber … da ist etwas zwischen uns, oder? Möchtest du nicht herausfinden, was es ist? Du musst es doch auch spüren.« Unwillkürlich hob er die Hände und machte eine abwehrende Geste. »Ehe du mir jetzt an die Gurgel springst oder mich von der Akropolis schubst: Falls dem nicht so ist, lasse ich dich ab sofort in Ruhe und du darfst

für den Rest der Reise grimmig in der Gegend rumschauen.«
Mein Gesicht musste gerade wie eine einzige Gewitterwolke wirken, denn das Lächeln, das sich auf seine Züge stahl, war an Unsicherheit kaum zu überbieten. »Falls … falls nicht … also, falls du gern einen Kaffee oder so mit mir trinken würdest, würde ich mich freuen.«

Einen Kaffee trinken? Echt jetzt? Ich bräuchte mindestens einen doppelten Whiskey, um ein Treffen mit ihm durchzustehen!

Ich verschränkte die Arme vor der Brust und ließ meinen Blick von unten bis oben über seinen schlanken Körper wandern, was ihn noch stärker verunsicherte. Er verlagerte sein Gewicht von einem Bein auf das andere und wieder zurück, als müsste er dringend seine Blase entleeren.

»Du willst ein Date mit mir?« Ich konnte die Ungläubigkeit, die meine Stimme zeichnete, kaum unterdrücken.

»Ja?« Er hatte wohl bestimmt klingen wollen, stattdessen wurde eine Frage daraus.

Ich atmete tief durch und schüttelte den Kopf. »Hör zu, chico. Ich würde lügen, wenn ich sagte, dass da nichts ist zwischen uns. Aber ich habe weder die Zeit noch den Nerv, herauszufinden, was. Wie ich schon erwähnte: Ich bin nicht hier, um romantische Stunden zu verbringen.«

»Wieso dann?«, krächzte er und räusperte sich augenblicklich. »Warum bist du auf dieser Reise?« Jetzt klang er wieder etwas sicherer – wenngleich viel zu neugierig.

»Diese Frage werde ich dir nicht beantworten«, brummte ich und wandte mich wieder von ihm ab.

»Schon klar«, rief er und erneut legte er seine Hand an meinen Arm. Die Stromstöße, die ich dabei verspürte, passten mir ganz und gar nicht. »Angel … Bitte bleib. Oder geh, dann folge ich dir.

So lange, bis ich eine Antwort von dir habe. Ich kann ziemlich hartnäckig sein, musst du wissen.«

»No me digas. Das wär mir jetzt nicht aufgefallen.« Ich seufzte und schloss resigniert die Augen. »Du lässt also nicht locker, bis ich Ja oder Nein gesagt habe?«

»Ja. Aber überleg dir deine Antwort gut.« Er klang so flehend, dass mir ein Grunzen entfuhr.

»Geht für dich eine Welt unter, wenn ich Nein sage?« Ich drehte den Kopf ein wenig, um ihn ansehen zu können.

»Nun … nicht eine Welt. Aber ich meine … es wäre echt schade. Man trifft selten jemanden, der mit einem auf einer Wellenlänge ist. Und …«

»Du glaubst, wir wären auf einer Wellenlänge?« Jetzt konnte ich nicht anders, als zu lachen. Wenn auch nur kurz und freudlos. »Chico, du hast keine Ahnung, wer ich bin. Und wozu ich imstande bin.«

»Bist du ein Serienkiller? Verbrecher? Mafiaboss?« Er legte den Kopf schief, als wollte er durch mich hindurchschauen, und ließ nun endlich meinen Arm wieder los. »Falls du keines davon bist, nehme ich meine Frage auch nicht zurück.«

»Mafiaboss?« Ich schob die Augenbrauen zusammen und wieder drang ein Lachen aus meiner Kehle. Dieses Mal amüsierter. »Das würdest du mir zutrauen?«

»Nun ja.« Er zuckte mit den Schultern. »Meine Erfahrungen diesbezüglich sind etwas eingerostet.«

Na gut, den Punkt für die Schlagfertigkeit musste ich ihm zugestehen.

Sein Blick fiel auf die Kette, die ich um den Hals trug. Ich hatte vorhin unbewusst meine Hundemarke hervorgeholt, als ich danach griff. »Du bist in der Army?«

Meine Laune, die soeben dabei gewesen war, sich etwas aufzu-hellen, sank augenblicklich in den Keller. »War. Und falsches Thema«, knurrte ich und schob den Anhänger zurück unter mein Shirt.

»Okay, okay.« Er hob abwehrend die Hände. »Keine Fragen über den Grund deines Urlaubs oder den Krieg. Ist für unser Date gespeichert.«

»Unser Date? Du gehst davon aus, dass ich Ja sage?«

»Nun ja, du hast bisher nicht Nein gesagt.« Hannes schenkte mir ein unschuldiges Lächeln. »Und du bist auch noch nicht da-vongerannt oder hast mir eine gescheuert. Also …«

»Dir eine zu scheuern wäre eine Option gewesen?«

Der verdatterte Gesichtsausdruck, mit dem er mich ansah, ließ mich nun wirklich lachen.

Verlegen kratzte er sich am Hinterkopf und senkte den Blick. »Oh … das war ein Scherz?«

»Sí. Außer du stehst darauf.« Ich zog die Augenbrauen zusam-men und trat bedrohlich einen Schritt auf ihn zu, was ihn kreide-bleich werden ließ.

Nein, ich würde den Kleinen nicht schlagen, aber den Spaß, zu sehen, wie seine Augen sich weiteten und er hart schluckte, so-dass sein Adamsapfel hüpfte, musste ich mir einfach gönnen.

Dass er nicht augenblicklich zurückwich, rechnete ich ihm bei-nahe an. Sein Mundwinkel zuckte, als wüsste er nicht, was er antworten sollte.

Für einen Moment standen wir uns regungslos gegenüber, be-vor er tief einatmete.

»Das war also ein Nein?«

Die Enttäuschung, die in seinen Worten mitschwang, war förmlich mit Händen greifbar. Das schien ihm ebenfalls aufzu-fallen, denn er sah peinlich berührt zur Seite.

Ich seufzte innerlich. Ihn abzuservieren wäre in etwa so, als würde man mit einem Knochen vor der Nase eines Hundes herumwedeln, bis er sabberte, und ihn ihm danach nicht geben. Gut … der Vergleich hinkte, denn darin war ich ein Knochen. Ekelig.

Würden die alten Götter einen Blitz auf mich herunterschicken, wenn ich trotzdem Nein sagte? Womöglich. Ausprobieren wollte ich es nicht. Und sosehr ich mich auch dagegen wehrte, ich musste Hannes recht geben. Da war etwas zwischen uns und es ging mir gehörig gegen den Strich, dass ich nicht wusste, was.

Wenn ich im Krieg etwas gelernt hatte, dann, dass es wichtig war, die Kontrolle zu behalten. Seinen Feind zu kennen. Selbst wenn dieser mit einem Engelsgesicht vor einem stand und wie ein Hundewelpe bettelte.

»Eine Stunde. Und ich bestimme, wann und wo.«

Dass ich die Worte ausgesprochen hatte, fiel mir erst auf, als Hannes ruckartig den Kopf hob und mich erst ungläubig ansah, ehe ein breites Grinsen sein Gesicht erhellte.

Beinahe befürchtete ich schon, er würde mir um den Hals fallen, aber er behielt dieses Mal die Hände bei sich und zeigte mir nur seine perlweißen Zähne.

Ich würde ihn bei unserem Treffen als Erstes nach seiner Zahnpasta fragen.

»Wir haben ein Date?« Seine Augenbrauen hüpften in die Höhe und seine Stimme ebenso.

Ich nickte resigniert. »Wenn du jetzt einen Freudentanz aufführst, schubse ich dich tatsächlich von der Akropolis.«

9
Shit! Shit! Shit!

Hannes

Ich hatte ein Date!

Mit Angel!

Ich konnte es kaum glauben.

Dass er »Ja« gesagt hatte, damit hätte ich nun wirklich nicht gerechnet. Gehofft, ja. Sehr sogar. Vielleicht war es der Zauber der antiken Stadt, die uns umgab, oder aber Liebesgöttin Aphrodite selbst hatte ihre Finger im Spiel. Wie auch immer, ich würde mit Angel ein Date haben. Huaaaaah!

Für den Rest unserer Besichtigungstour schwebte ich wie auf Wolken. Nachdem Kate und ich uns alle Sehenswürdigkeiten auf der Akropolis angeschaut hatten (was unter anderem auch das Dionysostheater umfasste, in welchem zum allerersten Mal ein Drama vorgeführt worden war), wurden wir von unserer Reiseleiterin wieder zusammengetrommelt.

Weiter ging es durch das Akropolis-Museum, doch ich hatte weder für das moderne Gebäude noch für die vielen Ausstellungsstücke einen Kopf. Immer, wenn ich irgendwo einen breitschultrigen dunkelhaarigen Mann sah, zuckte ich zusammen und hoffte, dass es Angel war. Doch leider schien dieser sich wieder zurückgezogen zu haben – oder einen Unsichtbarkeitszauber zu kennen. Ich konnte ihn nirgends mehr entdecken.

»Deine Ausbildung, was das antike Athen angeht, werden wir wohl in New York nochmals nachholen müssen.« Kate schmunzelte.

»Sorry«, antwortete ich grinsend. »Ich mach aber ganz viele Fotos und Videos.«

»In der Hoffnung, dass du einen sexy Engel mit drauf kriegst?« Sie hob amüsiert eine Augenbraue.

»Erwischt.« Ich lachte und schwenkte übermütig mein Handy.

Nach dem Museumsbesuch wurden wir von unserer Reiseleiterin wieder in einen Bus verfrachtet und durch Athen gefahren. Obgleich mich die Informationen, die wir zur Stadt und den Sehenswürdigkeiten erhielten, interessierten, konnte ich mir kaum die Hälfte davon merken. Vor allem auch, weil ich Kate immer wieder vorschwärmte, wie toll ich mich gerade fühlte.

Mein letztes Date war Ewigkeiten her und dass ich nun ausgerechnet mit diesem Adonis eines haben würde, war für mich der Jackpot.

Oh ja, ich war verknallt. Und ja, ich wusste, dass es da draußen Tausende Menschen gab, die den Kopf über meine Begeisterungsfähigkeit geschüttelt und mich als einen unreifen Teenager im Körper eines Erwachsenen betitelt hätten. Aber das war mir egal. Ich stand dazu, dass ich sehr schnell sehr große Gefühle entwickeln konnte.

Nur weil man äußerlich älter wurde, hieß das nicht, dass man das Träumen verlernen musste. Peter Pan war schon immer meine Lieblings-Disneyfigur gewesen. Niemals erwachsen. Immer ein Junge, der seine eigenen Regeln schrieb. Feen um sich herum, die ihren Zauber versprühten. Konnte es etwas Schöneres geben?

Und jetzt hatte ich auch noch meinen sexy Captain Hook getroffen, der sich auf den zweiten Blick gar nicht als so düster und gefährlich entpuppte, wie er im ersten Moment wirkte. Die Vorstellung, mit ihm zusammen in den Sonnenuntergang zu segeln, ließ ich mir von niemandem verbieten!

»Bist du ansprechbar, oder ist der Empfang auf deiner rosaroten Wolke gerade durch Herzchen gestört?«, riss mich Kate aus meinem Freudentaumel, als die Sightseeingtour beendet war und wir die restliche Zeit zur freien Verfügung hatten, um Athen auf eigene Faust zu erkunden.

Ich grinste sie an und nickte. »Ansprechbar.«

Sie erwiderte mein Grinsen. »Sehr gut. Kate hat nämlich Hunger. Und du weißt, dass eine hungrige Kate keine gute Reisebegleitung ist. Also lass uns ein Restaurant suchen.«

Nachdem wir in einer griechischen Taverne Moussaka gegessen hatten (das einfach nur köstlich schmeckte, obwohl ich normalerweise Auberginen nicht viel abgewinnen konnte), kehrten wir zeitig auf das Schiff zurück.

Ich hatte keine Lust, erneut auf den letzten Drücker an Bord zu gehen. Zudem hatte Kate sich einen leichten Sonnenstich zugezogen, da ihr Hut auf der Akropolis leider weggeweht worden war. Wir hatten versucht, ihn zu fangen, waren ihm hinterhergerannt, aber er stürzte über einen Abgrund und blieb an einem für uns unerreichbaren Ort liegen. Ein Foto war alles, was Kate noch von ihrer Kopfbedeckung schießen konnte, dann mussten wir den Hut schweren Herzens zurücklassen.

Da Kate sich also erst mal hinlegte, hatte ich etwas Zeit, das Schiff zu erkunden, und beschloss anschließend, zum Pool zu gehen. Für Kinder gab es einen separaten Kids-Pool, daher war es relativ ruhig im Erwachsenenbereich, denn viele der Passagiere schienen Athen bis zur letzten Sekunde auskosten zu wollen.

Entspannt legte ich mich in T-Shirt und kurzen Hosen auf eine der Liegen und genoss die Strahlen der späten Nachmittagssonne.

Morgen war Montag und es würde einen ganzen Tag auf See geben, ehe wir übermorgen in Korfu anlegten. Darauf freute ich mich schon, denn ich hatte viel von dieser smaragdgrünen Insel Griechenlands gehört, auf der die österreichische Kaiserin Elisabeth einen Palast hatte erbauen lassen.

Die Geschichte rund um Sissi mochte ich unheimlich gern, vor allem durch die Filme, die meine Oma immer zur Weihnachtszeit mit mir geguckt hatte. Ich besaß deutsche Wurzeln, und Sissi gehörte zu meiner Kindheit ebenso wie Rinderroulade mit Rotkohl und Klößen oder meine Vorliebe für deutschsprachige Fantasy-Autoren. Daher blätterte ich auch jetzt in einem deutschen Buch, in dem ein mürrisch-zynischer Elf namens Maryo Vadorís die Hauptrolle spielte und dessen Welt mich in seinen Bann zog.

Auch wenn Kate mich auslachte, so hatte ich sage und schreibe zehn Fantasy-Taschenbücher nach Europa mitgeschleppt. Denn ich war ein äußerst ungeduldiger Leser, der an den spannendsten Stellen auch gern mal ein paar Kapitel weiterblätterte, um sich zu versichern, dass ein Charakter überlebte. Das ging mit einem Taschenbuch meiner Meinung nach viel einfacher als mit einem E-Book.

Zudem hatte ich das Gefühl, durch die Seiten eines Taschenbuches noch tiefer in die Welt, die es mir eröffnete, abzutauchen.

War das schräg? Ja, womöglich. Aber Peter Pan hatte nun mal auch Feenstaub benötigt, um fliegen zu können. Bei mir war's eben ein Buch in den Händen und der Geruch von frisch gedruckten Seiten. Herrlich.

Gerade las ich mit angehaltenem Atem, wie sich mein Lieblingself todesmutig den Gefahren stellte, welche die Götter (oder vielmehr eine Autorin mit sadistischer Ader und einer Vorliebe für Drama) ihm auferlegt hatten, da wurde ich jäh aus meiner Fantasiewelt katapultiert.

Denn eine große Hand hatte sich auf den oberen Rahmen meiner Sonnenliege gelegt, und ein Schatten verwehrte mir die letzten Sonnenstrahlen des Tages.

Ich fuhr derart zusammen, dass ich aufspringen wollte, doch da stieß mein Kopf gegen etwas Hartes über mir und ich fiel stöhnend auf meine Liege zurück.

»Fuck!«, knurrte eine Stimme, die mich augenblicklich unter Strom setzte. »Bist du immer so schreckhaft?!«

Ich blinzelte die Benommenheit weg und hob den Blick. Angel stand neben der Liege und rieb sich gerade das bärtige Kinn, das ich mit meinem Kopf gerammt hatte.

»Man schleicht sich auch nicht an jemanden ran, der gerade ein fesselndes Buch liest«, verteidigte ich meinen ungewollten Luftsprung. »Au«, schickte ich noch hinterher, um ihm zu zeigen, dass der Zusammenstoß auch an mir nicht spurlos vorbeigegangen war.

Ich unterstrich das Wort damit, dass ich an meinen Kopf griff und das Gesicht unter Schmerzen verzog, die nicht so stark waren, wie ich gerade tat (zugegeben, vielleicht hatte ich ebenso wie meine Fantasy-Autorin einen Hang zur Dramatik).

Angel, der nun keine Sonnenbrille mehr trug, verengte die dunklen Augen und warf mir einen seiner düsteren Blicke zu, gegen die ich immer noch nicht gefeit war. Er traf mich damit direkt in meinem Innersten und ließ von dort aus sanfte Wellen durch meinen Körper pulsieren.

Rasch legte ich das Taschenbuch quer über meinen Schoß, um zu vermeiden, dass Angel mitbekam, was für eine Wirkung er bei mir erzielte.

Er schnaubte und setzte sich dann auf die freie Liege gegenüber. »Heute Abend nach dem Essen«, sagte er.

Ich legte fragend den Kopf schief.

»Unser Date«, erläuterte er grimmig. »Ich will es hinter mich bringen.«

Unwillkürlich breitete sich ein Lächeln auf meinen Lippen aus. So rasch hatte ich nicht damit gerechnet, dass er sein Versprechen einlöste.

»Ooooder aber du kannst es kaum erwarten.« Ich wackelte vielsagend mit den Augenbrauen, was ihn leise knurren ließ (hach, dieser sexy Panther …).

»Carajo«, sagte er mit gedämpfter Stimme. »Treib es nicht zu weit, sonst nehme ich mein Angebot zurück.«

Rasch hob ich die Hände (das fehlte noch!). »Wo treffen wir uns?«

»In der Bar neben dem italienischen Restaurant?« Jetzt wirkte er zum ersten Mal etwas weniger selbstsicher als sonst, was mein Herz erwärmte.

»In der Bar.« Ich nickte mit Nachdruck. »Gegen neun Uhr?«

»Geht klar.« Er erhob sich und wandte sich zum Gehen.

»Angel?«

Er drehte den Kopf so, dass er mich über seine Schulter ansehen konnte.

»Danke«, sagte ich und meinte es absolut ernst.

Es musste ihn Überwindung gekostet haben, mich hier am Pool aufzusuchen, und dass er überhaupt sein Versprechen einhielt, rechnete ich ihm echt hoch an.

Stirnrunzelnd musterte er mich noch einen Augenblick, ehe er sich abwandte und davonging.

Wieder fiel mir auf, wie geschmeidig er sich bewegte, obwohl er mit dem rechten Bein hinkte.

War das vielleicht eine Kriegsverletzung? Schade, dass ich ihn heute Abend nicht danach fragen durfte. Army und Reisegrund waren ja leider tabu.

Was mich zur Tatsache zurückbrachte, dass ich in wenigen Stunden ein Date haben würde.

Mit ihm!

Shit! Shit! Shit!

Nun stieg doch Panik in mir hoch. Ich schnappte mein Fantasy-Buch, sprang von der Liege und rannte über das Deck, um so schnell wie möglich zur Kabine zurückzukehren und Kate davon zu berichten.

Boaaaah, war ich nervös!

Ein paar Stunden später saß ich Fingernägel kauend auf dem Bett und versuchte, meine Nerven zu beruhigen. An Essen vor dem Treffen mit Angel war aufgrund meiner Aufregung überhaupt nicht zu denken, daher war Kate allein zum Buffet gegangen und hatte mich in der Kabine zurückgelassen. Natürlich nicht, ohne mir noch hundert Ratschläge zu geben und mir gut zuzureden. Denn in meinem Feuereifer hatte ich beschlossen, noch rasch den Friseur aufzusuchen (dumme, ganz dumme Idee!).

Jetzt besaß ich einen Haarschnitt, der mich ein bisschen wie ein katholischer Ministrant wirken ließ. Viel zu brav für meinen Geschmack und diese Schmalzlocke an meiner Stirn … ich erkannte mich kaum wieder. Zum Glück würden die Haare nachwachsen, aber für heute Abend war meine Frisur im Eimer.

Tja, ich würde es eben mit meinem Charme wettmachen müssen (hahaha, ja, genau … Hilfeeeee!).

Immer wieder sah ich auf mein Handy und verwünschte die Zeit, weil sie so langsam dahinschlich.

Als es Viertel vor neun war, hielt ich es nicht mehr aus, sprang auf und verließ eiligen Schrittes die Kabine.

Kate war noch nicht zurück, denn sie hatte mir schwören müssen, sich nach dem Essen im Casino, das es hier auf dem Schiff gab, den Abend um die Ohren zu schlagen, da ich es nicht ausgehalten hätte, sie in meiner Nähe zu haben. Nicht weil ich sie nicht mochte. Im Gegenteil. Ich hätte ihr in den Ohren gelegen mit Gründen, das Date abzusagen. So lange, bis sie eingewilligt hätte, selbst zu Angel in die Bar zu gehen und unsere Verabredung zu canceln.

Dafür kannte ich mich einfach zu gut – wenn ich nervös war, gingen mit mir die Pferde durch, und ich wollte am liebsten alles hinschmeißen. Dann malte ich mir die schlimmsten Szenarien aus und war am Ende ein einziges Nervenbündel.

Mit schweißnassen Händen und rasendem Herzen betrat ich kurz vor neun die Bar, die sich neben dem italienischen Restaurant des Kreuzfahrtschiffes befand und eine wunderschöne Außenterrasse besaß. Kerzen brannten auf allen Tischen und unterstrichen die romantische Stimmung.

Ich nannte dem Kellner, der beim Eingang eine Gästeliste führte, meinen Namen und Kabinennummer, dann sah ich mich um. Doch keine Spur von Angel – er schien noch nicht hier zu sein.

Nein, daran, dass er mich versetzt haben könnte, wollte ich nicht denken. Das war … Shit, jetzt tat ich es trotzdem … Aaaaah!

Meine Nervosität hatte gute Gründe, denn mein letztes Date war ziemlich in die Hose gegangen, da ich es nach einer weiteren gescheiterten Beziehung über Grindr versucht hatte – eine App für Männer, die Dates mit Männern suchten. Am Ende saß ich einem fetten Kerl gegenüber, der mein Vater hätte sein können und wohl Shutterstock-Fotos für seinen Account verwendete. Ich hätte ihn auch direkt sitzen lassen können, aber das brachte ich dann doch nicht übers Herz. Also unterhielt ich mich eine geschlagene Stunde lang mit ihm über seinen Ex, der ihn verlassen hatte … herrlich, wirklich (manchmal schüttelte ich selbst den Kopf über meine Gutherzigkeit). Allein bei der Erinnerung fuhren mir kalte Schauer über den Rücken. Seither war ich etwas vorsichtiger geworden, schaute mir Profile immer genau an.

Aber nun würde ich ganz ohne Dating-App einen der schönsten Männer treffen, die mir je begegnet waren, und bei dem alle meine Sicherungen durchzubrennen drohten. Da war meine Aufregung doch begründet, oder?

Ja, ich kannte Angel erst zwei Tage. Trotzdem hatte ich das Gefühl, ihn schon viel länger zu kennen, und konnte mir sogar vorstellen, mit ihm eine Beziehung zu führen.

War das schräg? Ziemlich sicher. Aber es änderte nichts an der Tatsache, dass sich die Schmetterlinge im Bauch in Hummeln verwandelten und sich in meinem Hintern einnisteten.

Nervöser ging es echt nicht …

»Ich zeige Ihnen einen freien Tisch«, bot der Kellner an, der anscheinend bemerkt hatte, dass ich mich am liebsten einfach nur irgendwo hinsetzen wollte, um mit meinen Gummiknien nicht umzufallen.

Ich nickte dankbar und folgte ihm an den Rand der Terrasse, wo zwischen künstlichen Sträuchern ein abgelegener Tisch mit zwei Stühlen stand. Darüber hingen Girlanden und ich bekam unwillkürlich das Gefühl, in der Karibik zu sein. Oder an einem anderen romantischen Ort.

10
Ein Engel für Charlie

Angel

Mierda, war das hier vielleicht romantisch … da hatte man ja keine Chance, die Bar wieder zu verlassen, ohne dass einem kleine Herzen aus dem Arsch torkelten.

Als ich Hannes an dem Tisch sitzen sah, zu dem mich der Kellner führte, kam ich mir augenblicklich fehl am Platz vor mit meiner Jeans und dem Shirt. Der blonde Kunsthändler hatte sich in ein weißes Hemd und schwarze Anzughose geschmissen. Lächerlich. Wir hatten schließlich kein Bewerbungsgespräch, sondern ein ganz normales Date.

Und was war nur mit seinen Haaren passiert?!

»Nette Frisur«, brummte ich, ehe ich mich ihm gegenüber niederließ.

Da es in meiner Hosentasche unangenehm war, legte ich mein Handy vor mir auf den Tisch. Somit hatte ich auch gleich die Zeit im Blick, denn ich würde definitiv nicht länger als die vereinbarte Stunde bleiben.

Er sah mich erschrocken an, dann wurde sein Gesicht knallrot, was ich sogar in dem dämmrigen Licht erkannte.

»Findest du?«, nuschelte er und griff sich überflüssigerweise in die Haare, an denen ein Friseur wohl seine persönliche Hommage an David Bowies Schmalzlocke verwirklicht hatte.

Ich zuckte mit den Schultern und bestellte beim Kellner, der noch neben uns stand, einen doppelten Whiskey. Hannes hingegen ein deutsches Bier, was mich die Augenbraue heben ließ.

»Ich bin etwas nervös, und deutsches Bier ist für mich einfach … Heimat, auch wenn ich selbst noch nie in Deutschland war«, erklärte er ungefragt. »Ich habe nämlich deutsche Vorfahren, daher mein Name Hannes Schmidt. Meine Uroma ist während des Ersten Weltkriegs nach Amerika ausgewandert. Wegen der Liebe zu einem amerikanischen Soldaten, der …« Er biss sich auf die Unterlippe und sah mich erschrocken an. »Entschuldige, kein Krieg. Entschuldige!«

Ich schüttelte den Kopf und schloss für ein paar Sekunden die Augen.

Maldito. Wieso noch mal hatte ich dieser Verabredung zugestimmt? Ach ja, weil ich wohl bescheuert und masochistisch war. Oder zu viel Sonne auf der Akropolis abbekommen hatte. Oder die Erinnerung an Rick und diese Scheißreise mich sentimental machten.

Okay, eine Stunde. Ich hatte in meinem Leben definitiv schon Schlimmeres überstanden.

»Ich, äh …«, ließ sich mein Gegenüber vernehmen und ich öffnete wieder die Lider, sah ihn fragend an. »Du scheinst lateinamerikanische Wurzeln zu besitzen.«

»Puerto Rico«, brummte ich.

»Oh.«

Für eine Weile schien er nicht genau zu wissen, was er dazu sagen sollte, und starrte stirnrunzelnd auf die Tischplatte.

Als der Kellner zurückkehrte, griff Hannes dankbar nach dem Bier und trank einen großen Schluck, ehe er sich mit der Zunge den Schaum von der Oberlippe leckte. Ich schnupperte derweil an meinem Whiskey.

»Dann …«, begann Hannes wieder. »Also warst du schon mal dort? In Puerto Rico? Oder …«

»Ein Teil meiner Familie lebt noch dort«, erläuterte ich und zog die Augenbrauen zusammen, während ich an meinem Glas nippte.

»Hast du … hast du Geschwister?«, fragte Hannes weiter.

»¿Per qué? Wird das hier ein verdammtes Kreuzverhör?« Ich sah ihn genervt an.

»Nein, ich …« Er stellte sein Bier auf den Tisch und drehte es mit den Fingern hin und her. »Tut mir leid, ich hab so was schon länger nicht mehr … also …«

Dieses Stottern war nicht nur *ihm*, sondern auch *mir* unangenehm.

Ich überlegte gerade, aufzustehen und das Date sausen zu lassen, da klingelte mein Handy.

»Wer ist Charly?«, fragte Hannes mit hochgezogenen Augenbrauen und starrte auf den Namen, der auf meinem Bildschirm angezeigt wurde.

Mit einem Herzen daneben.

Mierda, ich hatte das längst löschen wollen, Charly hatte es ohne meine Zustimmung eingefügt.

»Geht dich nichts an«, brummte ich und drückte den Anruf weg.

Umgehend ploppte eine Nachricht auf und ich verfluchte die automatische Bildschirmvorschau.

Charly♡:
He, wieso drückst du mich
weg? Liebst du mich nicht
mehr?

Rasch verdeckte ich mein Telefon mit der Hand, aber Hannes hatte die Nachricht bereits gelesen.

»Bist du …« Er schluckte sichtlich und sah mich entgeistert an. »Bist du in einer Beziehung oder so?«

Jetzt war *ich* es, der ihn meinerseits perplex musterte. »Beziehung?«, fragte ich verwirrt.

»Nun, weil … er schreibt von Liebe und so.« Hannes deutete auf meine Finger, die immer noch mein Handy verdeckten.

»Er?« Es dauerte einen Moment, bis ich begriff, dann lachte ich laut auf. Die Vorstellung war einfach zu köstlich.

Zu spät fiel mir ein, dass ich dem Date ein abruptes Ende hätte bereiten können, indem ich seine Aussage bestätigte und behauptete, dass Charly mein Freund und ich daher an Hannes nicht interessiert sei.

Maldito …

Da mir auf die Schnelle keine Lüge einfiel, beließ ich es einfach bei der Wahrheit. »Charly heißt eigentlich Charlene und ist meine Tochter.«

Hannes' Kinnlade klappte nach unten und er riss die Augen auf, starrte mich für gefühlt mehrere Sekunden an, ehe er seine Sprache wiederfand. »Du … du hast …«

»Eine Tochter, sí.« Ich nickte mit Nachdruck und verfinsterte erneut meine Gesichtszüge. »Und ich rede nicht gern darüber, verstanden?«

»Wo ist sie denn jetzt? Wie alt ist sie? Und wie hast du ihre Mutter kennengelernt? Oder ist sie adoptiert? Stammt sie aus einer früheren Beziehung? Ist sie …«

»¡Alto! Stopp!« Ich hob die Hand in die Luft, um ihn in seinem Redeschwall zu unterbrechen. »Was genau war unklar daran, dass ich nicht über sie reden will?!«

»Tut mir leid«, ruderte Hannes zurück, aber die Neugierde blieb in seinen Knopfaugen bestehen und leuchtete mich regelrecht an. »Ich kenne nur keine Homosexuellen, die Kinder haben. Das heißt, *noch* nicht. Ein befreundetes Paar will gerade eins adoptieren.«

»Charly ist nicht adoptiert«, stellte ich klar.

»Du hast sie mit einer Frau … oh.« Er sah mich fasziniert an. »Dann hast du in einer heterosexuellen Beziehung gelebt und erst später deine Vorliebe für Männer entdeckt? Oder bist du bisexuell?«

»Ich bin genauso homosexuell wie du und das, seit ich denken kann«, knurrte ich. »Das mit Lara war …« Ich holte tief Luft. Wieso erzählte ich das dem Kerl überhaupt? »Geht dich nichts an«, schickte ich grimmig hinterher und das neugierige Leuchten in seinen Augen erlosch endlich.

Rasch trank ich einen Schluck Whiskey, der bereits zur Hälfte leer war.

Hannes nippte ebenfalls an seinem Bier, während er nachdenklich vor sich hinstarrte. Wahrscheinlich überlegte er gerade, wie und warum ich eine Tochter gezeugt hatte.

Dass nicht nur heterosexuelle Männer leibliche Kinder hatten, war in meinen Augen nichts Außergewöhnliches. Überhaupt … Homosexualität definierte sich nicht einzig darüber, dass man sich zum eigenen Geschlecht hingezogen fühlte. Es gab ganz viel dazwischen. Auch wenn der Großteil der Schwulen in meinem Umfeld irgendwann Erfahrungen mit dem weiblichen Geschlecht gemacht hatte (und sei's auch nur, um irgendwelchen Normen der Gesellschaft zu entsprechen), so kannte ich auch welche, die sich vor Vaginen ekelten oder sich schlicht und ergreifend mehr für Schwänze interessierten. Und dann wieder welche, die regelmäßig mit Frauen schliefen, sich aber als homo-sexuell bezeichneten.

Die Bandbreite der Sexualität war ebenso farbig wie alles an-dere auf der Welt. Sie war vielschichtig und komplex – und ließ sich auf keinen Fall in irgendwelche Raster zwängen.

Leider verstanden das viele Menschen nicht, obwohl ich in den letzten Jahren etwas mehr Toleranz wahrnahm. Aber noch im-mer war der Großteil der Leute mit Vorurteilen behaftet. Ja, auch ich nahm mich da nicht raus.

Menschen schafften sich Schubladen an, in welche sie ihre lä-cherliche Welt packen konnten, um ihren chaotischen Alltag un-ter Kontrolle zu halten. Jeder Mensch geiferte nach Antworten und wenn es keine gab, konstruierte er sie sich eben kurzerhand selbst. Daher ging jeder mit irgendwelchen Vorurteilen durchs Leben.

Das Problem daran war, dass dieses Schubladendenken sich erst revidieren ließ, wenn man sich für die vorurteilsbehaftete Thematik interessierte. Was wiederum dazu verdammt war, in einem Teufelskreis zu enden. Denn die wenigsten nahmen sich Zeit, ihre Schubladen zu öffnen und den Inhalt anzusehen, zu überdenken und vielleicht neu einzuordnen.

Oder das ganze verfickte Möbelstück einfach zu zertrümmern und das Leben so zu leben, wie es war: chaotisch, unkontrollier-bar, voller unerwarteter Wendungen und Überraschungen.

So wie der blonde Typ da vor mir, der mir buchstäblich vor die Füße gestolpert war.

Ich musterte Hannes, der gerade die Stirn in Falten gelegt hatte.

Vielleicht sollte ich aus meinem eigenen Teufelskreis und da-mit meiner Komfortzone ausbrechen. Die Schublade, in die ich Hannes am ersten Tag unserer Reise gepackt hatte, nochmals öff-nen. Ihm eine Chance geben.

Der Gedanke kam so unerwartet, dass ich scharf die Luft einsog und damit Hannes' fragenden Blick auf mich lenkte.

Ich hätte schwören können, dass mich gerade blaue Augen musterten, obwohl Hannes' Iriden von diesem warmen Braun waren.

War das Rick, der mich dazu brachte, meine Vorurteile in Bezug auf Hannes zu überdenken? Beinahe konnte ich wie auf der Akropolis wieder die Anwesenheit meines verstorbenen Freundes spüren und die Vertrautheit, die von ihm ausgegangen war.

Ich fühlte sie auch jetzt, da ich Hannes gegenübersaß. Sie hüllte mich regelrecht ein, vernebelte meine Gedanken, wirbelte sie sanft durcheinander und ließ mich die Worte sagen, die ich eigentlich nicht hatte sagen wollen.

»Es war offiziell ein Unfall.«

Hannes hob die Augenbrauen und wartete stumm darauf, dass ich weitersprach.

»Inoffiziell …« Ich nahm einen weiteren Schluck Whiskey. »Hatte ich es wohl darauf angelegt.«

»Du wolltest diese Lara schwängern?« In seiner Stimme lag kein Vorwurf, dennoch traf mich die Schuld meiner Vergangenheit mit voller Wucht.

Aber auf den Aufprall war ich vorbereitet, denn das Gewicht meiner Fehler war mir mehr als bekannt.

»Wir waren beide sechzehn und gingen auf dieselbe Highschool«, fuhr ich fort. »Lara war meine beste Freundin und wusste von meiner Homosexualität wahrscheinlich, ehe ich es selbst wusste.«

Ich holte leise Luft und ließ mich an jenen Tag zurückkatapultieren, der mein Leben für immer verändert hatte. Nicht unbedingt zum Guten, obgleich ich Charly als das Beste bezeichnete, was ich jemals zustande gebracht hatte.

»Ich interessierte mich schon ziemlich früh für Jungs und traf mich heimlich auch mit einigen«, erzählte ich weiter. »Ich knüpfte über Internetforen Kontakte und sammelte erste Erfahrungen. Einmal traf ich mich mit einem etwas älteren Schüler in einem Café – und wurde ausgerechnet vom homophobsten Typen an unserer Schule beim Küssen ertappt.« Ich warf Hannes einen kurzen Blick zu. »Was darauf folgte, war ... eine Zeit, an die ich nicht gern zurückdenke. Ich wurde von ihm und seinen Freunden gehänselt und sogar ein paar Mal verprügelt. Sie lauerten mir auf dem Nachhauseweg auf, beschimpften mich und warfen mit Müll nach mir. Jeden verdammten Tag.« Ich schloss kurz die Augen, da die Erinnerung stärker wurde. »Lara konnte das irgendwann nicht mehr mit ansehen und schlug mir vor, meine Freundin zu spielen. Und damit es auch wirklich echt rüberkam ...« Ich verstummte und dachte an die Nacht zurück, als sie sich mir hingab.

Wie dumm wir gewesen waren! Wie unglaublich leichtsinnig ...! Wir dachten, wir müssten nicht nur den anderen, sondern auch uns selbst etwas beweisen. Dabei wäre es kein Problem gewesen, einfach zu behaupten, wir hätten Sex gehabt. Niemand hätte es überprüfen können. Dämlich, einfach nur dämlich!

Es war erstaunlich leicht gewesen, mit Lara zu schlafen, auch wenn weder sie noch ich genau wussten, was wir da taten. Dass ich sie schwängerte, lag nicht in meiner Absicht.

Nun gut, eigentlich doch, denn ich hatte sogar kurz an ein Kondom gedacht, den Gedanken aber dann verworfen. Und da sie nicht darauf bestand ...

¡Maldito! Wem wollte ich was vormachen? Ich war einfach ein blöder, egoistischer Idiot gewesen. Mein schlechtes Gewissen ließ sich auch nach Jahren nicht beruhigen, obwohl ich mir inzwischen ein Leben ohne Charly nicht mehr vorstellen konnte.

»Auf jeden Fall hörten die Hänseleien abrupt auf, als Laras Schwangerschaft ans Licht kam.«

Ich sah Hannes nicht mehr an, sondern starrte in meinen Whiskey, stellte mir vor, es wäre Rick, dem ich das alles erzählte. So wie ich es einst in einer kalten Nacht in der Wüste des Iraks getan hatte.

»Ja, mir ist inzwischen natürlich klar, dass das keine Lösung hätte sein sollen. Ich war naiv, verunsichert und griff zum erstbesten Strohhalm, der sich mir bot.« Ich schüttelte noch jetzt innerlich den Kopf über meine Dummheit, ein Kind gezeugt zu haben, um mein Schwulsein zu vertuschen. »Es war ein Fehler und verantwortungslos, keine Frage. Mir fallen inzwischen tausend andere Möglichkeiten ein, wie ich hätte reagieren sollen. Aber ich war ein rücksichtsloser und vor allem dummer Teenager und die Zeit lässt sich leider nicht zurückdrehen.« Ich seufzte bedauernd. »Laras Eltern forderten selbstverständlich, dass ich sie heiratete, doch Lara weigerte sich. Sie wollte das Kind behalten und mit mir eine Schein-Beziehung ohne Ehebund führen.« Ich stieß ein freudloses Lachen aus. »Schließlich bot mir die Militärakademie und später die Army einen eleganten Ausweg aus dieser Nummer. Während der Semesterferien in Trainingszentren, danach bei den Einsätzen der Navy monatelang weg und Geld verdiente ich auch genug, um für Charly zu sorgen. Zumindest finanziell, denn gesehen habe ich sie in den ersten Jahren nur auf Fotos. Erst als sie älter wurde und ihr Drang, mich kennenzulernen, immer größer, hat Lara mir regelmäßiges Besuchsrecht eingeräumt.«

Lara war ziemlich sauer, weil ich sie einfach für die Army hatte sitzen lassen. Verständlicherweise. Aber … nein …. kein Aber. Ich war ein Arschloch gewesen und geblieben. Erst seit meinen

Therapiesitzungen hatte ich begonnen, an mir zu arbeiten, um mich auch dahingehend zu verändern. Mir war inzwischen bewusst, dass ich nicht nur andere, sondern auch mich selbst mit meinem egoistischen Verhalten verletzte.

»Dann ist Charly jetzt ein Teenager«, schlussfolgerte Hannes richtig, der die ganze Zeit still gewesen war.

Das musste man ihm lassen – sosehr er zur Quasselstrippe tendierte, so gut konnte er auch zuhören.

Ich nickte. »Sie wird bald sechzehn.«

Beim Gedanken daran, dass sie in absehbarer Zeit in dem Alter war, in welchem ich ihre Mutter geschwängert hatte, wurde mir übel und ich leerte den Whiskey in einem Zug.

Als ich den Blick wieder auf Hannes richtete, bemerkte ich ein leichtes Schmunzeln auf seinem Gesicht.

»Was amüsiert dich daran?«, fragte ich skeptisch.

Ich hatte mit Verurteilungen, Vorwürfen oder weiteren Fragen gerechnet, wie die meisten reagierten, denen ich die Geschichte erzählte. Was der Grund war, weshalb ich sie meist für mich behielt. Wenn selbst ich mich für meine Naivität damals am liebsten geschlagen hätte, wie konnte ich dann Verständnis von jemand anderem erwarten?

Aber das Schmunzeln auf Hannes' Lippen überraschte mich.

»Du bist also sozusagen ein Engel für Charlie«, meinte er und sein Lächeln wurde breiter.

Ich starrte ihn perplex an, nicht sicher, was ich auf diese Filmanspielung erwidern sollte.

Nahm er mich auf den Arm? Zog er das, was Charly und mich verband, ins Lächerliche? Oder akzeptierte er einfach, dass Charly und ich zusammengehörten wie Pech und Schwefel? Wie Charlies Engel?

Bevor ich etwas sagen konnte, lehnte er sich ein wenig über den Tisch. »Hast du ein Foto von ihr?«

Dass sich jemand für meine Tochter interessierte, war zugegebenermaßen ungewohnt. Was wohl vor allem daran lag, dass kaum jemand von ihr wusste. Charly war mein Allerheiligstes – und warum ich ihre Geschichte soeben mit diesem Typen geteilt hatte, den ich erst seit zwei Tagen kannte, war mir ohnehin schleierhaft. Da passte es auch, dass ich mein Handy entsperrte und ihm ein Foto von Charly präsentierte.

Dabei beobachtete ich Hannes allerdings ganz genau, bemühte mich, jede Regung seines Gesichtes zu erhaschen, um ihn einschätzen zu können.

Ich versuchte, mir vorzustellen, wie es war, wenn ein Fremder meine Tochter zum ersten Mal sah.

Konnte man Ähnlichkeiten zwischen uns feststellen?

»Sie hat deine Augen«, bemerkte Hannes in ebendiesem Moment und hob den Blick vom Handy, um mich anzusehen. Sein Lächeln wurde so warm, dass ich es kaum mehr aushielt, ihn anzusehen. »Und diese Haut …«

»Was ist damit?« Ich zog stirnrunzelnd die Augenbrauen zusammen und spürte, wie sich mein Innerstes anspannte.

Öfter schon hatte ich mir anhören müssen, dass Charly und ich bis auf die Augen keine Gemeinsamkeiten besaßen, daher war ich allergisch darauf, wenn jemand ihre dunkle Hautfarbe ansprach, die sie ihrer Mutter verdankte. Sie war nicht von demselben Dunkelbraun wie Laras, sondern von einem hellen, warmen Braunton. Ich liebte ihre Hautfarbe – so wie überhaupt alles an ihr.

Wenn Hannes jetzt mit Schokoladen- oder Kakao-Begriffen um sich schmiss, würde ich sämtliche Selbstbeherrschung brauchen, um ihm nicht an den Kopf zu knallen, dass er ein oberflächlicher Idiot sei. Ich hasste es selbst, wenn jemand meine dunklere Hautfarbe mit Essen oder Gegenständen verglich. Das war einfach entwürdigend für People of Color – und selbst wenn es nicht böse gemeint war, ein abgedroschenes Klischee.

»Sie ist makellos«, schwärmte Hannes in dem Moment und ich spürte, wie die Anspannung von mir abfiel. »Sie könnte mit dieser Haut glatt Model werden. Hat sie das schon in Erwägung gezogen?« Er gab mir das Handy zurück.

Ich betrachtete nun ebenfalls meine Tochter, die mir von einem malerisch weißen Strand in ihrem violetten Lieblingskleid entgegenstrahlte. Die schwarzen Naturlocken, die normalerweise in alle Richtungen abstanden, hatte sie zu einem Dutt zusammengesteckt, ihre Zähne blitzten und die Haut glänzte unter der Sonne der Malediven, wohin sie Laras Mann Tom damals eingeladen hatte.

Tom war ein vermögender Bankier und ihm verdankte ich die Stelle als Broker an der Wall Street. Lara hatte ihn vor zehn Jahren kennen und lieben gelernt und dank Tom beruhigte sich ihre Verwandtschaft endlich, was Lara und mich anging. Unsere Patchwork-Familie funktionierte inzwischen beinahe erschreckend gut, denn Tom besaß Homosexuellen gegenüber keinerlei Vorurteile, was unsere Treffen stets entspannt ablaufen ließ.

»Sie ist wunderschön«, sagte Hannes und riss mich aus der Betrachtung von Charlys Foto. »Aber das ist kein Wunder bei diesem Vater.«

Als ich den Blick hob und ihn ansah, zwinkerte er mir zu.

Stimmt, wir hatten ja ein Date.

Hätte ich beinahe vergessen … Wieso?

Weil ich mich wohler fühlte, als ich es bei Dates normalerweise tat? Weil das Reden mit Hannes ein bisschen so war, als würde ich Rick gegenübersitzen? Meinem besten Freund?

Nur dass ich von Rick niemals in derselben Weise angezogen worden war wie jetzt von Hannes. Dieser blonde Kerl da vor mir war der Grund, wieso sich in mir etwas zu regen begann, das ich seit meiner gescheiterten Beziehung mit John tot glaubte.

Da war zudem diese Vertrautheit, dieses Gefühl, verstanden zu werden. Nichts vorspielen zu müssen. Gleichzeitig weckte ebendas meine Skepsis.

Stirnrunzelnd betrachtete ich den blonden Mann, der mit seiner Unbeschwertheit und Lebensfreude in derart krassem Gegensatz zu mir selbst stand. Dennoch – oder gerade deswegen – faszinierte mich etwas an ihm. Nur was genau? Scheiße, ich mochte es nicht, wenn ich im Dunkeln tappte!

11

De puta madre ...

Hannes

Die Art, wie er mich ansah, schickte kleine Schauer über meinen Rücken. Rasch trank ich das Bier aus und merkte, dass ich mal lieber etwas hätte essen sollen. Der Alkohol stieg mir rasend schnell zu Kopf und ich nahm mir vor, als Nächstes eine Cola zu bestellen – und vielleicht einen kleinen Snack. Schließlich sollte Angel nicht denken, ich wäre die ganze Zeit besoffen.

»Noch eine Runde?«, fragte ich ihn und schielte auf sein Handy, das er wieder vor sich auf den Tisch gelegt hatte. »Die Stunde ist noch nicht vorbei.«

»No me importa«, brummte Angel. »Ich will hier weg.«

Oh ... hatte ich was Falsches gesagt?

Unsicher sah ich ihn an, beobachtete, wie er dem Kellner winkte.

»Ich übernehm das!«, rief ich, als dieser mit einem tragbaren schwarzen Kassengerät an unserem Tisch erschien. Drinks in der Bar waren nicht im All-inclusive-Angebot enthalten. »Geht auf meine Kabine, Nummer dreihundertfünfzehn.«

»¡No! Ni hablar«, erwiderte Angel mit düsterer Miene und sah den Kellner an. »Kabine hundertdrei.«

Da sein Gesicht keinerlei Widerspruch zuließ, nickte ich mit einem leisen »Danke« und wartete, bis der Kellner ihm die Rechnung zum Unterschreiben hingelegt hatte. Dann stand Angel auf und wandte sich zum Gehen.

Echt jetzt? So schnell war das Date vorbei? Nicht mal ein ›Tschüss‹ bekam ich?

Ich starrte enttäuscht auf seinen breiten Rücken.

»Kommst du?«, fragte er über die Schulter.

»Ich ... oh ... okay.«

Das kam unerwartet ...

Rasch erhob ich mich und merkte im nächsten Moment, dass diese ruckartige Bewegung keine gute Idee gewesen war. Ich hatte nämlich nicht bedacht, dass ich schon ziemlich angeheitert war. Torkelnd machte ich einen Ausfallschritt zur Seite, direkt auf einen der Sträucher zu, die unseren Tisch umsäumten.

Schon wappnete ich mich für den Zusammenstoß, da wurde ich von einer Hand am Arm gepackt und zurückgerissen. Der Ruck war so stark, dass ich erneut das Gleichgewicht verlor und mich im nächsten Moment an Angels stahlharten Körper gepresst wiederfand. Meine Nase prallte gegen seine Brustmuskeln und mir entfuhr ein leises »Au«, das allerdings von seinem Shirt gedämpft wurde.

»Dime, chico, machst du das mit Absicht?«, knurrte seine Stimme über mir.

Irritierenderweise vibrierte sie auch in seinem Brustkorb, was sich anfühlte, als würde alles an ihm mich anknurren.

»Nein?«, murmelte ich und befühlte meine Nase, ehe ich den Kopf hob.

Ich war seinem Gesicht so nahe wie noch nie und mir fiel erneut sein hammerguter Geruch auf. Gepaart mit den Muskeln, die ich ertastete, da ich ihm die Hand unbewusst auf die Brust gelegt hatte, paralysierte er mich regelrecht.

So viel Angel musste ich erst mal verkraften …

»¿Eso fue una pregunta?«

Mir fiel auf, dass seine Stimme noch tiefer war als sonst. Er hatte mich schon wieder auf Spanisch angesprochen, aber es klang ausnahmsweise nicht mürrisch, daher ging ich nicht davon aus, dass er mich beleidigt hatte.

Ihm schien auch gerade aufzufallen, dass ich ihn nicht verstand, denn er räusperte sich und schob mich eine Armlänge weg. »Ich brauche frische Luft.«

Damit wandte er sich um und zog mich kurzerhand mit sich mit, da er meinen Arm immer noch festhielt. Ich stolperte über meine Füße, fing mich aber zum Glück selbst wieder und bemühte mich, mit ihm Schritt zu halten. Trotz der Tatsache, dass er leicht hinkte, legte er ein beachtliches Tempo an den Tag.

Er wurde erst langsamer, als wir aufs Außendeck traten. Dort ließ er meinen Arm los und ging weiter, ein paar Treppen nach oben zu einem der drei Sonnendecks, das nun verlassen vor uns lag. Inzwischen war es dunkel geworden und die meisten Passagiere vergnügten sich drinnen in den Kinos, Shows, Bars oder dem Casino. Für Unterhaltung rund um die Uhr war auf unserem Kreuzfahrtschiff massenweise gesorgt.

Ein kühler Wind wehte, der mich frösteln ließ, während ich Angel ganz nach hinten zur Reling folgte. Er ergriff das Metall mit beiden Händen und legte den Kopf in den Nacken, um tief einzuatmen.

Nicht sicher, was ich tun sollte, stellte ich mich neben ihn und blickte über das nächtliche Meer sowie auf den funkelnden Sternenhimmel. Dabei versuchte ich meine Höhenangst zu ignorieren, sobald ich nach unten schaute.

Der Wind klarte meinen Kopf auf, nahm mir ein wenig die Benommenheit, die ich dem zu rasch getrunkenen Bier zu verdanken hatte.

Es kam mir unwirklich vor, immer noch an Angels Seite zu sein.

Wieso war er hergekommen? Hatte er es drinnen nicht mehr ausgehalten? Oder gab es einen anderen Grund, wieso er mich hierhergebracht hatte?

Verstohlen schaute ich mich um – weit und breit war niemand zu sehen und der Bereich schien auch nicht von Kameras überwacht zu werden.

Kurz blitzte in meinen Gedanken das Bild auf, dass Angel mich hier ungesehen über Bord schubsen könnte, aber das war abwegig. Ich vertraute ihm, obwohl ich ihn kaum kannte.

Doch das, was er mir in der Bar über seine Tochter erzählt hatte, war ehrlich und echt gewesen. So sehr, dass mein Herz sich geweitet hatte. Ich schätzte ihn nicht als Mann ein, der gern und oft über private Dinge sprach, und dass er es vorhin getan hatte, kam mir allein schon surreal vor.

Er schien sich in meiner Gegenwart wohlzufühlen – ich mich in seiner sowieso (wenn man von der Nervosität mal absah). Und das, obwohl wir so unterschiedlich waren.

Einige Minuten standen wir stumm nebeneinander, dann hielt ich das Schweigen nicht länger aus.

»Bist du … bist du sauer oder so?«, fragte ich und wandte mich ihm zu. Meinen rechten Unterarm stützte ich dabei auf das Geländer und lehnte mich mit dem Rücken dagegen. So musste ich nicht aufs Meer sehen, das beängstigend weit unter uns lag.

Er sah mich stirnrunzelnd an, dann schüttelte er den Kopf.

»¿Por qué? Wieso sollte ich sauer sein?« Der Wind blies ihm eine

Strähne in die Stirn und er wischte sie mit einer unbewussten Bewegung zur Seite.

»Weil ... es fühlt sich so an.« Ich zuckte mit den Schultern.

»No. No estoy. Ich bin nicht sauer«, sagte Angel leise. »Nur ...« Er schien nach dem richtigen Wort zu suchen und ließ seine Augen rastlos über das Meer hinter mir schweifen.

»Verwirrt?«, half ich ihm auf die Sprünge.

Wieder schenkte er mir einen dunklen Blick und ich glaubte schon fast, er würde mir an die Kehle springen, da beugte er sich mit einem Mal über mich.

Es ging so schnell, dass ich keine Chance hatte, zurückzuweichen.

Schon hatte er mich mit dem Rücken gegen die Reling gepresst und seine Hände rechts und links von mir am Geländer abgestützt, sodass ich zwischen seinen Armen gefangen war.

Für den Bruchteil einer Sekunde stieg Panik in mir hoch, doch dann senkte er den Kopf zu mir, so nahe, dass ich seinen Atem über mein Gesicht streichen spürte. Sein hammerscharfes Parfüm hüllte mich regelrecht ein, was mein Herz kurz stolpern ließ, bevor es in meiner Brust zu rasen begann.

»Verwirrt. Sí«, sagte er leise. »Du verwirrst mich. Santa madre de Dios, ich will verdammt noch mal wissen, warum.«

Ehe ich eine Antwort fand, überwand er das letzte Stück zwischen uns. Seine Lippen pressten sich auf meine, während er seinen breitschultrigen Körper gegen mich drängte.

Ich hielt den Atem an, versuchte, die Gefühle, die in mir aufwirbelten, irgendwie zu verstehen. Sein Kuss war alles andere als zärtlich. Er war hart, mit einer Spur Verzweiflung. Viel zu kurz, als dass ich die Verwirrung in mir hätte begreifen können.

Schon beendete Angel den Kuss, blieb aber über mich gebeugt, während ich nach Luft schnappte.

Ich fühlte mich, als wäre ich gerade von einem Orkan erfasst worden. Mein Herz pochte wie wild, während ich in seine dunklen Augen blickte, die mich forschend musterten. Das Mondlicht beleuchtete sein Gesicht gerade genug, sodass ich in seiner Miene lesen konnte, wie sehr auch *ihn* der Kuss überrascht hatte. Er hatte es weder geplant noch darauf angelegt, das sah ich ihm an. Und genau das brachte meinen Herzschlag erneut zum Stolpern.

»Das … wow …«, stieß ich hervor und versuchte vergebens, des Gefühlschaos, das er in mir ausgelöst hatte, Herr zu werden. »Wow, also …«

Ich hatte schon einige Männer geküsst, aber das, was Angel gerade mit mir angestellt hatte – obwohl es nur kurz und heftig war –, war einfach unbeschreiblich.

Angel stieß ein leises Brummen aus, das in mir alle Sicherungen durchbrennen ließ.

Bevor er sich zurückziehen konnte, griff ich mit beiden Händen nach seinem Kopf und zog ihn erneut zu mir herunter. Ich spürte, wie er die Arme versteifte, weil er wahrscheinlich die Reling noch fester umfasste. Aber da hatte ich meine Lippen bereits wieder auf seine gelegt und küsste ihn mit all dem Begehren, das ich für ihn empfand.

Himmelherrgott, ich wollte diesen Mann so, so sehr. Ich hätte niemals damit gerechnet, dass wir uns heute noch küssen würden.

Vielleicht war es der Alkohol, der meinen Mut größer werden ließ, wie auch immer, ich brauchte mehr. Mehr von ihm. Nein. Alles von ihm.

Mein Blut rauschte in den Ohren, ehe es sich in meinem Unterleib zu sammeln begann. Ich presste meine wachsende Erektion gegen seinen Oberschenkel, was ihn in meinen Mund keuchen ließ. Und auch ich konnte spüren, dass der Kuss nicht spurlos an ihm vorbeiging, wenngleich seine Erregung geringer war als meine.

Aber sie war da – ganz eindeutig. Was bedeutete, dass er mich ebenso wollte wie ich ihn. Das war sowohl schön als auch beängstigend, denn er war ein Berg von einem Mann und ich hatte keine Ahnung, wie es sein würde, von ihm begehrt zu werden.

Aber ich war gewillt, es herauszufinden.

Daher teilte ich seine Lippen mit meinen und bat mit der Zunge um Einlass. Sein Bart kitzelte an meinem Kinn, als er den Mund tatsächlich weiter öffnete und unsere Zungen sich fanden. Kurz umspielten sie sich zaghaft, lernten sich fast schüchtern kennen. Dann wurde der Kuss intensiver. Heißer. Hungriger.

Ich rieb mit meiner Zunge über seine, lockte sie in meinen Mund, jagte sie zurück in seinen. Unser Atem ging stoßweise und mir wurde trotz des kühlen Windes so heiß, dass ich mir am liebsten die Kleider vom Leib gerissen hätte.

Oh Gott, wie geil war das denn bitte?! Ich küsste hier gerade Angel! Den schönsten und gleichzeitig düstersten Mann der Welt.

Inzwischen hatte ich ihm eine Hand in den Nacken gelegt und die andere auf die Brust. Meine Finger ertasteten über dem Shirt seine Muskeln, fuhren über seinen Bauch weiter nach unten. Kurz vor seinem Hosenbund wurde ich allerdings aufgehalten, denn Angel packte meine Hand und zog sie zurück nach oben zu seinem Schlüsselbein.

Okay, kein Befummeln beim ersten Kuss. Kein Prob…

Ich keuchte, als ich seine Finger mit einem Mal an meiner Erektion spürte. Er strich fest über den weichen Stoff meiner Hose, rieb meinen Schwanz immer und immer wieder.

Mein Keuchen wurde zu einem Stöhnen, das er mit seinem Mund erstickte.

Ooookay, das Verbot fürs Befummeln galt wohl nur für ihn, nicht für …

Meine Gedanken erstarben, als er den Reißverschluss meiner Hose kurzerhand herunterzog, ohne den Kuss zu unterbrechen. Seine Finger tasteten nach meiner Männlichkeit, die sich ihm sofort willig entgegenstreckte, als er sie aus der Unterhose befreite.

Seine Hand umfasste meinen Penis und jetzt konnte ich mir das Stöhnen wirklich nicht mehr verkneifen. Ich spürte einen ersten Lusttropfen, der meine Eichel befeuchtete, und wie Angel diesen über meinen Schaft verrieb.

»Du bist beschnitten«, knurrte er in meinen Mund.

»Jude«, keuchte ich.

»De puta madre …«

Es klang wie ein Fluch, aber er brummte ihn richtig angetörnt und seine halb geschlossenen Augen glänzten erregt. Seine Hand schob sich vor und wieder zurück, während ich alle Mühe hatte, auf den Beinen zu bleiben, da meine Knie so wackelig waren, als bestünden sie aus Pudding.

Angels breiter Körper bot uns Sichtschutz, aber es war ohnehin immer noch niemand außer uns hier, wie ich bemerkte, bevor ich die Lider flackernd schloss.

Blitze schossen durch meine Lenden, und jedes Stöhnen, das mir entweichen wollte, erstarb in Angels Mund. Er presste mich jetzt so stark gegen die Reling, dass es wehgetan hätte, wäre ich nicht so erregt gewesen.

Noch ein paar Mal glitten seine Finger in schnellem Rhythmus an meinem Schaft entlang, steigerten mit festen Bewegungen meine Lust ins Unermessliche. Dann zog sich alles in meinem Unterleib zusammen und mir wurde noch heißer. Angels Hand massierte meine Eichel und ich konnte mich nicht länger zusammenreißen.

Ich gab dem Druck nach, spritzte ab und drehte mein Becken etwas zur Seite, damit ich Angels Hose nicht traf. Der Lustschrei, der mir dabei entfahren wollte, wurde von einem weiteren Kuss von Angel verschluckt, begleitet von einem Knurren, das meine Erregung in ungeahnte Höhen katapultierte.

Ich zitterte am ganzen Leib, während ich versuchte, meine Atmung unter Kontrolle zu bekommen.

Für einige Augenblicke blieben wir in dieser Position, mein Schwanz in Angels Hand, meine Lippen an seinen. Wir küssten uns nicht mehr, aber es schien, als wollten weder er noch ich uns voneinander trennen. Ich atmete heftig durch die Nase, sog bei jedem Schnaufen seinen Geruch ein, der meinen Verstand komplett verrücktspielen ließ.

Er löste den Mund von mir, doch seine Finger hielten meinen Penis weiter umschlossen. Nicht fest, aber fest genug, dass ich mich ihm ein wenig ausgeliefert fühlte.

»Das war … der Wahnsinn«, flüsterte ich.

Angels Antwort bestand aus einem leisen Grollen, das tief aus seiner Brust stammte. Dann ließ er meinen Schwanz abrupt los und wischte sich die Hand an einem Taschentuch ab, das er aus seiner Jeans zog.

Noch einmal bedachte er mich mit einem finsteren Blick, bevor er sich abwandte und ein »¡Buenas noches!« über die Schulter

rief, ehe er über das (zum Glück immer noch menschenleere)
Deck davonging.

Sprachlos starrte ich auf seinen Rücken und verstaute rasch
meinen Penis wieder in der Hose.

Was ... was war das? Wieso ging er jetzt einfach?

Wie sollte ich ...

Himmel, was bedeutete das nun für uns?

12
Wir sind verlobt!

Angel

»Fuck!«, knurrte ich und schlug mit der flachen Hand gegen die Duschwand in meiner Kabine. »¡Maldita sea!«

Auch das kalte Wasser, das auf meinen Rücken prasselte, konnte nicht verhindern, dass mein Schwanz sofort wieder steif wurde, als ich die Dusche verließ und während des Abtrocknens an das dachte, was ich mit Hannes auf dem Sonnendeck angestellt hatte.

Mierda, wieso hatte ich mich nur so gehen lassen?! Ich hatte ihm eigentlich klipp und klar sagen wollen, dass er sich von mir fernhalten sollte – das gefühlt hundertste Mal. Und dann … dann fiel ich über ihn her wie ein notgeiler Teenager!

Dieser Kerl stellte alles auf den Kopf, was ich mir vornahm, und ich hatte keine Chance, es zu verhindern, weil mein Verstand in seiner Gegenwart zum Blödmann des Jahrhunderts mutierte und mein Körper zu einem hormongesteuerten Sexmonster.

»Maldito«, stöhnte ich, während ich meine Erektion betrachtete.

Das hatte mir gerade noch gefehlt! Wieso war ich mit einem Mal wieder dazu fähig, einen Ständer zu bekommen?!

131

Ich warf mich mit dem Rücken aufs Bett und starrte an die Decke.

Schließlich gab ich dem Drang seufzend nach und holte mir zum ersten Mal seit Monaten einen runter. Dabei hörte ich Hannes' Stöhnen in meinen Ohren, spürte seine Hände, die sich an meine Schultern krallten, schmeckte seine Zunge, die meinen Mund erkundete. Ich erinnerte mich an das geile Gefühl, als ich seinen harten Schwanz stimulierte. Warm und fest. Nicht zu kurz, nicht zu lang. Ohne Vorhaut.

Allein bei dem Gedanken konnte ich nicht mehr an mich halten und ergoss mich in meine Hand – so wie er es vorhin getan hatte.

Verflucht, ich war so am Arsch …

Das war der Gedanke, der immer wieder durch meinen Kopf spukte, während ich schwer atmend auf der beschissenen Blümchenmusterdecke lag.

»Fuck«, murmelte ich ein weiteres Mal, ehe ich die Augen schloss und versuchte, Schlaf zu finden, der ja doch nur wieder in Albträumen enden würde.

Für den nächsten Tag war kein Landgang geplant, also waren die Pools überfüllt und ich nahm mir vor, keinen Schritt aus meiner Kabine zu machen.

Ich hatte wenig Lust darauf, Hannes über den Weg zu laufen und ihm zu erklären, was das gestern Abend sollte und warum ich ihn einfach so stehen ließ. Ich wusste ja selbst nicht wirklich, was mich geritten hatte, ihn zu küssen, geschweige denn ihm einen Handjob zu verpassen.

Eigentlich hatte ich doch nur ergründen wollen, was dieses Etwas war, das ganz offensichtlich zwischen ihm und mir bestand. Wieso hatte ich dann nicht mit ihm gesprochen? Warum hatte ich ihn geküsst und auch noch zum Orgasmus getrieben? Statt über Gefühle zu reden, hatte ich Sex gewählt.

Verdammt noch eins, ich war so ein Wrack – ein verfickter, egoistischer Idiot! Selbst jetzt noch war mir das Gefühl, Macht zu haben, wichtiger als alles andere. Und ja, es hatte sich irgendwie nach Macht angefühlt, was ich mit Hannes angestellt hatte. Er war in meinen Händen wie Butter – umso mehr plagte mich jetzt das schlechte Gewissen.

Doch als er mich so gierig küsste und auch noch befummeln wollte … meine Sicherungen waren einfach durchgebrannt.

Trotzdem hätte ich nicht so mit ihm umspringen und schon gar nicht seine offensichtliche Schwäche für mich ausnutzen dürfen. Denn damit überforderte ich nicht nur ihn, sondern auch mich – und trieb die Verwirrung, die er in mir auslöste, nur noch auf ein höheres Level, statt Klarheit zu schaffen.

Mierda.

Ich musste mich ab sofort von ihm fernhalten, denn die toxische Beziehung zu mir würde seine unschuldige Seele nie und nimmer unbeschadet überstehen. Und dennoch … dennoch sehnte sich etwas in mir danach, zu ihm zu gehen und dort weiterzumachen, wo wir gestern aufgehört hatten.

Maldito, ich hatte diese Kreuzfahrt gebucht, um mit meinen Dämonen abzuschließen. Nicht um einen kleinen Grinse-Engel zu finden, der mir mit seinem reinen Wesen und der fröhlichen Art den Kopf verdrehte und den Verstand vernebelte!

Also bestellte ich mir das Frühstück in die Kabine und lag danach stundenlang auf dem Bett, zog mir irgendwelchen Schwachsinn in der Glotze rein oder döste vor mich hin. Da ich wieder von Albträumen geplagt worden war, hatte ich kaum ein Auge zugetan. Gut, und auch, weil ich immer, wenn ich die Lider

schloss, Hannes' Gesicht vor mir sah. Seinen Geruch in mich auf-
sog, seinem Stöhnen lauschte.

»Angel!«

Ich schreckte hoch und sah mich verwirrt um.

War es jetzt schon so weit gekommen, dass ich seine Stimme
nicht nur im Schlaf hörte, sondern auch, wenn ich wach war?
Verlor ich allmählich den Verstand?!

»Angel? Ich bin's.« Wieder seine Stimme, sie kam direkt von
der Kabinentür.

»Que demonios …«, murmelte ich und erhob mich von der
Matratze, um zur Tür zu gehen. »Lass mich in Ruhe!«, bellte ich
so finster, wie ich konnte. Zur Sicherheit zog ich mir eine Jeans
an, da ich nur in Shirt und Unterhose auf dem Bett gelegen hatte.

»Bitte öffne die Tür«, hörte ich ihn flehentlich sagen.

War der Kerl ein Idiot oder einfach nur suizidgefährdet?! Er
sollte sich von mir fernhalten – ich tat ihm nicht gut. Wieso begriff er das nicht?

»Verschwinde!«, rief ich.

»Kann ich Ihnen helfen?«, hörte ich eine weitere Stimme. Weib-
lich und jung.

»Ah, ja, danke«, antwortete Hannes. »Ich habe mich aus meiner
Kabine ausgeschlossen. Sie wurde auf Angel de Flores gebucht.
Können Sie gern überprüfen. Mein Verlobter.«

Was zum Teufel …?!

Woher kannte er meinen vollen Namen? Und was zum Henker
dachte er sich dabei, mich als seinen Verlobten zu bezeichnen?!
Hatte er keinen Respekt vor Privatsphäre? Wenn Übergriffigkeit
ein Wachstumshormon wäre, könnte der Kerl kniend aus der
Dachrinne saufen!

Gerade wollte ich ihm an den Kopf schmeißen, dass er zur Hölle fahren sollte, da wurde die Tür geöffnet, und eine freundlich lächelnde Stewardess strahlte mir zusammen mit Hannes entgegen.

»Ah, du bist ja hier«, rief Hannes so unschuldig, dass es mir die Sprache verschlug. »Ich dachte, du wärst auf dem Sonnendeck. Aber du hast geschlafen, oder? Alte Schlafmütze.« Er grinste mich dreist an, ehe er sich an die Stewardess wandte. »Danke, ich wünsche Ihnen einen schönen Tag!«

»Gern geschehen«, sagte sie immer noch lächelnd und ging den Flur entlang davon.

»¿Estás gilipollas, chico?«, knurrte ich und verschränkte die Arme, um Hannes gebührend wütend anfunkeln zu können. »Hau ab, sagte ich. Ich habe keine Lust, mich mit dir zu unterhalten! Woher kennst du überhaupt meine Kabinennummer und meinen Namen?!«

Dass ich ihm eine Frage stellte, nachdem ich ihm gesagt hatte, ich wollte mich nicht unterhalten, ließ mich auf die Zunge beißen.

Scheiße, sobald er vor mir stand, sprach ich absoluten Bullshit!

Hannes verschränkte ebenfalls die Arme vor der Brust und lehnte sich in den Türrahmen. Dabei platzierte er einen Fuß so, dass ich keine Chance hatte, ihm die Tür vor der Nase zuzuknallen, ohne ihm weh zu tun (was ich definitiv nicht tun würde). »Deine Kabinennummer war nicht schwer herauszufinden«, meinte er mit einem Lächeln, als hätte ich ihn nicht eben angefaucht. »Du hast sie mir gestern Abend selbst verraten, als du die Rechnung beglichen hast. Und ein netter Stewart verriet mir dann noch deinen Nachnamen.« Er grinste selbstgefällig.

»Me estás tocando los …«

Weiter kam ich nicht, denn da hatte sich Hannes bereits vom Türrahmen abgestoßen und betrat ungeniert meine Kabine.

»Nett hast du es hier«, bemerkte er, während er an mir vorbeiging und mir den Rücken zukehrte, um sich in meinem Zimmer umzusehen. »Und ziemlich ordentlich. Muss man wohl in der Army lernen.« Er warf einen Blick über seine Schulter und zog einen Mundwinkel nach oben.

»Was erlaubst du dir eigent...«

Ich war so baff und überrumpelt von seiner Dreistigkeit, in meine Privatsphäre einzudringen, dass ich nicht einmal die Worte fand, ihn hochkant aus meinem Zimmer zu schmeißen. Geschweige denn die Kraft, mich zu bewegen. Stattdessen starrte ich ihn vollkommen entgeistert an.

So etwas Hartnäckiges war mir bisher noch nicht über den Weg gelaufen. Normalerweise reichte ein Knurren und Zähnefletschen, dann suchten meine Mitmenschen das Weite. Hannes schien jedoch davon eher noch angespornt zu werden.

Er wandte sich zu mir um und gab der Kabinentür einen Schubs, sodass sie ins Schloss fiel. »Du hast mich gestern einfach stehen lassen«, sagte er, während er sich wieder zu mir drehte. »Mit tausend Fragen im Kopf, und in der Nacht hatte ich deinetwegen nochmals einen üblen Ständer, den ich nicht loswerden konnte, weil meine Chefin neben mir schlief.« Er hob die Augenbrauen und sah mich vorwurfsvoll an. »Was sagst du zu deiner Verteidigung, düsterer Panther?«

Stirnrunzelnd sah ich auf ihn herunter, nicht sicher, was hier gerade abging.

Panther?! Wieso gab er mir solch lächerliche Spitznamen?

»Ich finde, wir sollten reden«, fuhr er fort. »Da du an Deck nicht zu finden warst, bin ich jetzt eben hier.« Kurzerhand machte er ein paar Schritte rückwärts und ließ sich mit ausgebreiteten Armen auf mein Bett plumpsen. Die einzige Sitzmöglichkeit in meiner Kabine.

Gerade als ich beschloss, ihn zu packen und rauszuwerfen, klopfte es an der Tür.

»Öffnest du mal, Schatz?«, fragte Hannes mit gespieltem Wimpernklimpern. »Das ist ein Geschenk.«

»¿Es que te has vuelto loco? Nenn mich noch einmal Schatz und ich werde …«

»Ach komm, hab dich nicht so.« Er grinste über das ganze Gesicht. »Du wirst dich darüber freuen, versprochen.«

»¡Seguro que no! Öffne doch selbst!«, entgegnete ich und blieb auf der Stelle stehen.

»Zimmerservice!«, rief eine junge Männerstimme.

»Spielverderber«, schmollte Hannes und erhob sich, um zur Tür zu gehen.

Kaum hatte er diese geöffnet, schwärmten zwei Stewards mit einem kleinen Rolltisch herein, auf dem eine gekühlte Proseccoflasche, Sektgläser sowie Trauben, irgendwelche Backwaren, Fleischpasteten und andere Köstlichkeiten kunstvoll angerichtet waren. Doch was den Vogel abschoss, waren ein paar Wunderkerzen, die fröhlich Funken versprühten, und ein rotes Herz aus irgendwelcher Pappe, das zwischen allem herausragte.

»Herzlichen Glückwunsch zur Verlobung!«, riefen die Stewards, ehe sie sich diskret zurückzogen und Hannes die Tür wieder schloss.

»¡Qué pasa, eres gilipollas …!«, begann ich ihn anzubrüllen, doch er trat rasch auf mich zu und legte beide Hände an meine Brust.

»Schhht. Lass meine kleine Lüge bitte nicht auffliegen«, flüsterte er. »Ich habe gesagt, wir hätten uns gestern verlobt, damit wir für unser Gespräch Sekt und Knabbereien erhalten. Mit Essen und Trinken redet es sich besser, findest du nicht?«

Er zwinkerte mir zu und strich sanft mit seinen schlanken Fingern über meine Brustmuskeln.

¡Maldito! Ich hasste es, wenn er mich berührte. Dann fühlte ich mich wie Wachs, der unter seinen brennenden Fingerspitzen dahinschmolz.

Nein, nicht *ich* hatte Macht über *ihn* – *er* hatte Macht über *mich*. Das wurde mir gerade deutlich bewusst.

Aber es ging hier nicht um Macht oder Sex, sondern nur um Selbstschutz. Selbstschutz für Hannes, der sich von mir distanzieren sollte. Sowohl körperlich als auch emotional.

Also packte ich seine Handgelenke und wollte ihn wegschieben, aber der Kleine besaß erstaunlich viel Kraft, mit der er sich gegen mich wehrte. Ehe ich michs versah, hatte er sein Bein um mein gesundes Knie geschlungen, machte eine Drehbewegung und ich landete rittlings auf meinem Bett – mit Hannes auf mir drauf.

»Ha, ich kann es noch!«, rief er fröhlich auf mich herunter. »Hab ein paar Jahre lang Kampfsport gemacht.«

Knurrend rollte ich mich herum, sodass ich nun auf ihm lag. »¡Qué mierda! Das ist dir nur gelungen, weil du mich überrumpelt hast!« Immer noch hatte ich seine Handgelenke gepackt und drückte sie nun rechts und links von ihm in die Matratze.

Obwohl ich auf ihm drauf lag und er unter meinem Gewicht hätte nach Luft ringen müssen, begann er leise zu lachen.

Dieser Kerl raubte mir noch den Verstand mit seinem widersprüchlichen Verhalten!

»¡Deja eso!«, sagte ich finster. »Lass das!«

Seine dunklen Knopfaugen leuchteten mich vergnügt an. »Ich mag es, wenn du mir so nahe bist und mich auf Spanisch wie eine Raubkatze anknurrst. Und du auch, gib es zu.«

Tatsächlich begann mein Schwanz sich schon wieder zu regen, obwohl ich geglaubt hatte, dass das gestrige Wichsen meine Lust gestillt hätte. Doch mit Hannes unter mir und der Erinnerung an den vergangenen Abend schoss noch mehr Blut in meine Lenden.

»Wusste ich es doch«, hauchte Hannes, dem meine anschwellende Erregung nicht entging, da ich auf seinem Oberschenkel lag.

»¿Qué quieres de mí? Was verdammt willst du von mir?«, knurrte ich ihn an.

»Ich will eigentlich mit dir reden«, antwortete er erstaunlich ruhig und hielt meinem flammenden Blick mühelos stand. »Über das, was gestern geschah.«

»Ich will nicht reden«, stellte ich klar. »Ich will, dass du dich von mir fernhältst!«

»Warum?«

»Ich hab weder die Geduld noch die Buntstifte, dir das zu erklären!«

»Tja, dann muss ich wohl hierbleiben, um es selbst herauszufinden«, entgegnete er lächelnd. »Das zwischen uns ist nicht nur etwas, sondern viel. Das spürst du doch auch, deswegen knurrst du mich ständig an. Doch ich fühle mich von dir nicht bedroht, auch wenn du mich noch so bedrohlich anfunkelst. Und beleidigen kannst du mich ebenfalls nicht, weil ich dich durchschaue. Wenn du nicht reden willst …« Sein Lächeln wurde ein wenig schiefer und seine Augen glänzten so verheißungsvoll, dass sich meine Nackenhaare unwillkürlich aufstellten. »Ich hätte da einen weiteren Vorschlag. Ich schulde dir noch was und wenn du möchtest, dass ich dir einen blase, werde ich das gerne tun. Es sei denn, du hast eine Geschlechtskrankheit oder so, in dem Fall wäre ein …«

»¿Qué estás hablando?«, unterbrach ich ihn unwirsch, aufgebracht über seine Frechheit.

Wofür hielt er mich eigentlich?!

Da er mich wieder mit kariertem Blick ansah, schickte ich auf Englisch hinterher: »Hab ich nicht, ich bin gesund.«

Ich ging regelmäßig in Gesundheitschecks und seit der Trennung von John hatte ich keine One-Night-Stands gehabt. Einerseits, weil es mich anekelte, mit wildfremden Typen zu schlafen, die nur das Eine von einem wollten, andererseits weil ich ohnehin keinen hochbekam.

Doch bei Hannes … allein beim Gedanken, wie sich seine weichen Lippen um meinen Penis legten, wurde dieser noch größer.

»Na dann steht mein Angebot«, sagte er lächelnd. »Mein letzter Arztcheck liegt zwar ein halbes Jahr zurück, aber seither hatte ich keinen Sex mehr. Nein, das stimmt nicht.« Sein Lächeln wurde breiter. »Gestern hat mir ein richtig heißer Puerto-Ricaner einen runtergeholt. Und jetzt …«

Ohne den Blickkontakt zu unterbrechen, entzog Hannes eine seiner Hände meinem Griff, der sich gelockert hatte, und schob die Finger zwischen unsere Körper, an meinem Bauch entlang nach unten zu meinem Schritt.

Gestern hatte ich ihm dies verboten, da ich meiner Erektion nicht getraut hatte. Jetzt wusste ich, dass ich keine Angst haben musste, den Ständer wieder zu verlieren. Vielmehr wurde er noch härter, als Hannes' Finger ihn ertasteten.

Nein, ich sollte das nicht tun. Durfte das nicht. Es war nicht gut für ihn. Aber es fühlte sich für mich trotzdem verdammt gut an. Scheiße!

Zum Teufel mit meinem schlechten Gewissen! Ich hatte mich von ihm fernhalten wollen, aber wenn er sich mir regelrecht an den Hals schmiss, war das *sein* Problem, nicht meins. Er war ein erwachsener Mann, sollte verflucht noch mal in der Lage sein, das Risiko selbst einzuschätzen.

Verdammt, ich war wirklich ein dummes Arschloch … wählte schon wieder Sex, statt über Gefühle zu sprechen.

Doch seine Finger an meinem Schwanz ließen alle Gewissensbisse und Zweifel verstummen.

Wie konnte etwas falsch sein, das sich so gut anfühlte? So richtig?

Seine Augen glänzten erregt und ich gab jeglichen Widerstand auf, hob mein Becken etwas an, sodass er besser rankam, und ließ zu, dass Hannes die Knöpfe meiner Jeans öffnete. Auch dies tat er, während er mir in die Augen blickte und jede meiner Regungen genau verfolgte.

»Leg dich hin«, murmelte er, während er meinen Schwanz hervorholte.

Seine schlanken Hände glitten warm und bestimmt darüber.

Ich zögerte einen Moment, dann folgte ich seiner Aufforderung.

Der Gedanke, dass er mir einen blasen würde, war einfach zu geil und es war eine gefühlte Ewigkeit her, dass ich meinen Schwanz in den Mund eines Mannes gestoßen hatte. Ich brauchte das hier. Wollte es unbedingt. Darüber, dass ich mich gerade wieder vollkommen gegen meine Prinzipien verhielt, konnte ich mich später noch ärgern.

Und auch die Selbstvorwürfe würden noch ein bisschen warten müssen. Erst wollte ich den Blowjob, den er mir so großzügig anbot, genießen.

Also rollte ich mich wieder von ihm runter, um neben ihm auf der Matratze des Doppelbettes zu liegen zu kommen.

Hannes rappelte sich auf die Knie, ohne meinen Penis loszulassen, und beugte sich dann über mein Gesicht. »Darf ich dich küssen?«, fragte er leise.

Ich sah in seine dunklen Augen, die unter den für einen Mann erstaunlich langen Wimpern kaum zu sehen waren, da er die Lider halb geschlossen hatte. Wieder umfing mich sein angenehmer Duft nach Seife und einem unaufdringlichen Rasierwasser, das ein bisschen an eine frische Meeresbrise erinnerte.

Stirnrunzelnd betrachtete ich seine vollen Lippen, die etwas geöffnet waren und von denen ich wusste, wie perfekt sie sich auf meinen angefühlt hatten.

Er sollte mich nicht küssen wollen. Er war viel zu rein – wie ein unschuldiger Engel, der einen Dämon um Erlaubnis fragte, zärtlich zu ihm sein zu dürfen. Es war absoluter Irrsinn und trotzdem erregte mich die Vorstellung, dass ein Mann wie er, der so brav und unverdorben wirkte, sich nach meiner Nähe sehnte. Es ließ etwas in meinem Inneren erbeben, das noch nicht ganz kaputt war und sich aufbäumte, um einen hellen Sonnenstrahl in die Dunkelheit meiner Seele zu lassen.

Ich hatte Hannes nicht verdient, durfte ihn nicht begehren. Und trotzdem beugte er sich gerade über mich, befeuchtete mit der Zunge seine Lippen und sah mich mit dieser Wärme an, die ich am ganzen Körper spürte.

Verflucht noch mal, auch wenn ich ihn besser hochkant aus der Kabine schmeißen und für immer einen Bogen um ihn machen sollte, so konnte ich es nicht.

Ich wollte ihn. Jetzt und hier.

Ehe ich michs versah, hob ich meinerseits den Kopf und überwand die Distanz zwischen uns. Als unsere Lippen sich trafen, war es beinahe eine Offenbarung. Alles in mir explodierte, jede Zelle wurde unter Strom gesetzt.

Dios mío ...

Hatte sich das gestern ebenfalls so angefühlt? Ich wusste es nicht mehr, wusste gar nichts mehr. Meine Gedanken wirbelten in meinem Kopf herum, als wären sie von einer Windböe erfasst worden, um dann wie Blätter zu Boden zu fallen, wo sie still liegen blieben.

Alles wurde still um mich. Da war nur noch Hannes über mir, seine Lippen, die sich so sanft und gleichzeitig stark anfühlten. Stärker, als ich jemals sein würde, entschlossener, als ich in jeden Kampf gezogen war.

Ich schmeckte seine Zunge, die meinen Mund erkundete, lauschte dem leisen Stöhnen, das ihm entfuhr, als sie auf meine traf. Spürte seine Fingerspitzen, die meinen Schaft entlangstrichen, ihn streichelten und meine Eichel neckten, während mein Penis immer härter wurde. Fühlte den Puls, der durch meine Adern jagte, das Blut, das sich in meinem Unterleib ansammelte.

Ich entspannte mich unter seiner Zärtlichkeit, genoss es, was er mit mir anstellte.

Noch nie hatte ich mich bei einem Mann so fallen lassen können wie bei ihm, aber mir fehlte gerade die Energie, das zu hinterfragen. Denn alle meine Aufmerksamkeit wurde in dem Moment auf meinen Schwanz gerichtet, der inzwischen so hart war, dass die Haut spannte.

Hannes löste seine Lippen von meinen und sah mich erneut mit dieser Wärme an, die ich kaum aushielt, da ich befürchtete, sie würde mich verbrennen. Ich war der Teufel und er mein Fegefeuer, in dem ich elendiglich zu verrecken drohte.

»Zieh dich aus«, sagte er.

Es war ein Befehl, der so unerwartet und mit energischer Stimme kam, dass ich schmunzeln musste.

Solch eine Direktheit und Dominanz hätte ich von ihm nicht erwartet. Und es machte mich noch schärfer.

»Das war keine Bitte«, schickte er hinterher und sein Blick blieb ernst. »Ich möchte dich nackt sehen, wenn ich dir einen blase.«

Na gut, wenn ich schon so egoistisch war, das von ihm zu nehmen, was er mir bereitwillig geben wollte, konnte ich zumindest nach seinen Regeln spielen.

Ich hatte kein Problem, mich vor jemandem nackt zu zeigen, da ich mit meinem Körper alles in allem zufrieden war.

Also machte ich einen Sit-up und zog mir dabei das Shirt über den Kopf. Hannes ließ meinen Schwanz kurz los, damit ich die Jeans samt Unterhose abstreifen konnte. Socken trug ich keine und als ich mich wieder zurücklehnte, lag ich nackt auf der Matratze.

Mit einem Ständer, der ihn förmlich anbettelte, wieder in die Hand – oder am besten direkt in den Mund genommen zu werden.

¡Al infierno! War ich scharf auf diesen Blowjob …

13

Schnurrender Panther

Hannes

Zugegeben, es überraschte mich, mit welcher Selbstverständlichkeit Angel sich vor mir auszog. Aber dieser Mann war für mich ohnehin ein Buch mit sieben Siegeln, daher hatte ich es aufgegeben, zu hinterfragen, warum er in einem Moment so war und im nächsten ganz anders.

Als ich gestern Abend Kate von unserem Date erzählte, hatte diese mich vollkommen entgeistert angestarrt und wissen wollen, ob das tatsächlich Angel gewesen sei, mit dem ich mich getroffen hätte. Auch sie konnte sich keinen Reim auf sein Verhalten machen, also hatte ich heute kurzerhand beschlossen, ihn direkt darauf anzusprechen.

Da war mir aber nicht klar gewesen, dass unser Treffen in eine ganz andere Richtung gehen könnte. In eine, die mir zugegebenermaßen noch lieber war, als zu reden. Denn Taten sagten manchmal viel mehr als Worte. Viel, viel mehr. Gerade in Angels Fall.

Ohne mit der Wimper zu zucken, streifte er jetzt seine Kleidung ab und legte sich wieder hin – mit einem Körper, der einem griechischen Gott alle Ehre bereitet hätte.

Seine Augen fanden meine und er verschränkte die Hände hinter dem Kopf, sodass die Armmuskeln sich anspannten.

»Zufrieden?«, fragte er mit einem Schmunzeln, das so gar nicht zu ihm passen wollte.

Trotzdem liebte ich es, seine Zähne zwischen den Lippen blitzen zu sehen. Ebenso wie ich seinen Akzent liebte, der mir jedes Mal ein wohliges Frösteln verpasste.

Ich ließ meinen Blick über seine Muskeln wandern, die er mir präsentierte. Seine Haut war an den Armen braun gebrannt, aber auch sonst besaß sie einen sexy Braunton, der wirkte, als hätte die Sonne ihn überall geküsst.

An vielen Stellen von Angels Körper konnte ich Narben entdecken. Manche klein, andere größer. Manche blass, andere wulstig. Waren das Kriegswunden? Eine größere Narbe fiel mir an seiner Schulter auf und vor allem auch an seinem rechten Knie. Wahrscheinlich stammten sie von einer Operation oder so.

Seine Brust, auf der ich die Soldaten-Erkennungsmarke silbern an einer Kette glitzern sah, war von kleinen schwarzen Härchen bedeckt, die sich auf Höhe seines beeindruckenden Sixpacks zu einer Linie sammelten und nach unten zu seinem Penis fortsetzten. Er rasierte sich dort unten nicht, aber das war auch nicht notwendig. Sein Schamhaar war ebenso schwarz wie alle Haare an ihm und kurz genug, dass es nicht stören würde, wenn ich ihn gleich verwöhnte. Die muskulösen Oberschenkel besaßen eine etwas weniger starke Behaarung.

Meine Augen wanderten zurück zu seinem Ständer, der wirklich beachtlich war. Sein Penis war von einem etwas dunkleren Braun als der Rest seines Körpers und die Vorhaut hatte sich zurückgeschoben, sodass ich seine Eichel betrachten konnte.

Unwillkürlich fuhr ich mir mit der Zunge über die Lippen, ehe ich den Kopf hinunterbeugte und einen sanften Kuss auf seine Penisspitze hauchte. Angel stöhnte angetörnt, doch bevor ich mit dem Blowjob starten konnte, griff er in meinen Nacken und zog mich von seiner Erektion weg.

Verwirrt sah ich ihn an.

»Zieh dich ebenfalls aus«, befahl er mit dunkler Stimme. »Ich will, dass du mir nackt einen bläst.«

Ein Blick in seine feurigen Augen genügte, um mich vor Erregung erschaudern zu lassen. Ich trug nur ein Shirt und kurze Hosen. Die Flipflops hatte ich vorhin, als ich unter Angel lag, bereits von den Füßen gestreift.

Jetzt setzte ich mich auf und zog mein Shirt über den Kopf. Dabei fühlte ich Angels Blicke regelrecht auf mir. Die Kabine war hell erleuchtet und er konnte ebenso alles von mir sehen wie ich von ihm.

Als ich ihn wieder anschaute, wurde ich zum ersten Mal von einer Welle der Unsicherheit überschwemmt.

Mein Körperbau konnte es mit seinem definitiv nicht aufnehmen. Ich war viel schlanker, besaß kaum Muskeln, meine Körperbehaarung war so spärlich, dass ich meine Brust nicht einmal rasieren musste, damit sie glatt war.

Bisher hatte mich mein schmächtiger Körper nie sonderlich gestört, aber im Vergleich zu diesem Adonis da vor mir stellte ich mich nun mit einem Mal selbst infrage.

Angel schob die Augenbrauen zusammen, als ich zögernd an meinen Hosenbund griff. Er schien zu merken, dass ich mich nicht wohlfühlte, denn er richtete sich auf und schob meine Hände zur Seite.

»Déjame a mí«, murmelte er und ehe ich michs versah, legte er mir eine Hand auf die Brust, drückte mich damit auf die Matratze und öffnete meinen Reißverschluss. »Ich mach das.«

Er beugte sich über mich und sein Atem streifte mein Gesicht. Doch statt mich zu küssen, glitten seine Lippen zu meinem Hals, dann sanft über mein Schlüsselbein nach unten. Sie verweilten an meinen hellen Brustwarzen, die er mit den Zähnen etwas reizte, bevor er meinen flachen Bauch küsste. Dabei glitt seine Erkennungsmarke kühl über meine Haut und stellte einen erregenden Gegensatz zu seinem warmen Atem dar.

Ihn so intensiv zu spüren, ließ mich noch schärfer auf ihn werden. Er gab mir das Gefühl, begehrenswert, nein, schön zu sein.

Angel küsste jeden Zoll von mir, bis er bei meinem Hosenbund ankam und die Hose samt Boxershorts nach unten zog. Dabei streifte seine Nase meinen Schwanz, der sich unter seinen Küssen in einen harten Ständer verwandelt hatte. Im Gegensatz zu Angel rasierte ich mich auch dort unten, was ihm auffallen musste, denn er betrachtete meine Erektion ein paar Sekunden, ehe er sich wieder aufrichtete.

Schwer atmend lag ich da, versuchte, zu begreifen, was gerade geschah, als Angel sich ein weiteres Mal über mein Becken beugte und seine Zunge genüsslich von unten nach oben über meinen Schaft bis zur Penisspitze gleiten ließ.

Ich stöhnte laut auf, da das Gefühl so geil war, dass ich nicht mehr viel gebraucht hätte, um direkt zu kommen.

Abrupt löste sich Angel von mir und sah mich mit einem Grinsen an, das ein bisschen wie ein Zähnefletschen anmutete. »Se paciente. Zuerst bin *ich* an der Reihe«, sagte er mit einer derart tiefen Stimme, dass sich die Härchen an meinen Unterarmen aufstellten.

Er legte sich wieder hin, sodass seine Schulter die meine berührte.

Ich brauchte ein paar Sekunden, um mich zu sammeln und aufzuraffen.

Nachdem ich mich hingesetzt hatte, verschränkte er die Arme erneut hinter dem Kopf und hob sein Becken kurz an, was meinen Blick auf seine Erektion lenkte. Sie war immer noch so groß wie zuvor und ich konnte deutlich die Adern erkennen, die an seinem Schaft hervortraten.

Oh, ich hatte so Lust darauf, diesen Schwanz in den Mund zu nehmen und herauszufinden, wie er schmeckte.

Als ich Angel wieder ins Gesicht sah, betrachtete er mich mit diesem flammenden Blick, der mich in meinem Innersten traf.

Er wollte mich und das spornte mich an, ihm das zu geben, was ich ihm versprochen hatte.

Betont langsam positionierte ich mich zwischen Angels Beinen, die er für mich ein wenig spreizte, und sah ihm noch einmal in die glühenden Augen, ehe ich mich über seine Männlichkeit beugte.

Ich bemerkte, wie Angels Oberschenkelmuskeln sich erwartungsvoll anspannten, und lächelte verschlagen, bevor ich sanft über seinen Schaft blies. Er erzitterte unter meinem warmen Atem.

»Mierda. Du weißt, dass ›blasen‹ nicht wörtlich gemeint ist?«, grollte er.

Mir entfuhr ein leises Lachen und ich sah ihm in die Augen, während ich mit der Zunge sanft seinen Schwanz entlangleckte, wie er es vorhin bei mir getan hatte.

»Besser?«, fragte ich.

Meine Zunge tanzte um seine Penisspitze.

»Fuck. De puta …«, begann er, unterbrach sich aber abrupt, indem er seine Lippen zusammenpresste und die Augen zusammenkniff, denn ich hatte ihn ganz kurz meine Zähne spüren lassen. Ihm entwich ein erstickter Laut, der irgendetwas zwischen einem Stöhnen und einem Knurren darstellte.

Angel schmeckte unheimlich geil und ich nahm mir vor, seinen Schwanz so lange zu lutschen, bis er abspritzte und ich seinen Saft schlucken konnte.

Ein paar Mal glitt meine Zunge noch über seine Spitze, dann verteilte ich sanfte Küsse auf seiner Erektion.

Angels Seufzen war Musik in meinen Ohren. Er legte sich noch etwas entspannter hin und ich rieb genüsslich mit der Zunge über seine Eichel, ehe ich die Lippen darum schloss. Mit einer Hand massierte ich Angels Hoden, was ihm ein angetörntes Stöhnen entlockte.

Sanft glitten meine Finger über die harten Kugeln, die von der weichen Haut bedeckt wurden, schoben sie vorsichtig gegeneinander und wieder voneinander weg. Währenddessen ließ ich die andere Hand an seinem Schaft auf und abgleiten, reizte zusätzlich mit der Zunge die Unterseite seiner Spitze.

Angel begann schwerer zu atmen und sein Stöhnen vermischte sich mit einem leisen Keuchen.

Als ich den Blick hob, bemerkte ich, wie er mich beobachtete, und löste kurz meine Lippen von seinem Schwanz, um ihn anzulächeln.

»¡No te detengas! Hör jetzt ja nicht auf«, sagte er drohend, was ich natürlich nicht vorhatte zu tun.

Rasch beugte ich mich wieder über seinen Schwanz und suchte Angels Blick, während ich ihn in den Mund nahm und Unterdruck erzeugte, ehe ich lautstark daran saugte. Angel schloss die Augen, und ein dunkles Seufzen drang aus seiner Kehle.

Meine Zunge fuhr schneller um seine Spitze, dann ließ ich seine Erektion so tief wie möglich in meinen Hals gleiten. Ein Würgen wollte sich in mir breitmachen, da sein Schwanz so lang war, dass ich das Gefühl hatte, zu ersticken. Aber ich unterdrückte das Verlangen, ihn aus meinem Hals zu schieben. Stattdessen bewegte ich den Kopf schnell hoch und runter, während ich gleichzeitig mit der einen Hand seinen Schaft und mit der anderen seine Eier bearbeitete.

Immer wieder stieß ich würgende Laute hervor, der Speichel sammelte sich in meinem Mund, lief an Angels Schaft herunter und meine Augen begannen zu tränen. Nicht weil ich traurig war oder Schmerzen hatte, aber den Würgereiz zu unterdrücken, stellte eine Herausforderung dar, die mir automatisch die Tränen in die Augen trieb.

Doch ich machte weiter, hörte seine lustvollen Laute in immer kürzeren Abständen. Sein Becken zuckte und er legte die Hände auf meinen Kopf, sodass ich keine andere Wahl hatte, als seinen Penis so tief in mich eindringen zu lassen, wie Angel es wollte.

»Maldito …«, stöhnte er. »De puta madre …«

Ein letztes Mal drang er in meinen Hals ein, blieb in dieser Position und ich sah bereits Sternchen vor meinen Augen. Dann zog er sich ruckartig aus meinem Mund zurück, setzte sich etwas auf und umfasste meine Hand mit seiner eigenen, um die Bewegungen zu intensivieren.

Er schien nicht vorauszusetzen, dass ich schlucken wollte, aber genau das hatte ich vor. Ich wollte seinen Saft kosten und da er mir gesagt hatte, dass er gesund sei, hatte ich auch keine Angst, mir etwas einzufangen. Ich vertraute ihm.

Daher schob ich seine Hand weg und eroberte seinen Penis mit dem Mund zurück.

»Fuck. Ich komme gleich, du solltest …«, keuchte Angel warnend, aber ich unterbrach ihn, indem ich so fest an ihm saugte, dass er nicht mehr anders konnte, als sich in mir zu ergießen.

Angels Orgasmus war überwältigend. Sein Becken zuckte unter mir, sein Penis pumpte regelrecht den Saft in meinen Mund, während er irgendwelche spanischen Wörter stöhnte, die ziemlich sicher Gotteslästerungen und andere Flüche beinhalteten.

Ich schluckte, leckte mir über die Lippen und dann über seine Eichel, um jeden Tropfen abzubekommen. Ich leckte noch, als Angel sich ermattet in die Matratze fallen ließ und eine Hand auf seine Brust legte, während die andere an meinem Kopf verweilte und er gedankenversunken in meinen Haaren wühlte.

Ich ließ meine Zunge zärtlich seinen Schaft entlangwandern, der zwar noch hart war, aber nicht mehr so wie vor wenigen Sekunden.

»Fuck, war das geil«, keuchte Angel über mir, während er versuchte wieder zu Atem zu kommen.

»Wem sagst du das?«, murmelte ich an seinem Schwanz, bevor ich mir die Tränen an den Wangen und die Spucke am Kinn mit dem Handrücken wegwischte.

Noch einmal leckte ich über seine Hoden, nahm sie in den Mund, während meine Zunge sie sanft massierte.

Angel stöhnte über mir, aber nicht mehr angetörnt, sondern es klang fast wie ein Schnurren. Mein Panther war glücklich. Und ich ebenso.

Als ich merkte, dass sein Schwanz schlaffer wurde, richtete ich mich auf und legte mich kurzerhand auf seinen Bauch, den Kopf auf seine Brust gebettet. Angel schob mich nicht weg, sondern schlang sogar einen Arm um meine Taille, ließ seine Finger über mein Kreuz gleiten, zu meiner Po-Ritze und wieder zurück.

Ich hörte seinen rasenden Herzschlag an meinem Ohr, der sich langsam zu beruhigen begann, spürte, wie sich sein Brustkorb hob und senkte. Stark und unregelmäßig, da Angel immer noch um Atem rang.

»Das war der beste Blowjob, den ich je bekommen habe«, murmelte er über mir.

Ich hob den Kopf ein wenig, um ihn anzusehen. »Wirklich?« Das Lächeln, das mein Gesicht eroberte, konnte ich nicht unterdrücken. Ich war unheimlich stolz wegen seiner Worte.

Zur Antwort nickte er nur mit geschlossenen Augen, während er seine Finger etwas tiefer wandern ließ und mit der Hand eine meiner Pobacken umfasste. Er knetete sie, dann tastete er nach meinem Poloch und ließ seine Finger darum kreisen.

Ich genoss es, von ihm verwöhnt zu werden, und als er seinen Finger mit etwas Spucke befeuchtete und sanft in mich eindrang, stöhnte ich angetörnt. Ich nahm meinen Penis, der wieder schlaffer geworden war, in die Hand, um ihn gleichzeitig zu stimulieren.

Angels Finger drang tiefer vor und er massierte mit den anderen meinen Damm, was mich lauter gegen seine Brust stöhnen ließ.

Wow, war das geil.

Mit einem Mal hielt er inne und als ich ihn ansah, legte er die Stirn in Falten. »Lust auf Analsex?«

Die Frage kam so unerwartet, dass ich scharf die Luft einsog.

Da mein letzter Analsex eine Weile her war, war ich nicht sicher, ob ich ehrlich darauf antworten sollte. Ich mochte Analsex, ja. Sehr sogar. Aber es dauerte immer eine Weile, bis ich mich wieder eingegroovt hatte.

Bei Angels Schwanzgröße würde das zudem wahrscheinlich ziemlich herausfordernd, wenn er erst mal loslegte. Wir bräuchten auf jeden Fall Gleitgel, welches ich gerade nicht zur Hand hatte. Kondome befanden sich in meiner Hose, das wäre nicht das Problem.

Er musste die Zweifel an meinen Augen ablesen, denn er schüttelte leicht den Kopf. »Ich bin so hart gekommen, dass ich dich definitiv in den nächsten Stunden nicht ficken kann. Aber …«

»Du meinst, ich soll *dich* …« Ich hob die Augenbrauen.

Allein die Vorstellung, seine Muskeln unter mir zu spüren, während ich ihn vögelte, war einfach nur erregend und ließ meinen Schwanz stärker anschwellen.

»Nur wenn du möchtest.« Er zuckte mit den Schultern. »Ich hatte schon länger keinen Analsex mehr und will wissen, ob es sich mit dir besser anfühlt als beim letzten Mal.«

Ich schluckte unwillkürlich, ehe ich nickte. »Hast du Gleitgel oder so da?«

»In meinem Koffer müsste noch eines sein.« Er zog seinen Finger aus meinem Hintern.

»Warte, ich hol ein Kondom.« Ich erhob mich, um nach meiner Hose zu greifen.

Dabei spürte ich wieder Angels Blicke auf mir, der ebenfalls aufstand, um seinen Koffer nach dem Gleitgel zu durchsuchen.

»Du hast Kondome mitgenommen?«, fragte er, während ich mich bückte und ein Päckchen aus meiner Hose hervorholte.

»Nicht weil ich dachte, dass es zu Sex kommt«, entgegnete ich und öffnete das Päckchen. Ich registrierte, wie Angel sich mit dem Gleitgel wieder zum Bett begab. »Ich hab immer welche dabei, da ich lieber vorbereitet bin.« Rasch streifte ich das Kondom über meine Erektion und drehte mich zu Angel herum. »Wie möchtest du … okay …« Die Worte blieben mir im Hals stecken, denn er hatte sich kurzerhand in die Doggy-Position begeben und streckte mir seinen knackigen Hintern entgegen.

Diesen Berg von einem Mann vor mir knien zu sehen, gab mir den Rest.

Rasch trat ich hinter ihn an den Bettrand und legte meine Hände an seine Pobacken, die sich fest und richtig unter mir anfühlten. Das Gleitgel hatte er neben sich aufs Bett gelegt.

Mein Blick fiel auf seinen Rücken, an dem ich Schrammen entdeckte.

»Oh, hast du dich verletzt, als du mich vor dem Bus gerettet hast?«, fragte ich betreten. Auch an seinen Oberarmen und Ellbogen konnte ich Schürfungen erkennen.

»De nada«, murmelte er. »Fick mich, ehe mein Knie zu protestieren beginnt.«

»Okay.«

Sanft fuhr ich mit einem Finger durch seine Po-Ritze, was ihm ein angeregtes Stöhnen entlockte. Ermutigt durch seine Reaktion ließ ich etwas Gleitgel auf ihn herunterträufeln, während ich seinen Hintern spreizte. Ich verrieb das Gel um den Anus, drang vorsichtig mit einem Finger in ihn ein und er keuchte leise.

Gott, war er eng ... und scharf.

Eine Weile ließ ich ihn einen Finger spüren, dann befeuchtete ich ihn erneut und nahm einen zweiten dazu, wodurch Angel lauter stöhnte. Um ihn genügend vorzubereiten, gab ich ihm Zeit, sich daran zu gewöhnen, versuchte, seine Prostata zu massieren, was ihm einen heiseren Laut abrang.

Als ich merkte, dass er sich immer mehr entspannte, träufelte ich noch etwas mehr Gel auf sein Poloch und rieb auch meinen Penis damit ein. Schließlich legte ich meine Erektion zwischen seine Pobacken, die ich wieder spreizte. Ich ließ meinen Schaft durch seine Ritze vor und zurück gleiten, warf den Kopf in den

Nacken und genoss die Vorfreude auf das, was ich mit ihm gleich tun durfte.

»Sag mir, wenn es wehtut oder so«, bat ich, ehe ich meinen Schwanz an seinen Anus drängte und mein Becken langsam nach vorn schob, um Angels Widerstand zu brechen.

Ein paar Mal musste ich sanft gegen ihn ankämpfen, dann gab er nach und ließ mich ein Stück in sich hineingleiten.

Das Gefühl, in ihm drin zu sein, war überwältigend. Ich schloss die Augen, spürte es um mich herum pulsieren und drang weiter in die Enge, die sich vor mir eröffnete.

Angel stöhnte erneut in die Laken, während ich ihn mehr ausfüllte.

»Fuck. Langsamer«, murmelte er, was mich innehalten ließ.

Vorsichtig zog ich mich zurück und strich etwas mehr Gel um sein Poloch, drang nochmals mit den Fingern tief in ihn ein, um es für ihn so schmerzlos wie möglich zu machen.

Daraufhin befeuchtete ich auch meinen Penis ein weiteres Mal mit Gel, sodass das Fläschchen schließlich leer war, bevor ich meine Schwanzspitze wieder gegen seine Rosette drückte.

»Bueno, mach weiter.« Er schob seinen Hintern gegen mich, was mir zeigte, dass er bereit war, mich wieder aufzunehmen.

Möglichst sanft drang ich ein und Angel stieß ein heiseres, tiefes Brummen aus.

Zunächst machte ich langsame Bewegungen, dann wurde ich rascher. Mein Becken schnellte gegen seinen Po, erzeugte ein leises Klatschen. Ich hielt mich an seiner Hüfte fest, während ich ihn wie im Rausch zu vögeln begann.

Mein Penis bettelte bereits nach ein paar heftigen Stößen darum, sich ergießen zu dürfen, und ich wusste, dass ich den Höhepunkt nicht lange würde hinauszögern können.

Angel keuchte, atmete hektisch und drängte sich mir seinerseits entgegen. Auch er schien es zu genießen, von mir genommen zu werden. Meine Stöße wurden schneller, Schweiß bildete sich über meiner Oberlippe, und mein Herz spielte verrückt.

Noch ein paar Mal ließ ich meinen Schwanz tief in seinen Hintern eintauchen, dann überwältigte mich der Orgasmus und ich schrie meine Lust laut heraus, ehe ich in ihm kam.

Alles drehte sich um mich, meine Beine wurden weich und ich glaubte, dass ich gleich umkippte. Tat ich aber nicht, stattdessen wurde ich von einer Welle der Erregung zur nächsten getragen, bis ich fassungslos um Atem rang.

Eine Weile noch zuckte mein Becken gegen seinen Po, danach zog ich mich aus ihm zurück und streifte das Kondom ab, ehe ich es verknotete und achtlos auf den Boden warf. Ich würde es später aufheben, jetzt waren meine Knie einfach nur weich und ich musste mich hinlegen.

Angel ließ sich zur Seite fallen, drehte sich auf den Rücken und legte den Unterarm über sein Gesicht. Sein Atem ging stoßweise, als wäre er gerannt. Aber meiner war ebenso abgehackt.

»Das war einfach nur geil«, japste ich neben ihm.

»Sí«, bestätigte er keuchend.

Ich legte mich seitlich hin, um ihn ansehen zu können. Ein leichter Schweißfilm überzog seine Brust und ich strich mit der Hand darüber. Da er mich nicht aufhielt, streichelte ich ihn weiter, spielte sanft mit seinem Brusthaar.

»Danke«, sagte ich leise. »Dass du uns eine Chance gegeben hast.«

Er hob den Arm etwas von seinen Augen und blinzelte mich stirnrunzelnd an. »Wir sind jetzt nicht zusammen oder so«, stellte er klar.

»Natürlich nicht.« Ich lächelte – wie ich hoffte. Denn tief in meinem Inneren hatte ich mir gewünscht, dass er ebenso für mich empfand wie ich für ihn. »Das war nur Sex, oder?« Dass mein letztes Wort so enttäuscht klang, war mir peinlich.

»Nur Sex.«

Damit ließ er die kleine Traumblase in mir mit einem lauten Knall platzen.

»Darf ich dich trotzdem nochmals küssen?«, fragte ich und sah ihm in die Augen.

Er zögerte, schien abzuwägen, ob das eine gute Idee war. Ehe er sich dafür oder dagegen entscheiden konnte, beugte ich mich über sein Gesicht und legte meine Lippen auf seine.

Nur kurz, nur sanft, aber ich wusste in genau diesem Augenblick, dass ich nicht nur verknallt war, sondern ziemlich sicher gerade dabei, mich zu verlieben. In Angel. Meinen düsteren Panther.

14

Wir müssen reden

Hannes

»Okay, wirst du jetzt jedes Mal, wenn du Angel triffst, mit ihm schlafen?« Kate kicherte amüsiert, während sie ihren Kaffee trank.

Wir saßen zusammen beim Abendessen in einem der Restaurants und ich hatte ihr gerade von dem unfassbar epischen Nachmittag in Angels Kabine erzählt.

Nachdem wir beide uns etwas vom Sex erholt hatten, hatten wir die Prosecco-Flasche geöffnet und die Leckereien vertilgt. Wir sprachen nicht viel, aber das war für mich okay. Danach hatte ich mich irgendwann verabschiedet und war wie auf Wolken zurück in meine Kabine geschwebt, wo ich erst mal eine lange heiße Dusche nahm.

Kate traf ich erst am Abend beim Essen wieder, da sie den Tag am Pool und beim Shoppen verbracht hatte. Natürlich musste ich ihr alles haarklein erzählen.

»Ehrlich gesagt habe ich keine Ahnung, wie es wird, wenn ich ihn das nächste Mal sehe«, gestand ich lächelnd und fuhr mit dem Finger den Rand meines Cola-Glases entlang.

»Du kannst es gleich herausfinden«, meinte Kate und deutete mit ihrer Dessertgabel, mit der sie ein Kuchenstück verschlang, hinter mich. »Er pirscht sich gerade an.«

»Was?« Ich fuhr herum und sah tatsächlich, wie Angel zu unserem Tisch trat.

»Guten Abend«, rief Kate fröhlich – eine Spur *zu* fröhlich, denn Angels Gesicht verfinsterte sich augenblicklich und er verzog die Lippen, als hätte er in eine Zitrone gebissen.

»Buenas tardes«, brummte er.

Als sein Blick mich traf, fühlte es sich an, als würde ich elektrisiert. Das Knistern zwischen uns war beinahe mit Händen greifbar und ich sog scharf die Luft ein.

»Hi«, stieß ich hervor und schluckte trocken, ehe ich die Cola austrank, um meine Kehle zu befeuchten.

Jetzt, da er in einem legeren beigen Hemd und dunkler Jeans vor mir stand, konnte ich kaum glauben, dass er und ich heute tatsächlich miteinander den geilsten Sex seit Langem gehabt hatten.

Angel war einfach überirdisch gut aussehend und ich registrierte am Rande, wie ein paar junge Frauen am Nebentisch den Kopf in seine Richtung drehten und wie kleine Mädchen kicherten.

Aber der attraktive Latino hatte nur Augen für mich, was die Schmetterlinge in meinem Bauch wieder wie auf Koks herumflattern ließ.

»Wir müssen reden«, sagte Angel und zog die Brauen zusammen, während sein Blick über mich glitt.

»Jetzt?«, krächzte ich überrascht.

»Unpassend?« Er sah zu Kate und wieder zu mir zurück.

»Kein Problem«, rief sie. »Geh nur, ich warte dann in der Kabine auf dich. Die Feuershow, zu der wir wollten, beginnt erst in einer Stunde.« Sie machte wegscheuchende Bewegungen mit ihrer Dessertgabel und schickte auch noch ein »Kscchhh« hinterher.

»Okay.« Ich erhob mich und da Angel keinen Schritt zur Seite trat, stand ich so nahe vor ihm, dass ich glaubte, die Wärme seines Körpers zu spüren.

Mit undurchsichtigem Blick sah er auf mich herunter, ehe er mir mit einer Kopfbewegung bedeutete, ihm zu folgen.

Wir verließen den Speisesaal und es wunderte mich nicht, dass Angel mich wieder auf eines der Sonnendecks führte. Da es früher Abend war, waren diese noch ziemlich gut besucht, dennoch fanden wir ein paar Liegen, die etwas abgeschiedener standen.

Angel ließ sich auf einer davon nieder und ich setzte mich gegenüber von ihm auf eine zweite. Ich war gespannt, warum er mich sprechen wollte.

Er atmete tief durch, dann sah er mich mit schmalen Augen nachdenklich an, als überlegte er, wie er das Gespräch beginnen sollte.

»Bevor du jetzt mit mir Schluss machen willst«, fiel ich ihm ins Wort, als er gerade zum Reden ansetzte, »dazu müssten wir erst zusammen sein. Und das sind wir ja nicht. Also …«

»¡Silencio! Könntest du bitte einfach die Klappe halten und zuhören?«, brummte er in strengem Tonfall.

»'tschuldige.« Ich biss mir nervös auf die Unterlippe.

»Ich sagte es dir schon einmal: Ich bin nicht hier, weil mir diese Kreuzfahrt Vergnügen bereitet oder ich jemanden zum Vögeln suche.« Er musterte mich wieder mit diesem Blick, der alle meine Härchen aufstellte. »Ich bin hier wegen …« Er holte erneut leise Luft, ehe er sie mit einem Wort ausstieß. »Rick.«

Meine Augenbrauen hüpften in die Höhe. »Rick?«

Oje, war er also doch in einer Beziehung? Dass ein Hammer-Kerl wie er noch single war, wäre aber auch zu schön gewesen.

161

Ich versuchte mich daran zu erinnern, ob ich in seiner Kabine Spuren eines anderen Mannes gesehen hatte, aber er unterbrach meine Gedanken, indem er fortfuhr.

»Meinem Freund. Meinem *besten* Freund.« Nun wandte er den Blick ab und ließ ihn über das Meer gleiten. »Er starb in meinen Armen. Im Krieg.«

»Oh.« Ich starrte ihn verwirrt an, versuchte, die Puzzlestücke, die er mir hinwarf, irgendwie sinnvoll zusammenzusetzen. Keine Chance. Ich brauchte mehr Informationen. Aber ich wollte Angel auch nicht zu etwas drängen, wenn er schon von sich aus den Grund seiner Reise ansprach.

Eine Weile sagte er nichts und ich wartete geduldig. Dann schüttelte er den Kopf, als wollte er eine Erinnerung loswerden, und schloss die Augen.

Als er sie wieder öffnete, war sein Blick klar, aber unendliche Trauer lag darin, die mein Herz schwer werden ließ.

»Du hast keine Ahnung, wer ich bin, chico«, sagte er leise, ohne mich anzusehen. »Was ich alles in diesem verfickten Krieg getan habe. Was er aus mir gemacht hat.«

Ich schluckte und wollte etwas erwidern, da wandte er sich mir zu und die Dunkelheit seiner Seele traf mich mitten ins Herz. So viel Selbsthass und Verzweiflung … mein Hals schnürte sich zu.

»Ich bin hier, um diesen Scheiß hinter mir zu lassen«, erklärte er mit rauer Stimme. »Mich interessieren diese ganzen alten Städte und bleichen Steine nicht. Ich habe diese Reise nur gebucht, da Rick sie gemocht hätte.«

»Wart ihr …« Ich räusperte mich, um den heiseren Klang aus meiner Stimme zu verscheuchen. »Wart ihr zusammen?«

Angel verzog den Mund zu einem freudlosen Lächeln. »Nein. Nie. Er war heterosexuell und ich hatte kein Interesse an ihm.

Kein *sexuelles* Interesse. Er war mein Vertrauter und ich wäre für ihn durch die Hölle gegangen, ebenso wie er für mich. Daher bin ich jetzt hier und gebe mir diese verdammte Ladung Antike.«

»Aber das Mittelmeer ist doch keine Hölle«, warf ich zaghaft ein.

»Für dich vielleicht nicht.« Er sah mich stirnrunzelnd an. »Mich begleitet die Hölle überallhin, da ihre Dämonen mich nicht gehen lassen.«

Das war er also – der Abgrund seiner Seele. Die Ursache für die Dunkelheit, mit der er sich stets umgab. Ich hatte schon davon gehört, dass der Krieg einen Mann brechen konnte, aber das, was ich vor mir sah, war mehr. Es war ein Mann, der sich selbst nicht mehr leiden konnte. Einer, der sich jeden Tag die Schuld der Welt auf die Schultern lud und von sich glaubte, nichts mehr wert zu sein.

»Wieso erzählst du mir das?«, fragte ich leise.

Angel atmete erneut tief durch, dann wandte er den Blick wieder zum Meer. »Weil ich nie wieder will, dass du mich so ansiehst wie heute Nachmittag in meinem Bett. Und weil ich nicht will, dass du dir Hoffnungen machst, dass ich ebenso fühlen könnte, wie du es ganz offensichtlich tust.« Seine Augen suchten die meinen und ich spürte, wie mein Mund wieder staubtrocken wurde unter seiner Musterung. »Ich bin nicht blind, ich weiß, dass du Gefühle für mich hast. Aber …« Er fuhr sich mit der Hand über das Gesicht, ehe er mich wieder ansah. »Fuck … ich bin nicht das, was du suchst, Hannes. Ich tu dir nicht gut und je eher du das begreifst, desto besser ist es für dich. Denn du verdienst etwas Besseres als mich. Viel Besseres. Ich würde dieses Licht, das ich in dir sehe, mit einem Fingerschnippen auslöschen. Deine Seele verbrennen, bis nichts mehr als Asche übrig ist. No, eso no funciona.« Er schüttelte mit Nachdruck den Kopf. »Dafür kann und will ich nicht verantwortlich sein.«

Ich schluckte ob der Direktheit seiner Worte.

Aber das war nun mal Angel und auch wenn es wehtat, so schätzte ich an ihm seine Ehrlichkeit.

Dennoch sah ich mich gezwungen, etwas klarzustellen.

»Ich mag vielleicht naiv, womöglich manchmal sogar unreif wirken«, erwiderte ich leise. »Doch ich laufe nicht mit einer rosaroten Brille durch die Welt. Mir ist sehr wohl aufgefallen, dass du von Zweifeln und Selbsthass zerfressen wirst. Aber das ist kein Grund, dass man nicht etwas Glück verdient hätte. Und ganz ehrlich: Der Sex mit dir heute war der Hammer.«

Ich lächelte ihn an und sah, wie er die Augenbrauen zusammenschob. Rasch fuhr ich fort.

»Ja, ich entwickle gerade Gefühle für dich. Aber ich bin nicht so dumm, dass ich glaube, dass du aus deinen Selbstzweifeln, die du Hölle nennst, gerettet werden musst. Oder ich derjenige bin, der dich retten kann oder soll. Mein Prinz-Charming-Kostüm hab ich zu Hause gelassen. Ich bin hier, weil ich das Leben genießen möchte. Und sosehr es dir auch widerstreben mag – du gehörst jetzt dazu. Ob es dir nun passt oder nicht, ich werde nicht verleugnen, dass diese Anziehung zwischen uns besteht. Nein, ich höre keine Hochzeitsglocken.«

Ich zwinkerte ihm zu, was ein noch finstereres Gesicht meines Gegenübers zur Folge hatte.

Kopfschüttelnd schenkte ich ihm ein kleines Lächeln, dann sah ich ihn fest an. »Ich lebe von einem Tag zum nächsten, Angel. Und im Moment freue ich mich darauf, morgen mit dir zusammen Korfu zu erkunden. Vielleicht können wir am Abend nochmals etwas Spaß haben, vielleicht nicht. Das Leben besteht nicht aus Plänen, sondern aus Taten. Und ganz ehrlich: Würdest du es tatsächlich aushalten, mich für den Rest der Kreuzfahrt nicht mehr anzufassen, obwohl wir beim Sex so gut harmonieren? Obwohl ich bereit wäre, alles mit mir machen zu lassen, was du willst?«

»Alles?« Er hob eine Augenbraue.

»Nun ja, fast alles«, korrigierte ich mich rasch, da ich keine Ahnung hatte, worauf Angel beim Sex noch so stand. »Ich verspreche dir hier und jetzt: Wenn diese Kreuzfahrt zu Ende ist und wir in Venedig anlegen, werde ich keinerlei Besitzansprüche auf dich erheben, dir keinen Heiratsantrag machen und dich in Ruhe lassen, wenn du das dann immer noch möchtest. Aber bis dahin ...«
Ich streckte die Hand aus und legte sie ihm auf das gesunde Knie. »Lass uns etwas Spaß haben, schöne Stunden verbringen. Das hast du meiner Meinung nach mehr verdient als jeder andere hier und ich stelle mich gern dafür zur Verfügung.«

Zu meiner Überraschung legte Angel seine Hand auf meine und zog sie etwas weiter nach oben, bis sie auf seinem Schritt zu liegen kam. Darunter konnte ich eine deutliche Wölbung ertasten.

Rasch sah ich mich um, aber niemand war in der Nähe, um uns zu beobachten, also entspannte ich mich wieder etwas und sah ihn aufmerksam an, während meine Finger sich um seinen Schwanz schlossen, der darunter noch eine Spur härter wurde.

»Mierda. Spürst du, was du mit mir machst?«, murmelte Angel. »Ich habe keine Ahnung, wieso ich so auf dich reagiere. Und ich glaube, ich werde es nie herausfinden. Ich ...« Er schluckte und senkte den Blick, betrachtete seine Hand, die noch auf meiner lag. »Nachdem ich aus dem Krieg zurück war, habe ich keinen mehr hochbekommen. Daran scheiterte auch meine letzte

Beziehung mit meinem Ex John. Ich dachte schon, ich wäre emotional kastriert, doch dann …« Er sah mich wieder an. »Mierda de nuevo … was gestern Abend hier oben geschah, war für mich ebenso unbegreiflich wie alles an dir. Ich nahm zuerst an, es wäre das Gefühl der Macht, das ich genoss, während ich dir einen runterholte. Aber es hat mit Macht nichts zu tun, was mit mir geschieht, wenn ich in deiner Nähe bin. Eher mit … Demut. Glaube ich zumindest.«

Ein Kloß bildete sich in meiner Kehle und ich versuchte vergebens, ihn herunterzuschlucken.

Das war also der Grund, wieso ich ihn gestern nicht anfassen durfte. Dass er es mir jetzt gestattete, war eine derart krasse Steigerung, dass ich nur staunend Luft holen konnte.

Wenn das stimmte und er tatsächlich mit mir seine erste Erektion seit Langem hatte, dann …

»Du tust es schon wieder«, stellte er warnend fest.

»Was tu ich?«, fragte ich verwirrt.

»Dieser Blick. Sieh mich nicht so an.«

»Wie denn?«

»Mit diesen rosa Herzchen in den Augen.« Er beugte sich etwas zu mir. »No hagas eso. Verlieb dich gefälligst nicht in mich.«

»Mach ich doch gar nicht«, entgegnete ich. »Ich mag es nur, deinen Schwanz zu streicheln, das ist alles.«

Ich hoffte, dass er mir die Lüge nicht an der Nase ablas, denn tatsächlich klopfte mein Herz wie wild und die koksenden Schmetterlinge meldeten sich mit einem Tornado zurück.

OMG!

Angel bekam meinetwegen einen Ständer – das erste Mal seit Langem.

Aaaah, ich flippte aus!

Doch auch wenn ich innerlich die Pompons hervorholte, versuchte ich äußerlich cool zu bleiben.

Angel hatte mir in den vergangenen Minuten mehr über sich erzählt, hatte mich für einen kurzen Moment in die Abgründe seiner Seele blicken lassen. Dennoch wusste ich, dass unter seiner düsteren Fassade noch ganz, ganz, ganz viel verborgen lag, was er mir nicht sagte. Dinge, die er mir vermutlich nie würde erzählen können.

Aber das war egal. Er saß gerade hier, mit meiner Hand in seinem Schritt, und sah mich mit diesem lodernden Blick an, der alles in mir erbeben ließ.

Was wollte ich noch mehr?

Eben.

15
Wenn Achilleus
schwul wäre

Angel

Ich hatte es aufgegeben, zu hinterfragen, wieso ich in Hannes' Gegenwart Dinge tat und sagte, die mir eindeutig schlaflose Nächte bescheren würden. Ich schlief ohnehin kaum, da konnten meine Albträume auch von seinem Gesicht unterbrochen werden.

Vielleicht hatte Hannes recht.

Vielleicht hatte ich etwas Spaß verdient.

Wenn ein Mann mir Sex ohne Verpflichtungen anbot, wieso sollte ich da Nein sagen? Jetzt, da ich endlich wieder dazu imstande war, merkte ich, wie sehr es mir gefehlt hatte. Zu vögeln und gevögelt zu werden.

Hannes und ich waren beim Sex auf einer Wellenlänge, was das Ganze noch interessanter gestaltete.

»Está bien«, hörte ich mich sagen und schüttelte innerlich den Kopf über mich.

Seine Finger schlossen sich etwas fester um meinen Penis, was diesem sichtlich gefiel – mir auch.

»Was?«, fragte Hannes mit angespannter Miene.

»Wir werden zusammen Spaß haben«, präzisierte ich und konnte seine Augen aufleuchten sehen. »Aber nur bis Venedig«, stellte ich klar. »Danach trennen sich unsere Wege.«

»Nun ja, wir stammen beide aus New York, also …«

Ich sah ihn entgeistert an. »Du wohnst auch in New York?!«

Maldito, das hatte ich nicht kommen sehen …

Er nickte lächelnd. »Aber New York ist riesig, wir müssen uns also nicht zwangsläufig nochmals begegnen.«

Ich nickte ebenfalls und senkte den Blick wieder auf unsere Hände. Er hatte zwar recht, was New York anging, aber trotzdem wäre mir jede andere Stadt in Amerika lieber gewesen.

War das ein Zeichen?

Nein! Nein ich glaubte nicht an Zeichen!

¡Maldito …!

Mein Ständer verabschiedete sich schlagartig, was Hannes natürlich auffiel, denn er nahm seine Hand von meinem Schritt und schaute mich unsicher an.

»Hab ich etwas Falsches gesagt?«

»Ich geh schlafen«, brummte ich und erhob mich. »Buenas noches und viel Spaß bei der Show.«

»Gute Nacht«, hörte ich ihn hinter mir murmeln, da war ich allerdings bereits ein paar Schritte weit weg.

¡Mierda! Was hatte ich mir da wieder eingebrockt …

Am nächsten Morgen legten wir gegen acht Uhr im Hafen von Korfu an. Wieder gab es die Möglichkeit, die Stadt auf eigene Faust zu entdecken, aber ich hatte mich für die geführte Rundfahrt mit dem Besuch des Palastes Achilleion entschieden.

Während wir uns bei den Reisebussen versammelten, fiel mein Blick auf Hannes, der neben Kate und einem mir fremden Mann stand. Sie hatten also wieder die gleiche Tour wie ich gebucht – langsam verwunderte mich das nicht mehr.

Was mich allerdings stutzig machte, war der Fremde an ihrer Seite. Ich hatte ihn noch nie gesehen, er war schlank und braun gebrannt mit rotbraunen Locken und einem breiten Grinsen im Gesicht. Alles an ihm schrie ›Surferboy‹, sogar seine Bermudas und das legere Shirt.

Hannes lachte gerade über irgendetwas, das der Typ gesagt hatte, und ich spürte augenblicklich, wie sich mein Innerstes zusammenzog.

Die Art, wie Hannes den Kerl ansah, gefiel mir nicht.

Ehe ich michs versah, war ich auf das Grüppchen zugegangen und tippte Hannes auf die Schulter.

»Woher weißt du, dass ich in New York wohne?«, stellte ich ihm eine Frage, die mich während der Nacht beschäftigt hatte.

Hannes fuhr zu mir herum und sah mich erst erschrocken an, bevor ein Lächeln sein Gesicht erhellte. »Dir auch einen schönen Morgen«, sagte er gut gelaunt und strich mit der Hand flüchtig über meinen Arm.

Ich verengte die Augen und sah von ihm zum Surfertypen, der mich seinerseits musterte.

»Darf ich vorstellen?«, rief Kate. »Mitch, das ist Angel. Angel, das ist Mitch. Wir haben ihn gestern auf der Poolparty nach der Show kennengelernt.«

»Hey.« Mitch streckte mir die Hand entgegen, die ich ignorierte, also wischte er sie an der Hose ab, als wäre sie schmutzig geworden. »Na, ein Sonnenschein bist du ja nicht gerade«, meinte er mit einem schiefen Grinsen. Dabei fiel mir sein britischer Akzent auf – er stammte also aus England.

Zur Antwort erntete er einen weiteren finsteren Blick von mir.

Wenn ich ein derart schmieriges Grinsen wie er hätte, würde ich lachend in eine Kreissäge laufen …

»Angel war Soldat bei der Navy«, sagte Hannes, als würde das alles erklären.

Ja, womöglich lernte man im Militär nicht an erster Stelle Sozialkompetenzen, aber einen Idioten konnte ich auch so erkennen. Was dieser Mitch mit seinem nächsten Spruch direkt bestätigte.

»Oh, dann erwartest du wohl, dass man dir für deinen Einsatz für dein Land dankt?«, meinte der Kerl mit hochgezogenen Augenbrauen.

Noch so ein Spruch, und er könnte zukünftig sein Essen aus der Schnabeltasse lutschen!

»Lass«, versuchte Kate den aufkeimenden Streit zu unterbinden. »Komm, wir suchen uns einen Platz im Shuttlebus.«

Mitch legte mit einem demonstrativen Blick zu mir seinen Arm um Kate und jetzt wurde mir klar, dass er glaubte, ich würde Interesse an ihr haben. Doch Kate konnte er meinetwegen zehnmal vögeln, das war mir egal. Nicht aber …

»Die Laus muss ziemlich mutig gewesen sein, sich auf deine Leber zu wagen. Respekt. Sie scheint sogar den Wagemut gehabt zu haben, darüber zu laufen, anders kann ich mir deine Laune beim besten Willen nicht erklären«, maulte Hannes und lenkte damit meinen Blick auf sich.

»Eso no es importante«, erwiderte ich und verschränkte die Arme vor der Brust. »Du hast meine Frage nicht beantwortet.«

»Ich wäre ein guter Detektiv, oder?« Hannes grinste mich an. Als ich nicht antwortete, seufzte er theatralisch. »Der Stewart, der mir deinen Namen verriet, hat mir obendrein gezwitschert, dass du ebenfalls in New York lebst.«

171

»Für welche Gegenleistung?« Ich zog die Augenbrauen zusammen.

Jetzt lachte Hannes laut auf und stupste mich an. »Bist du etwa eifersüchtig?«

»Ich mag es nicht, wenn der Kerl, mit dem ich vögle, andere vögelt, so einfach ist das«, knurrte ich.

»Ich wäre dir zwar keine Erklärung schuldig, aber ich vögle aktuell mit niemandem außer dir«, sagte Hannes, und sein Gesicht wurde ernst. »Wenn ich etwas bin, dann ist es treu – selbst wenn es nur ein Urlaubsflirt sein sollte.«

»Mehr ist es auch nicht.«

»Okay, würdest du mit mir in den Shuttlebus kommen, Darling?«

»Oye, chico, voy a golpearla«, brummte ich, folgte ihm aber.

Nein, ich würde ihn nicht schlagen, nur weil er mir dumme Kosenamen gab. Aber meine Finger juckten trotzdem.

»Vielleicht sollten wir Kate und Mitch heute etwas Zeit für sich lassen«, plapperte Hannes, ohne auf meine Drohung einzugehen, da er sie ohnehin nicht verstanden hatte. »Er und Kate haben da was am Laufen. Sie kam letzte Nacht nicht in die Kabine zurück und ich vermute, auch diese Nacht wird sie mit ihm verbringen.« Er warf einen Blick über die Schulter, ehe er in den Bus einstieg. »Gut für uns beide, denn die Kabine von Kate und mir ist um einiges geräumiger und hat ein eigenes Sonnendeck.« Er zwinkerte mir vielsagend zu, bevor er sich wieder umdrehte und einen Platz suchte.

Seufzend ließ ich mich neben ihm nieder und lauschte mit halbem Ohr der Lautsprecherstimme, die wieder irgendwelche Daten und Fakten über Korfu zum Besten gab.

»Weißt du, früher habe ich mit meiner Oma immer die Sissi-Filme in der Weihnachtszeit geguckt«, plauderte Hannes gerade fröhlich neben mir.

»Was für Filme?«

»Sissi«, wiederholte er. »Der Kosename für Kaiserin Elisabeth, die hier auf Korfu einen Palast erbauen ließ.«

»Hm.«

»Sie hat den Palast nach dem griechischen Helden Achilleus benannt«, fuhr Hannes fort. »Weil sie ihn für seine Kraft bewunderte. Das war der Krieger, der als unverwundbar galt. Bis auf seine Ferse, da den Legenden zufolge seine Mutter Thetis – eine Meernymphe übrigens –, ihn dort am Fuß festhielt, während sie ihn in einen Fluss tauchte, dessen Wasser ihn eben unverwundbar machte. Wie hieß der Fluss noch gleich … hm … ah, Styx, genau. Der Unterweltsfluss. Hab mich für die Reise mit Kate vorbereitet, um ein bisschen mit dem Wissen über griechische Sagen punkten zu können.« Er zwinkerte mir zu.

Na prima, ich musste der Lautsprecherstimme nicht lauschen, ich hatte ab sofort mein eigenes Wikipedia an der Seite.

Hannes war nicht mehr zu bremsen. »Es gibt doch diesen Film, in dem Achilleus von Brad Pitt gespielt wird. ›Troja‹ heißt der. Ist hammergut und Brad zum Niederknien schön. Oh, entschuldige, ich sollte vielleicht besser nicht von fremden Männern schwärmen, aber Brad … hach. Wenn Achilleus schwul wäre und so aussähe wie er … tut mir leid, aber dann hättest du ernst zu nehmende Konkurrenz. Brad hätte Kaiserin Sissi bestimmt auch mega gefallen. Du musst wissen, sie war ziemlich besessen von Achilleus. Ebenso wie Kaiser Wilhelm II. aus Deutschland, der das Achilleion später kaufte. Beide ließen Achilleus-Statuen im Palastgarten errichten, um den Helden zu ehren. Sissi den sterbenden Achill, Wilhelm den siegreichen. Ich freue mich schon riesig darauf, sie in natura zu sehen!«

Ich setzte die Sonnenbrille auf, damit er nicht sehen konnte, dass ich die Augen verdrehte.

Rick hätte seine wahre Freude an Hannes gehabt, Dios mío.

Also biss ich mir auf die Zunge und ließ ihn weiterplappern, während ich mir innerlich die Kugel gab.

Von allen Männern dieser Welt musste ich ausgerechnet einem Kunsthändler begegnen … wirklich, Rick, das konnte nur ein Scherz sein, oder?

Der Reisebus brachte uns direkt zum Achilleion, bei dem uns ein Reiseführer in Empfang nahm und durch den (zugegeben beeindruckenden) Palast führte. Immer an meiner Seite: Hannes, der so viele Fotos schoss und Videos aufnahm, dass mir klar wurde, warum sein Handyakku in Santorin Selbstmord begangen hatte.

Bei sengender Mittagshitze von dreißig Grad besichtigten wir den Palastgarten, in dem Hannes seine geliebten Achilleus-Statuen bewunderte. Die Parkanlage war tatsächlich einzigartig mit ihren vielen Blumen und Palmen. Beinahe, als befände man sich in einer anderen Welt und wandle mit den griechischen Göttern.

Danach ging es weiter mit dem Reisebus landeinwärts, vorbei an kleinen Dörfern und gefühlt Tausenden von Olivenbäumen, Zypressen, Zitruspflanzen und Akazien sowie vielen Foto-Hotspots, von denen man das kristallklare Meer überblicken konnte.

Weiße Strände luden zum Verweilen ein, aber dafür hatten wir keine Zeit, denn das nächste Ziel unseres Ausfluges war das Kloster der Heiligen Jungfrau Maria im Dorf Paleokastritsa, das hoch über einem Hügel thronte und von wo aus man einen sagenhaft schönen Überblick über die Insel bekam.

Hannes stürmte so lange, bis ich in ein Selfie mit ihm einwilligte, danach ging die Panoramafahrt weiter über die Kaiserbrücke und schließlich zurück nach Korfu-Stadt.

Dort lud uns der Reisebus aus und wir hatten noch zwei gute Stunden zur freien Verfügung, ehe wir zurück auf dem Schiff sein mussten. Von der Stadt fuhren Shuttlebusse in den Hafen, aber die rund eineinhalb Meilen konnte man auch gut zu Fuß gehen. Selbst ich mit meinem Knie.

»Lass uns was trinken und im Anschluss zurückspazieren«, schlug Hannes vor, nachdem wir aus dem Bus ausgestiegen waren.

Ich warf einen Blick zu Kate, die sich bei Mitch eingehakt hatte und auf uns zugeschlendert kam.

»Na, wie fandet ihr die Rundfahrt?«, rief sie lächelnd.

Sie und ihr Surferboy hatten sich während der Reise von uns ferngehalten.

»Herrlich!«, antwortete Hannes und breitete die Arme aus. »Wir wollten gerade etwas essen und trinken gehen, kommt ihr mit?«

»Ne, lass mal«, winkte Kate mit einem Blick zu mir ab. »Wir gehen noch eine Runde baden, hier soll es tolle Strände geben. Man sieht sich später auf dem Schiff.«

Mitch und ich wechselten einen stummen Blick, der uns klarmachte, dass wir keine Freunde mehr würden. Aber solange er Hannes und mich in Ruhe ließ, war mir das egal.

»Na gut, dann eben nur wir zwei.« Hannes stupste mich mit dem Ellbogen in die Seite, nachdem Kate und Mitch von dannen gezogen waren, und lenkte damit meine Aufmerksamkeit wieder auf sich. »Obwohl, eine Runde baden zu gehen, wäre schon auch cool.«

»Nada mas facil que eso. Ich kann dich ins Wasser schmeißen, dann hast du auch gebadet«, meinte ich schulterzuckend.

»Hach, deine Laune ist wie immer herzerwärmend.«

Hannes grinste und hakte sich ungeniert bei mir unter, was eine Familie mit zwei kleinen Mädchen in unserer Nähe zum Tuscheln brachte.

Aber das war ich seit Jahren gewohnt. Viele Leute hatten nun mal Probleme damit, wenn Männer mehr Nähe zeigten, als irgendwelche Gesellschaftsnormen vorschrieben. Auch ich ertappte mich dabei, dass ich zwei Mal hinsah, wenn zwei Frauen oder zwei Männer sich in aller Öffentlichkeit küssten. Es war einfach ein ungewohntes Bild, selbst für mich, der sein Leben lang mit Männern zusammen war und auch im Freundeskreis eine Menge homosexueller Pärchen kannte. Ungewohnt ja. Aber ungewohnt schön.

Daher nahm ich das der Familie, die uns beobachtete, auch nicht krumm, sondern lehnte mich demonstrativ zu Hannes hinunter, um ihn zu küssen.

Etwas Allgemeinbildung tat den beiden Mädchen, die vielleicht um die zehn waren, ganz gut. Sollten sie ihre Eltern ruhig mal mit Fragen löchern. Die Welt war nicht schwarz-weiß, sondern bunt – wie sonst sollten Regenbogen entstehen?

Hannes war überrascht von dem Kuss, erwiderte ihn aber umgehend und legte mir eine Hand an die Wange.

»Wofür war der?«, fragte er, nachdem ich meine Lippen von ihm gelöst hatte.

»Para ti. Für dich«, antwortete ich. »Und jetzt lass uns ein Restaurant suchen – ich hab Hunger.«

16

Schwarz steht dir

Angel

Korfu-Stadt war klein, mit vielen engen Gassen, welche von Häusern mit Balkonen flankiert wurden, die Hannes als ›venezianische Bauweise‹ einordnete. Mit den roten Ziegelsteinen und den hellen Mauern versprühte die Stadt tatsächlich ein gewisses italienisches Flair und ich war gespannt darauf, ob in Venedig, das wir in ein paar Tagen besuchten, ein ähnliches Feeling herrschte wie hier.

An gefühlt jeder Ecke gab es Souvenirstände und Restaurants. Hannes überredete mich zu einem Kumquat-Eis, einer Spezialität von Korfu. Bei Kumquats handelte es sich um kleine Orangen, die anscheinend in allen Formen verwendet wurden. Auch als Likör oder zum Süßen von Speisen.

Hannes zufolge hatte ein britischer Botaniker die Zwergorangen, die ursprünglich aus Asien stammten, im neunzehnten Jahrhundert nach Korfu gebracht.

Das Eis schmeckte lecker, wenn auch mit einer etwas bitteren Note.

Danach setzten wir uns in ein Restaurant in der Nähe einer alten venezianischen Festung, die auf einer Halbinsel thronte. Die Taverne befand sich direkt in einem kleinen Hafen und hatte gemäß Hannes die typische Korfu-Küche zu bieten, die aus einem Nudeleintopf mit Huhn und Rind bestand und Pastitsada hieß. Auffallend war die gewagte Gewürzkombination der aromatischen Tomatensoße, die mit Nelken, Zimt und Muskat abgeschmeckt war. Dazu bestellte Hannes uns alkoholfreies Ingwerbier namens Tsitsimbira – ein Wort, das ich kaum aussprechen konnte.

Eines musste ich Hannes lassen: Er wusste zu allem und jedem etwas zu erzählen und mit der Zeit ertappte ich mich dabei, wie ich ihm interessiert zuhörte, wenn er mit leuchtenden Augen über die Geschichte von Korfu oder Griechenland allgemein sprach. Seine Begeisterungsfähigkeit war tatsächlich ansteckend.

Das Kerlchen hatte wirklich was auf dem Kasten und war ein unterhaltsamer Reisebegleiter, wenn auch sehr redselig. Aber dadurch musste ich weniger sagen, was mir ganz recht war.

So lehnte ich mich zurück, trank mein komisches Bier (das ich nie wieder bestellen würde, da es abscheulich schmeckte, da war mir Wein tausendmal lieber) und genoss das mediterrane Flair der Stadt.

Viel zu schnell verflogen die zwei Stunden und wir schlenderten zurück zum Hafen, um rechtzeitig auf dem Kreuzfahrtschiff zu sein.

»Das war ein wunderschöner Tag«, schwärmte Hannes, während wir an der Reling standen und das Ablegen des Schiffes aus dem Hafen beobachteten.

»Sí, eso es verdad«, bestätigte ich und betrachtete die Insel, die durch die viele Vegetation wie ein smaragdgrüner Teppich vor uns lag.

»Verbringst du auch die nächsten Landgänge mit mir?« Hannes sah mich von der Seite an.

Stirnrunzelnd betrachtete ich ihn.

Eigentlich hätte ich geglaubt, dass ich nach einem ganzen Tag mit Hannes genug von ihm hätte, aber so war es nicht. Ich musste mir eingestehen, dass ich seine Gesellschaft heute alles in allem genossen hatte und mir gut vorstellen konnte, auch die nächsten Tage mit ihm zu verbringen.

Seltsam ... aber nicht unangenehm.

Ich hatte gestern Abend endlich Klartext mit ihm gesprochen und trotzdem war er noch an meiner Seite, wollte sogar noch mehr Zeit mit mir verbringen. Er schien weder von meiner zerstörten Seele noch von meinen Dämonen abgeschreckt zu werden, was mich nach wie vor faszinierte. Dass ein Mann wie er sich in meiner Nähe wohlfühlte, ließ in mir den leisen Verdacht entstehen, dass ich vielleicht doch nicht ganz so kaputt war, wie ich immer geglaubt hatte.

Gedanken, die mir seit meiner Entlassung aus dem Dienst noch nie gekommen waren und die mir ... guttaten.

Ja, Hannes tat mir ebenso gut, wie Rick es getan hatte. Nur dass ich Hannes obendrein noch küssen und ficken wollte, da er mich auch körperlich in seinen Bann zog.

Daher nickte ich jetzt.

»Cool.« Er tippte zufrieden mit der Hand auf das Geländer. »Und heute Abend? Hast du schon was vor?«

»Veamos.« Er hob fragend die Augenbrauen. »Mal sehen«, übersetzte ich.

Er nickte. »Ich werde erst mal duschen und mich dann ein wenig hinlegen«, plauderte er und legte den Kopf schief. »Muss noch ein paar Fotos für unseren Instagram-Account hochladen und so. Aber in etwa zwei Stunden wäre ich wieder ready und würde mich freuen, wenn wir zusammen zu Abend essen. Was meinst du? Kate wird mich wohl wegen Mitch versetzen und so ganz alleine essen ist irgendwie traurig.«

Essen musste ich ja sowieso auch. »Bien.« Ich nickte, was ihm ein Lächeln ins Gesicht zauberte.

»Sehr schön, dann bis später, ich hol dich ab.« Er stellte sich kurz auf die Zehenspitzen und drückte mir einen Kuss auf die Wange, ehe er mit einem Winken von dannen zog.

Ich sah ihm kopfschüttelnd hinterher.

Nein, ich wurde nicht schlau aus ihm, geschweige denn aus mir selbst. Aber das war in Ordnung und ich wollte nichts mehr hinterfragen oder mich dagegen wehren, sondern nur noch genießen.

Wir hatten bereits Halbzeit auf unserer Kreuzfahrt, und der Alltag würde mich schneller einholen, als mir lieb war. Bis dahin konnte ich ebenso gut Zeit in Hannes' Traumblase verbringen.

Tatsächlich klopfte es exakt zwei Stunden später an meiner Kabinentür und ein strahlender Hannes holte mich zum Essen ab. Ich hatte mich etwas hingelegt, um mich vom Landgang und der Hitze des Tages zu erholen, nachdem ich ein paar Runden im Pool geschwommen war. Im Gegensatz zu vorgestern trug Hannes heute eine leichte lange Hose und ein helles Hemd, ich wie immer Jeans und Shirt.

»Schwarz steht dir«, meinte Hannes und deutete auf meine Brust.

»Hm«, entgegnete ich, da ich Komplimente noch nie gemocht hatte.

»Ich habe für uns einen Tisch im Panoramarestaurant reserviert, ich hoffe, das war okay?«, fuhr er fort, während er neben mir über das Deck lief.

Ich nickte knapp, was ihn erleichtert lächeln ließ.

»Du wirst es lieben«, sprach er begeistert weiter. »Dort gibt es eine Hammer-Aussicht auf das Meer und den Sonnenuntergang.«

»Kommt Kate auch?«, wollte ich mit einem Seitenblick zu ihm wissen.

»Nein, sie verbringt, wie ich schon dachte, den Abend mit Mitch.« Hannes grinste. »Scheint ganz schön verknallt in ihn zu sein.«

»Ihr zwei verknallt euch ziemlich rasch«, bemerkte ich mit hochgezogener Augenbraue.

»Haha, das tun wir.« Er zwinkerte mir zu.

Wenig später saßen wir in dem Restaurant, das Hannes ausgewählt hatte. Ich musste zugeben, dass ich ohne ihn wohl nie hierhergekommen wäre – und etwas verpasst hätte. Die Aussicht aus den riesigen Panoramafenstern war einmalig, während das Schiff weiter durchs Mittelmeer Richtung Adria pflügte.

Wir beobachteten den Sonnenuntergang, der die krassesten Farben an den Himmel malte, aßen griechische Spezialitäten und tranken sündhaft teuren spanischen Wein. Aber da die Rechnung wieder auf mich gehen würde (ich hasste es, eingeladen zu werden, und war Gentleman genug, die paar Euro von Hannes zu übernehmen) war mir das egal. Ich hatte in den Jahren als SEAL gut verdient und auch als Broker kannte ich keine finanziellen Schwierigkeiten.

Hannes hatte sich zwar gegen meine Einladung gewehrt, aber schließlich nachgegeben. Mit der Bedingung, dass ich ihn nachher noch zur Poolparty begleitete, die unter dem Motto ›Wir lieben Schlager‹ stand.

Keine Ahnung, was Schlager sein sollten, aber Hannes schwärmte in den höchsten Tönen davon, daher wurde ich neugierig. Anscheinend hatte das etwas mit seiner deutschen Herkunft zu tun, wie er mir erklärte.

Inzwischen wusste ich auch, dass er eigentlich Johannes Schmidt hieß, sich aber lieber Hannes nannte. Ich hätte ja eher mit ›Joe‹ abgekürzt, denn ›Hannes‹ war schon ziemlich gewöhnungsbedürftig und für einen Amerikaner ein wahrer Zungenbrecher. Aber er schien den Namen zu mögen und das war die Hauptsache. Joe hätte auch irgendwie nicht zu ihm gepasst.

»Sprichst du Deutsch?«, fragte ich ihn, während der Kellner unsere Teller abräumte. Ich lehnte mich im Stuhl zurück, schwenkte das Weinglas, um das Aroma des nachgefüllten Weins entfalten zu lassen, und beobachtete mein Gegenüber.

Inzwischen war die Sonne untergegangen und die Nacht hatte sich wie ein glitzernd schwarzes Tuch über das Meer gelegt.

»Ja«, antwortete Hannes stolz. »Ich lese auch gern deutsche Bücher, schaue deutsche Filme, feiere deutsche Feste, liebe deutsches Essen … meine Oma und meine Mutter haben immer Wert darauf gelegt, dass unsere Herkunft und Kultur bewahrt bleiben.«

»Wenn deine Urgroßmutter eine Deutsche und dein Urgroßvater ein amerikanischer Soldat waren, woher kommt dann der deutsche Name Schmidt?«, wollte ich wissen.

»Du bist schlau.« Er lächelte. »Meine Oma mütterlicherseits ist auf der Suche nach den Spuren meiner Urgroßeltern nach

Deutschland zurückgekehrt und lebte einige Jahre in Berlin. Da lernte sie meinen Opa Johannes Schmidt kennen. Nach ihm bin ich benannt, er nannte sich ebenfalls immer Hannes. Seine Mutter war Jüdin, dadurch galt er im Nationalsozialismus damals als jüdischer Mischling – oder abwertend als Halbjude. Er überlebte nur knapp den Holocaust, während seine ganze restliche Familie im Konzentrationslager Auschwitz umgebracht wurde. Nach dem Zweiten Weltkrieg beschlossen meine Großeltern, zu heiraten und nach New York zu ziehen. Dort bekamen sie dann meine Mutter und meinen Onkel. Die deutsche Kultur blieb trotz allem in unserer Familie verankert. Zudem wurde ich jüdisch erzogen, aber wir schauen zum Beispiel nicht auf koscheres Essen oder so, weil meine Mom da etwas weniger streng ist.«

»Krasse Geschichte«, murmelte ich.

»Das ist es.« Er legte den Kopf schief. »Und du? Deine Muttersprache ist Spanisch, oder?«

Ich nickte. »Einen Teil meiner Kindheit verbrachte ich in Puerto Rico und redete dort fast immer Spanisch, wie die meisten Boricua. Ich habe erst später richtig Englisch gelernt, nachdem meine Eltern nach New York gezogen sind. Da war ich zehn.«

»Daher dein sexy Akzent.« Er schenkte mir ein warmes Lächeln. »Und Charly? Spricht sie auch Spanisch?«

»Ein bisschen.« Ich trank einen Schluck Wein. »Sie lernt es von mir und auch in der Schule.«

»Womöglich gehe ich dir wieder auf die Nerven«, meinte Hannes mit einem entschuldigenden Blick. »Aber … du sagtest, du seist mit deinen Eltern von Puerto Rico nach New York gezogen. War das nicht ziemlich krass? Also die Veränderung, neue Umgebung, neue Sprache und so?«

Ich nickte erneut. »Es war nicht einfach für meine Brüder und mich.«

»Du hast also doch noch Geschwister?« Hannes sah mich neugierig an.

»Drei, ich bin der Älteste.«

»Oh.« Seine Augenbrauen hüpften in die Höhe.

Ich konnte ihm ansehen, dass er am liebsten alles über sie erfahren hätte und ihm tausend Fragen auf der Zunge brannten, die er mir definitiv gleich stellen würde.

»Escucha«, seufzte ich und stellte mein Glas hin. »Hör zu, ich rede nicht gern über meine Familie, aber da du ja ohnehin nicht lockerlässt …« Ich seufzte erneut. »Meine Eltern sind strenge Katholiken und seit meinem Coming-out habe ich kaum noch Kontakt zu ihnen. Mein Vater hat mich sogar als ›Schandfleck der Familie‹ betitelt. Erst bekomme ich ein uneheliches Kind und dann oute ich mich auch noch als schwul … Das Fegefeuer ist mir auf jeden Fall gewiss.« Ich lachte freudlos. »Bien, man sucht sich seine Kinder nun mal nicht in einem Katalog aus. Ich glaube, dass er mich nicht direkt enterbt hat, habe ich nur der Tatsache zu verdanken, dass ich ein Navy SEAL wurde und damit wenigstens einen ehrbaren Beruf hatte.« Ich schüttelte den Kopf. »Aber auch meine Brüder kommen nicht wirklich damit klar, dass ich mich zu Männern hingezogen fühle, daher sehe ich sie so gut wie nie.«

»Oh.« Hannes betrachtete mich mitfühlend. »Das ist … tut mir leid.«

Ich zuckte mit den Schultern. »No lo sientas. Ich habe mich damit abgefunden.«

»Vielleicht werden sie irgendwann deine Homosexualität akzeptieren?« Er sah mich hoffnungsvoll an, als könnte man mit dem Finger schnippen und alles wäre wieder gut.

Unwillkürlich musste ich schmunzeln. »Das bezweifle ich. Aber wie gesagt, es ist okay. Ich mache meinen Eltern keinen Vorwurf daraus, denn sie sind nun mal in einer anderen Welt groß geworden und haben andere Vorstellungen vom Leben. Bei meinen Brüdern kann ich es zwar weniger verstehen, aber wenn wir Akzeptanz von anderen verlangen, dann sollten wir ihnen diese ebenso entgegenbringen, oder?«

»Das stimmt.« Hannes nickte nachdenklich. »Mein Outing war auch nicht gerade berauschend. Ich habe mich meiner damals besten Freundin anvertraut und sie hat es liebend gerne weitererzählt … ich wurde also zwangsgeoutet. Aber wenigstens hat meine Mutter sich von Anfang an auf meine Seite gestellt. Ich glaube vor allem auch, weil sie durch unsere Familiengeschichte weiß, wie schlimm es ist, wenn man für das, was man ist, sinnlos verurteilt und verfolgt wird. Daher ist sie sehr offen und besitzt eine große Toleranz und Akzeptanz.«

»Und dein Vater?«

»Der hat uns eh schon verlassen, als ich noch ganz klein war.« Hannes machte eine abwinkende Handbewegung. »Mom und er haben nie geheiratet, daher trage ich ihren Mädchennamen und bin sehr froh darüber. Ich bin als Einzelkind mit Oma und Mama in der Bronx groß geworden. Beide haben ihr Leben lang hart arbeiten müssen. Ihnen war es egal, ob ich mich mit Männern treffe oder mit Frauen. Gesundheit und Liebe, so sagte Oma immer, das ist das Wichtigste auf der Welt.« Ein wehmütiger Ausdruck glitt über sein Gesicht.

»Deine Oma lebt nicht mehr?«, schlussfolgerte ich aus der Tatsache, dass er in der Vergangenheit von ihr gesprochen hatte.

»Leider nicht.« Er senkte den Blick und spielte mit den Fingern an seinem Weinglas herum. »Sie ist vor einem Jahr an Herzschwäche gestorben. Ihr hätte der heutige Ausflug zum Sissi-

Palast gefallen.« Ein trauriges Lächeln zuckte an seinem Mundwinkel und erzeugte ein einsames Grübchen auf seiner Wange.

Ich nickte. »Oh, apuesto a que sí. Das hätte es.«

Er hob den Kopf, und die Trauer in seinen dunklen Augen traf mich komplett unerwartet.

Ich kannte Hannes bisher nur als fröhlichen Kasper, der gern und viel redete – und noch mehr lachte. In diesem Moment zeigte er mir eine andere Seite. Eine verwundbare. Und mir wurde erst jetzt bewusst, dass er heute wohl ziemlich oft an seine verstorbene Großmutter gedacht haben musste, ohne es mir zu sagen oder zu zeigen. Stattdessen hatte er mich mit Fakten über Korfu unterhalten, Witze gerissen und den Reiseführer für mich gespielt.

Mierda, er war viel zu gut für mich …

»Woran denkst du gerade?«, fragte Hannes leise.

»Dass die Stimmung gesunken ist«, murmelte ich und räusperte mich. »Lass uns den Wein austrinken und dann zu dieser Schlagerparty gehen.«

»Gute Idee.« Hannes lächelte und wischte damit die Trauer aus seinem Gesicht, was mich innerlich aufatmen ließ.

Nein, ich wollte ihn nie wieder traurig sehen, das war nicht nur gruselig, das hatte er schlicht und ergreifend nicht verdient.

17
Wir lieben Schlager!

Hannes

Ich musste zugeben, ich war schon wieder ziemlich angeduselt, als Angel und ich zur Poolparty dazustießen. Gestern hatte ich hier mit Kate gefeiert, die auch jetzt in einem knappen Bikini und mit einem Drink in der Hand am Tanzen war. Zusammen mit Mitch, was mir ein Déjà-vu bescherte.

Ich winkte ihnen zu, ehe ich Angel an die Bar lotste und uns zwei Daiquiri bestellte, nachdem ich Angel gefragt hatte, ob er den Drink mochte. Wir schienen auch da auf einer Wellenlänge zu sein, denn er bestätigte meine Wahl nickend, bevor er sich stirnrunzelnd umsah.

Die Musik dröhnte fröhlich aus den Boxen und auch wenn ich keinen der Songs kannte, da sie wohl zur modernen Schlagerszene gehörten, wurden meine Füße automatisch zum Tanzen animiert.

Angel hingegen lehnte sich gegen den Tresen und beobachtete die Feiernden.

»Tanzt du nicht?«, rief ich über den dröhnenden Bass hinweg.

»Nicht meine Musik«, erwiderte er. »Das ist also Schlager?«

»Ich kenne nur die älteren Songs, die aus den Sechzigern, Siebzigern, Achtzigern.« Ich zuckte mit den Schultern. »Aber ja, das ist Schlager. Oh, den kenn ich!«

Gerade legte der DJ ›Er hat ein knallrotes Gummiboot‹ auf. Ein Lied, das ich immer mit meiner Oma geträllert hatte. Sie hatte auch nach dem Krieg nie aufgehört, die deutsche Musik zu lieben, hatte sich immer wieder von Freunden und Verwandten Schallplatten (später CDs) aus Deutschland schicken lassen. Wir hatten diese stundenlang gehört und waren durch die Wohnung getanzt. Ebenso wie sie mir alle möglichen deutschen Filme zeigte, nur schon, damit ich regelmäßig unsere Muttersprache ins Ohr bekam.

Lautstark sang ich das Lied jetzt mit und drehte mich vor Angel lachend im Kreis, was ihn das Gesicht verziehen ließ, als hätte er keinen Zuckersirup in seinem Daiquiri.

»Ach komm schon«, schmollte ich und zog ihn am Arm, um ihn von der Bar wegzubekommen. »Der Song ist echt gut!«

Ungläubigkeit zeichnete sein Gesicht. »¿En serio? *Das* findest du gut?«

»Ja!« Ich nickte mit Nachdruck. »Was für Amerika Country ist, ist für Deutschland Schlager. Was hörst du denn sonst so?«

»Meine Lieblingskünstlerin ist Beyoncé, ansonsten höre ich meist Jazz.«

Ich sah ihn überrascht an. Angel ein Beyoncé-Fan, das musste ich erstmal verdauen. Ich mochte die Sängerin auch total, da hatten wir ja schon wieder eine Gemeinsamkeit.

»He, ihr zwei Hübschen!«, hörte ich Kate hinter mir rufen und drehte mich zu ihr um. »Na, auch hier?« Sie lachte fröhlich.

»Aber klar«, rief ich zurück und gab es auf, Angel zum Tanzen zu kriegen.

Stattdessen stellte ich meinen Drink auf den Tresen, ergriff Kates Hand und vollführte eine Drehung mit ihr, ehe ich sie wieder an Mitch abtrat, der neben uns auftauchte.

In meiner Euphorie wirbelte ich erneut zu Angel herum, der immer noch wie festgeklebt an der Bar stand und keinerlei Anstalten machte, meine Begeisterung für Schlager zu teilen.

Das konnte ich nicht länger mit ansehen. Also schlang ich ihm einen Arm um die Taille und versuchte, ihn so auf die Tanzfläche zu kriegen. Keine Chance, der Kerl sah nicht nur aus wie ein Berg, er war auch einer.

Ich legte auch den zweiten Arm um ihn, sodass ich meinen Körper gegen seinen drückte, ehe ich an ihm zog.

»He, seid ihr verdammte Schwuchteln oder was?«, rief Mitch in dem Moment, da ihm meine Bemühungen wohl aufgefallen waren.

Augenblicklich spannte sich Angels Körper an und nur der Tatsache, dass ich ihn immer noch festhielt, war es zu verdanken, dass er sich nicht direkt auf Mitch stürzte.

Anscheinend war diese Beleidigung ein rotes Tuch für Angel, denn das Knurren, das er ausstieß, konnte ich am ganzen Körper fühlen.

Das war wieder mal typisch für intolerante Menschen, wie Mitch es anscheinend war. Angel und ich hatten den ganzen Tag gemeinsam verbracht, waren beim Sightseeing direkt vor seinen Augen zusammen durch den Palastgarten geschlendert. Aber da Mitch die Brille der Ignoranz aufhatte, schien ihm nicht aufgefallen zu sein, dass was zwischen Angel und mir laufen könnte. Erst jetzt, da ich Angel eindeutig umarmte, fiel es ihm wie Schuppen von den Augen – und er musste natürlich direkt einen dummen Spruch zum Besten geben. Blödmann.

»Lass«, rief ich gegen die Musik an und legte Angel eine Hand auf die Brust. »Das ist es nicht wert.«

»Hast du meine Freunde gerade beleidigt?!«, hörte ich hinter mir Kates Stimme. »Was bist du denn für ein asoziales Arschloch?!«

Ich drehte mich um und sah gerade noch, wie sie dem Typen, mit dem sie bis eben getanzt hatte, eine schallende Ohrfeige verpasste. Einige Umstehende applaudierten, andere sahen betreten weg.

Für eine Sekunde starrte Mitch Kate sprachlos an, dann verzog er angewidert den Mund und spuckte auf den Boden. »Blöde Fotze!«, brüllte er, ehe er sich umdrehte und davonrauschte.

Kate sah ihm nicht nach, sondern wandte sich zu uns und schaute Angel an, auf dessen Brust immer noch meine Hand lag. »Sorry«, meinte sie zerknirscht. »Ich wusste nicht, dass er so ein Idiot ist.«

»Du kannst doch nichts für seine Einstellung«, nahm ich meine Freundin in Schutz. »Alles gut.«

»¡Cabroncete! Que te folle un pez«, knurrte Angel über mir irgendeine spanische Verwünschung. »Wenn der verfickte Hurensohn mir noch einmal über den Weg läuft …«

»Wirst du ihn schön an dir vorbeigehen lassen«, vollendete ich den Satz und suchte seinen Blick. »Menschen wie er sind es nicht wert, dass man sich aufregt.«

Angel nickte knapp und griff wieder nach seinem Drink, den er auf den Tresen gestellt hatte. Das Feuer, das in seinen Augen aufgeflammt war, erlosch und ich ließ ihn los.

»Mir ist die Lust auf Party vergangen«, sagte ich und sah zu Kate.

»Mir auch.« Meine Freundin schenkte mir ein freudloses Lächeln. »Traurig, dass es solche Leute gibt. Ich werde noch eine Runde drehen, dann geh ich ins Bett, wir legen morgen ja schon wieder so früh in Kotor an.«

Ich nickte und sah zu Angel, der inzwischen seinen Drink geleert hatte.

»Ich geh auch schlafen«, meinte er. »War ein langer Tag.«

»Okay.« Ich konnte es nicht verhindern, dass Enttäuschung in meiner Stimme mitschwang.

Ein Teil von mir hatte gehofft, mit ihm heute nochmals heißen Sex zu haben, aber die Stimmung war durch Mitch leider im Keller.

Angel sah mich an, dann schüttelte er den Kopf. »Komm her.«

Ehe ich michs versah, hatte er mir eine Hand in den Nacken gelegt und mich zu sich gezogen. Im nächsten Moment spürte ich seine Lippen auf meinen und hörte ein paar Umstehende lautstark johlen und zustimmend klatschen.

Fast wäre mir der Kuss peinlich gewesen, da ich nicht gern derart im Mittelpunkt stand. Aber es war *Angel*, der mich küsste. Und das auf eine Weise, die mein Herz viel schneller schlagen ließ, als es gesund sein konnte.

Seine Zunge drang in meinen Mund und ich schmeckte die Süße des Daiquiri, den er gerade noch getrunken hatte. Er ließ seine Zungenspitze einmal genüsslich um meine herumgleiten, bevor er sich zurückzog und seine Zähne meine Unterlippe streiften, in die er kurz hineinbiss. Sanft, aber bestimmt und für alle Augen sichtbar, als wollte er zeigen, wie viel ich ihm bedeutete.

Nachdem er den Kuss beendet hatte, sah er mich mit seinem dunklen Blick an, und für einen Moment schien die Welt stehen zu bleiben.

»Buenas noches«, sagte er gerade laut genug, damit ich es hörte.

Mehr als ein Nicken brachte ich nicht zustande, da hatte er sich auch schon von mir abgewandt und ging quer über die Tanzfläche davon. Mit seinem Gang, der so stark und selbstbewusst anmutete, dass die feiernde Menge sich vor ihm automatisch teilte.

»Wow, was für ein Mann«, hörte ich Kate neben mir schwärmen.

Wieder konnte ich nur nicken, denn Angel hatte mir mit seinem Kuss schlicht und ergreifend die Sprache verschlagen.

Am nächsten Morgen drehte ich eine Joggingrunde über das Deck, ehe ich mich mit Kate zum ›Early Bird‹-Frühstück traf. Sie war immer noch nicht darüber hinweg, dass Mitch solch ein oberflächlicher Arsch war, und zeterte in den höchsten Tönen über ihn.

»Tut mir echt leid, dass du dich so in ihm getäuscht hast«, murmelte ich, während ich meinen Kaffee trank.

»Da hast du mit Angel mehr Glück«, meinte sie kopfschüttelnd und schmierte eine zweite Lage Butter auf die Unterseite ihres Croissants.

»Angel ist vieles, nur nicht einfach.« Ich seufzte leise und wog meine halb leere Tasse in der Hand. »Aber ja, er ist toll. Ich glaube, ich bin dabei, mich in ihn zu verlieben.«

»Das ist schön und das gönne ich dir von Herzen.« Sie unterbrach ihr Butterschmieren und lächelte mich aufrichtig an.

»Geht das nicht etwas schnell?«, fragte ich zweifelnd, bevor ich den Kaffee vor mich hinstellte und ebenfalls nach einem Brötchen griff.

»Wieso?« Sie zuckte mit den Schultern und malte mit ihrer Messerspitze, an der immer noch etwas Butter klebte, kleine Kreise in die Luft. »Nur weil man sich verliebt, ist es ja noch keine Liebe. Dazu gehört meiner Meinung nach viel, viel mehr.«

»Wie meinst du das?« Ich legte das Brötchen auf meinen Teller und sah sie interessiert an.

»Nun, es gibt verschiedene Stufen.«

»Stufen?«

»Also, da wäre als Erstes die Schwärmerei«, erklärte sie und legte ihr Messer zur Seite, streckte stattdessen den Daumen in die Höhe. »Meiner Meinung nach geschieht das ständig, dass man für etwas oder jemanden schwärmt. Wir sehen etwas und bewerten es direkt. Wenn uns etwas oder jemand so gut gefällt, dass wir es unbedingt haben wollen, nennt man das Schwärmen. Das geschah bei dir im Fall von Angel ja auch unheimlich rasch, was bei einem hammerhübschen Kerl wie ihm kein Wunder darstellt.« Sie zwinkerte mir zu und hob den Zeigefinger. »Danach kommt die Verknalltheit. Da hat man Schmetterlinge im Bauch und Herzklopfen.«

»Das hatte ich ebenfalls sehr schnell«, murmelte ich nachdenklich, während ich mein Brötchen unbewusst mit den Fingern zu pellen begann.

»Jup, auch das ist bei diesem Prachtexemplar von einem Mann kein Wunder.« Sie grinste. »Und als Nächstes folgt die Verliebtheit.« Ihr Mittelfinger gesellte sich zu Daumen und Zeigefinger. »Dazu gehört schon etwas mehr. Man beginnt, Gemeinsamkeiten zu entdecken, öffnet sich dem anderen, erzählt von sich selbst. Merkt, dass man ähnlich tickt.«

Sie griff wieder nach ihrem Messer und tunkte es in Konfitüre, die sie auf ihrem Croissant verstrich. Dann nahm sie es mit Daumen und Zeigefinger in die Hand und biss genüsslich ein großes Stück davon ab.

»Bei Verliebtheit spielt der Zeitraum keine Rolle«, fuhr sie mit vollem Mund fort und schluckte, ehe sie mich wieder ansah.

»Man kann sich locker in einem oder zwei Tagen jemandem so nahe fühlen, dass man verliebt ist.«

Sie wedelte mit ihrem angebissenen Croissant durch die Luft und kleckste dabei Konfitüre auf ihren Teller, was sie nicht einmal zu bemerken schien, denn sie sprach einfach weiter.

»Dieses ›Boah, das geht viel zu schnell‹-Gerede kommt nur von Menschen, die alles hundertmal hinterfragen, zerdenken und sich nicht fallen lassen können. Oder einfach nur neidisch sind, weil es ihnen nicht oder eben nicht so schnell gelingt, sich zu verlieben. Denn zur Verliebtheit gehört vor allem eines: Mut. Mut, sich Gefühle einzugestehen und nach ihnen zu leben – auch auf die Gefahr hin, dass man verletzt wird.« Sie deutete mit der intakten Spitze ihres Croissants auf mich. »Also sei stolz, dass du dich verliebst, das schafft nicht jeder.«

»Und Liebe?« Ich hob fragend die Augenbrauen und stopfte mir etwas von dem weichen Brotinneren in den Mund, kaute darauf herum.

»Liebe.« Kate seufzte und legte ihr Croissant auf den Teller, um einen Schluck Kaffee zu trinken, ehe sie weitersprach. »Liebe ist ein mächtiges Wort. Sie braucht viel Zeit, basiert auf Vertrauen und nährt sich von Hoffnung. Aber auch Toleranz und Akzeptanz gehören dazu – ebenso wie Verlust und Verzicht, Gegenseitigkeit, Nähe und Glück. Liebe …« Sie umschloss ihre Tasse fest mit beiden Händen, sodass ihre Knöchel weiß hervortraten. »Ich glaube, wahre Liebe findet man sehr, sehr selten. Und in deinem Fall …« Sie sah mich mit einem warmen Blick an. »In deinem Fall wünsche ich dir, dass Angel deine Liebe wird.«

Ich schnaubte lächelnd und schüttelte den Kopf, bevor ich die Krustenstücke meines Brötchens auf dem Teller zu einem kleinen Haufen zusammenschob. »Das wäre zu schön, um wahr zu sein. Aber dazu gehören immer zwei und ich glaube nicht, dass Angel so schnell Gefühle entwickelt wie ich.«

»Dann ist das eben so«, meinte Kate schulterzuckend, stellte ihre Tasse wieder hin und aß erneut einen Bissen ihres Croissants. »Man kann niemanden zwingen, sich zu verlieben oder gar zu lieben.«

Sie winkte einem Kellner, der mit einer Kaffeekanne Runden drehte und sofort herbeieilte, um unsere Tassen aufzufüllen.

Dankend lächelte sie ihm zu und wandte sich wieder an mich. »Wenn es bei Angel nicht über das Schwärmen oder die Verknalltheit hinausgeht, musst du das akzeptieren. Das ist eben das Risiko am Ganzen, dessen sollte man sich einfach bewusst sein.«

Sie schob die Reste ihres Croissants in einem Happen in den Mund.

Ich sah sie zweifelnd an, während ich die Brotkruste in den heißen Kaffee tunkte, um sie dann zu essen.

»Gib ihm einfach Zeit und dränge ihn zu nichts«, meinte sie, nachdem sie ihr Croissant fertig gegessen hatte. »Genieße den Sex mit ihm – denn Liebe und Sex sind meiner Meinung nach zwei unterschiedliche Dinge. Sex braucht man wie Essen und Trinken. Es erfüllt einen, lenkt ab, macht Spaß, entspannt. Sex und Liebe kombiniert sind ein wahrer Luxus. Aber das Gute an Sex ist, dass man keine Liebe dafür braucht.« Sie machte eine alles umfassende Handbewegung und lehnte sich im Stuhl zurück. »Sieh Mitch und mich an. Seit gestern finde ich ihn nur noch ekelhaft – trotzdem denke ich gern an den hammergeilen Sex mit ihm zurück. Das eine schließt das andere nicht aus, verstehst du?«

Ich nickte und blies sachte über meinen Kaffee, ehe ich einen Schluck trank.

Wenn Kate es erklärte, klang alles so logisch und einfach.

Und oh ja, der Sex mit Angel war schlicht und ergreifend genial. Ob da jetzt Gefühle im Spiel waren oder nicht, diesen Teil, den er mir gab, würde ich auf alle Fälle genießen – und hoffte, dass unser nächstes Mal nicht mehr weit weg war.

Mit Angel hatte ich per WhatsApp vereinbart, dass wir uns später beim Anlegen in Kotor an der Reling treffen würden. Inzwischen besaß ich seine Nummer und verbrachte wahrscheinlich viel zu viel Zeit damit, sein WhatsApp-Profilbild zu bewundern.

Er sah darauf aber auch echt zum Anbeißen aus – in einem Anzug, der im krassen Gegensatz zu den sonst eher legeren Klamotten stand, die ich bisher an ihm gesehen hatte. Was mich daran erinnerte, dass ich noch gar nicht wusste, was er jetzt, da er nicht mehr in den Krieg zog, eigentlich arbeitete.

Ich stalkte natürlich auch seine Social-Media-Profile, aber leider schien er viel Wert auf Privatsphäre oder wenig auf sozialen Austausch zu legen. Mehr als ein paar Landschaftsbilder und ein altes Foto von Charly und ihm, auf dem sie ihn auf Instagram markiert hatte, konnte ich nicht finden. Kein Geburtsdatum, keine Berufsangabe. Und das, obwohl er meine Freundschaftsanfrage auf Facebook angenommen hatte und mir auf Instagram folgte. Dadurch waren seine Profile für mich nicht mehr im Privatmodus.

Was mich wiederum zur Frage brachte, ob wir vielleicht auch im realen Leben Freunde bleiben konnten, nachdem diese Reise vorbei war.

Oder ... sogar mehr als das?

Immer wieder ertappte ich mich dabei, wie ich mir eine Zukunft mit Angel in New York ausmalte.

Ja, ich hatte ihm versprochen, dass wir ab Venedig getrennte Wege gehen würden, aber wie ich es auch drehte und wendete – es fühlte sich einfach nicht richtig an.

Die Zeit, die mir mit ihm noch blieb, war viel zu kurz. Heute war Mittwoch und bereits am Samstag würden wir in Venedig anlegen, wo wir einen Tag blieben. Und dann ... wäre er weg. Kate und ich würden noch ein bisschen durch Europa reisen. Doch schon jetzt konnte ich mir das kaum vorstellen, wenn Angel nicht mehr an meiner Seite war.

Oh Mann, ich hatte mich echt in ihn verliebt ... und das, obwohl ich vergangenen Freitag noch nicht einmal von seiner Existenz gewusst hatte.

Schräg, ja. Aber irgendwie auch schön. Also ›schön schräg‹ traf es wohl am ehesten.

Pünktlich um acht Uhr fuhren wir in die Bucht von Kotor ein und ich sah mich suchend nach Angel um. Kate war nochmals zurück in die Kabine gegangen, um ihre Sonnenbrille zu holen, die sie vergessen hatte, daher stand ich allein an der Reling. Doch weit und breit war keine Spur von Angel zu sehen.

Schon glaubte ich, er hätte mich versetzt, da tauchte er mit einem Mal neben mir auf.

»Buenos días«, murmelte er und ich riss die Augen auf, als ich in sein Gesicht sah, das von einem blauen Fleck an seinem rechten Kiefer verunstaltet wurde. Durch den Bart kaum sichtbar, dennoch fiel er mir auf.

»Was ist denn mit dir passiert?!«, rief ich und hob unwillkürlich die Hand in Richtung seines Kopfes.

»Bin ihm nochmals über den Weg gelaufen«, antwortete er und ergriff mein Handgelenk, ehe ich sein Gesicht berühren konnte.

»Mitch?«

»Sí.«

»Angel, ich sagte doch ...«

»Er wird für den Rest der Reise einen Bogen um uns machen.« Er verzog den Mund zu einem schiefen Lächeln, das eher wie ein Zähnefletschen anmutete.

»Aber Gewalt ist doch keine ...«

»Me importa una mierda – scheißegal.«

Ich starrte ihn ungläubig an. »Angel, wenn er dich anzeigt ...«

»Wird er nicht, davon habe ich ihm ziemlich deutlich abgeraten.« Er zuckte mit den breiten Schultern und ließ meine Hand los. »Zudem habe ich ihn nicht verletzt und er hat angefangen. Ich hatte einkalkuliert, dass er mich ein Mal schlägt, damit ich was gegen ihn in der Hand habe und er die Schnauze hält. Por consiguiente ... wenn jemand eine Klage wegen Körperverletzung stellen könnte, dann bin *ich* das. Doch den Schrecken hat *er* von unserem Zusammenstoß davongetragen, das kann ich dir garantieren.«

»Du hättest ihn trotzdem einfach links liegen lassen sollen«, murmelte ich.

»Fuck. Da gebe ich dir recht«, meinte er und rieb sich mit der Hand über die Stirn. »Ihn mit links zu Boden schlagen und liegen lassen. Das wäre auch eine gute Option gewesen.«

»Angel!«

Obwohl ich ernst bleiben wollte, musste ich lächeln. Sosehr ich Gewalt auch verabscheute, wünschte ein kleiner Teil von mir, dabei gewesen zu sein, als Angel Mitch die Leviten las.

»Bueno, cómo sea«, meinte er und lehnte sich gegen die Reling. »Lass uns den Landgang nach Kotor genießen. Was hat das Hannes-Wiki zu diesem Ort zu sagen?«

18
Dirty Talk à la Hannes

Angel

Kotor war eine Stadt in Montenegro mit langer Seefahrtstradition. Obgleich die Bucht an sich schön lag, so beeindruckte es mich nicht so sehr wie die Landgänge zuvor. Auch hier gab es in der Altstadt viele verwinkelte Gassen und auf dem Hauptplatz stand der anscheinend berühmte Uhrenturm Gradska, der Hannes und Kate zufolge im Renaissance-Stil erbaut war.

Nun ja, für mich einfach ein Turm mit großer Uhr, aber die beiden kriegten sich kaum ein und schossen unzählige Fotos.

Da es dieses Mal nur ein kurzer Landgang war und wir am Nachmittag bereits wieder an Bord sein mussten, beschlossen wir, die geführte Tour sausen zu lassen. Also wanderten wir stattdessen zu dritt durch den kleinen Ort und über die Stadtmauer.

Kate bestand darauf, dass wir uns den Aufstieg auf einen Hügel antaten, auf dem eine alte Burg stand und zu welcher die Stadtmauer im Zickzack hochführte.

Rund tausenddreihundert Treppenstufen später verfluchte ich sie für diesen Vorschlag, der meine Knieverletzung stärker denn je zum Vorschein brachte. Da entschädigte auch die Aussicht über den Fjord und die roten Dächer Kotors nicht.

Mein Knie pochte bei jedem Schritt höllisch und ohne meinen Durchhaltewillen wäre ich wohl kaum von dort oben wieder runtergekommen.

Als SEAL lernte man, dass wenn der Verstand einem sagte, man sei erschöpft und könne nicht mehr weitermachen, gerade mal vierzig Prozent des Kraftpotenzials vom Körper ausgeschöpft waren.

Dieses Wissen und eine Dosis Schmerzmittel halfen mir, die Zähne zusammenzubeißen und die verfickten Stufen wieder hinabzusteigen.

Da wir noch Zeit für ein verspätetes Mittagessen hatten, suchten wir ein Restaurant in der Nähe des Hauptplatzes. Danach wanderten wir zum Hafen zurück, der nur wenige Gehminuten vom Stadtzentrum entfernt lag.

Wieder auf dem Schiff warf ich mir eine weitere Handvoll Schmerzmedikamente ein, da mein Knie mich umzubringen drohte. Ich hatte es heute eindeutig übertrieben. Dann sandte ich auf WhatsApp ein paar Fotos an Charly, die mir seit Tagen in den Ohren lag, ich solle ihr mehr Bilder von Europa schicken, und legte mich anschließend eine Stunde hin.

Die Medikamente nahmen mir zwar die Schmerzen, machten aber auch verdammt müde, wenn man sie so hoch dosierte, wie ich es getan hatte. Zudem musste ich aufpassen, nicht in eine Abhängigkeit zu rutschen.

Aber heute ging es nicht anders.

Als ich wieder auf den Beinen war, entdeckte ich zwei Anrufe in Abwesenheit, beide von Hannes. Und eine Sprachnachricht auf WhatsApp blinkte mir entgegen, die er vor einer Viertelstunde geschickt hatte.

Hannes:

›Hi, ich bin's. Wollte fragen, ob du auch noch zum Pool auf Deck zwölf kommst? Kate hat sich schon wieder einen Sonnenbrand zugezogen und ist daher zurück in die Kabine gegangen. Die Liege neben mir wäre also noch frei.‹

Eigentlich war mir überhaupt nicht nach Badespaß zumute, aber beim Gedanken daran, Hannes halb nackt zu sehen, regte sich dann doch mein Interesse. Ich mochte seinen schlanken Körper, den ich erst ein Mal zu Gesicht bekommen hatte. Und auch ein bisschen Abendsonne sowie ein paar Runden schwimmen würden mir nicht schaden. Zudem gab es auf Deck zwölf einen Whirlpool, der vielleicht meiner Knieverletzung guttat.

Daher schickte ich ein ›Bin gleich da‹ zurück und zog meine Badehose sowie ein Shirt an, ehe ich die Sonnenbrille aufsetzte. Das Handtuch warf ich mir über die Schulter und verließ meine Kabine, um zu Deck zwölf zu gehen.

Dort angekommen, entdeckte ich Hannes ziemlich rasch, da er mir unübersehbar heftig mit einem Buch, in dem er wohl bis eben noch gelesen hatte, zuwinkte.

»Hey, wieder fit?«, rief er, nachdem ich mich auf die Liege neben ihm gesetzt hatte.

Er trug nur eine knappe Badehose und präsentierte mir dadurch seinen drahtigen Körper, von dem ich noch sehr gut wusste, wie er roch und sich anfühlte.

Seine Knopfaugen, die nicht von einer Sonnenbrille verborgen waren, funkelten fröhlich.

»Maldito. Bei den nächsten Landausflügen werde ich keine langen Treppen mehr steigen«, brummte ich und zog mir ebenfalls das Shirt über den Kopf.

Hannes betrachtete mich ungeniert und ich konnte ihm ansehen, dass er die Aussicht genoss, die ich ihm bot.

»Das tut mir leid für dich«, murmelte er, dann blitzten seine Augen. »Eincremen?« Er wedelte mit seiner Sonnenmilch vor mir herum.

Erst wollte ich verneinen, da die Sonne eh nicht mehr lange schien und ich mir dank meinen lateinamerikanischen Wurzeln nicht so rasch einen Sonnenbrand zuzog. Aber die Vorstellung, wie seine schlanken Hände über meine Haut strichen, ließ mich dennoch nicken.

Also legte ich mich bäuchlings auf die Liege und Hannes verteilte die Creme klecksweise auf meinem Rücken.

»Die Schrammen von Santorini sind schon fast weg, da bin ich froh«, meinte er, während er mich einrieb.

»Hm«, erwiderte ich.

Er strich eine Weile über meine Haut, danach beugte er sich zu meinem Ohr herunter. »Du bist so heiß«, flüsterte er und ich spürte, wie sein Atem über meine Ohrmuschel glitt und an meiner Wange kitzelte. »Ich würde dich jetzt am liebsten vernaschen.«

»Dafür haben wir die falsche Kreuzfahrt gebucht«, murmelte ich, was ihn auflachen ließ.

»Meinst du, es gibt Kreuzfahrten, wo Sex am Pool erlaubt ist?«

»Seguro.«

»Dann lass uns eine solche Kreuzfahrt buchen.«

»Unsere Abmachung gilt nur bis Venedig. Vergessen?« Ich drehte den Kopf ein wenig, um ihn anzusehen.

»Nein, wie könnte ich?« Er senkte traurig den Blick, während er meine Schultern zu massieren begann.

Okay, das machte er echt ziemlich gut, ich entspannte mich augenblicklich unter seinen Fingern, die meine Muskeln mit festem Druck kneteten.

»Das ist einfach schon so bald …«, schickte er hinterher.

»Wir haben noch drei Tage.«

»Das ist viel zu kurz.« Er hielt in seiner Massage inne und ich bemerkte, wie sein Gesicht mit einem Mal aufleuchtete. »Was, wenn du Kate und mich noch ein wenig durch Italien begleitest?«

Ich legte die Stirn in Falten. »Mein Flug geht am Sonntagmittag.«

»Flüge kann man verschieben«, erwiderte Hannes von neuem Feuereifer gepackt und ließ nun ganz von meinem Körper ab, um mit seinen Händen herumgestikulieren zu können. »Kate macht so was andauernd, da sie viel herumreist und oft noch spontane Abstecher einlegt. Ich bin sicher, sie kann das für dich arrangieren.«

»Ich will aber nicht …«

»Noch mehr Zeit mit mir verbringen?« Seine Knopfaugen sahen mich trauriger an, als ein Hundewelpe es könnte.

»Ich kann nicht einfach mal so meinen Urlaub verlängern«, erklärte ich und drehte mich zur Seite, um ihn richtig anzuschauen.

»Wie lange hast du denn Urlaub genommen?«

Maldito, das war die falsche Frage. Ich hatte noch eine Woche draufgelegt, auf Anraten meines Psychiaters, der meinte, dass ich mir Zeit lassen sollte, die Europareise in Ruhe zu verarbeiten. Für mein Broker-Team stellte das kein Problem dar. Wir waren eingespielt und sie würden meine Kunden in der Zwischenzeit bei Laune halten.

»Ich …« Ein leises Seufzen entfuhr mir. »Ese no es el punto. Das ist nicht der Punkt.«

»Sondern?« Er sah mich abwartend an.

Dios mío, war der Kerl vielleicht hartnäckig …

»Ich sagte dir doch bereits, dass du und ich … das wird nichts.«

»Das ist nicht der Punkt«, wiederholte er meine Worte. »Ich sagte dir ebenfalls bereits, dass ich einfach nur Spaß haben möchte. Mit dir. Und wenn wir unseren gemeinsamen Urlaub noch etwas verlängern können, bedeutet das mehr Spaß. Für uns beide.«

»Du willst Spaß?«, knurrte ich und erhob mich abrupt von der Liege.

Ehe er sich dagegen wehren konnte, hatte ich ihn gepackt und über meine Schulter geworfen. Bei einem Leichtgewicht wie ihm kein großartiger Kraftaufwand.

Kurzerhand trat ich zum Poolrand und warf ihn mit einer fließenden Bewegung ins Wasser.

»Muy bien. Da hast du deinen Spaß! Zufrieden?«

»He, keine Rangeleien am Pool!«, rief der Bademeister und pfiff in seine Trillerpfeife.

»Schon gut!«, japste Hannes, der gerade wieder an die Oberfläche kam. »Alles gut!«

Der Bademeister bedachte mich mit einem mahnenden Blick, den ich schulterzuckend parierte, bevor ich zurück zur Liege ging und von dort aus Hannes beobachtete, der aus dem Pool kletterte.

»Sag mal, spinnst du?«, brummte er, als er wieder bei mir ankam und sein Badetuch schnappte, mit dem er sich abtrocknete. »Ich hab fast einen Herzstillstand bekommen.«

»Hauptsache, ich konnte die Herzchen aus deinen Augen vertreiben«, entgegnete ich ungerührt.

»Ich hatte nie …« Er holte tief Luft, griff zu seiner Sonnenbrille und setzte sie auf. »Überleg es dir. Bitte.«

»Da gibt es nichts zu überlegen.« Ich verschränkte die Arme hinter dem Kopf und schloss die Augen.

»Wir besuchen ein Weingut, das einem Bekannten des Bruders eines Freundes der besten Freundin von Kate gehört, die im Napa Valley lebt. Also nicht Kate, die Freundin von ihr lebt in Napa«, versuchte er einen weiteren Anlauf.

»Dem … was?« Ich drehte den Kopf und blinzelte durch die Sonnenbrille zu ihm rüber.

»Rhett, der Bruder des Freundes der besten Freundin von Kate, ist Sommelier«, sagte er, als würde das alles erklären. Inzwischen saß er wieder auf seiner Liege, allerdings mir zugewandt. »Er hat einen Bekannten, der ein Weingut in der Toscana besitzt. Da er hörte, dass wir durch Italien reisen, hat Rhett uns dorthin eingeladen. Wir werden von dort aus Rom, Florenz und Mailand besuchen.«

»Rhett wie Rhett Butler aus ›Vom Winde verweht‹?«, fragte ich mit hochgezogenen Augenbrauen.

Hannes schwang die Beine auf die Liege und hob die Sonnenmilch auf, die bei der ›Spaß‹-Aktion zu Boden gefallen war. »Ja, cool, oder?« Er lächelte mich an. »Ich liebe den Film, und Rhett Butler ist einfach … hach.«

Ich drehte den Kopf wieder zurück in die Gerade und atmete tief durch. »Bueno. Dann hast du ja einen tollen Ersatz für mich in der Toscana.«

»Als ob man dich ersetzen könnte, Angel.« Hannes lachte leise. »Zudem ist Rhett, glaub ich, nicht an Männern interessiert. Müsste ich aber Kate mal fragen.«

»Und wenn er es wäre?« Ich schloss seufzend die Augen.

»Würde ich mich schweren Herzens in seine Arme werfen, um irgendwie über dich hinwegzukommen.« Als ich die Stirn in Falten legte und ihn erneut ansah, schenkte er mir ein breites Grinsen. »Um das zu verhindern musst du also mitkommen, da führt kein Weg dran vorbei.«

»Doch. Er nennt sich Flugticket«, entgegnete ich und beobachtete ein Pärchen, das im Pool wild knutschte. Sofort war der Bademeister zur Stelle und unterband das Gefummel, das wohl unter Wasser stattgefunden hatte.

»Boah, bist du stur!« Hannes machte eine wegwerfende Geste.

»Nicht sturer als du.« Ich lenkte meine Aufmerksamkeit wieder zu ihm.

»Das stimmt leider …« Er schüttelte resigniert den Kopf, sodass feine Wassertropfen aus seinem nassen Haar perlten. »Aber ich wette, ich werde dich noch umstimmen können.« Er wischte sich die Haare mit beiden Händen nach hinten.

»Die Wette verlierst du.« Ich zog mein gesundes Bein an und schloss die Augen.

»Auch nicht mit einem Blowjob, der ganz, ganz lange dauert und richtig intensiv ist?«

Ich riss die Augen sofort wieder auf und sah ihn entgeistert an. Hatte er nicht soeben mitbekommen, dass sogar Fummeln in der Poolarea verboten war?

Er hatte eine unschuldige Miene aufgesetzt und ich hätte schwören können, dass er hinter seiner Sonnenbrille gerade mit den Wimpern klimperte, während ein Grinsen an seinem Mund zuckte. Sein Adamsapfel hüpfte verdächtig auf und ab, als wollte er ein Lachen unterdrücken.

Allein bei der Erinnerung, wie gut er meinen Schwanz gelutscht hatte, regte sich dieser und ich drehte mich umgehend auf den Bauch, damit es keiner mitbekam.

»Du bekommst einen Ständer, oder?«, fragte Hannes grinsend.

»¡Cállate!«, brummte ich, was ihn nun wirklich leise lachen ließ. »Schnauze!«, wiederholte ich auf Englisch, für den Fall, dass er mein Spanisch nicht verstanden hatte.

Doch der Scheißkerl ignorierte mich stinkfrech.

»Oh, Angel«, säuselte er und fuhr sich betont langsam mit den Händen über seine Oberschenkel. »Ich glaube, die Wette gewinne ich, wenn du schon allein beim Reden über einen Blowjob scharf wirst. Stell dir erst vor, was ich mit dir anstellen könnte, wenn du jetzt nackt wärst und ich dich langsam und genüsslich lecken würde, ehe ich …«

»Schnauze, hab ich gesagt!« Ich schloss die Augen und verfluchte meinen Schwanz dafür, dass er noch mehr Blut für sich beanspruchte.

Mierda, fast vermisste ich die Zeiten, als meine Männlichkeit dort unten tief und fest geschlafen hatte.

Hannes lachte erneut, danach beugte er sich zu mir rüber und brachte seine Lippen nahe an mein Ohr. »Am liebsten würde ich ja direkt über dich herfallen, aber dann schmeißt uns der Bademeister wohl aus dem Poolbereich. Doch heute Abend verwöhne ich dich nochmals so richtig. Ich werde langsam und genüsslich an deinem Schwanz saugen, ihn tief in meinen Hals aufnehmen. So lange, bis du es kaum mehr aushältst, und danach darfst du meinen Hintern vögeln.«

Er küsste mich auf die Ohrmuschel, was mich zusammenzucken ließ. Kurz spürte ich seine Zunge, danach seine Zähne, die sanft an meinem Ohrläppchen knabberten.

»Ich habe heute in der Einkaufspassage ein neues Gleitgel gekauft«, fuhr er raunend fort und sein Atem an meinem Hals verpasste mir weitere Schauer. »Das hält für die ganze Nacht. Und mein Hintern hält dich ebenfalls aus, da bin ich mir sicher. Er freut sich bereits jetzt schon darauf ... fast mehr als mein Penis. Ich werde sogar eine Analdusche machen vorher, damit ich für dich und deinen Schwanz bereit bin.«

Ich stöhnte in meine Armbeuge und stieß einen leisen Fluch auf Spanisch aus, was ihm ein weiteres Lachen entlockte, während mein Ständer gegen die Liege drückte.

¡Joder! Verfickte Scheiße!

Dieser Kerl brachte mich noch ins Grab ...!

19
Wie du befiehlst, mein schöner Engel

Angel

Es dauerte eine Weile, bis ich mich wieder auf den Rücken drehen konnte, was Hannes natürlich mit einem breiten Grinsen kommentierte.

Wenigstens hatte er mit seinem Dirty Talk aufgehört und schmökerte stattdessen in irgendeinem Fantasy-Buch, auf dem die Augen eines Typen zu sehen waren.

»Was steht da?«, fragte ich und deutete auf den Titel, den ich nicht lesen konnte, da er auf Deutsch war.

»Die Legenden von Karinth«, las er mir vor. »Ich dachte, das passt ganz gut zu unserer Kreuzfahrt, da wir ja in der Nähe von Korinth waren. Der griechischen Stadt, weißt du?«

»Sí, bei Athen«, murmelte ich und betrachtete das Cover, das ein begnadeter Designer entworfen haben musste. Es sah echt cool aus, auch wenn ich mich nicht für Fantasyromane interessierte.

»Karinth hat mit Korinth allerdings nichts zu tun«, fuhr Hannes im Plauderton fort. »In Karinth gibt es Magie und Seefahrer und Elfen und Drachen und Zwerge und …«

»Liest du viel?«, unterbrach ich ihn, ehe er mir den ganzen Inhalt des Buches herunterbetete, der mich ja doch nicht interessierte.

»Drei bis fünf Bücher im Monat sind es schon.« Hannes nickte. »Und du?«

»Eher selten, ich hab es nie geschafft, mich von einem Buch fesseln zu lassen. Da schaue ich lieber Filme.«

»Jeder, wie er möchte«, meinte Hannes lächelnd. »Ich mag Filme auch, aber Bücher noch mehr. Da kann ich mich einfach fallen lassen.«

»Hm.« Ich rückte meine Sonnenbrille zurecht und schloss die Augen, um die letzten Sonnenstrahlen zu genießen.

»Angel?«, tönte Hannes neben mir.

»Hm?«

»Möchtest du heute Abend mit mir die Musicalshow besuchen? Da wird das Abendessen direkt mit serviert.«

»Bien, können wir machen. Aber will Kate da nicht hin?« Ich blinzelte und sah zu ihm rüber.

»Ich glaube, sie hat sich nicht nur einen Sonnenbrand, sondern einen Sonnenstich eingefangen«, sagte er und schüttelte den Kopf. »Sie hätte mal besser einen Hut angezogen heute. Sie hat noch ein paar dabei, ich hab ihr extra einen passenden rausgelegt.«

»Sie bedeutet dir viel, oder?« Ich sah ihn aufmerksam an.

»Sehr viel.« Er nickte mit Nachdruck und nahm seine Sonnenbrille ab, um mich besser ansehen zu können. »Sie ist nicht bloß eine Chefin für mich, sondern eine Freundin. Ich bewundere sie für das, was sie alles in ihrem Leben schon erreicht hat. Sie ist zudem der großzügigste Mensch, den ich kenne. Ich meine, wer schenkt einem einfach mal so eine Kreuzfahrt?«

»Mit einem reichen Daddy kein Problem«, brummte ich.

Hannes starrte mich ungläubig an, dann lachte er auf. »Hahaha, du hast keine Ahnung von Kate, oder? Alles, was sie besitzt, hat sie sich selbst erarbeitet – sie startete quasi bei null, lebte sogar lange auf der Straße. Aber sie hat ein Näschen für gute Geschäfte und durch ihre offene Art fressen ihr die Kunden aus der Hand. Zudem hat sie ein paar Talente in der Pop-Art-Szene entdeckt und gefördert. Damit hat sie sich einen Namen gemacht. In ihrem Laden in Manhattan, in dem ich arbeite, verkaufen wir seltene Sammlerstücke, um die sich so manche Liebhaber reißen. Vom Straßenkind zur Millionärin, so könnte man ihre Karriere beschreiben. Und dabei ist sie noch so jung.«

Okay, damit hatte ich nun wirklich nicht gerechnet – und es zeigte mir wieder mal, dass nicht nur andere mit Vorurteilen herumliefen, sondern auch ich.

»Kate ist echt unglaublich«, schwärmte Hannes weiter. »Wenn ich hetero wäre, würde ich alles daransetzen, sie zu kriegen.« Er lachte erneut. »Aber ich glaube, ich hätte keine Chance bei ihr. Sie steht eher auf muskelbepackte Männer und dunkelhaarige Latinos – da haben wir was gemeinsam.«

Der Blick, den er mir schenkte, war voller Herzlichkeit und Wärme.

Mir wurde flau im Magen. Der Kleine entwickelte wirklich viel zu schnell Gefühle für mich, das war nicht gut. Ganz und gar nicht. Ich sollte das beenden – und trotzdem … ein sadistischer Teil von mir wollte jede Minute mit ihm auskosten.

Er hatte recht: Uns blieb nicht mehr viel Zeit. Und das war gut so.

Doch bis sich unsere Wege trennten, würde ich egoistisch sein und das genießen, was er mir so großzügig zu geben bereit war.

Ich hatte mit offenen Karten gespielt und wenn er da zu viel hineininterpretierte, war das eben so. Nicht mein Problem. Oder?

Ein Blick in seine leuchtenden Augen strafte mich Lügen.

Mierda, ich wusste jetzt schon, dass ich ein gewaltiges Problem haben würde. Doch noch war es nicht so weit, noch blieben uns drei Tage Urlaub. Was danach kam, wäre ein klarer Schlussstrich hinter diese gemeinsame Zeit, die es für uns nur hier in Europa, nicht aber in Amerika geben konnte. Und daran wollte ich jetzt nicht denken.

Hannes und ich besuchten den Musicalabend und obwohl ich selten ein Theaterstück oder gar ein Musical schaute, mochte ich die Atmosphäre, welche die Sänger versprühten. Ich nahm mir vor, mal wieder den Broadway aufzusuchen, wenn ich zurück in New York war.

Wir saßen an einem runden Zweiertisch und aßen ein Fünf-Gänge-Menü, das echt fantastisch schmeckte. Dazu tranken wir eine Flasche Wein, was dazu führte, dass sowohl Hannes als auch ich schließlich beschwipst den Saal verließen, als die Show zu Ende war.

Diese Kreuzfahrt war nicht gut für meine Leber …

»Und jetzt?«, fragte Hannes mich, als wir auf einem der Außendecks standen und frische Luft schnappten.

Ich sah ihn schmunzelnd an. »Du hast da was von Gleitgel erzählt. Seither muss ich immer daran denken, wie ich deinen knackigen Arsch vögle.«

»Du findest meinen Hintern knackig?« Seine Augen wurden groß und glänzend, als hätte ich ihm gesagt, dass ich der Weihnachtsmann sei.

Ich nickte. »Sí.«

»Ich habe das Gel auf meinem Zimmer. Treffen wir uns in einer halben Stunde bei dir?« Der Feuereifer, mit dem er mich ansah, amüsierte mich.

»Bien. Ich werde noch rasch duschen und …«

»Nein«, unterbrach er mich energisch und legte mir beide Hände auf die Brust. »Ich will mit dir zusammen duschen. Warte auf mich!« Damit wandte er sich ab und rannte über das Deck davon.

Ich sah ihm hinterher und konnte nicht anders, als kopfschüttelnd zu lachen. Die Dusche bot schon für mich allein kaum Platz, wie sollten wir uns da zu zweit reinquetschen? Aber ich hatte eine Idee, wie ich dennoch auf meine Kosten kommen würde.

Zurück in meinem Zimmer wartete ich nicht auf ihn, sondern duschte ausgiebig, ehe ich ein Handtuch um die Hüfte schlang und mich aufs Bett setzte.

Zum ersten Mal seit Langem hatte ich auch meinen Intimbereich rasiert, da mir aufgefallen war, dass Hannes das ebenfalls tat. Daher nahm ich an, dass er das bevorzugte. Normalerweise rasierte ich nur die Achselhaare, da ich es hässlich fand, wenn diese unter engen Shirts hervorquollen.

Früher als gedacht klopfte es an meiner Tür und ein heftig atmender Hannes stand davor. Anscheinend war er den ganzen Weg wieder gerannt. Irgendwie niedlich, dass er sich so darauf freute, mit mir zu ficken.

»Oh, du hast doch schon geduscht?«, fragte er sichtlich enttäuscht, während er meinen nackten Oberkörper betrachtete.

»Ven aquí«, sagte ich und zog ihn am Arm in meine Kabine, was ihn beinahe zum Stolpern brachte.

Er stützte sich an meiner Brust ab und sah zu mir hoch, während ich die Tür ins Schloss fallen ließ. Seine Finger brannten sich förmlich in meine Haut und ich stieß ein leises Knurren aus.

»Ich will dir beim Duschen zusehen.« Ich deutete auf die Glaskabine, die im Gegensatz zum Klo nicht in einem separaten Raum stand. »Die wäre zu klein für uns beide, aber groß genug für dich, damit du dir vor mir einen runterholen kannst.«

»Ich soll …« Er starrte mich mit geweiteten Augen an.

Mir war bereits aufgefallen, dass er nicht gern im Mittelpunkt stand, aber da musste er jetzt durch.

»Sí. Du hast mich verstanden«, brummte ich und schob ihn von mir weg. »Zieh dich aus und hol dir beim Duschen einen runter. Daos prisa.«

Ich wandte mich von ihm ab und begab mich zurück zum Bett, wo ich wieder Platz nahm. Von hier hatte ich eine gute Aussicht auf das, was mir gleich geboten wurde.

Als ich saß, löste ich das Badetuch und ließ es links und rechts zur Seite fallen, was Hannes' Blick auf meinen Penis lenkte, den ich in die Hand nahm und langsam zu wichsen begann.

»¡Vamos! Na, wird's bald?«, fragte ich in energischem Tonfall.

»Okay«, hauchte er und legte das Gleitgel, das er in der Hand gehalten hatte, neben mir aufs Bett.

Dann begann er, sich vor mir auszuziehen. Da er nicht viel trug, war das Strippen eher kurz, aber es reichte, um meinen Ständer größer werden zu lassen.

Oh ja, ich war sehr zufrieden mit meinem Einfall.

Wieder einmal konnte ich es kaum glauben, dass ausgerechnet mit diesem Kerl meine Sexualität zurückgekehrt war. Und das mit einer Dauergeilheit, die wirkte, als wollte sie sich für die vergangenen Monate entschuldigen.

Anders als beim ersten Mal, als Hannes sich vor mir auszog, wirkte er nun selbstsicherer. Er schenkte mir ein verführerisches Lächeln, ehe er sich unter die Dusche begab und das Wasser auf seinen schlanken Körper prasseln ließ.

Dann nahm er mein Duschgel und seifte sich genüsslich damit ein. Er drehte mir den Rücken zu, griff nach hinten zu seinen Po-backen und knetete sie, zog sie auseinander, sodass ich seinen Anus sehen konnte.

Maldito, du wirst so gefickt, chico ...

Er streckte mir seinen Hintern entgegen und mir entfuhr ein dunkles Knurren, was ihn leise lachen ließ.

Meine Erektion wurde noch härter in meiner Hand, während ich ihm dabei zusah, wie er sich wieder umdrehte und seinen Schwanz einseifte. Dabei zog er absichtlich stark daran, was mir einen Schauer über den Rücken jagte.

Immer und immer wieder streichelte er sich selbst und ich passte mein Wichsen seinem Rhythmus an, beobachtete, wie seine Erektion sich verhärtete.

Verdammt, ich würde nie wieder in dieser Dusche duschen können, ohne das Bild vor Augen zu haben, das er mir gerade bot. Ziemlich dämlich und vor allem masochistisch von mir, im Nachhinein betrachtet ...

Hannes begann zu keuchen, schloss die Augen und stützte sich mit der freien Hand an der Glaswand ab, während seine Pump-bewegungen schneller wurden. Auch ich beschleunigte mein Tempo, wenngleich ich noch nicht vorhatte, abzuspritzen. Das sollte zuerst er tun. Ich wollte ihn heute so richtig vögeln, bis sein Apfelarsch brannte.

Als ich merkte, wie seine Beine immer heftiger zitterten und sein Stöhnen immer lauter wurde, erhob ich mich und trat vor die Dusche.

Da Hannes die Augen noch geschlossen hatte, bemerkte er meine Anwesenheit erst, als ich vor ihm in die Hocke ging und seine Penisspitze in den Mund nahm.

Er stöhnte angetörnt auf, ließ seinen Schwanz los und überließ es mir, ihn zum Orgasmus zu treiben.

Meine Zunge leckte seine Eichel, während ich mit festen Bewegungen seinen Schaft stimulierte. So lange, bis er laut aufkeuchte und sich mit einem gedämpften Schrei in meinem Mund ergoss. Er schmeckte unheimlich geil und ich nahm mir vor, ihm bis Venedig mindestens noch einmal einen zu blasen, um diesen Saft zu kosten.

Nachdem sein Höhepunkt abgeebbt war, erhob ich mich und zog ihn an mich, um ihn auf den Mund zu küssen. Er seufzte, als ich meine Zunge sanft über seine rieb, und griff nach meiner Erektion, die sich gegen seinen Bauch drückte. Damit entlockte er auch mir einen erregten Laut und ich tastete hinter ihn, um den Duschstrahl abzustellen.

Energisch zog ich ihn aus der kleinen Kabine, ohne den Kuss zu unterbrechen, und ließ mich wieder aufs Bett nieder. Dabei musste Hannes seine Lippen nun doch von meinen lösen.

Ich rutschte auf der Matratze nach hinten und er krabbelte auf Händen und Füßen mit, bis ich mich ganz ausstrecken konnte. Sein Körper war immer noch nass und tropfte auf mich herunter, aber das nahm ich nur am Rande wahr.

Die Vorfreude auf das, was jetzt kommen würde, beschleunigte nicht nur meinen Herzschlag, sondern auch meinen Atem. Ich konnte es kaum erwarten, seine Lippen wieder um meinen Schwanz zu spüren und tief in seinen Hals zu stoßen.

Er hatte den Würgereflex erstaunlich gut im Griff, wie mir schon beim ersten Mal aufgefallen war. Mal sehen, ob ich heute noch tiefer in ihn dringen konnte.

»Du hast dich rasiert, geil«, bemerkte er, als er meine Männlichkeit in die Hände nahm und zu streicheln begann. Lasziv sah er mir in die Augen und lächelte. »Willst du, dass ich dir einen blase?«

»¿Eso es un chiste?«, knurrte ich. »Soll das ein verfickter Scherz sein? Du hast es versprochen.«

»Stimmt.« Sein Lächeln wurde breiter und seine Hände griffen fester zu, was mich kurz die Augen schließen und auf die Unterlippe beißen ließ. »Aber ein ›Bitte‹ wäre nicht verkehrt.«

»Dios ... Dein Ernst?« Meine Stimme klang so grollend, wie ich es beabsichtigt hatte.

»Jup.« Als ich die Augen wieder öffnete, grinste er mich immer noch an. »Also?«

»Bitte ... ¡Maldición!«, brummte ich. »Nimm ihn endlich in den Mund.«

»Wie du befiehlst, mein schöner Engel.«

Im nächsten Moment spürte ich seine Lippen an meiner Eichel und sog scharf die Luft ein, als seine Zähne sanft darüber glitten. Ein paar Mal lutschte er nur an der Spitze, dann endlich nahm er meinen Schaft richtig in den Mund und bewegte seinen Kopf langsam auf und ab.

Vor Erregung bebte mein Becken. »Sí, joder, de puta madre«, stöhnte ich und schloss die Augen, um seine Zärtlichkeit voll und ganz zu genießen. »Maldita sea, sí, genau so.«

Hannes ließ meinen Schwanz tiefer in seinen Hals dringen und nahm beide Hände dazu, um meine Hoden zu stimulieren. Mit einem Finger rieb er immer wieder über meinen Damm, befeuchtete meinen Anus mit seiner Spucke, die meinen Schaft herunterlief. Schließlich drang er sanft in mich ein und massierte meine Prostata, was mir Sternchen vor den Augen bescherte.

»Fuck … mierda …«, keuchte ich, da es sich anfühlte, als würde ein nicht enden wollender Stromstoß von meinem Arsch nach vorne zu meiner Penisspitze und zurück fließen. Diese Behandlung würde ich nicht lange durchhalten, ohne zu kommen.

Er machte das echt gut – so gut, wie noch keiner mich oral befriedigt hatte. Das Kompliment, das ich ihm nach unserem ersten Mal ausgesprochen hatte, war absolut ernst gemeint gewesen.

Eine Weile ließ ich ihn gewähren, doch da mein Höhepunkt immer näher rückte und mein Becken immer stärker bebte, musste ich ihn irgendwann unterbrechen. Denn ich hatte vor, auch sein zweites Versprechen einzufordern.

Also griff ich in seine Haare und zog seinen Kopf sanft, aber bestimmt von meiner Erektion weg. »Leg dich hin«, sagte ich mit heiserer Stimme. »Ich will dich jetzt ficken.«

Hannes befolgte meine Anweisung und legte sich flach auf den Bauch. Meine Laken würden nachher vollkommen durchnässt sein, da er seinen Körper immer noch nicht abgetrocknet hatte, aber das war mir egal.

Ich schob ein Kissen unter sein Becken, damit es höher lag, und kniete mich hin. Mein rechtes Knie protestierte zwar, aber ich würde nachher nochmals ein paar Schmerzmittel einwerfen – das hier ließ ich mir von dem verfluchten Krieg nicht nehmen.

Ich legte beide Hände auf seine Pobacken, um sie zu massieren, ehe ich sie spreizte, um seinen Arsch jetzt aus der Nähe zu betrachten. Er hatte sich überall rasiert, was mich noch stärker antörnte. Kurzerhand senkte ich den Kopf nach unten und glitt genüsslich mit der Zunge durch seine Spalte, die vom Duschen noch feucht war, was ein lautes Stöhnen von ihm zur Folge hatte.

Ich leckte sein Poloch, reizte es, bis er leise winselte und sein Gesicht in die Laken drückte.

Zusätzlich griff ich zwischen seine Beine und tastete nach seinem Schwanz, den ich etwas nach unten und damit zu mir zog. Er war zwar nicht mehr hart, aber dadurch viel dehnbarer. Sanft massierte ich seine Eichel.

»Bitte, Angel«, flehte er. »Ich halte das nicht länger aus. Nimm mich.«

»Wie du befiehlst«, imitierte ich schmunzelnd seine Worte von vorhin.

Ich griff nach dem Gleitgel, das er auf das Bett gelegt hatte, ehe er sich unter der Dusche einen runterholte, und träufelte etwas davon auf seinen Anus. Er zuckte zusammen, da es kühler war als seine Haut.

»Ich … es ist eine Weile her, also wenn du …«, murmelte Hannes in meine Laken.

»No hay problema«, raunte ich. »Ich werde es langsam angehen.«

Ich strich mit dem Finger über seinen Damm, verteilte das Gel um sein Poloch. Dann drang ich vorsichtig in seinen Arsch, während ich seinen Schwanz wieder mit der anderen Hand zwischen seinen Beinen stimulierte. Hannes verkrampfte sich kurz unter mir und ich wartete, bis er sich erneut entspannt hatte.

Ein paar Mal ließ ich meinen Finger in ihn hineingleiten und als ich merkte, dass Hannes sich daran gewöhnt hatte und seufzende Laute von sich gab, nahm ich einen weiteren dazu, was ihm ein angetörntes Keuchen entlockte.

Ich fickte ihn eine Weile mit den beiden Fingern, damit er den Widerstand lockerte. Dabei bemühte ich mich, seine Prostata zu massieren, beugte die Fingerspitzen so, dass ich jedes Mal, wenn ich in ihn hineinstieß, sie berührte, wie er es bei mir getan hatte.

Hannes stöhnte inzwischen unter mir, schien es in vollen Zügen zu genießen, wie ich auch an seinem Schwanz erkennen konnte, der in meiner Hand wieder etwas härter wurde.

Als ich schließlich drei Finger in ihn gleiten ließ, stieß er einen Schrei aus, der allerdings nicht schmerz-, sondern lustvoll klang.

Fuck ja, genau so wollte ich ihn haben.

»Du scheinst bereit zu sein«, sagte ich leise und zog meine Finger aus ihm zurück.

»Das ist so geil«, stöhnte er in die Laken.

»Espere. Dann warte mal ab, was jetzt kommt.«

»Ich will mit dir schlafen«, murmelte er erregt.

»Chico, ich werde so einiges mit dir in den nächsten Minuten anstellen, aber schlafen wirst du dabei definitiv nicht.«

Ich streifte mir ein Kondom über, das ich ebenfalls mit Gleitcreme einrieb. Danach träufelte ich nochmals etwas Gel auf seinen Anus, drang mit zwei Fingern in ihn ein, um es gründlich zu verteilen.

Hannes stieß einen erregten Laut aus und ich konnte mich nicht länger zurückhalten, brachte mich über ihm in Position und drang mit meiner Penisspitze in ihn ein.

Was darauf folgte, war ein wahres Feuerwerk. Es war schon so lange her, dass ich jemanden gefickt hatte, dass ich vergessen hatte, wie geil sich das anfühlte. Die Enge, in die mein Schwanz dank des Gleitgels und der intensiven Vorarbeit meiner Finger mühelos glitt, ließ mich den Kopf in den Nacken werfen.

Meine Hände krallten sich um Hannes' Hüfte, während ich tiefer in ihn eindrang. Auch er stöhnte lustvoll auf, drückte mir sein Becken entgegen und begann von sich aus, sich unter mir zu bewegen.

»¡Por Dios! Fuck!«, entfuhr es mir.

Es brauchte ein paar Sekunden, bis wir einen gemeinsamen Rhythmus fanden, doch dann legte ich mich auf ihn, stützte meine Unterarme links und rechts von ihm ab und vögelte ihn wie ein Besessener.

Der Sex war hart, meine Stöße schnell, aber sein Arsch hielt das aus, und Hannes wimmerte unter mir vor Erregung. Sein Körper wirkte wie elektrisiert, während ich mich an seinen Rücken presste, um so tief wie möglich in ihn einzudringen.

Irgendwann änderten wir die Position und er drehte sich auf den Rücken, winkelte die Beine an. Ich setzte mich wieder vor ihn, ignorierte dabei den Schmerz in meinem Knie und ergriff seinen Schwanz. Während ich ihn mit der Hand stimulierte, stützte ich mich mit der anderen über Hannes auf der Matratze ab. Mein Schwanz drang mühelos in ihn ein und ich nahm ihn mit tiefen Stößen, ließ meinen Unterleib gegen seinen Hintern schnellen.

Er wurde nochmals richtig hart und stöhnte seine Lust heraus, während er meinen Kopf zu sich herunterzog, um mich zu küssen.

Meine Bewegungen wurden noch eine Spur heftiger, ich erhob mich wieder und zog seine Beine auf meine Schultern, um ihn noch intensiver zu spüren. Er übernahm das Wichsen seiner Erektion jetzt selbst, sodass ich mich ganz darauf konzentrieren konnte, ihn zu vögeln. Ich fühlte, wie unsere Lust sich mit jeder Sekunde steigerte, wie sein Arsch um mich herum pulsierte.

Alles in mir zog sich zusammen, meine Lenden brannten und ich merkte, wie der Orgasmus mich überkam.

Als ich schließlich laut fluchend in ihm abspritzte, erlebte auch er nochmals einen Höhepunkt. Allerdings ohne Samenerguss, aber das Zucken seiner Beckenmuskeln war mehr als eindeutig und die Wellen der Ekstase, die durch ihn hindurch und an meinem Schwanz vorbeijagten, raubten mir beinahe den Verstand.

»Fuck!«, stieß ich aus, während ich den Kopf erneut in den Nacken warf und seinen Orgasmus über mich hinwegschwappen ließ.

Nachdem Hannes' Körper sich beruhigt hatte, zog ich mich schwer atmend aus seinem Arsch zurück, streifte das Kondom ab und ließ mich dann erschöpft neben ihn aufs Bett fallen. Mein Knie pochte jetzt so sehr, dass ich mir sicher war, morgen den ganzen Tag noch stärker zu hinken, aber der geile Sex mit Hannes war es eindeutig wert.

Er schlang einen Arm um meinen Bauch, legte den Kopf auf meine Brust und drängte sich so nah an mich, dass mir viel zu warm wurde. Aber ich war zu erschöpft, um mich gegen seine Kuschelattacke zu wehren.

Sein Atem ging ebenso abgehackt wie meiner und wir lagen eine Weile einfach nur da, versuchten, unsere Körper wieder in den Griff zu bekommen.

Hannes streichelte mit einer Hand über meine Brustmuskeln und meinen Bauch, während sich unser Atem langsam beruhigte.

Bien … vielleicht würde ich ihn in New York zumindest ab und an für Sex treffen, schoss es mir durch den Kopf. Nur damit ich den Gedanken gleich wieder verwerfen konnte.

Wenn ich ihm Hoffnung machte, verliebte er sich vielleicht wirklich noch in mich. Das war das Letzte, was ich ihm antun wollte, denn zu einer Beziehung war ich schlicht und ergreifend nicht mehr fähig. Da musste ich meinem Ex John recht geben.

Ich war aus dem Krieg als Wrack zurückgekehrt, das weder Liebe noch so tollen Sex verdiente, wie ich ihn gerade mit Hannes erlebte.

Das hier – das alles – war Selbstbetrug. Und gleichzeitig gnadenloser Egoismus. Denn je länger Hannes und ich uns kannten, desto tiefer wurden seine Gefühle für mich, das war mir bewusst.

Es reichte, wenn ich ihm in Venedig das Herz brach, das würde genug wehtun. *Auch mir,* flüsterte eine leise Stimme in meinem Kopf.

20
Was zum Teufel sind Klöße?

Hannes

Wow, einfach nur wow.

Mein Herz raste, während ich meine Hände über Angels trainierten Körper wandern ließ, mit seiner Erkennungsmarke spielte und versuchte, den Sex mit ihm zu verdauen.

Mein Hintern brannte und pochte, da er mich echt hart rangenommen hatte – und seine Schwanzgröße gewöhnungsbedürftig war.

Zum Glück hatte Angel mir so viel Zeit gegeben und mich für den Analsex vorbereitet. Sein Penis war dicker und länger als meiner, vor allem in erregtem Zustand. Aber dafür hatte es sich einfach nur geil angefühlt, von ihm ausgefüllt zu werden.

Während mein Po vor sich hin pulsierte, überlegte ich, wie ich ihn dazu überreden könnte, dass er doch noch mit Kate und mir durch Italien reiste. Denn ich wollte das, was gerade geschehen war, jede Nacht haben.

Jede einzelne Nacht bis zum Rest meines Lebens (jaja, okay, ich war nun mal von einer gewissen Euphorie gepackt, verklagt mich!).

»Hast du es dir schon überlegt?«, startete ich einen Versuch, mich aus dem Fick-Delirium zu kämpfen, in das Angel mich befördert hatte.

»Por Dios. Ich sagte, da gibt es nichts zu überlegen«, brummte er über mir und legte einen Arm unter seinen Kopf, was mich das Muskelspiel seines Bizeps bewundern ließ.

»Du könntest noch viele Nächte so geilen Sex haben, wie wir ihn gerade hatten.« Ich hob den Kopf ein wenig, um ihn anzusehen.

Angel hatte die Augen geschlossen und die Stirn in Falten gelegt. Jetzt blinzelte er und betrachtete mich mit verschlafenem Blick. »Bien. Du solltest jetzt gehen.«

»Einfach so?«

»Die Kleider würde ich wieder anziehen.«

»Ich meinte nicht ...«

»¡Silencio! Ich weiß, was du meintest.« Er erhob sich ein wenig, sodass ich unwillkürlich von seinem Oberkörper rutschte. »Geh jetzt.«

Das war's? Angel vögelte mich erst wie ein Irrer und dann ... schmiss er mich raus?

Ungläubig starrte ich ihn an.

»¿No escuchaste? Ich wiederhole mich ungern.« Sein Gesicht verfinsterte sich.

»Aber ...«

»¡Dios mío!«, knurrte er. »Kein Kuscheln. Wir hatten Sex, der war geil, ja. Jetzt geh zurück in deine Kabine. Wir sehen uns morgen.«

Seufzend erhob ich mich vom Bett und suchte meine Kleider zusammen. Mit einem schmollenden Blick zu Angel, der mich allerdings mit regungsloser Miene beobachtete.

Boah, gegen den Kerl war eine harte Nuss eine Tomate …

»Du weißt schon, dass ich mich gerade wie ein Prostituierter fühle?«, warf ich ihm entgegen, während ich die Boxershorts und Hosen anzog sowie mein Shirt überstreifte.

»Prostituierte werden für ihre Dienste bezahlt«, entgegnete Angel mit ausdrucksloser Miene.

»Echt jetzt?!« Ich schüttelte resigniert den Kopf. »Ich versteh dich nicht.«

»Akustisch oder IQ-mäßig?«

»Angel, du kannst wirklich ein blöder Idiot sein!«, brummte ich verärgert.

»Realmente. Und das fällt dir erst jetzt auf?« Er hob eine Augenbraue.

»Nein.« Ich schlüpfte in meine Flipflops, dann verschränkte ich die Arme vor der Brust. Mir wurde gerade etwas klar. So klar, dass ich ihn mit schmalen Augen ansah. »Ich weiß, wieso du das hier tust. Warum du mit einem Mal zumachst und den Arsch raushängen lässt. Aber es wird nicht funktionieren. Du wirst mich morgen trotzdem am Hals haben.«

»Davon bin ich ausgegangen.« Er ließ sich zurück aufs Bett sinken und deutete zur Tür. »Schließ die von außen. Buenas noches.«

Ich grummelte leise vor mich hin, aber es würde nichts bringen, weiter mit ihm reden zu wollen. Wenn er so war, ließ man ihn am besten in Ruhe, so gut kannte ich ihn inzwischen.

Also murmelte ich ein »Gute Nacht«, von dem ich hoffte, dass es so enttäuscht klang, wie ich mich fühlte, und ihm noch eine Weile in den Ohren nachhallen würde, und verließ seine Kabine.

Jap, ich hatte mir definitiv keinen einfachen Kerl ausgesucht. Er verschloss sich, wenn es emotional wurde, und stieß einen von sich weg, wenn man ihm zu nahe kam. Das Ganze gepaart mit vielen spanischen Flüchen, die einem Hafenarbeiter alle Ehre machten.

Aber das war der Grund, wieso ich ihn jetzt nicht links liegen lassen konnte. Ich *war* ihm nahegekommen. Dem Angel, den er in seinem Inneren, hinter all den Flüchen und der finsteren Miene, verbarg.

Diesen Fortschritt wollte ich nicht zunichtemachen, indem ich in seine Muster verfiel und mich wegstoßen ließ. Jetzt galt es umso mehr, dranzubleiben, denn er begann ebenfalls, Gefühle für mich zu entwickeln. Und das passte ihm nicht – mir allerdings schon.

Als wollte das Wetter die Stimmung zwischen Angel und mir widerspiegeln, war der Himmel am nächsten Morgen wolkenverhangen und grau. Ein scharfer Wind blies und ich war froh, dass ich meine Regenjacke eingepackt hatte.

Kate ging es wieder besser, aber sie hatte ihren Mantel, den sie auf der Überfahrt von Amerika nach Europa stets trug, auf dem Containerschiff liegen lassen. Deshalb mussten wir erst mal für sie in der Shoppingmall des Kreuzfahrtschiffes eine Jacke kaufen gehen.

Kate war zwar nicht unbedingt wählerisch, dennoch verpassten wir unseren geführten Stadtrundgang in Split. Aber für den Ausflug zum Krka-Nationalpark gab es noch freie Plätze. Die Tour dauerte sechseinhalb Stunden, daher hatten sich weniger Touristen dafür entschieden als üblich.

Ich schrieb Angel, dass wir uns umentschieden hätten, doch von ihm kam keine Antwort. Wahrscheinlich war er bereits in Split unterwegs – oder ignorierte mich.

»Dann werden wir diesen Ausflug eben zu zweit machen«, meinte Kate schulterzuckend. »Wir sind gegen Abend ja wieder zurück, vielleicht meldet sich Angel bis dahin.«

»Schade«, murmelte ich und sah traurig mein Handy an.

Jetzt hatten wir schon so wenig Zeit miteinander und nun verpasste ich einen ganzen Tag mit ihm. Übermorgen würden wir bereits in Venedig sein und danach …

»He, Kopf hoch«, sagte Kate und legte mir eine Hand auf den Rücken. »Ihr zwei werdet euch mit Sicherheit in New York wiedersehen. Dass da was zwischen euch ist, sieht ein Blinder – und wird auch Angel sich eingestehen müssen.«

»Hm …«

Wenig überzeugt verstaute ich mein Handy in dem kleinen Rucksack, den ich für den Ausflug gepackt hatte, und warf einen prüfenden Blick auf Kates Schuhwerk, damit sie nicht wieder eine Rutschpartie hinlegte wie beim Aufstieg zum Parthenon in Athen.

Dort hatte sie sich bei mir unterhaken müssen, da die Marmorstufen so glatt und ihre hohen Sommerschuhe dafür gänzlich ungeeignet waren. Der Tag damals gehörte nicht unbedingt zu ihren Favoriten, schließlich hatte sie – endlich oben angekommen – auch noch ihren Hut verloren und sich einen Sonnenbrand zugezogen.

Für den Nationalpark waren Wanderschuhe empfohlen worden, da es viele Stufen und unebene Wege gab. Kate und ich trugen Turnschuhe, aber das würde bestimmt auch funktionieren.

»Komm, lass uns losgehen, sonst verpassen wir noch den Reisebus!« Kate zog mich am Arm aus der Kabine und wir eilten zum Schiffsausgang.

Beinahe wäre ich in den Mann hineingerannt, der bei der Landebrücke mit einem Mal auftauchte und uns den Weg versperrte. Ich konnte gerade noch scharf bremsen, ehe ich den Kopf hob.

»Angel!«, rief ich überrascht. »Ich dachte, du ...«

»Du dachtest, ich hätte unsere Abmachung vergessen?« Er sah mich mit schmalen Augen an. »Ich sagte, ich verbringe die Landgänge mit dir – und ich halte immer mein Wort.«

Kate lächelte ihn erleichtert an, bevor sie auch ihn am Arm packte und hinter sich herzog. »Kommt, wir müssen zum Bus!«

Angel folgte ihr und ich warf einen Seitenblick auf ihn. Wie Kate und ich trug auch er Turnschuhe. Dazu eine dunkle Lederjacke, die ihm so gut stand, dass ich mich kaum an ihm sattsehen konnte. Die Kapuze eines dunkelgrauen Hoodies ragte über seinen Kragen, die ihn vor dem drohenden Regen, den die dunklen Wolken am Himmel ankündeten, bewahren würde.

Mir fiel auf, dass er stärker hinkte als bisher, und ich biss mir auf die Unterlippe, da unser Sex gestern wohl nicht ganz unschuldig daran war.

Im Reisebus ließ Kate mich neben Angel sitzen, während sie sich einen Platz neben einer älteren Dame aussuchte, die wohl allein reiste. Schon nach wenigen Minuten waren die beiden Frauen in ein reges Gespräch vertieft, wie ich schmunzelnd feststellte. Kate fand einfach überall schnell Anschluss durch ihre offene und herzliche Art. Jap, ich hatte die beste Chefin der Welt.

»Wegen gestern«, riss mich Angel, der am Fenster saß, aus meinen Gedanken und ich wandte ihm den Kopf zu. Er presste gerade die Lippen zusammen und strich sich über den schwarzen Bart, ehe er mir einen Seitenblick zuwarf. »Lo siento. Ich muss mich entschuldigen, ich hätte dich nicht so schroff rauswerfen sollen.«

Wow, na das war ja mal Einsicht an einer Stelle, wo ich sie nicht erwartet hätte.

»Entschuldigung angenommen.« Ich schenkte ihm ein leichtes Lächeln. »Das nächste Mal weiß ich Bescheid, dass du nicht auf Kuscheln stehst.«

Angel schüttelte den Kopf. »Das ist es nicht. Ich will nur nicht, dass du … ach, vergiss es.«

Da ich es für keine so gute Idee hielt, nachzuhaken, nachdem er einen Schritt auf mich zu gemacht hatte, nickte ich bloß. »Kein Thema, ich bin nicht nachtragend.«

Er sah mich erneut von der Seite an und schnaubte leise.

»Was?«, fragte ich.

»Du bist …« Er holte tief Luft. »No tengo idea. Ich werde aus dir nicht schlau. Und aus mir auch nicht, wenn ich in deiner Gegenwart bin.«

»Bei Letzterem sind wir schon zu zweit.« Ich grinste und legte ihm eine Hand auf den muskulösen Oberschenkel. »Ich bin froh, dass wir den heutigen Tag zusammen verbringen.«

Er schenkte mir einen stirnrunzelnden Blick, nickte aber. »Split hätte mich zwar interessiert, aber dieser Nationalpark klingt auch gut. Habe ihn gegoogelt, während ich auf euch wartete.«

»Dann brauchst du also kein Hannes-Wiki?«

»Die Busfahrt dauert fast zwei Stunden. Y por tanto … du kannst gern was dazu erzählen«, meinte er schulterzuckend.

»So viel Euphorie.« Ich lachte und ließ seinen Oberschenkel los. »Also, mal sehen. Wir befinden uns in Kroatien, das scheinst du aber eh schon zu wissen, oder?« Angel nickte. »Der Krka-Nationalpark wurde 1955 gegründet und ist etwa zehntausendneunhundert Hektar groß.«

»Du magst Zahlen?«, wollte Angel mit hochgezogener Augenbraue wissen.

»Ich *liebe* Zahlen«, gestand ich, was ihm einen Ausdruck ins Gesicht zauberte, den ich nicht ganz einzuordnen vermochte.

Aber ehe ich das weiter ergründen konnte, war der Moment wieder verflogen und Angels Miene glich der eines Pokerspielers.

»Bien. Und weiter?«, brummte er.

Ich holte leise Luft. »Benannt ist der Nationalpark nach dem Fluss Krka, dessen Attraktion die sieben Wasserfälle darstellen, von denen wir den Skradinski Buk heute besuchen werden. Der hat siebzehn Stufen.«

»Stufen?« Angel legte die Stirn in Falten.

»Nicht Treppenstufen, keine Sorge.« Ich strich ihm über den Arm. »Wie geht es eigentlich deinem Knie? Das war eine Kriegsverletzung, oder?«

Er nickte knapp. »Schusswunde. Der Grund für meine Entlassung aus dem Dienst. Der Sex gestern hat ihm nicht allzu gut getan«, bestätigte er meine Vermutung. »Aber mit Schmerzmitteln geht's.«

»Oh.« Ich würde beim nächsten Mal auf jeden Fall daran denken und ihm eine für ihn angenehmere Position anbieten, wenn er mich nochmals vögeln wollte.

Ich war wieder auf den Geschmack gekommen und allein beim Gedanken an Analsex mit ihm wurde ich scharf.

»Fuck, sieh mich nicht so an, ich bin nicht aus Zucker«, knurrte er, da er meinen Blick wohl falsch gedeutet hatte.

»Schon klar, du bist aus einem gaaaaaanz harten Holz geschnitzt.« Ich grinste. »Wusstest du, dass ein Teil von ›Game of

Thrones‹ und der Winnetou-Filme im Krka-Nationalpark gedreht wurden?«

»Was für Filme?«

»Winnetou. Der Apache, der mit Old Shatterhand zusammen war. Du kannst mir sagen, was du willst, für mich waren die beiden ein Paar, nur …« Ich hielt inne, da Angel mich mit Fragezeichen im Gesicht ansah. »Oh mein Gott! Du kennst die Winnetou-Filme nicht, oder?! Karl May? Einer der meistgelesenen deutschen Schriftsteller? Klingelt da nichts bei dir?«

»Werde ich jetzt deswegen gesteinigt?«

»Nein, aber dazu gezwungen, die Filme heute Abend mit mir zu sehen. Ich hab meinen Laptop dabei und …«

»¡Para! Stopp!«, unterbrach er mich. »Ich werde mir sicher nicht auf einer Kreuzfahrt irgendwelche Filme von einem Laptop reinziehen.«

»Aber das ist Allgemeinwissen!«, protestierte ich. »Nun ja, zumindest für uns Deutsche.«

»Du bist Amerikaner.«

»Aber mit deutschen Wurzeln«, verteidigte ich mich. »Wenigstens *einen* Film musst du mit mir schauen. Ich werde dich auch ganz artig währenddessen befummeln und dir einen runterholen.«

Angel sah mich mit finsterer Miene an. »¡Olvídalo! Das Sex-Argument zieht nicht jedes Mal.«

»Sicher?« Ich legte ihm wieder eine Hand auf den Oberschenkel und ließ sie unauffällig zu seinem Schritt wandern.

Dabei sah ich mich verstohlen um, um mich zu vergewissern, dass mich niemand beobachtete. Aber die Lehnen der Reisebussitze waren so hoch, dass nur unsere Sitznachbarn auf der anderen Seite des Ganges uns hätten sehen können – dort saß allerdings Kate, die immer noch in ein Gespräch mit der älteren Dame vertieft war und uns nicht beachtete.

Das schien auch Angel zu bemerken, der meine Hand nicht aus seinem Schritt pflückte.

»Linksträger.« Ich grinste, während ich über seinen Schwanz streichelte, der bereits etwas härter wurde.

Er sah mich unter halb geschlossenen Lidern an. »Und du?«

Ehe ich michs versah, hatte Angel mir seinerseits die Hand in den Schritt gelegt. Er packte fester zu als ich und ich musste das Keuchen unterdrücken, das mir entfahren wollte, als seine Finger meinen Penis fanden.

»Auch links«, meinte er und hob zufrieden einen Mundwinkel, bevor er mit einem letzten starken Händedruck meinen Schwanz losließ.

Ich lehnte mich etwas zu ihm, sodass meine Schulter gegen seinen Oberarm stieß. »Ich bin schon wieder geil auf dich«, murmelte ich nahe an seinem Ohr. »Das kann nicht normal sein.«

»No es«, meinte er schulterzuckend. »Ist es auch nicht.«

»Dir geht es doch genauso«, murrte ich, da ich seine Erregung deutlich unter dem sanften Streicheln meiner Finger wachsen spürte.

»Ich habe nicht behauptet, dass ich normal bin.« Er sah mich mit undurchsichtigem Blick an. »Ganz im Gegenteil.«

Ich bemerkte, wie er noch etwas härter wurde.

»Du solltest jetzt aufhören damit«, meinte er leise. »Sonst zerre ich dich aufs Klo des Reisebusses und zwinge dich, mir einen zu blasen.«

»Du musst mich nicht zwingen«, entgegnete ich lächelnd. »Ich würde es mit Freuden tun.«

Angel stieß ein leises Knurren aus, ehe er nun doch meine Hand ergriff und sie aus seinem Schritt schob. »*Ein* Film«, sagte er mit gesenkter Stimme. »Und du wirst dabei nackt sein und meinen Schwanz lutschen.«

»Während des ganzen Films?«

»Sí. So lange, bis ich in deinem Mund abspritze. Dann lutschst du erneut, bis ich wieder hart genug bin, um dich zu ficken.«

Angels Dirty Talk ließ noch mehr Blut in meine Lenden schießen und am liebsten hätte ich den Bus angehalten, um diesen atemberaubenden Mann hinter irgendeinem Busch oder Baum zu vögeln – oder mich vögeln zu lassen, das war mir einerlei. Aber das musste bis heute Abend warten.

»Ich freue mich schon darauf, dir die deutsche Kultur etwas näherzubringen«, sagte ich und zwinkerte ihm zu, was er mit einem Schnauben kommentierte.

»¿En serio? Seit wann gehören Indianerfilme zur deutschen Kultur?«

»Oh, sag das nicht zu laut«, erwiderte ich. »Winnetou gehört mindestens so dazu wie Sissi oder Rotkohl mit Braten und Klößen.«

»Dios mío … was zum Teufel sind Klöße denn jetzt schon wieder?« Angel seufzte leise.

»Ich würde ja sagen, ich koche dir welche, wenn wir zurück in New York sind, aber …«

Ich ließ den Rest unausgesprochen, da Angel wieder zu knurren begonnen hatte. Der Panther schien in der Nacht erneut eine Begegnung mit seiner Laus gemacht zu haben – vielleicht sollte mal ein Kammerjäger seine Kabine durchsuchen.

»Schon gut, schon gut.« Ich hob beschwichtigend die Hände. »Du musst mir nicht gleich an die Kehle springen. Vielleicht finden wir bis Venedig ein Restaurant mit deutschen Spezialitäten.«

»Du lässt vorher ja eh nicht locker«, murmelte Angel und verdrehte die Augen.

»Nope.« Ich grinste. »Gut, damit hätten wir das Abendprogramm festgelegt: Da wir heute erst gegen halb zwölf abends wieder auf dem Schiff sein müssen, suchen wir in Split ein Restaurant mit deutschem Essen. Dann werde ich während des Filmschauens in deiner Kabine deinen Schwanz lutschen, bevor du mich vögelst. Sind doch hervorragende Aussichten, oder? Viel besser als die Wettervorhersage für heute.«

Angel sah mich kopfschüttelnd an, während ein leichtes Schmunzeln seinen Mund verzog.

Eine Weile saßen wir schweigend nebeneinander, ehe ich erneut das Wort ergriff. »Darf ich dich etwas fragen?«

»Seit wann fragst du vorher um Erlaubnis?« Er wandte mir den Kopf zu, da er aus dem Fenster gesehen hatte.

»Erwischt.« Ich grinste. »Okay, also ich weiß noch gar nicht, was du arbeitest. Ich meine … ja, du warst ein SEAL, aber seit …« Ich deutete auf sein Knie. »Nun ja.«

»Ich habe an einer Militärakademie studiert und bin Broker an der Wall Street.«

»An der Wall Street?« Meine Augen wurden groß. »Wow.«

»Klingt spannender, als es ist«, murmelte er.

»Aber du lernst bestimmt eine Menge reicher Leute kennen, das ist doch interessant.«

»Nur weil man reich ist, bedeutet das nicht, dass man interessant ist, chico.« Er verengte die Augen.

»Schon, aber … kennst du den Film ›The Wolf of Wall Street‹? Da ist doch …«

»¡Madre mía!«, unterbrach er mich finster. »Dieser verfickte Schrottfilm wirft ein vollkommen falsches Licht auf die Arbeit von Brokern. Ich nehme weder Drogen noch verarsche ich meine Kunden!«

»Darauf wollte ich doch nicht hinaus, nur …«

»Hannes, para con eso«, stieß er zwischen den Zähnen hervor.

»Okay, okay.« Da ich merkte, dass seine Stimmung immer tiefer sank, hob ich ein weiteres Mal abwehrend die Hände. »Kein Grund auszuflippen.«

»¡Eso es jodidamente ridículo! Ich flippe nicht …«

»He, ihr zwei Hübschen«, unterbrach uns in dem Moment Kate und ergriff über den Gang meinen Arm. »Entschuldigt, wenn ich euer Gespräch unterbreche, aber darf ich euch Mrs Blumberg vorstellen? Sie hat ebenso wie du, Hannes, deutsche Wurzeln und reist im Andenken an ihren verstorbenen Mann durch Europa. Im Nationalpark Krka haben sie sich damals verlobt.«

Ich warf einen raschen Blick zu Angel, der die Lippen zusammengepresst hatte, ehe ich mich vorbeugte, um die Hand der älteren Dame zu schütteln. »Angenehm«, sagte ich und schenkte ihr ein Lächeln. »Ich bin Hannes Schmidt, das da ist Angel de Flores.«

Jedes Mal, wenn ich seinen vollen Namen aussprach, glitt eine Gänsehaut über meinen Rücken. Wie konnte man nur einen derart coolen Namen haben?

»Die Freude ist ganz meinerseits«, sagte Kates neue Bekanntschaft auf Deutsch.

»Oh, das ist ja schön, endlich kann ich wieder mal mit jemandem meine Muttersprache sprechen«, erwiderte ich ebenfalls auf Deutsch, lächelte sie an und ließ ihre Hand los.

»Sie sprechen sehr gut, junger Mann«, bemerkte Mrs Blumberg ebenfalls lächelnd. »Fast ohne Akzent, das ist selten.«

»Meine Oma und meine Mutter haben mit mir eigentlich nur Deutsch gesprochen«, erklärte ich.

238

»Ich seh schon, ihr verfallt direkt in eure Geheimsprache«, meinte Kate lachend, die kein Wort von dem, was wir sprachen, verstanden hatte. »Vielleicht möchtet ihr das bei einem Abendessen vertiefen?«

»Wir hatten eine Vereinbarung«, hörte ich Angel mahnend an meinem Ohr murmeln. Er hatte sich zu mir rübergelehnt, um ebenfalls Mrs Blumbergs Hand zu schütteln.

»Gern«, antwortete ich – und zuckte zusammen, da Angel mir den Ellbogen in die Rippen stieß. »Vielleicht morgen?«, schickte ich rasch auf Englisch hinterher. »Für heute haben Angel und ich schon Pläne.«

»Morgen wäre ganz wunderbar«, erwiderte die alte Frau lächelnd. Sie hatte ebenfalls wieder zu Englisch gewechselt, damit Kate und Angel sie verstanden.

»Falls mich die beiden Herren am Abend versetzen, würde ich mich freuen, schon heute Ihre Gesellschaft genießen zu dürfen«, sagte Kate an Mrs Blumberg gewandt.

»Sehr gern«, antwortete sie und zwinkerte mir zu, ehe sie wieder zu Deutsch wechselte. »Einer jungen Liebe sollte man nicht im Weg stehen.«

Ich starrte sie sprachlos an, da ich nicht gedacht hätte, dass es so offensichtlich war, dass Angel und ich was am Laufen hatten. Und dass sie direkt von ›Liebe‹ sprach, war … schräg. Doch ein kleiner Teil in mir freute sich gerade wie verrückt.

Wenn es sogar fremden Menschen auffiel, dass Angel und mich etwas verband, dann *musste* es doch etwas bedeuten. Oder? Oder???

21
Ich bin nicht sauer!

Angel

Wäre das Wetter etwas besser gewesen, hätte der Krka-National-park wohl noch mehr Eindruck bei mir hinterlassen, als er es ohnehin schon tat. Ich war froh, dass ich um die Antik-Dröhnung heute herumgekommen war und stattdessen durch dieses Wunder der Natur wandern konnte.

Auch wenn es viele Treppen zu steigen gab und ich mir sicher war, dass ich heute schon wieder nicht ohne Schmerzmittel würde schlafen können, ließ ich mir den einstündigen Spaziergang nicht nehmen.

Wir wanderten über Holzstege und schmale Pfade durch den Park. Das Wasser des Flusses Krka und die stahlblauen Seen, die er bildete, wirkten wie einem Fantasyfilm entsprungen. Ebenso wie die unzähligen kleinen Wasserfälle und die grüne Vegetation, die diese umgaben. Auch der Nieselregen, der immer wieder einsetzte, konnte dies nicht trüben. Obwohl wir in einer wahren Touristen-Horde unterwegs und kaum eine Sekunde allein waren, genoss ich den Ausflug in vollen Zügen.

Bei einem gemäß Reiseführerin rund hundertsiebenundvierzig Fuß hohen Wasserfall legten wir eine Pause ein und besuchten dann noch eine Wassermühle mit Museum.

Danach hatten wir eine Stunde zur freien Verfügung, in welcher Hannes und ich in einem Restaurant etwas aßen. Kate hatte sich anscheinend in ihre neue Reisebegleiterin verguckt, sie ließ uns links liegen und wir begegneten ihr erst wieder beim Reisebus, als es zurück nach Split ging.

Den größten Teil der Rückfahrt döste ich vor mich hin, da die Schmerzmittel, die ich eingeworfen hatte, und die Wanderung durch den Park mich müde machten. Auch Hannes schlief fast augenblicklich neben mir ein und lehnte den Kopf gegen meine Schulter. Erst wollte ich ihn wegschieben, dann ließ ich ihn gewähren.

Zurück in Split beschlossen wir, zunächst aufs Schiff zu gehen, um uns umzuziehen und etwas auszuspannen, ehe Hannes und ich uns zum Abendessen in der Stadt treffen wollten.

Als ich in meiner Kabine war, schickte ich wieder ein paar Fotos an Charly und zuckte zusammen, als sie umgehend über WhatsApp anrief.

»Hola Chiquitita«, murmelte ich und zog die Decke über meine nackten Beine. Ich hatte geduscht und lag nur mit Shirt und Unterhose bekleidet auf meinem Bett.

»Hey Dad, wie geht es dir so in Europa?«, hörte ich ihre samtene Stimme, die immer ein warmes Gefühl in meiner Brust erzeugte.

»Estoy bien. Gracias.«

»Hast du jemanden kennengelernt?«

Ich runzelte die Stirn. »¿Por qué?«

»Weil …« Sie machte eine bedeutsame Pause. »Seit Kurzem stalkt mich ein Hannes Schmidt auf Instagram. Schaut immer meine Storys an und so. Als ich auf sein Profil ging, hab ich eine

Menge Fotos gesehen. Ähnliche wie die, die du mir geschickt hast. Er scheint ebenfalls auf dem Kreuzfahrtschiff zu sein. Kennst du ihn?«

Dieser … Ich fluchte leise in mich hinein. Was fiel ihm ein, meine Tochter zu stalken?! Sie ging ihn nichts an!

»¡Perro asqueroso! Blockiere ihn«, knurrte ich.

»Wieso?«

»¡Simplemente hazlo!«

»Oookay, okay, ich tu es ja …« Sie schien verwirrt zu sein über meinen strengen Tonfall. »Geht es dir wirklich gut?« Jetzt klang sie besorgt. »Wenn du so sehr auf Spanisch fluchst, ist das meist ein Zeichen, dass …«

»¡Cállate, por el amor de Dios! Mir geht es mehr als gut«, brummte ich.

»So klingst du aber nicht.«

»¿Y qué? Musst du nicht in die Schule oder so?!«

»Boah, du hast wieder beschissene Laune, oder?« Ich konnte sie förmlich die Augen verdrehen sehen. »Es ist Donnerstag, Dad. Da habe ich immer erst nachmittags Unterricht. Bei uns ist es gerade mal Mittag.«

»Bien. Ich muss jetzt Schluss machen.«

»Bist du sauer auf mich?«

»No. Te amo, Chiquitita.«

Damit drückte ich sie weg und warf das Handy auf mein Bett, ehe ich laut durchatmete.

Das ging eindeutig zu weit. Hannes hatte sich nicht in mein Privatleben einzumischen und schon gar nicht meine Tochter zu stalken!

Kurzerhand schnappte ich mir mein Handy erneut und tippte ein paar Zeilen an ihn.

Angel:

Bin müde. Date fällt heute aus.

Umgehend konnte ich sehen, dass Hannes online war und etwas schrieb. Wenige Sekunden später leuchtete eine Nachricht von ihm auf.

Hannes:

Oh nein! *O* Das tut mir voll leid! v__v Ist es wegen des Knies? Die Schmerzmittel müssen echt heftig sein. *__* Geht es dir gut? <3

¡Al infierno! Gut ginge es mir erst, wenn ich ihn endlich los war! Schrieb ich ihm natürlich nicht, sonst wäre er umgehend zu mir gekommen und hätte mir die Ohren vollgequatscht.

Angel:

Ja, gute Nacht.

Hannes:

Gute Nacht. XOXO <3

En serio? Er schickte mir Kussnachrichten mit Herzchen?!
Genervt warf ich das Handy wieder aufs Bett und verwünschte mich dafür, dass ich seine Freundschaftsanfrage so leichtfertig angenommen hatte und ihm auch noch auf Instagram folgte. Sonst hätte er Charlys Profil niemals gefunden.

Kurz überlegte ich, ihn zu entfreunden und zu blockieren, aber das wäre doch eine Spur zu kindisch gewesen.

Daher atmete ich tief durch, bestellte mir Essen aufs Zimmer und sah irgendeinen Film in der Glotze.

Dabei ertappte ich mich mehr als einmal beim Gedanken, dass ich jetzt Hannes bei mir haben könnte, der meinen Schwanz verwöhnte während des Fernsehens. Aber diesen Gedanken drängte ich ganz, ganz weit weg von mir.

Da der Freitag ein Seetag war, konnte ich ausschlafen und mich danach darum kümmern, Hannes aus dem Weg zu gehen, um ihn nicht noch stärker darin zu ermutigen, dass ich oder mein Privatleben ihn zu interessieren hätte. Das tat ich, indem ich den Fitnessbereich des Schiffes aufsuchte und mich so richtig auspowerte. Mein Knie hasste mich dafür, aber ich legte seinen Protest mit einer weiteren Dosis Schmerzmittel still.

Hannes' Anrufe ignorierte ich ebenso wie seine Nachrichten. Ich hatte ihm am Morgen geschrieben, dass ich erkältet sei und den Tag im Bett verbringe. Sollte er meinetwegen gegen meine Kabinentür klopfen oder davor ein Lager aufschlagen – ich würde nicht öffnen, denn ich war nicht dort. Scheiß auf mein Versprechen, Zeit mit ihm zu verbringen, das galt nur für Landgänge!

Stattdessen buchte ich noch eine Runde im Golfsimulator und ging dann in die Sauna.

Danach ließ ich mich mit einer Ganzkörpermassage verwöhnen, die mein Knie mit mir wieder ein wenig versöhnte, ehe ich mir in einem der teureren Restaurants etwas zu essen gönnte.

Den Pool und die Sonnendecks mied ich, da ich mir sicher war, dass ich dort Hannes über den Weg laufen würde. Und dazu hatte ich absolut keine Lust.

Zufrieden mit dem Tag kehrte ich am Abend zu meiner Kabine zurück, vor der zum Glück kein Hannes campte. Morgen würden wir in Venedig anlegen und dann war ich ihn endlich los.

Bevor ich eintrat, checkte ich nochmals mein Handy und betrachtete stirnrunzelnd die zwanzig Anrufe in Abwesenheit von Hannes.

Okay, so langsam übertrieb er es echt. Ich war nicht sein Eigentum und konnte den Tag so verbringen, wie ich wollte. Es reichte, wenn ich ihn morgen wieder sehen müsste, da ich mein Versprechen ihm gegenüber trotz allem halten wollte.

Ich wechselte auf WhatsApp, um Charly eine kurze Nachricht zu schreiben und mich für mein Verhalten gestern am Telefon zu entschuldigen. Dabei öffnete sich automatisch der letzte Chat. Der war mit Hannes gewesen. Und die Nachricht, die mir entgegenblinkte, ließ alles in mir gefrieren.

Hannes:
Angel, bitte, ruf mich zurück.
_ Ich muss mit dir reden.
Mrs Blumberg, die alte Dame
von gestern – sie ist tot! TOT!!
\o/

Ich hatte sie zwar nicht wirklich gekannt, aber bei der Vorstellung, dass ich gestern noch ihre Hand geschüttelt hatte, wurde mir eiskalt. Bilder schoben sich vor mein inneres Auge und drängten die Realität zur Seite.

Joder, qué mierda …

Ich sah Rick. Blutüberströmt in meinen Armen. Bemerkte, wie sein Körper ein letztes Mal zuckte, als der Schütze ihn tödlich traf. Fühlte, wie mein Hals und meine Brust von dem Schrei schmerzten, den ich ausstieß. Hörte den Schuss, spürte den Blitz, der durch meine Schulter fuhr, bevor alles dunkel wurde.

Schwankend tastete ich nach etwas, das mir Halt gab, aber da war nichts. Ich griff ins Leere. Doch ehe ich umkippen konnte, wurde ich von zwei Händen unter den Achseln gepackt und atmete auf, als meine Finger die Wand des Flures fanden, die mich stützte.

»Angel«, hörte ich eine Stimme wie von weit her.

War das Rick?

Ich schüttelte den Kopf, versuchte, ruhiger zu atmen und im Hier und Jetzt zu bleiben.

Aber die Bilder prasselten unaufhaltsam auf mich ein, ließen Übelkeit in mir hochsteigen und mich würgen.

»Angel!«

Rick packte mich am Shirt und schüttelte mich. Danach griff er in meine Hosentasche und fummelte darin herum, als suchte er nach etwas. Meinem Kabinenschlüssel? Kurz darauf wurde ich von der Wand weggezogen, fühlte, wie er meinen Arm um seine Schulter legte und mich irgendwohin führte. Als Nächstes nahm ich eine weiche Unterlage wahr, auf die er mich drückte.

Dann erschien das besorgte Gesicht eines Engels vor mir. Mit dunklen Knopfaugen und blonden Haaren.

Nein, das war nicht Rick. Das war …

»Hannes.« Ich lallte seinen Namen beinahe, da ich alle Kraft aufwenden musste, mich aus dem Flashback zu kämpfen, das mich soeben überfallen hatte.

»Hier.« Ich spürte eine kühle Flüssigkeit, die er mir ins Gesicht spritzte, und fuhr mit der Zunge über meine Lippen (Cola?). »Tut mir leid, ich hab nichts anderes.«

Ein Engel, der mir Cola ins Gesicht spritzte …

Unwillkürlich verzog ich den Mund zu einem Schmunzeln.

»Geht es wieder? Du warst wie weggetreten.«

»Flashback«, murmelte ich.

»Oh.« Er ergriff meine Hand. »Drück sie, das hilft.«

Ich schlang meine Finger um seine, was mir tatsächlich half, zurück in die Realität zu finden. In meine Kabine. Zu meinem Bett, auf dem ich saß.

Eine Weile atmete ich tief ein und aus, ließ die Bilder ebenso wie die Stimmen und Schreie, die in mir nachhallten, verblassen.

»Geht's dir besser?«, fragte Hannes irgendwann.

Ich nickte. »Gracias. Ich … deine Nachricht hat mich getriggert.«

»Oh nein …« Er senkte betreten den Blick. »Das tut mir leid, entschuldige bitte! War nicht meine Absicht.«

»No es tu culpa. Das haben Trigger so an sich«, entgegnete ich und bemerkte erst jetzt, dass er vor mir kniete. »Was ist mit ihr geschehen?«

Er wusste, wen ich meinte, denn er sah mich unsicher an. »Willst du wirklich, dass ich darüber spreche? Nicht dass du …«

»Estoy bien. Ich hab mich wieder im Griff.«

»Okay.« Er nickte und atmete tief durch. »Sie ist heute Morgen leblos in ihrer Kabine vorgefunden worden. Der Schiffsarzt hat einen natürlichen Tod festgestellt. Sie ist friedlich eingeschlafen und einfach nicht mehr aufgewacht.«

»Carajo.« Ich biss mir auf die Unterlippe.

Das Leben konnte so rasch vorbei sein. An einem Tag besichtigte man noch einen Nationalpark, am nächsten lag man tot in seinem Bett. Diese Welt war einfach beschissen!

»Ich bin froh, dass ich sie wenigstens kurz kennenlernen durfte«, meinte Hannes mit einem traurigen Lächeln. »Nachdem du gestern unser Date abgesagt hast, bin ich mit ihr und Kate essen gegangen. Es war ein schöner Abend mit tollen Gesprächen. Sie hat viel über ihren verstorbenen Mann gesprochen, du hättest sehen sollen, wie ihre Augen leuchteten, als sie vom Heiratsantrag im Nationalpark erzählte. Daher traf mich ihr Tod heute auch so unerwartet. Es scheint fast, als hätte sie einfach nochmals dort sein wollen, wo sie mit ihrer großen Liebe so glücklich gewesen war, ehe sie sich von dieser Welt verabschiedete. Ich mochte sie echt. Sie war ein bisschen wie meine Oma.«

»Lo siento«, murmelte ich und meinte die Entschuldigung vollkommen ernst.

Statt für ihn da zu sein, hatte ich einen auf Egotrip gemacht und geschmollt, weil er meine Tochter auf Instagram stalkte. Lächerlich … es gab so viel mehr Probleme auf dieser Welt.

»Du kannst doch nichts dafür«, entgegnete Hannes und sah mich aufmunternd an. »Im Gegenteil, hätte ich den Abend mit dir verbracht, hätte ich Mrs Blumberg nie kennenlernen können. Also nicht dass ich den Abend nicht mit dir hätte …« Er unterbrach sich und biss sich nun ebenfalls auf die Unterlippe. »Ich hoffe, du weißt, wie ich das meine.«

Ich nickte stumm.

Ja, das tat ich. Ganz genau sogar.

Wäre ich nicht gewesen, hätte Hannes womöglich auf dieser Kreuzfahrt noch viel mehr Mrs Blumbergs kennengelernt und seine Zeit nicht mit einem verfickten Wrack wie mir verbracht. Was mir wieder einmal vor Augen führte, dass ich nicht gut für ihn war. Er war ohne mich eindeutig besser dran.

»Versprichst du mir etwas?«, fragte er leise.

»Kommt drauf an.«

»Verbringst du morgen den Tag in Venedig mit mir und begleitest mich danach zur Abschlussparty auf dem Schiff?« Seine Augen wirkten so flehend, dass ich einen Stich in der Brust fühlte.

»Warum?«

»Wenn …« Er sog die rechte Seite seiner Unterlippe zwischen die Zähne und kaute darauf herum, ehe er weitersprach. »Wenn das tatsächlich unser letzter gemeinsamer Tag morgen ist, möchte ich keine Sekunde davon ohne dich sein.«

Wieso wurde der Stich in meiner Brust gerade stärker?

Aber wenn ich schon ein egoistisches Arschloch war, das Hannes den Urlaub versaute, indem ich ihm am Ende das Herz brach, dann war das jetzt auch egal.

Daher nickte ich knapp, was seine Augen zum Leuchten brachte.

Verdammt, unser Abschied morgen würde wirklich schmerzhaft.

22
Fliegende Kühe und seufzende Brücken

Hannes

Venedig … ich war extra um sechs Uhr früh aufgestanden, um nicht zu verpassen, wie wir am Markusplatz vorbeifuhren.

Ja, mir war bewusst, dass die Bewohner der Stadt sich seit Jahren dafür stark machten, die riesigen Kreuzfahrtschiffe in ihrer Lagune zu verbieten. Denn diese waren nicht nur gefährlich, sondern schadeten auch durch die hohen Wellen, die sie erzeugten, dem Fundament der Stadt, stießen Schadstoffe aus und gefährdeten das Ökosystem. Dass Schiffe irgendwann nicht mehr die Lagune passieren durften, war wohl nur eine Frage der Zeit. Die Bestrebungen der Venezianer trugen bereits erste Früchte und einige Reedereien ankerten inzwischen an weiter entfernten Terminals.

Trotzdem gehörte das Einlaufen in den Hafen namens Porto Passeggeri zu den schönsten Dingen, die ich auf dieser Reise bisher erlebt hatte.

Danach legte ich mich nochmals etwas hin. Angel und ich hatten uns um neun Uhr zum Sightseeing verabredet. Wir würden Venedig zu zweit erkunden, während Kate sich die Stadt allein ansehen wollte. Ihr ging der plötzliche Tod von Mrs Blumberg sehr nahe und sie brauchte etwas Zeit für sich.

Auch mich hatte ihr unerwartetes Ableben getroffen und ich hätte gerne mit Angel darüber gesprochen. Aber nachdem ich ihn gestern Abend in einer derart schlechten Verfassung vorgefunden hatte, ließ ich es bleiben. Angel hatte danach verständlicherweise keine Lust mehr auf Sex oder überhaupt meine Gesellschaft gehabt, also war ich zu Kate zurückgekehrt und wir hatten zusammen die Winnetou-Filme gebinged, die sie ebenfalls noch nicht kannte. Dazu hatten wir uns viel Eis in allen Varianten aufs Zimmer bestellt und uns gegenseitig im Arm gehalten.

Es war superschön gewesen, aber Kate war nun mal nicht Angel. Und genau auf den wartete ich um neun Uhr vor seiner Kabine.

Nachdem sich die Tür geöffnet hatte, verschlug es mir beinahe die Sprache bei seinem Anblick.

Wie hatte ich es nur verdient, mit einem derart attraktiven Mann einen Tag in Venedig zu verbringen?

Er trug wie so oft lange dunkle Jeans, dazu ein schwarzes Hemd, von dem er vorne ein paar Knöpfe geöffnet hatte, sodass seine oberen Brusthaare und die Kette zu sehen waren, an der er die Hundemarke befestigt hatte.

»Guten Morgen«, sagte ich mit belegter Stimme. »Geht es dir wieder besser?«

Er nickte stumm und blieb vor mir stehen, sah stirnrunzelnd auf mich herunter, als wollte er sich mein Gesicht genau einprägen.

Ich hatte keine Ahnung, was gerade in seinem Kopf vorging.

War er wütend? Dankbar? Freute er sich überhaupt auf den Tag?

»Bereit?« Meine Stimme war unter seiner Musterung dünner geworden.

Wieder nickte er und deutete mit der Hand den Flur hinunter. »Nach dir.«

Na gut, wütend konnte er nicht sein, sonst hätte er mich direkt darauf angesprochen. So gut kannte ich ihn inzwischen.

Womöglich machte er sich Gedanken, wie es nach Venedig weiterging mit uns. Ob er sich schon für oder gegen die Toscana entschieden hatte?

Am liebsten hätte ich ihn gefragt, aber ich hatte Angst vor seiner Antwort und dass sie mir den Tag verderben könnte. Daher biss ich mir auf die Zunge und ließ meine Frage unausgesprochen.

Ich war mir seiner Gegenwart mehr als bewusst, während ich den Gang entlanglief, der etwas zu schmal war, um nebeneinander herzugehen.

Nachdem wir das Schiff verlassen hatten, fuhren wir vom Kreuzfahrtterminal mit einer kleinen Fähre direkt zum Markusplatz. Die Fahrt dauerte nicht einmal eine halbe Stunde und als wir anlegten, standen wir bereits mitten in Venedig.

Die Sonne schien warm auf uns herunter, das Wetter hatte sich sichtlich gebessert seit Split.

»Wow«, hauchte ich, während ich mich am Pier beim Markusplatz einmal im Kreis drehte. »Das ist ja wunderschön hier.«

Gondeln und Motorboote lagen angetaut im Hafen und es gab zig Souvenirstände entlang des Ufers. Aber was mich am meisten begeisterte, war der riesige Platz, der sich vor uns eröffnete und auf dem sich mindestens so viele Tauben wie Touristen tummelten.

»Wusstest du, dass der Markusplatz der einzige ist, der sich in Venedig Piazza nennen darf?«, fragte ich an Angel gewandt, der sich ebenfalls umsah. Er trug wieder seine Sonnenbrille, sodass ich seine Augen nicht erkennen konnte, aber auch er schien beeindruckt zu sein.

»Piazza San Marco«, murmelte er.

»Ja, genau.« Ich strahlte ihn an.

»Und das da ist der Markusdom.« Er deutete auf ein riesiges Gebäude, das an den Platz anschloss, direkt uns gegenüber. Daneben gab es einen hohen Turm mit roten Mauern und einer grünen Spitze.

»Ja, woher weißt du das?«, fragte ich ihn verblüfft. Bisher hatte er nicht mit Wissen über die Sehenswürdigkeiten unserer Kreuzfahrt um sich geschmissen.

»Hab Assassin's Creed II gezockt.«

Meine Kinnlade fiel herunter, dann lachte ich. Irgendwie konnte ich mir Angel nicht vor einer Konsole vorstellen.

»¿Qué? Darf ein Broker nicht ab und an ein Nerd sein?«, fragte er und ich konnte sehen, wie er eine Augenbraue in die Höhe zog.

»Doch, natürlich.« Ich deutete auf den Platz. »Lass uns im ältesten Café der Welt etwas trinken, ehe wir die Stadt erkunden, okay?«

Angel nickte und wir steuerten das Café Florian an, das sich unter den Bogengängen des Markusplatzes befand. Von dort aus konnten wir die Piazza und das Geschehen darauf hervorragend beobachten.

»Napoleon hat dies einst als den schönsten Salon der Welt bezeichnet«, erklärte ich, während ich mit einem kleinen Löffel in meinem Espresso rührte.

»Auf diesem Platz wurde Geschichte geschrieben.« Angel nickte und blies über seinen Kaffee, ehe er daran nippte.

»Darf ich dich später zu einer Gondelfahrt einladen?«

»Te estás burlando de mí. Du willst echt achtzig Euro pro Person für eine halbe Stunde Rumfahren bezahlen?« Er sah mich entgeistert an. Anscheinend waren ihm die Preise am Pier auch aufgefallen.

»Das ist ein Kindheitstraum von mir«, erklärte ich. »Da spielt Geld keine Rolle.«

»Wie du meinst.« Er zuckte mit den breiten Schultern.

»Super!« Ich klatschte in die Hände, was eine Taube in der Nähe aufscheuchte und meine Aufmerksamkeit auf die Tiere lenkte. »Meinst du, man darf die Vögel füttern?« Ich deutete auf den kleinen Keks, der mir zum Espresso serviert worden war.

»Verboten.« Er zeigte mit dem Finger auf ein Schild, das in allen möglichen Sprachen das Füttern der Tauben auf dem Platz untersagte.

»Schade«, murmelte ich und aß den Keks kurzerhand selbst auf. Er schmeckte köstlich, da verpassten die Tauben was.

»Das würdest du nicht mehr behaupten, wenn dir eine davon auf den Kopf scheißt«, hielt Angel dagegen.

»Dalai Lama hat einmal gesagt, wenn einem ein Vogel auf den Kopf scheißt, sollte man sich darüber freuen, dass Kühe nicht fliegen können.«

»Ich bezweifle, dass Dalai Lama so etwas gesagt hat«, meinte Angel mit einem amüsierten Schmunzeln.

»Zudem sagt man, dass es Glück bringt, wenn einem ein Vogel auf den Kopf kackt«, fuhr ich fort. »Weil alles Gute von oben kommt.«

»Sag das mal dem Kleinen.« Er nickte zu einem Jungen, der gerade lautstark zu weinen begann, da ihm tatsächlich eine der Tauben auf den Kopf geschissen hatte.

Ich prustete und zückte mein Handy, um für Kate festzuhalten, wie die Mutter des Jungen versuchte, mit einer roten Serviette die Taubenkacke aus den Haaren ihres Kindes zu entfernen, und damit alles nur noch schlimmer machte. Der Vogeldreck verteilte sich über das blonde Haar des Kleinen, und rote Serviettenfussel gesellten sich dazu.

»Für den Jungen ist der Ausflug im wahrsten Sinn des Wortes beschissen.« Ich lachte leise.

»Schadenfreude ist nicht gerade eine Tugend«, murmelte Angel, der mein Tun beobachtete.

»Jaja, ich weiß. Karma und so.« Ich steckte mein Handy weg. »Also, dann werden wir nachher eine Gondelfahrt unternehmen. Am liebsten direkt bei der Rialtobrücke.«

»Die Brücke über dem Canal Grande, welche die Quartiere San Marco und San Polo verbindet.« Angel tunkte seinen eigenen Keks in den Kaffee. »Unter anderem hat Michelangelo beim Entstehen der Brücke mitgewirkt.«

»Ha, du weißt ja fast besser Bescheid als ich!«

»Zocker-Wissen. Das reale Venedig ist um einiges schöner – und stinkt zudem.« Er schob sich den Keks in den Mund.

Ich musste ihm recht geben. Die Kanäle müffelten bereits jetzt, da graute es mir etwas davor, wie es erst um die Mittagszeit wäre, wenn es über dreißig Grad heiß werden sollte.

Nachdem wir unseren Kaffee fertig getrunken hatten, schlenderten wir über den Markusplatz zum Dom, den wir kurz besichtigten. Eigentlich hatte ich auf den Markusturm hochfahren wollen, aber die Schlange beim Ticketstand war ellenlang.

Daher ließen wir das bleiben, wandten uns stattdessen zum Dogenpalast und begutachteten die Seufzerbrücke. Eine sechsunddreißig Fuß lange weiße Kalksteinbrücke, die den Palast, in dem die Herrscher Venedigs seit dem neunten Jahrhundert ihren Sitz hatten, und das Gefängnis Prigioni nuove über den Kanal Rio di Palazzo verband.

Der Legende nach waren früher die verurteilten Gefangenen nach dem Gerichtsprozess im Dogenpalast über die Seufzerbrücke ins Gefängnis geführt worden. Mit einem letzten Seufzen konnten sie die Lagune und damit die Freiheit betrachten, ehe es in ihre Verliese ging.

Danach schlenderten wir weiter durch die Gassen und über unzählige Brücken, bestaunten venezianische Masken, die es überall zu kaufen gab, und landeten schließlich bei der Rialtobrücke, wo ich Angel tatsächlich zu einer Gondelfahrt einladen durfte. Der Gondoliere, den wir wählten, war ein älterer Mann, der für ein paar Euro obendrauf inbrünstige Lieder sang.

»Noch nie habe ich so etwas Romantisches erlebt«, schwärmte ich und strahlte Angel an, der von Venedig und dem ganzen Flair, das diese wunderschöne Stadt versprühte, ebenfalls ziemlich angetan zu sein schien.

Selten hatte ich ihn so wenig knurren gehört, und seiner entspannten Körperhaltung nach genoss er diesen letzten Landgang ebenso wie ich. Auch seinem Knie schien es besser zu gehen, zumindest hinkte er weniger als vorgestern im Krka-Nationalpark.

Nach der Gondelfahrt aßen wir in einem kleinen Restaurant, das an einem Kanal lag. Der Gestank hielt sich zum Glück in Grenzen. Wir bestellten Pizza und tranken dazu Weißwein, ehe wir Venedig weiter zu Fuß erkundeten. Die Strecken waren kurz und damit auch für Angel problemlos zu schaffen.

Wir wanderten durch die schmalen Gassen, bewunderten die venezianische Baukunst, machten bei zwei Eisdielen einen Halt und merkten gar nicht, wie die Stunden verflogen.

Als die Sonne dabei war, unterzugehen, kehrten wir zum Markusplatz zurück, um dort die abendliche Stimmung nochmals bei einem gemeinsamen Abendessen zu genießen.

Auf dem Platz war eine Menge los, viele Musiker und Touristen hatten sich versammelt und ich konnte kaum glauben, dass der letzte Tag mit Angel nun tatsächlich zu Ende ging.

»Das war's also«, murmelte ich wehmütig, während ich Angel in einem der Restaurants auf dem Platz gegenübersaß und an meinem Rotwein nippte.

Ich hatte soeben die besten Spaghetti Carbonara meines Lebens gegessen und war pappsatt.

Angel musterte mich mit seinen dunklen Augen, die ich jetzt, da er keine Sonnenbrille mehr trug, wieder sehen konnte. Er schien in seine Gedanken vertieft zu sein, während er mich betrachtete. Schon den ganzen Tag war er noch wortkarger als sonst gewesen.

Gerne hätte ich ihm gesagt, wie viel mir diese Kreuzfahrt mit ihm bedeutet hatte, aber ich traute mich nicht aus Angst vor seiner Reaktion.

»Wir sollten zurück zum Schiff«, meinte er, nachdem wir eine Weile das Treiben auf dem Platz beobachtet hatten. »Sonst verpassen wir die Farewell-Poolparty, zu der du noch gehen wolltest.«

»Angel?« Ich wartete, bis er mich wieder anschaute, und nahm all meinen Mut zusammen, um ihm fest in die Augen zu sehen. »Auch auf die Gefahr hin, dass du mich wieder anknurrst, aber … hast du es dir überlegt? Wegen deines Fluges morgen?«

Eine Weile betrachtete er mich stumm, dann nickte er.

»Und?« Hoffnung und Zweifel schwangen gleichermaßen in meiner Stimme mit.

»Espere. Ich werde dir meine Entscheidung heute nach der Party sagen, wenn ich dich in meiner Kabine nochmals gevögelt habe.«

Das Grinsen, das sich in mein Gesicht stahl, konnte ich nicht verhindern. »Das war kein Nein.«

»War es nicht.« Er verengte die Augen. »Aber auch kein Ja.«

23
Venedig by night

Angel

Ja, Venedig hatte mich zugegebenermaßen beeindruckt. Es versprühte einen melancholischen Charme, dem ich mich kaum entziehen konnte. Und auch nicht wollte.

Der ganze Tag war von einer gewissen Melancholie geprägt, die mich überallhin verfolgte.

Hannes schien zu merken, dass mir viele Gedanken durch den Kopf gingen, aber er sprach mich nicht darauf an, wofür ich ihm dankbar war.

Ich beobachtete ihn an diesem Tag so häufig wie noch nie und mir fiel auf, wie wohl ich mich in seiner Gegenwart fühlte. Auch wenn meine innere Stimme mir zuflüsterte, dass ich das gefälligst nicht genießen sollte, so tat ich es trotzdem.

Verdammt noch mal, ich mochte es, wie er redete, mochte, wie er mich ansah, anlächelte, flüchtig berührte.

Er gab mir das Gefühl, etwas Besonderes zu sein … wertvoll. Genau danach hatte ich mich in den vergangenen Monaten verzehrt.

Wenn das unser letzter gemeinsamer Tag werden sollte, so wollte ich jede Sekunde davon so bewusst wie nur möglich erleben.

Ich war froh, dass wir die Stunden in Venedig nur zu zweit verbrachten. Ohne Kate. Ohne Reiseleiter. Einfach er und ich in einer fremden Stadt, die einen in ihren Bann zog.

Venedig war der perfekte Abschluss dieser Kreuzfahrt, die so anders gewesen war als erwartet.

Während ich duschte und mich in meiner Kabine umzog, ertappte ich mich dabei, dass ich heute den ganzen Tag nicht an Rick gedacht hatte. Eigentlich erwartete ich, ein schlechtes Gewissen zu verspüren, stattdessen war ich erleichtert. Endlich schien mich sein Geist in Ruhe zu lassen – und damit auch meine Dämonen.

Da es heute wohl spät werden würde und wir morgen bereits in aller Frühe das Schiff verlassen mussten, packte ich meinen Koffer, stellte aber das Gleitgel, das Hannes bei mir vergessen hatte, auf meinen Nachttisch. Das würde später noch zum Einsatz kommen, denn einen letzten Fick auf dem Schiff wollte ich mir nicht nehmen lassen.

Ich hatte Hannes heute gesagt, dass ich es mir überlegt hätte mit der Toscana. In Wahrheit schwankte ich fast stündlich zwischen der Entscheidung, morgen bei der Fluggesellschaft anzurufen und den Flug verschieben zu lassen – oder abzureisen.

Die Verschiebung wäre bis zum Check-in möglich und würde natürlich Kosten verursachen, aber das wäre mir im Grunde egal. Doch ich war mir nicht sicher, ob ich Hannes und mir damit einen Gefallen täte. Zögerte ich nicht dadurch den Abschied hinaus, der unweigerlich kommen würde?

Gleichzeitig sehnte sich ein Teil von mir danach, mit ihm ebenso schöne Tage wie heute auch in Rom, Florenz und Mailand zu verbringen. Und auf diesem Weingut, von dem er gesprochen hatte, die Nächte mit Hannes zu genießen.

Wäre es in Ricks Sinn, auch noch weitere Städte Europas zu besichtigen? Auf jeden Fall.

Aber war es auch gut für Hannes und mich?

Schon jetzt spürte ich, wie er begann, wichtig für mich zu werden, und wenn sich dieses Gefühl noch verstärkte … Fuck, ich hatte keine Ahnung, was ich dann tun sollte. Aus Angst. Ja, ich hatte eine Scheißangst davor, ihn zu enttäuschen.

Jetzt befanden wir uns im Urlaub, aber was wäre, wenn der Alltag zurückkehrte? Könnte ich ihn noch an meiner Seite haben und dürfte ich das überhaupt? Sollte ich ihn nicht besser für einen Mann freigeben, der nicht so abgefuckt war wie ich? Einen, der mit ihm lachen und zeigen konnte, wie sehr er sich über seine Zuneigung freute? Hatte er das nicht viel mehr verdient als mich, einen gescheiterten Soldaten, der des Lebens überdrüssig war und vom Krieg gezeichnet?

Ich wusste es nicht. Ich wusste es verdammt noch mal einfach nicht.

Ehe ich es weiter zerdenken konnte, verließ ich meine Kabine und begab mich zum Pool, bei dem die Abschlussparty stattfand. Sie war bereits in vollem Gange, als ich dort ankam, und ich brauchte eine Weile, bis ich Hannes und Kate fand.

Sie tanzten zusammen zu der Musik, die aus den Lautsprechern dröhnte, und versprühten so viel Fröhlichkeit, dass ich unwillkürlich das Gesicht verzog. Kate schien über den Tod von Mrs Blumberg hinweg zu sein – oder betrunken genug, um gerade nicht an die alte Dame zu denken, die wohl irgendwo auf dem Schiff in einer Kühlkammer lag oder aber bereits von Bord gebracht worden war.

»Angel!«, rief Hannes, als er mich entdeckte. »Du hast dir Zeit gelassen, gerade fand die Abschlussrede des Kapitäns statt, die du leider verpasst hast!«

»Ich werd's überleben«, erwiderte ich und prostete ihm und Kate mit dem Plastikbecher zu, den ich an der Bar mitgenommen hatte und in dem sich Gin Tonic befand.

»Na, kommst du morgen mit uns in die Toscana?«, rief Kate über den Bass des Songs hinweg, der gerade lief.

»Mal sehen.« Ich wandte meinen Blick wieder zu Hannes, der vor mir herumhopste (tanzen konnte man das beim besten Willen nicht nennen). »Bleibt ihr noch lange hier?«

Partys waren so gar nicht mein Fall und obwohl ich erst ein paar Minuten hier war, hatte ich bereits genug. Da half auch noch so viel Gin nicht.

»Du hast versprochen, dass du mit mir feierst«, rief Hannes fröhlich.

»Eso no es cierto. Ich habe dir versprochen, dass ich mit dir herkomme. Da bin ich. Von Feiern war keine Rede.«

Kate lachte laut und drehte sich mit Hannes zusammen im Kreis. Mir fiel auf, dass sie tatsächlich schon ziemlich beschwipst war, so wie sie torkelte.

Das schien auch Hannes zu bemerken, denn er stützte seine Chefin, die beinahe über ihre eigenen Füße stolperte. Die beiden waren echt ein Dream-Team, wenn es darum ging, sich zu verletzen. Müsste ich für Ungeschicklichkeit ein Gesicht suchen – ich könnte mich nicht zwischen den beiden entscheiden.

»Ich glaube, du solltest dich hinlegen«, meinte Hannes an Kate gewandt.

»Hier?!« Sie sah ihn mit großen Augen an.

»Nicht hier.« Hannes lachte. »Ich bringe dich zurück zur Kabine.« Er wandte sich an mich. »Und dann haben wir beide noch eine Verabredung.«

»Oh, viel Spaß«, rief Kate und fiel mir so unerwartet um den Hals, dass ich keine Chance hatte, sie abzuwehren. Sie nahm mein Gesicht in beide Hände, stellte sich auf die Zehenspitzen und drückte mir einen Kuss auf die Wange. »Tu ihm nicht zu sehr weh, er muss morgen noch im Mietauto sitzen können.« Sie zwinkerte mir zu.

»He, er gehört mir!«, protestierte Hannes lachend.

»Ach komm, diesen unschuldigen Kuss wirst du mir wohl gönnen«, erwiderte Kate und ließ mich endlich los. »Er riecht echt gut.«

Ich schloss kurz die Augen und atmete tief durch.

Dios mío … Und mit den beiden sollte ich noch weitere Tage verbringen?

»Lass ihn, sonst begleitet er uns nicht in die Toscana«, hörte ich Hannes in ebendiesem Moment sagen.

Jap, wenn Kate mich nun auch noch umschwärmte, würde das definitiv nichts.

Als ich die Lider wieder öffnete, sah ich, wie Hannes sich bei Kate unterhakte und mir einen entschuldigenden Blick zuwarf. »Ich bring sie kurz in die Kabine. Treffen wir uns nachher bei dir?«

Ich nickte knapp und trank meinen Gin Tonic aus, während ich den beiden zusah, wie sie sich über die Tanzfläche kämpften und im Getümmel verschwanden.

Je schneller ich von hier wegkam, desto besser.

Gerade wollte ich die Party ebenfalls verlassen, da tippte mir jemand auf die Schulter.

Als ich mich umdrehte, stöhnte ich innerlich.

¡Maldito … qué mierda!

Mitch. Der Typ hatte mir gerade noch gefehlt. Und er hatte anscheinend auch noch zwei Freunde dabei, die sich hinter ihm mit verschränkten Armen aufstellten.

Sein Vater hätte mal besser auf einen Zug gewichst, dann wäre er noch heute unterwegs ...

»Was war beim letzten Mal missverständlich daran, dass du einen Bogen um mich machen sollst?!«, grollte ich.

»Da ist ja unsere Latino-Schwuchtel«, rief Mitch ungerührt, dem die Anwesenheit seiner Kumpels wohl mehr Selbstbewusstsein verlieh, als gesund für ihn war. »Wo hast du deinen kleinen Fickfreund?«

Ich zerknüllte den leeren Becher in meiner Hand und malte mir dabei aus, wie ich diesem Arsch die Fresse polieren würde. Tat ich natürlich nicht, das hätte nur dazu geführt, dass ich eine Schlägerei vom Zaun brach. Typen wie er waren auf Krawall aus, das musste ich mir nicht geben.

Stattdessen ließ ich den kaputten Becher zu Boden fallen und trat nahe vor Mitch, was ihn immerhin dazu bewegte, ein Stück vor mir zurückzuweichen. Ich überragte ihn um einen Kopf und auch wenn er zwei Freunde zur Verstärkung dabeihatte, wussten wir beide, dass ich es mit allen dreien locker aufnehmen könnte. Das sah ich in seinen Augen, die sich unwillkürlich etwas weiteten.

»Hör zu, du homophober Wichser«, sagte ich so laut, dass einige Umstehenden sich zu uns umdrehten. »Falls du mit mir ein Problem hast, können wir das gerne morgen früh klären, wenn wir vom Schiff runter sind. Ich bin grad in der Stimmung, jemanden so richtig zu Brei zu schlagen.«

»Oh, wieso? Kriegst du etwa keinen Ständer mehr, wenn du deinen Schwuchtel-Freund ansiehst?« Mitch hob herablassend die Augenbrauen und seine Kumpel lachten gehässig.

Am liebsten hätte ich ihm eine heftige Beleidigung an den Kopf geschmissen. Doch ich riss mich am Riemen und bemühte mich, im Englisch zu bleiben, damit er auch wirklich jedes Wort verstand, das ich ihm zu sagen hatte.

»Geht dir einer ab, wenn du an meinen Schwanz denkst?« Ich beugte mich zu ihm herunter, was ihn noch ein Stück weiter zurückweichen ließ. »Stellst du dir vor, wie gut ich ficke, während du es dir selbst besorgst?«

»Iiih, wie widerlich!« Er spuckte aus, traf mich direkt an der Wange und für einen Augenblick starrte ich ihn ungläubig an.

Der Typ bettelte ja förmlich darum, dass man ihm ein High Five ins Gesicht gab!

¡Hijo de puta!

Ich packte ihn am Hemd und hob ihn mühelos ein paar Zoll vom Boden hoch.

»Schlägerei! Eine Schlägerei!«, riefen die Umstehenden begeistert und kreisten uns ein.

»Keine Schlägerei«, knurrte ich Mitch ins Gesicht, das verdächtig blass um die Nase geworden war, da er wohl nicht damit gerechnet hatte, dass in meinen ›Schwuchtel‹-Armen so viel Kraft steckte. Ich ließ ihn abrupt los und er hatte Mühe, sein Gleichgewicht zurückzuerlangen. »Am letzten Abend von Bord zu fliegen, bist du mir nicht wert.«

Ich wischte mir mit dem Handrücken über die Wange und strich die Spucke an einem von Mitchs Freunden ab, der näher getreten war.

»Iiih!«, rief dieser nun ebenfalls und zupfte an seinem Shirt, als könnte er die Spucke dadurch loswerden.

»Ich geh jetzt meinen Schwuchtel-Freund ficken«, brummte ich und lief an den dreien vorbei. »Denk gern daran, wenn du heute einzuschlafen versuchst«, fügte ich über die Schulter an Mitch gewandt hinzu. »Ich warte morgen am Pier auf dich. So lange, bis du das Schiff verlässt. Und dann klären wir das ein für alle Mal.«

Ehe er etwas sagen konnte, ging ich davon und war ziemlich zufrieden mit mir. Dieser Arsch würde weder gut schlafen noch morgen ruhig von Bord gehen. Natürlich würde ich mir nicht die Mühe machen, am Pier auf ihn zu warten, aber das wusste er ja nicht.

Während ich den Flur entlang zu meiner Kabine lief, nahm ich mir vor, keinen weiteren Gedanken an diesen Idioten zu verschwenden. Das waren Menschen wie er einfach nicht wert.

Zurück in meinen vier Wänden duschte ich noch einmal ausgiebig und schrubbte meine Wange gründlich, dann legte ich mich aufs Bett und wartete nur mit einer Unterhose bekleidet auf Hannes.

Doch der ließ sich Zeit.

Ich war nahe davor, ihn anzurufen, um mich zu versichern, dass er nicht auch noch diesem schwulenfeindlichen Schwein über den Weg gelaufen war, da klopfte es endlich an meiner Kabinentür.

Als ich mich erhob, um zu öffnen, und ihm kurz darauf gegenüberstand, spürte ich die Erleichterung, die mich erfasste.

Hatte ich mir tatsächlich Sorgen gemacht, dass es ihm nicht gut gehen könnte? Oder dass er mich versetzt hatte?

Fuck … wieso hatte dieser blonde Kerl bloß so einen Einfluss auf mich?

»Hey.« Er grinste mich fröhlich an. »Sorry, hat etwas länger gedauert, ich musste noch unsere Koffer packen. Auch den von Kate, sie war zu betrunken und ist eingeschlafen, sobald sie auf dem Bett lag.«

»No hay problema«, murmelte ich und trat zur Seite, damit er hereinkommen konnte. Ich schloss die Tür und drehte mich zu ihm um.

»Du riechst lecker.« Er legte seine Hände an meine nackte Brust. »Und du siehst hammerscharf aus. Ich hab so Bock auf dich.«

Unwillkürlich griff ich in seinen Nacken und beugte mich zu ihm hinunter. Als seine Lippen die meinen berührten, kam es mir vor, als wäre es eine Ewigkeit her, dass wir uns geküsst hatten. Dabei waren erst zwei Tage verstrichen.

Er stöhnte leise in meinen Mund, ehe er mich gegen die Wand drückte und sich stärker an mich schmiegte. Seine Hand wanderte zu meinem Schritt, während unsere Zungen miteinander tanzten, und er schob meine Unterhose etwas zur Seite, um meinen Schwanz daraus zu befreien.

Sanft umschlossen seine Finger meinen Schaft, glitten daran rauf und runter, was mich vor Erregung stöhnen ließ.

»Dios, te quiero follar«, sagte ich mit rauer Stimme.

Auch wenn er mich wahrscheinlich nicht verstand, so war es unüberhörbar, wie scharf ich auf ihn war.

Ich tastete mit der freien Hand ebenfalls nach seinem Schritt, öffnete den Knopf und dann den Reißverschluss seiner Hose. Sie glitt zu Boden und ich war erstaunt, dass er keine Unterwäsche trug, denn er stand nun untenrum nackt vor mir und stieg gerade aus seinen Flipflops.

»Dachte, eine Unterhose brauch ich nicht«, flüsterte er an meinen Lippen und ich konnte das Lächeln sehen, das sein Gesicht erhellte.

Seine Augen glänzten vor Erregung, während ich meinerseits seinen Schwanz in die Hand nahm und ihn mit den Fingern stimulierte.

»Oh Angel«, keuchte er. »Das ist so geil …«

»*Du* bist geil«, raunte ich und küsste ihn erneut.

Sofort öffnete er seinen Mund, um mich einzulassen.

Seine Hand glitt nun schneller an meinem Schaft rauf und runter. Meine Erektion war bereits so hart, dass es ihm noch besser gelang, sie zu reiben. Auch sein Penis war zu einer beachtlichen Größe herangewachsen und ich reizte seine Eichel sanft mit dem Fingernagel, was ihn noch lauter in meinen Mund stöhnen ließ.

»Ich komm gleich, wenn du so weitermachst«, warnte er mich.

»Noch nicht. Necesito que te calmes. Ich will, dass du in meinen Mund abspritzt.«

Kurzerhand packte ich ihn an der Hüfte, drehte mich mit ihm um, drückte ihn gegen die Wand und ging vor ihm in die Hocke. Was mein Knie zwar nicht so gut fand, aber da musste es jetzt verdammt noch mal durch. Ich wollte Hannes noch einmal schmecken.

Er keuchte, als er merkte, was ich vorhatte, und hielt sich an meiner Schulter fest, während ich seinen Schwanz in den Mund nahm.

Mit einer Hand rieb ich seinen Schaft, die andere legte ich an seine Hüfte und saugte an seiner Spitze. Meine Bewegungen wurden schneller, was ihn über mir laut zum Stöhnen brachte. Seine Finger glitten von meinen Schultern hoch in meine Haare, krallten sich dort fest, begannen, den Rhythmus selbst zu bestimmen, mit dem ich ihn in meinen Mund aufnahm.

»Angel«, keuchte Hannes, dessen Becken erbebte. »Ich … ich … komme.«

Schon spürte ich den warmen Saft in meinen Mund pumpen und saugte noch etwas stärker, bis ich alles von ihm aufgenommen hatte.

Eine Weile leckte ich noch über seinen Penis, küsste seine Hoden und ließ meine Zunge über seine Spitze gleiten, bis sich sein Orgasmus legte. Dann gab ich seinen Schwanz frei und richtete mich wieder auf. Mein Knie durchfuhr ein Blitz dabei, aber ich atmete mit zusammengepressten Kiefern gegen den Schmerz an.

»Wow«, keuchte er und küsste mich auf den Mund. »Das war … unbeschreiblich geil.«

Ich verzog die Lippen zu einem Schmunzeln. »Du schmeckst verdammt gut.«

»Vögelst du mich jetzt?«

Dass er fast schon bettelnd klang, ließ mich grinsen und ihn verlegen lächeln.

Da war wohl jemand auf den Geschmack gekommen.

»Estoy tan caliente por ti«, raunte ich. »Los, knie dich auf die Matratze.«

Er nickte, zog sein Shirt aus und begab sich zu meinem Bett. Während ich ihm folgte, befreite ich mich von der Unterhose und griff dann zum Gleitgel, um meinen Schwanz damit einzureiben, nachdem ich mir ein Kondom übergestreift hatte.

Hannes kniete vor mir auf der Matratze und ich verteilte auch auf seinem Anus das Gel, ehe ich wie vorgestern zuerst eine Weile mit den Fingern in ihn eindrang. Er stöhnte angetörnt, streckte mir seinen Hintern entgegen, bis er meine drei Finger problemlos in sich aufnahm.

»Cuidado. Das wird jetzt kurz und heftig«, erklärte ich warnend. »Halt dich gut fest.«

»Bin angeschnallt.«

Er kicherte, doch sein Lachen erstarb, als ich meinen Penis in seinen Arsch drückte und mich mit einem Ruck in ihm versenkte. Hannes keuchte laut auf, krallte sich mit einem weiteren Stöhnen in die Laken.

Da ich hinter ihm stand, konnte ich ihn schneller vögeln als beim ersten Mal.

¡Mierda, que maldito genial fue eso!

Mit kräftigen Bewegungen nahm ich ihn mir vor, fickte ihn so rasch und hart, dass meine Oberschenkel zu brennen begannen. Beinahe tat mir sein Arsch leid und ich war mir auch nicht ganz sicher, ob Hannes' Schreie Lust oder Schmerzen ausdrückten. Aber in meinem Rausch war mir das egal. Ich wusste, er würde etwas sagen, wenn ich zu hart zu ihm wäre, und da er nicht protestierte, sondern mir seinen Hintern brav entgegenstreckte, genoss ich es einfach. Ich genoss es, ihn bis zur Ekstase zu vögeln und seinen Schreien zu lauschen, die sich mit meinen erregten Lauten vermischten.

Konnte ich je wieder darauf verzichten? Ich würde es müssen. Aber nicht heute – und auch nicht morgen oder übermorgen. Das wurde mir in dem Moment klar, als ich in Hannes abspritzte und die Welle der Lust mich ebenso unter sich begrub wie ich seinen schlanken Körper, auf den ich mich fallen ließ.

Noch eine Weile blieb ich in ihm drin, während er unter mir nach Luft rang.

Dann zog ich mich aus ihm zurück, streifte das Kondom ab und legte mich schwer atmend neben ihn auf die Matratze.

»Muy bien, estoy de acuerdo«, murmelte ich.

Hannes, der sich langsam erholt hatte, hob den Kopf und sah mich fragend an.

»Ich werde mit euch in die Toscana fahren«, präzisierte ich. »Und wehe, du fällst mir jetzt um den …«

Ich kam nicht dazu, den Satz zu beenden, denn da hatte Hannes sich bereits auf mich geschmissen und bedeckte mein Gesicht mit Küssen.

»Oh mein Gott!«, rief er und lachte mich an. »Ist das dein Ernst?! Echt? Dein Ernst?!?«

»¡Está bien, contrólate!«, knurrte ich. »Ich überleg es mir gerade nochmals.« Ich versuchte vergebens, seinen Lippen auszuweichen.

»Nein, tu das nicht!« Er drückte mir einen raschen Kuss auf den Mund. »Bitte nicht. Ich … ich … das ist so schön, ehrlich! Wir werden zusammen so viel Spaß haben!«

»Ciertamente«, bestätigte ich und nutzte den Moment, in dem er gerade mit seiner Kussattacke innehielt, um die Decke über unsere nackten Körper zu ziehen.

»Darf ich …« Hannes' Augen wurden größer. »Darf ich die Nacht mit dir verbringen?«

Ich zögerte kurz. Hannes wusste nichts von meinen Albträumen, aber ich wollte ihn auch nicht wegschicken, obwohl meine innere Stimme mich davor warnte, ihn hierzubehalten. Doch John hatte auch viele Nächte neben mir verbracht und war mit meinen Albträumen klargekommen.

»Claro«, stimmte ich schließlich zu.

»Oh, Angel.«

Fuck. Seine Augen glänzten verdächtig.

Ehe ich überprüfen konnte, ob er tatsächlich vor Freude heulte, glitt er von mir runter, schlang einen Arm um meinen Bauch und drückte sein Gesicht auf meine Brust.

Nie im Leben würde ich so einschlafen können.

»Wir ruhen uns nur kurz aus, dann werde ich dich nochmals ficken«, sagte ich.

Der Sex mit ihm hatte mir den Rest gegeben und ich spürte, wie ich trotz seiner Klammerumarmung müder wurde.

»Geht klar«, murmelte er ebenfalls schläfrig. »Nur kurz ausruhen, danach gehört mein Hintern wieder dir.«

»Das wollte ich hören.« Ich streckte den Arm aus und löschte das Licht. »Buenas noches.«

Kurz darauf war ich eingeschlafen.

24
Wenn Träume
wahr werden

Angel

›Angel, renn!‹

Ricks Stimme erschien mir so klar und laut, dass ich erst nicht sicher war, ob ich träumte. Doch dann sah ich ihn, wie er auf dieser verstaubten Straße lag und die Hand auf eine Wunde am Oberschenkel presste. Sein Helm verdeckte den Großteil des schwarzen Haares, die Augen waren geweitet, sahen mich panisch an.

›Bring dich in Sicherheit, verdammt!‹, rief er mir zu.

›Nein!‹, brüllte ich.

Ich würde meinen Freund nicht zurücklassen.

Ohne zu zögern, stürzte ich zu ihm, versuchte, ihn mit meinem Körper vor dem Scharfschützen abzuschirmen, der irgendwo in den Ruinen lauerte.

Doch als ich bei Rick ankam, geschah etwas Seltsames. Sein Gesicht begann sich zu verändern. Sein Haar wurde blond, die blauen Augen nahmen ein warmes Dunkelbraun an. Die Züge wurden fein und die Finger, die sich um meinen Arm schlangen, schlank und samtweich.

›Nein‹, hauchte ich. ›Das … fuck … kann nicht sein, das …‹

›Hilf mir‹, flehte Hannes. ›Lass mich nicht zurück.‹

›Ich werde dich nicht verlassen‹, murmelte ich und drückte sein Gesicht gegen meine Brust.

Daraufhin ertönte ein weiterer Schuss und ich zuckte zusammen, spürte zum tausendsten Mal, wie mein Knie zertrümmert wurde.

Ich schrie vor Schmerz auf, doch Hannes ließ ich nicht los. Ich würde mein Leben für ihn geben – er durfte nicht in meinen Armen sterben, wie Rick es getan hatte.

Das würde ich nicht zulassen!

Zorn stieg in mir hoch. Zorn auf den Schützen, der sich feige vor uns verbarg.

Mit aller Kraft kämpfte ich mich auf die Beine, immer darauf bedacht, Hannes, der noch am Boden kauerte, vor dem Gegner abzuschirmen. Mein Knie hämmerte dumpf und ich konnte es kaum belasten, aber schließlich stand ich. Schweiß rann mir über das Gesicht, während ich mich umdrehte und die Arme ausbreitete.

›Schieß, du feiges Schwein!‹, rief ich an den Scharfschützen gewandt. ›Du willst doch *mich*, oder? Dann bring es zu Ende!‹

›Angel, nein!‹

Zu meinem Entsetzen konnte ich sehen, wie Hannes aus der Deckung kroch, die mein Körper ihm geboten hatte, und mich aufhalten wollte.

Und dann … wurde die Zeit langsamer. Ich hörte den Schuss, sah, wie er Hannes mitten in die Brust traf. Er trug keine kugelsichere Weste, so wie ich, nur ein Shirt und eine kurze Hose. Ich vernahm das Keuchen, das er ausstieß, als er nach hinten fiel. Und spürte, wie gleichzeitig mein Herz in tausend Stücke barst.

›Hannes!‹, brüllte ich und stürzte zu ihm, ohne auf mein kaputtes Bein zu achten. ›Nein, nein, nein!‹

Ich packte ihn am blutgetränkten Shirt, riss ihn vom Boden hoch. Doch das Leben wich rasend schnell aus seinen braunen Augen, die mich ungläubig ansahen.

›Nein!‹, schrie ich. ›Halte durch, verdammt! Fuck! Wir kriegen das hin, wir müssen nur …‹

Er bewegte die Lippen, wollte etwas sagen, aber stattdessen hauchte er mir seinen letzten Atemzug ins Gesicht, und Blut lief aus seinem Mundwinkel.

›Nein …‹

Tränen verschleierten meinen Blick, ließen sein Gesicht vor mir verschwimmen. Ich presste meine Lippen auf seine, küsste ihn wie ein Besessener. Aber sein Körper war von einem Moment zum anderen eiskalt und hing leblos in meinen Armen.

Ich hatte Hannes verloren. Wegen dieses Kerls, der sich immer noch irgendwo in den Ruinen versteckte.

Meine Trauer wich erneut dem Zorn, ich sprang auf die Beine und bemerkte zu meiner Verblüffung, dass mein Knie wieder heil war.

Das kam mir gerade recht, ich würde ihn kriegen!

So schnell ich konnte, rannte ich über die Straße auf die Ruinen des zerbombten Hauses zu, in der das Schwein sich versteckte. Rechts und links von mir hagelten Kugeln in den Boden, aber sie verfehlten mich, da ich mich im Zickzack bewegte. Ich war schneller, als ich es mir jemals hätte vorstellen können.

Flink hechtete ich über ein paar zerstörte Mauern, fokussierte mich einzig darauf, herauszufinden, woher die Schüsse kamen, die der Schütze immer noch auf mich abfeuerte.

Dann entdeckte ich ihn.

Zwischen Mauerresten im zweiten Stock des zerstörten Gebäudes.

Behände sprang ich zu dem Geländer der halb eingefallenen Treppe, die einst nach oben führte, und von dort auf einen Vorsprung. Ich kam mir beim Klettern vor, als wäre ich selbst ein Teil von Assassin's Creed, trug mit einem Mal sogar die weiße Assassinenrüstung des Hauptcharakters Ezio Auditore da Firenze.

Rasend vor Zorn bewegte ich mich auf den Kerl zu, der mir das genommen hatte, was mir mehr bedeutete, als ich mir hatte eingestehen wollen.

Dafür würde er jetzt büßen!

Schon stand ich vor ihm, sah, wie er die Waffe gerade nachladen wollte – und schlug sie ihm aus der Hand. Er hob den Blick und als ich sein Gesicht erkannte, brannten in mir alle Sicherungen durch.

›Mitch!‹, bellte ich und packte ihn am Kragen, riss ihn hoch. ›Du verdammter Hurensohn!‹

Er lachte mir jedoch dreist ins Gesicht. ›Schwuchteln haben nichts anderes als den Tod verdient!‹, spie er mir entgegen.

Dann vergaß ich mich. Ich schleuderte ihn gegen eine der halb eingefallenen Mauern, stürzte mich auf ihn und begann wie ein Wahnsinniger mit den Fäusten auf ihn einzuprügeln.

Er lachte, während das Blut aus seinem Mund spritzte, lachte wie ein Irrer, als sein Wangenknochen knackte. Ich packte ihn an der Kehle, drückte zu, um dieses Lachen zu ersticken. Seine Augen quollen aus den Höhlen, doch er lachte weiter. Immer weiter. Formte mit den Lippen das Wort ›Schwuchtel‹.

›Stirb, du elende Ratte!‹, bellte ich. ›Stirb endlich!‹

Er röchelte. ›Angel …‹

278

›Sag nicht meinen Namen, verdammter Flachwichser!‹, fuhr ich ihn an.

›Angel ...‹

›Hör auf damit, du elender Wurm!‹ Ich gab ihm eine Ohrfeige. ›Halt deine verfluchte Schnauze!‹

Als sein Kopf zur Seite flog, begannen sich seine Züge zu verändern, und ich sog scharf die Luft ein, als ich in dunkle Augen blickte, die mir aus dem blutüberlaufenen Gesicht panisch entgegensahen.

›Angel‹, röchelte er und seine Stimme wurde zu der von Hannes.

Augenblicklich ließ ich seinen Hals los, starrte ihn ungläubig an und sah mich dann gehetzt um.

Ich befand mich nicht mehr in der Ruine und trug auch keine Assassinenrüstung.

Das hier war kein Traum ... es war real.

Die Erkenntnis traf mich wie ein Faustschlag in den Magen und ich keuchte vor Entsetzen laut auf.

Ich stand nackt in meiner Kabine.

Und Hannes lag blutend auf meinem Bett.

Mein Hannes.

»¡Qué demonios ...!«

Ich stürzte zu ihm, tastete sein Gesicht ab. Dabei fiel mir im Licht, das er wohl angezündet haben musste, auf, dass meine Knöchel bluteten. So heftig hatte ich ihn geschlagen.

»Hannes! Fuck. Sag etwas!«

Seine Augen waren rastlos, er schien den Blick nicht mehr fokussieren zu können. Der Kopf taumelte hin und her, während er röchelnd nach Luft rang. An seinem Hals erkannte ich rote

Würgemale und er hustete, japste, schien nahe davor gewesen zu sein, zu ersticken.

Wegen mir! Ich hätte ihn beinahe getötet …!

»¡Necesitamos un doctor!«, rief ich und fuhr zum Kabinentelefon herum, das auf dem Nachttisch stand, um einen Arzt zu rufen.

Mit fahrigen Fingern suchte ich nach der Notfallnummer und warf immer wieder angsterfüllte Blicke zu Hannes, der gerade um sein Leben kämpfte.

Wie hatte ich mich nur derart vergessen können?! Ich war ein Monster! Ein verabscheuungswürdiges Monster!

Es dauerte eine gefühlte Ewigkeit, bis jemand am anderen Ende ranging. Mit zusammenhanglosen Sätzen versuchte ich zu erklären, was geschehen war. Anscheinend verstand die Frau mich trotzdem, sie sagte, sie schicke sofort einen Arzt in meine Kabine.

Nachdem ich aufgelegt hatte, rannte ich ins Bad und benetzte ein Handtuch mit etwas Wasser. Ich legte es Hannes auf die Stirn und brachte ihn sorgfältig in die stabile Seitenlage, damit er nicht an seinem Blut im Mund erstickte. Er war inzwischen bewusstlos, atmete unregelmäßig und flach.

»¡Quédate conmigo! Bleib bei mir, Hannes«, flehte ich ihn immer wieder an und wechselte von Spanisch zu Englisch und wieder zurück, ohne dass ich es überhaupt kontrollieren konnte. »Lo siento. Fuck. Es tut mir so leid! Ich … wollte das nicht! Joder. Juro que no quería.«

Er erwachte kurz, stöhnte, versuchte, die Hand zu heben, aber die Kräfte verließen ihn immer mehr. Schließlich blieb er regungslos auf den blutverschmierten Laken liegen und ich legte gehetzt zwei Finger auf seine Halsschlagader, um mich zu versichern, dass sein Herz noch schlug. Das tat es. Aber der Puls war viel zu schwach und langsam.

¡Por todos los santos!

Als endlich der Arzt in meiner Kabine erschien, war ich mit meinen Nerven am Ende. Mir war egal, dass ich immer noch nackt dastand, alles, was zählte, war Hannes' Leben.

Hilflos sah ich mit an, wie der Schiffsarzt umgehend Verstärkung rief, als er Hannes erblickte, bevor er ihn untersuchte.

Nur am Rande bekam ich mit, dass die Bordpolizei dazustieß und mir Handschellen anlegte, nachdem ich mich angekleidet hatte. Mein Blick haftete auf Hannes, dessen nackten Körper sie mit einem weißen Krankenhauskleid bedeckten, ehe sie ihn auf eine Bahre hoben. Jemand drückte ihm eine Sauerstoffmaske auf das blutverschmierte Gesicht.

Erst als mich die italienischen Polizisten, die irgendwann dazugekommen waren, daran hinderten, ihm zu folgen, erwachte ich aus meiner Benommenheit.

»¡No!«, rief ich und wehrte mich gegen den Griff der Beamten, die mich zurückhielten. »Ich muss bei ihm bleiben, ich …«

»Sie haben das Recht zu schweigen, alles, was Sie sagen, kann gegen Sie verwendet werden«, sagte einer der Polizisten mit starkem italienischen Akzent.

»¡Diablos de nuevo! Sie verstehen nicht!«, brüllte ich. »Ich darf ihn nicht alleine lassen, ich …!«

»Seine Begleitung ist informiert. Um den Rest kümmern sich die Ärzte. Sie werden mit uns kommen«, entgegnete der Beamte.

»Aber …«

»Ist das Ihr Koffer?«

Ich nickte fahrig.

»Der ist beschlagnahmt. Sichert den Tatort, wir bringen ihn weg.«

Wie in Trance ließ ich mich von dem Polizisten und einem seiner Kollegen aus meiner Kabine führen. Von Hannes war keine Spur mehr zu sehen, wahrscheinlich hatten sie ihn so rasch wie möglich in ein Krankenhaus gebracht.

Ich wurde in ein Auto verfrachtet und zu einer Polizeidienststelle gefahren, wo mich die Beamten stundenlang verhörten. Immer wieder erkundigte ich mich nach Hannes, aber keiner beantwortete meine Fragen.

Stattdessen wollten sie haargenau wissen, was auf der Reise geschehen war, und ich schilderte ihnen schließlich alles. Von unserem Kennenlernen bis zu dieser verhängnisvollen Nacht.

Ich beteuerte, dass ich niemals die Absicht gehabt hatte, ihm etwas anzutun, was sie mir natürlich nicht glaubten. Erst als sie meinen Chef in New York angerufen und sich versichert hatten, dass ich keine Strafakte besaß und auch sonst nie delinquent geworden war, beruhigten sich die Polizisten ein wenig und hörten auf, mich mit bösen Blicken anzusehen.

»Wir haben Meldung aus dem Krankenhaus«, sagte irgendwann der Beamte, der mich festgenommen hatte.

Ich saß noch immer an einem Tisch in einem kleinen Raum, in dem sie mich verhört hatten.

Mein Kopf, den ich in den Händen abgestützt hatte, fuhr hoch. »¡Digas! Was ist mit Hannes? Lebt er?!«

Der Polizist nickte und für einen kurzen Moment flutete mich Erleichterung. »Er sieht von einer Strafanzeige vorerst ab. Wir können Sie mit Ihrem Einverständnis bis morgen hierbehalten und dann zu Ihrem Flugzeug bringen.«

Ich nickte resigniert. Indem ich hierblieb, hätte ich zumindest die Möglichkeit, auf dem Laufenden zu bleiben über Hannes' Zustand. Auch wenn ich am liebsten direkt zu ihm ins Krankenhaus gegangen wäre, so wollte ich ihn nicht überfordern, indem ich dort auftauchte.

Dass er im Moment von einer Strafanzeige absah, musste nicht bedeuten, dass das so blieb. Selbst wenn ich auf Schuldunfähigkeit plädieren könnte, da ich nicht bei Sinnen war …

Ohnehin wäre keine Strafe hart genug für das, was ich ihm angetan hatte.

Hätte ich doch auf meine innere Stimme gehört und ihm verboten, bei mir zu schlafen!

¡Maldito!

Die Polizisten brachten mich in eine Zelle, die im Grunde ein Zimmer mit Bett und Klo war und wo ich ein paar Stunden schlafen könnte. Doch an Schlaf war ohnehin nicht zu denken. Immer, wenn ich die Augen schloss, sah ich Hannes' nackten Körper blutüberströmt auf meinem Bett liegen.

Daher tigerte ich rastlos hin und her, so lange, bis ich eine Frauenstimme vor der Tür vernahm.

»Lasst mich zu ihm, er wird mir nichts tun.«

Ich wirbelte herum und starrte Kate an, die soeben meine behelfsmäßige Bleibe betrat. Ehe ich überhaupt etwas sagen konnte, war sie bei mir und verpasste mir eine schallende Ohrfeige. Ich griff an meine Wange, die augenblicklich zu brennen begann, und bemerkte, dass in ihren Augen Tränen glänzten.

»Du verdammter Idiot!«, brüllte sie mich mit einer Mischung aus Traurigkeit, Verzweiflung und Wut an. »Du hättest ihn beinahe umgebracht!«

»Wie … geht es ihm?«, fragte ich, unsicher, ob ich ihre Antwort überhaupt hören wollte.

»Du hättest ihn fast getötet, was denkst du, wie es ihm geht?!«, fauchte sie und nun rannen doch noch Tränen über ihre Wangen. »Aber das Erste, was er sagte, als er aufwachte, war dein Name. Daher bin ich hier, er will dich nochmals sehen. Er fragt immer wieder nach dir.«

»Ich weiß nicht, ob das eine gute Idee ist«, murmelte ich.

»Ich auch nicht, aber er will es so«, meinte sie schulterzuckend.

»In Ordnung.« Ich nickte ergeben.

Wenn Hannes mich sehen wollte, könnte ich mich wenigstens bei ihm entschuldigen und mich versichern, dass es ihm den Umständen entsprechend gut ging.

»Komm«, meinte Kate und deutete mit dem Kopf zur Zellentür.

Ich nickte und folgte ihr aus dem Polizeirevier.

Wenig später betrat ich zusammen mit Kate das Krankenhaus, in das man Hannes gebracht hatte. Der Geruch nach Desinfektionsmittel ließ mich würgen, da es das, was ich getan hatte, umso realer machte.

Mein Herz raste, während ich Kate durch die Gänge folgte, und meine Handflächen waren schweißnass. Sie brachte mich zur Intensivstation, in die nur immer zwei Personen reindurften.

Sie sah mich stirnrunzelnd an, nachdem eine Krankenschwester die Milchglastür geöffnet hatte. »Wehe, du regst ihn auf.«

Ich senkte den Blick und atmete tief durch, ehe ich ihr durch die Tür folgte. Im Raum dahinter befanden sich mehrere Betten, durch Vorhänge abgeschirmt. Ich sah weitere Räume, in denen wohl operiert wurde, doch Kate führte mich daran vorbei zu einem Bett, das ganz hinten in der Station stand. Das Piepen der Geräte um mich herum machte mich fast wahnsinnig, doch als ich vor das Bett trat, in dem Hannes lag, wurde mir erst recht speiübel.

Por Dios …

Die Verbände um seinen Kopf verdeckten den Großteil der blauen Flecken. Auch sein Hals war verarztet worden und mit Bandagen bedeckt. Ein Auge war komplett zugeschwollen, das andere hatte er geschlossen, wahrscheinlich schlief er.

Kate schüttelte ihn sanft an der Schulter. »Wach auf, mein Herz«, sagte sie in zärtlichem Tonfall. »Angel ist hier. Wie du gewünscht hast.«

Hannes blinzelte, dann öffnete er sein nicht geschwollenes Auge, und sein Blick traf meinen.

Ich sog scharf die Luft ein und blieb reglos am Fußende des Bettes stehen, während er mich betrachtete.

Da sein Gesicht geschwollen und von den Bandagen halb bedeckt war, konnte ich seine Mimik nicht ablesen und wartete darauf, dass er etwas sagte.

25
Nicht stark genug

Hannes

Die Übelkeit und der Schwindel hatten noch nicht nachgelassen und auch meinen Blick vermochte ich nicht richtig zu fokussieren. Das sei alles auf die Gehirnerschütterung zurückzuführen, wie mir der Arzt erklärt hatte. Die Schmerzen konnten sie mit Medikamenten nehmen, die Folgen meines Schädel-Hirn-Traumas aber nicht. Auch wenn es sich zum Glück nur um ein leichtes Trauma handelte und ich keine inneren Blutungen oder Hirnverletzungen aufwies, so würde ich noch einige Tage im Krankenhaus bleiben.

Angel hatte mir einen Riss im Wangenknochen verpasst, der beobachtet werden musste. Der Arzt meinte, ich könne von Glück reden, dass Angel anscheinend zu tief in seinem Albtraum gefangen gewesen war, sodass er nicht mit voller Kraft zuschlug. Denn dann wäre ich mit Sicherheit nicht mehr am Leben – oder ein Pflegefall.

»Wie geht es dir?«, hörte ich Kate neben mir fragen, während ich den Mann vor mir betrachtete, der mich halb tot geprügelt hatte.

Ich hatte gedacht, dass ich Wut oder Angst empfinden würde. Vielleicht sogar Zorn oder Hass. Aber als ich Angel ansah, der den Kopf wie ein geschlagener Hund gesenkt hatte, den Blick unsicher auf mich gerichtet, spürte ich nur Mitleid. Und Traurigkeit. Unendliche Traurigkeit.

Wie sehr ich mir gewünscht hatte, dass es mit uns beiden klappen würde. Aber nach dem, was er mir angetan hatte, war mir klar, dass ich mich von diesem Traum verabschieden musste. Angel und ich … das würde nicht funktionieren. Und nicht er oder ich, sondern seine Dämonen – seine Vergangenheit – waren schuld daran.

Er hatte mich gewarnt, doch ich hatte es nicht wahrhaben wollen. Nun musste ich der Tatsache in die Augen sehen.

Als er sich in der Nacht unruhig neben mir im Bett herumgewälzt hatte, dachte ich noch, er habe bloß einen Albtraum. Ich hatte das Licht angezündet, um ihn sanft aufzuwecken, aber es hatte nichts gebracht.

Und als er sich mit einem Mal auf mich stürzte, mich anbrüllte und auf mich einprügelte, hatte ich sie gesehen. Die Fratzen seiner Dämonen, die ihn gefangen hielten, ihn heimsuchten. Sie waren in der Nacht zum Leben erwacht, hatten mich angefletscht, mich zerfleischt und meine Seele zerfetzt, während ich versucht hatte, mich gegen Angel zu wehren. Doch er war so viel stärker als ich und rasend vor Wut. Was genau er schrie, konnte ich nicht verstehen, denn die Panik hatte meinen Körper erfasst, sodass ich keinen klaren Gedanken fassen, geschweige denn irgendwelche Verteidigungstechniken abrufen konnte.

Alles, was ich wollte, war, zu überleben.

Doch jetzt, da Angel vor mir stand, wusste ich, dass ich das nur konnte, wenn ich ihn gehen ließ. Meinen schönen schwarzen Panther, von dem ich geglaubt hatte, ihn an meiner Seite behalten zu dürfen. Ich musste ihn ziehen lassen. In die Wildnis, aus der er gekommen war. Und genau das zerriss mir in diesem Moment das Herz und ließ eine Träne über meine Wange gleiten, die sich in meinem noch gesunden Auge gebildet hatte.

»Angel«, krächzte ich. Mein Hals schmerzte bei jeder Regung und ich konnte kaum sprechen.

»Estoy contigo. Ich bin hier«, murmelte er und machte einen Schritt auf mich zu.

Unwillkürlich zuckte ich zusammen, da die Erinnerung an sein Brüllen und seine Schläge mich übermannte.

Kate streckte den Arm aus, um Angel auf Abstand zu halten. »Das genügt«, sagte sie mit scharfer Stimme. »Keinen Schritt weiter.«

Angel nickte. »Lo siento. Lo lamento muchísimo«, sagte er leise und holte tief Luft, schien sich zu sammeln, ehe er auf Englisch fortfuhr. »Es tut mir so unendlich leid, was ich dir angetan habe … Ich weiß, dass du mir nicht verzeihen kannst. Das kann und werde ich nicht von dir erwarten. Aber ich möchte mich trotzdem entschuldigen. Für … alles.«

Ich merkte, wie mein Herz sich zusammenzog.

Wie gern hätte ich ihm gesagt, dass ich ihm verzieh und alles wieder gut werden würde.

Aber das wäre eine Lüge. Ihm und mir selbst gegenüber.

Ich hatte nicht glauben wollen, dass er so ein Wrack war, wie er immer behauptete. Hatte nicht hören wollen, dass ich besser dran war ohne ihn. Doch heute Nacht hatte ich die Dunkelheit seiner Seele am eigenen Leib zu spüren bekommen – und mir eingestehen müssen, dass er recht hatte.

Ich war einfach nicht stark genug für ihn.

»Lebwohl«, flüsterte ich heiser.

Angel duckte sich, als hätte ich ihn mit dem Wort geschlagen. Er schien zu verstehen, was ich damit sagen wollte.

Es war ein Abschied.

Ein Abschied von dem, was wir für ein paar Tage zusammen geteilt hatten.

Ein Abschied von der wunderschönen Reise, die hinter uns lag.

Ein Abschied von der Zärtlichkeit, die wir ausgetauscht hatten.

Nie wieder würde ich mich in seinen Armen geborgen fühlen können. Nie wieder neben ihm einschlafen ohne die Angst, dass er mich erneut krankenhausreif schlug.

Seine Dämonen hatten uns zerstört – und ich hatte die Abgründe seiner Seele erst begriffen, als es zu spät war.

»Así que te digo adiós.« Angel nickte, ehe er sich abwandte und ging.

Ein letztes Mal sah ich seine breiten Schultern, betrachtete seinen Rücken. Dann war er fort. Und die Tränen rannen mir ungehindert über das Gesicht.

Ich musste noch eine ganze Woche im Krankenhaus bleiben.

Kate hatte alle weiteren Stationen unserer Reise abgesagt und mir versichert, dass sie mich nach Hause bringen würde, sobald es mir wieder besser ging. Sie informierte meine Mutter und erzählte ihr auf meine Bitte hin, dass mich ein paar Jugendliche auf der Straße verprügelt hätten. Ich konnte Mom nicht von Angel erzählen. Noch nicht. Vielleicht irgendwann, aber im Moment war ich schon zu schwach, überhaupt an ihn zu denken.

Kate organisierte eine günstige Rückfahrt mit einem Containerschiff nach Amerika, da ich mich weigerte, in ein Flugzeug zu steigen. Es reichte schon, dass ich mich wie ein alter Mann mit einem Gehstock fortbewegen musste, da mich immer wieder

Schwindel befiel. Da musste ich mich nicht auch noch meiner Flugangst stellen. Dafür hatte ich ebenso wenig Kraft wie für meine Gedanken an Angel.

Zum Glück verstand Kate das und als wir zusammen an der Reling des Containerschiffes standen und die Meerenge von Gibraltar passierten, kam mir die Kreuzfahrt mit Angel im Mittelmeer wie ein Traum vor. Ein Traum, der in einem Albtraum geendet hatte.

Kate und ich sprachen nicht über Angel und trotzdem verfolgte mich die Erinnerung an ihn überallhin. In der Nacht schreckte ich hoch, da ich glaubte, sein wutverzerrtes Gesicht über mir zu sehen und seine Fäuste zu fühlen, die auf meinen Kopf niederprasselten, seine Finger, die mich würgten.

Die Schmerzen in meinem Körper vermochte ich nur durch starke Medikamente zu ertragen und selbst als meine Wunden langsam verheilten und das Auge abschwoll, konnte ich kaum sprechen, ohne dass es wehtat.

Aber das war nichts im Vergleich zu den Qualen, die mein Herz malträtierten.

Je besser es mir körperlich ging, desto schlechter ging es meiner Seele. Desto mehr zerfiel ich in mir selbst und desto stärker kamen die Gedanken an Angel über mich.

Ich vermisste ihn. Den Mann, der zärtlich und liebevoll sein konnte. Der mich mit seiner düsteren Art und seinen dunklen Blicken verzaubert hatte. Der mich anknurrte und mit dem ich mir Wortgefechte liefern konnte. Schlicht und ergreifend: den Angel, in den ich mich verliebt hatte.

Nur dass es diesen Angel nicht gab – nie gegeben hatte. Da waren schon immer seine Dämonen gewesen sowie der Schmerz, den sie mit sich brachten. Ich hatte sie nur viel zu spät bemerkt. Und genau das war der Punkt, der mir so wehtat.

Ich hatte zu Angel gesagt, ich wisse, dass ich ihn nicht retten könne. Aber wie richtig ich mit dieser Aussage lag – das war mir damals nicht klar gewesen.

Mit Wehmut hatte ich festgestellt, dass er mich sowohl auf Instagram als auch auf Facebook blockiert hatte. Wahrscheinlich aus Selbstschutz – oder weil er nicht wollte, dass ich mich quälte.

Ich hatte zuerst gezögert, aber dann, nach einem Abendessen mit Kate auf unserer Rückreise beschlossen, unseren Chat auf WhatsApp und auch Angels Nummer zu löschen. Er hatte recht, ich musste mit ihm abschließen. Und je eher ich das tat, desto besser.

Als Kate und ich zurück nach New York kamen, erwartete uns das typisch kalte Herbstwetter, das auch die letzten Erinnerungsfetzen ans Mittelmeer wie einen unwirklichen Traum verpuffen ließ.

Kate verordnete mir noch zwei Wochen Urlaub, die ich vor allem in meiner Wohnung in der Bronx verbrachte.

Meine Mutter besuchte mich regelmäßig und kümmerte sich rührend um mich. Sie drängte mich dazu, Anzeige gegen die Jugendlichen zu erstatten, was ich aber nicht tun wollte. Nicht nur weil es die Jugendlichen gar nicht gab. Auch weil Angel genug gestraft war damit, was er mir angetan hatte. Und von ihm Schmerzensgeld zu fordern, würde mir nicht im Traum einfallen. Allein schon, weil das einen Gerichtsprozess nach sich zöge, in dem ich ihn wiedersehen müsste.

Genau da lag der springende Punkt. Ich traute mir selbst nicht. Wenn ich ihm gegenüberstände, würde ich bestimmt wieder schwach und alles dafür tun, ihn zurückzubekommen.

Nein.

Das würde weder ihm noch mir guttun. Es war besser, wenn wir getrennte Wege gingen, auch wenn der Gedanke, dass er sich irgendwo in New York aufhielt, kaum zu ertragen war.

Nach meinem Zwangsurlaub durfte ich wieder in Kates Laden mithelfen, worüber ich froh war. Die Arbeit mit Kunden lenkte mich ab und erfüllte mich, wie sie es auch früher schon getan hatte. Auch wenn ich regelmäßig an der Wall Street vorbeikam und mich mehr als einmal dabei ertappte, wie ich nach einem breitschultrigen Puerto-Ricaner Ausschau hielt.

Der Herbst wich den kalten Wintermonaten, Thanksgiving zog an mir vorbei und als eines Morgens mein Telefon klingelte und meine Freundin Sara aus London dran war, wurde mir klar, wie rasch die Zeit verflogen war. Wie taub ich mich immer noch fühlte. Es war beinahe, als wäre ein Teil von mir in Europa geblieben.

»Hannes, wie geht es dir?«, hörte ich Saras helle Stimme, die diesen wunderschönen britischen Akzent aufwies.

»Gut, danke.« Ich biss mir für meine Lüge auf die Zunge.

Mir ging es nicht gut. Nicht so wie sonst. Ich lachte kaum, schlief schlecht und aß wenig. Dadurch war ich noch schlaksiger als ohnehin schon und Augenringe gehörten zur Tagesordnung.

Des Öfteren ertappte ich Kate dabei, wie sie mich besorgt musterte, aber auch sie konnte mir nicht aus der Trauer helfen, die mir jeden Tag wie ein Schatten folgte. Die äußeren Verletzungen waren genesen, der Schwindel weg, aber in meinem Inneren klaffte eine schmerzhaft eiternde Wunde, von der ich nicht sicher war, ob sie jemals heilen würde.

Doch das alles konnte ich Sara schlecht am Telefon erklären. Ich wollte es auch nicht. Sobald ich an Angel dachte, zog sich alles in mir zusammen und ich wünschte einfach nur, mich im Bett zu verkriechen und um die Liebe zu weinen, die wir niemals haben würden.

»Und dir und Evan?«, schickte ich fragend hinterher und presste kurz die Augen zusammen, um die Gedanken an Angel zu verscheuchen.

»Evan und mir geht es bestens«, hörte ich Sara fröhlich am anderen Ende sagen. »Bei Toni und Elvis auch alles in Ordnung?«

Ich schielte zu dem Aquarium, in dem die beiden Goldfische ihre Runden drehten. Meine Mutter hatte freundlicherweise auf die zwei aufgepasst, während ich durch Europa reiste.

»Auch alles bestens«, sagte ich. »Wann werdet ihr kommen?«

Es war Tradition, dass mein ehemaliger Nachbar Evan und seine Freundin Sara während der Weihnachtszeit von London herflogen und ein Wochenende in New York verbrachten.

»Deswegen rufe ich dich an«, antwortete Sara. »Evan hat einen Flug für Freitag gebucht – nicht stornierbar. Der Idiot hat mich gar nicht gefragt, sodass ich jetzt einfach hoffe, dass es für dich passt. Tut mir voll leid, dass ich dich so überrumple.«

»Kein Problem«, antwortete ich lächelnd. »Ich überlasse euch gern wieder meine Wohnung und werde übers Wochenende zu meiner Mutter ziehen.«

Heute war Mittwoch, das hieß, dass ich sie in zwei Tagen bereits wiedersehen würde.

»Du bist ein Schatz!«, rief sie in den Hörer.

»Für euch immer gern.« Ich sah die beiden Goldfische liebevoll an, die ich von meinem ehemaligen Nachbarn adoptiert hatte. »Wir freuen uns auf euch.«

»Und wir uns auf euch!«

Wir plauderten noch ein bisschen über Saras Arbeit als Wirtschaftspsychologin in einer großen Marketingfirma, dann verabschiedeten wir uns und ich spürte, wie mich nach langer Zeit wieder Freude durchflutete. Es würde ein tolles Wochenende werden mit den beiden, und etwas Abwechslung kam mir gerade recht.

26
Besuch aus London

Hannes

Zwei Tage später holte ich bei schönstem Sonnenschein und kalten Wintertemperaturen eine aufgeregt quietschende Sara und einen wie immer mürrisch blickenden Evan vom Flughafen ab.

Ich war mit der Subway hingefahren, da ich kein Auto besaß. Das war in New York nicht zwingend erforderlich. Man benutzte entweder öffentliche Verkehrsmittel oder Taxis – zumindest, wenn man sich Letzteres leisten konnte. Konnte ich inzwischen, aber es reichte, wenn ich das Taxigeld für die Rückfahrt ausgab. Subway war billiger und ich war nun mal eher sparsam unterwegs, auch wenn das im Grunde nicht mehr notwendig war.

Kate hatte mir eine Gehaltserhöhung gegeben, die einen Teil der Miete für eine neue Wohnung in Manhattan beinhaltete – mit der Begründung, dass es für sie auch einfacher sei, wenn ich näher am Laden wohnte. In Amerika war es nicht unüblich, dass Firmen ihre Mitarbeiter mit Wohnungsangeboten lockten, damit sie nicht von einem Tag auf den anderen kündigten. Was ich bei Kate nie tun würde – ich liebte meine Arbeit bei ihr. Trotzdem war ich unheimlich froh über ihre Großzügigkeit.

Inzwischen hatte sie ihren Makler beauftragt, sich um geeignete Objekte für mich zu kümmern, und ich war schon gespannt auf die ersten Besichtigungen, die morgen stattfinden sollten.

Nun stand ich aber erst mal winkend in der Ankunftshalle des Newark Flughafens und sah meinen beiden Freunden lächelnd entgegen, während Weihnachtssänger in einiger Entfernung ihre Lieder trällerten. Wobei nur Sara das Lächeln erwiderte und sich das braune halblange Haar über die Schulter nach hinten warf. Ihre grünen Augen leuchteten mich voller Freude an, während sie auf mich zurannte und es ihrem Freund überließ, ihren Koffer weiterzurollen.

Schon als ich sie vor vier Jahren zum ersten Mal genau hier am Flughafen traf, hatte ich gewusst, dass wir uns gut verstehen würden. Sie war ebenso wie Kate und ich ein unglaublich positiver Mensch und ging mit offenen Armen durch die Welt.

Im Gegensatz zu meinem ehemaligen Nachbarn Evan, der Menschen noch mehr hasste als Weihnachten. Na gut, vielleicht auch umgekehrt, inzwischen glaubte ich, dass sich das stündlich abwechselte. Vor allem hier in New York zur Weihnachtszeit.

Dass er Sara dennoch jedes Jahr herbegleitete, zeugte wohl von wahrer Liebe.

»Mensch, du bist ja dünn geworden!«, rief Sara, nachdem sie sich von meinem Hals gelöst hatte. »Geht's dir wirklich gut?«

»Ja, keine Sorge«, wiegelte ich ab und schlug in Evans Hand ein, der inzwischen ebenfalls bei uns angekommen war und mich für eine kurze Schulter-Kollision an sich zog. Dabei drückte sich mein Oberarm gegen seine knochige Brust, denn Evan war etwas größer als ich.

Allein diese Begrüßung war viel mehr, als ich früher von ihm erhalten hätte, und zeigte, dass wir Freunde geworden waren. Dass er mich sogar – eventuell – vielleicht ein kleines bisschen mochte. Wer hätte das bei meinem schrulligen Ex-Nachbarn gedacht?

Ich musterte ihn, nachdem wir wieder Abstand zwischen uns gebracht hatten. Die schwarzen Haare trug er inzwischen halblang und seine Tattoos waren mehr geworden, wie ich unschwer an seinem Hals erkannte. Seit zwei Jahren besaß er ein eigenes Tattoo-Studio und war wohl ziemlich gut in seinem Metier. Zumindest konnten sie sich seit letztem Jahr eine größere Wohnung in einem angesagten Londoner Viertel leisten.

»Hey«, murmelte er und die blausten Augen der Welt verengten sich kurz, als er mich ebenfalls ansah. »Siehst beschissen aus.«

»Evan!« Sara stieß ihn mit dem Ellbogen in die Seite.

»Was? Stimmt doch, Baby«, erwiderte er schulterzuckend.

Sara lächelte mich verlegen an, dann deutete sie zu den Taxiständen. »Wollen wir?«

»Klar.« Ich griff nach ihrem Koffer, während Evan seinen vor sich her rollte. »Oh, der ist ja leichter als sonst«, bemerkte ich. Normalerweise schleppte Sara ihren halben Haushalt nach New York.

»Musste Platz für Geschenke lassen«, erklärte sie.

»Und sie hat die Waschmaschine gestern noch geschrottet«, fiel Evan erklärend ein.

»Dafür kann ich mir dieses Wochenende ganz viele neue Kleider kaufen«, entgegnete Sara und streckte ihm die Zunge heraus, was ihren Freund die Augen verdrehen ließ.

Jap, Sara und Evan hierzuhaben, lenkte tatsächlich ab. Fast bedauerte ich, dass ich sie nur morgen zum Abendessen treffen würde, denn natürlich ließ ich ihnen Zeit zu zweit, damit sie durch New York schlendern konnten.

Zurück in meiner Wohnung steuerte Sara als Erstes das Aquarium mit den beiden Goldfischen an.

»Naaaa, ihr Süßen?«, rief sie. »Mama hat euch etwas mitgebracht, schaut nur.« Sie griff in ihre Handtasche und holte eine neue Dekopflanze hervor, die sie sorgfältig im Wasser platzierte.

»Baby, es sind *Fische*. Denen ist Deko schnuppe und hören können sie dich ohnehin nicht«, brummte Evan, der die Koffer in eine Ecke bugsierte.

»Auch Fische haben Ohren«, verteidigte sie sich.

Ich schmunzelte. »Das stimmt allerdings.«

Evan schenkte mir einen vernichtenden Blick. »Jetzt fängt das wieder an? Du und sie gegen mich?«

»Ach komm schon, deine Laune war doch zu Hause noch so gut«, schmollte Sara.

»Du weißt genau warum, Baby.« Er sah sie an und sie errötete tatsächlich unter seinem zweideutigen Blick. »Zudem bin ich jetzt in der New Yorker Bronx und das auch noch zur Weihnachtszeit. Da passt meine Laune hervorragend.«

Ich schüttelte lächelnd den Kopf, da ich wusste, dass Evans Herumgeknurre nicht allzu ernst zu nehmen war. Er tat niemandem was, solange man ihn in Ruhe ließ. Was mein Stichwort darstellte.

Ich klatschte in die Hände. »Ich lasse euch mal einrichten. Muss nachher noch kurz in den Laden.«

»Danke von Herzen, dass wir wieder bei dir wohnen dürfen«, rief Sara. »Das letzte Mal vielleicht, oder? Morgen hast du ja die Besichtigungen für eine neue Wohnung.«

»Genau.« Ich nickte und überkreuzte die Finger. »Wünscht mir Glück, wir sehen uns dann morgen zum Abendessen.«

»Viel Glück! Und danke nochmals für deine Großzügigkeit!«

»Kein Thema.« Ich winkte ihnen nochmals zu, ehe ich das kleine Apartment verließ.

Auch wenn sie sich locker ein Hotel hätten leisten können, so bestand ich darauf, dass sie nur schon der guten alten Zeiten wegen hier wohnten. Meine Mom freute sich zudem immer, wenn ich ein paar Tage bei ihr war, daher schlugen wir mit diesem Deal zwei Fliegen mit einer Klappe.

Ich kehrte zur Wohnung meiner Mutter zurück, die sich gerade für ihren nächsten Kundentermin fertig machte, als ich dort ankam. Sie arbeitete als Haushaltshilfe in Queens.

»Warte nicht auf mich«, rief sie, während sie ihren Wintermantel anzog. »Es kann heute spät werden.«

Sie umarmte mich und wie immer wurde ich augenblicklich vom Duft ihres Parfüms umgeben, das ein bisschen an Veilchen erinnerte. Für ihr Alter sah sie extrem jung geblieben aus – diese Gene hatte ich von ihr. Auch das blonde Haar und die dunklen Augen teilten wir. Manchmal fragte ich mich, was ich überhaupt von meinem leiblichen Vater geerbt hatte. Mom sprach kaum über ihn und ich besaß nur ein vergilbtes Foto, das sie und ihn in einer Bar zeigte.

»Du solltest endlich mein Angebot annehmen und mich dir ein paar Dollar im Monat geben lassen.« Ich schenkte ihr einen tadelnden Blick.

»Ach, mein Junge, du sparst das Geld doch besser für dich und die neue Wohnung. Das Leben in Manhattan bezahlt sich nicht von alleine.« Sie sah mich liebevoll an und tätschelte meine Wange. »Ich brauche die Arbeit, ich mache das wirklich gerne.« Ein leises Seufzen entfuhr mir, was sie breiter lächeln ließ. »Sind deine Freunde gut angekommen?«

Ich nickte. »Alles gut, ich freue mich sehr, dass sie hier sind.«

»Du hast so ein großes Herz.«

Ich wandte verlegen den Blick ab. Wenn sie mich mit so viel Wärme ansah, wusste ich nie, was ich sagen sollte. Geschweige denn, wie ich eine derart tolle Mutter verdient hatte.

»Bis später, mein Junge. Im Kühlschrank steht noch Lasagne für dich, die magst du ja so gern.« Sie drückte mir einen Kuss auf die Wange, ehe sie die Wohnung verließ.

Gerade als ich ebenfalls zur Arbeit gehen wollte, klingelte mein Telefon und ich sah mit Erstaunen, dass Sara dran war.

»Hey, fehlt euch etwas?«, fragte ich stirnrunzelnd.

»Nein, alles gut«, sagte sie. »Wir dachten nur … du hast irgendwie so traurig gewirkt und ich wollte – also *wir* wollten fragen, ob du uns eventuell zu einem Kaffee nach Manhattan begleiten möchtest?«

Die Aussicht darauf, mit meinen Freunden durch Manhattan zu ziehen, gefiel mir zugegebenermaßen besser, als im Laden zu stehen. Dass Sara meine Stimmung nicht entgangen war, verwunderte mich nicht weiter. Sie war schon immer ein feinfühliger Mensch gewesen, ihr konnte man nicht so rasch was vormachen. Nicht nur, weil sie Psychologie studiert hatte.

»Schon gut, ich will euer Wochenende nicht stören«, erwiderte ich dennoch.

»Tust du doch nicht, im Gegenteil! Wir würden uns freuen, oder, Evan?«

Im Hintergrund konnte ich Saras Freund leise brummen hören.

»Ich muss eigentlich zur Arbeit«, fuhr ich fort.

»Dann sag, du seist krank oder so.«

Ich müsste Kate nicht anlügen, um nicht nur den Morgen, sondern auch den Nachmittag freizubekommen. Gerade in den vergangenen Monaten war sie fast schon überfürsorglich gewesen und hatte alle Hebel in Bewegung gesetzt, um mich aus meinem

Schneckenhaus zu zerren, in das ich mich seit Europa verkrochen hatte. Sie würde es ziemlich sicher toll finden, wenn ich mich endlich wieder mit Freunden traf.

»Also gut«, sagte ich. »Lass mich das kurz mit meiner Chefin klären, ich ruf gleich nochmals zurück, ob es klappt.«

»Prima!«

Nachdem Sara aufgelegt hatte, wählte ich Kates Nummer.

»Hannes, hi«, ertönte ihre Stimme nach zwei Mal klingeln.

»Hi«, erwiderte ich. »Du, ich wollte fragen, ob du heute Nachmittag auch allein im Laden klarkommst? Ich habe ja Freunde zu Besuch und würde gern mit ihnen einen Kaffee in Manhattan trinken gehen.«

»Klar!«, rief sie umgehend. »Kein Thema, den Laden rock ich selbst, gibt eh kaum Kundschaft heute. Kannst die Stunden ja nächste Woche nachholen oder so. Aber geh ruhig und amüsier dich. Ich wünsche dir viel Spaß! Und vergiss morgen den Termin mit dem Makler nicht.«

»Super, danke vielmals. Und werde ich nicht vergessen. Ich bin schon unheimlich gespannt.«

»Er hat ein paar hammerschöne Objekte für dich herausgesucht«, schwärmte sie. »Du wirst mit Sicherheit was Passendes finden. Es sind richtige Schnäppchen dabei, aber vergiss nicht: Geld spielt keine Rolle. Schau, wo du dich wohlfühlst, und das nimmst du dann.«

Ich wusste, dass Kate selbst in einem unheimlich noblen Apartment lebte, und wenn meines nur halb so schön wie ihres war, wäre ich bereits überglücklich.

»Ich danke dir so sehr«, murmelte ich ergriffen von ihrer Großzügigkeit.

»Hast du dir verdient, mein Mitarbeiter des Jahres.« Ich konnte sie förmlich grinsen sehen.

»Ich bin doch dein einziger Mitarbeiter.«

»Eben. Und ich muss schauen, dass du mir nicht wegläufst.«

»Würde ich nie.«

»Sicher ist sicher.« Sie lachte leise. »Also, sag mir am Montag, welches dein Favorit ist. Und ein schönes Wochenende!«

»Das wünsche ich dir auch. Danke, Kate.« Lächelnd legte ich den Hörer auf.

Eine Stunde später schlenderte ich mit Sara und Evan durch die New Yorker Innenstadt Richtung Times Square, wo immer am meisten los war. Evan hatte die Hände in die Manteltaschen gesteckt und sah sich mürrisch um. Ihm passte der ganze Weihnachtskram nicht, der um uns herum glitzerte und glänzte. Sara und mir hingegen umso mehr. An jeder Ecke gab es etwas zu entdecken, seien es Weihnachtsmänner, Sänger oder Lichterketten. Auch wenn wir Juden kein Weihnachten feierten, so freute ich mich über die schöne Stimmung.

Das Wetter blieb weiterhin sonnig und kalt, was Sara ein bisschen bedauerte. Es hatte seit Tagen nicht geschneit und sie liebte nun mal New Yorker Schneeflocken.

»Lass uns zum Starbucks gehen«, schlug Sara vor, nachdem wir uns sattgesehen hatten. »Ich hab eiskalte Hände.«

In der Nähe des Times Square gab es tatsächlich ein Starbucks und so steuerten wir auf den Laden zu. Dabei kamen wir am Rekrutierungsbüro des US-Militärs vorbei, das wie ein großer Bunker mit amerikanischer Flagge wirkte. Augenblicklich musste ich an Angel denken, ehe ich rasch weiterging.

Ich würde mich damit abfinden müssen, immer wieder an ihn erinnert zu werden. Aber ich hoffte, dass der Schmerz, der mein Herz schwer werden ließ, irgendwann weniger stark war.

Sara war mein Stimmungswechsel nicht entgangen, denn sie hakte sich bei mir unter und sah mich von der Seite an, während Evan sein Handy zückte und es stirnrunzelnd betrachtete, da es zum wiederholten Mal schellte.

»He, du wirkst nicht so fröhlich wie sonst«, meinte Sara sanft. »Willst du darüber reden? Ist es wegen Evan und mir?«

»Nein«, sagte ich rasch und drückte ihre Hand, die sie in meine Ellenbeuge gelegt hatte. Sie war wirklich eiskalt. »Ich freue mich echt, dass ihr hier seid. Mir ging es nur gesundheitlich nicht so gut in den letzten Wochen, aber ich bin über den Berg.«

Sie lächelte. »Das freut mich. Falls was ist, ich habe immer ein offenes Ohr für dich, das weißt du?«

»Danke.« Ich erwiderte ihr Lächeln.

Inzwischen waren wir beim Starbucks angekommen und Evan öffnete die Tür, ließ uns vorbei, ehe er sich uns anschloss.

»Aus dir wird irgendwann doch noch ein Gentleman«, bemerkte Sara grinsend, was Evan mit einem leisen Schnauben abtat.

Der Laden war äußerst voll und die Wärme, die uns entgegendrang, ließ mich augenblicklich den Mantel öffnen, den ich trug.

»Könnt ihr mir bitte einen großen Caffè mocha bestellen?«, fragte Sara an Evan und mich gewandt, während sie den grünen Schal lockerte, den sie um den Hals trug. »Ich muss mal für kleine Mädchen.«

»Klar.« Ich nickte und sah ihr hinterher, wie sie sich durch die Menschen, die sich an der Theke drängten, schlängelte.

»Ich muss kurz telefonieren«, meinte Evan. »Meine Schwester ruft die ganze Zeit an.« Seine Schwester wohnte wie Sara und er in London, war aber gebürtige New Yorkerin. »Will wohl irgendetwas aus New York oder so.« Er seufzte. »Kannst du für mich einen großen Cappuccino bestellen?«

»Klar«, wiederholte ich. »Ich such uns einen Tisch, sobald ich die Getränke habe.«

»Danke.« Er drückte auf seinem Handy herum, ehe er es sich ans Ohr hielt, sich abwandte und den Laden verließ, um draußen zu telefonieren.

Ich reihte mich in die Schlange beim Bestell-Tresen ein und kam zum Glück erstaunlich schnell an die Reihe, obwohl so viele Menschen hier drin waren. Aber die meisten warteten bei der Getränkeausgabe.

Sara schien um einiges länger bei den Klos anstehen zu müssen als ich beim Bestellen, denn sie tauchte auch nicht auf, als ich bereits die ersten beiden Getränke hatte und noch auf meine heiße Schokolade wartete.

Nachdem ich alle drei Becher auf einem Tablett platziert hatte, sah ich mich suchend nach einem freien Tisch um. Gerade entdeckte ich einen, den zwei junge Frauen soeben verließen, und steuerte darauf zu, da wurde ich mit voller Wucht von einem Ellbogen am Arm angerempelt.

Nur einer raschen Drehbewegung von mir war es zu verdanken, dass ich das Tablett dabei nicht zu Boden schmiss. Dennoch wankten die Becher bedrohlich und ich balancierte sie, so gut es ging, aus, während ich ebenfalls das Gleichgewicht wiederzuerlangen versuchte.

Als ich den Blick hob, um den Kerl, der mich angerempelt hatte, anzusehen, blieb mir die Luft weg und mein Herz stolperte, ehe es zu rasen begann.

Denn meine Augen trafen auf eine breite Brust, die in einem schwarzen Mantel steckte. Noch während ich den Blick nach oben über den dunkelroten Schal meines Gegenübers gleiten ließ, wusste ich, wen ich vor mir hatte. Alles an mir wurde unter Strom gesetzt, allein durch seine Gegenwart.

Jetzt ließ ich das Tablett doch noch fallen, während ich den Mann anstarrte, der mir das Herz zerrissen hatte – und der mich mindestens genauso fassungslos anschaute wie ich ihn.

27

¿Estás bien?

Hannes

»Angel«, krächzte ich und schluckte trocken.

Die Kunden um uns herum fluchten, da sich die Getränke über den Boden ergossen, aber weder er noch ich rührten uns von der Stelle. Erst als eine Kellnerin mit einem Wischmopp zu uns eilte und die ausgeleerten Becher einsammelte, kam mir in den Sinn, dass Blinzeln vielleicht nicht schlecht wäre, sonst würden meine Augen noch zu tränen beginnen.

Angel sah immer noch genauso gut aus, wie ich ihn in Erinnerung hatte. Nein. Sogar besser. Der Wintermantel, der ihm bis zu den Kniekehlen reichte, ließ ihn noch breitschultriger und imposanter wirken als ohnehin. Und der bordeauxrote Schal passte einfach perfekt zu ihm.

Seine dunklen Augen hielten meinen Blick gefangen. Das schwarze Haar hatte er zurückgegelt, der Bart war so gepflegt, wie ich ihn von der Kreuzfahrt kannte.

Jap, das war eindeutig der schönste Mann der Welt. Daran bestand kein Zweifel.

»Ich …«, murmelte ich und riss mich von seinen Augen regelrecht los, indem ich den Blick senkte. »Tut mir leid.« Denn ich bemerkte, dass die Hälfte der Getränke seine teuer wirkenden Schuhe und die Anzughose, die er trug, bespritzt hatte.

Auch er löste sich aus seiner Erstarrung und schien das Malheur erst jetzt zu bemerken. Er machte einen Schritt zur Seite, was die Kellnerin, die den Boden gerade aufwischte, mit einem dankbaren Lächeln kommentierte. Auch sie blieb kurz an seinem Erscheinungsbild hängen, konzentrierte sich aber gleich wieder auf ihre Arbeit. Die eigentlich meine Arbeit war, denn *ich* hatte das Tablett fallen lassen. Doch ich konnte noch immer keinen Finger rühren.

»Ich übernehm das«, sagte Angel mit seiner Stimme, von der ich vergessen hatte, wie tief sie klingen konnte. Sein Akzent jagte erneut Schauer über meinen Rücken.

Gott, ich war ihm immer noch mit Haut und Haaren verfallen. Trotz allem. Trotz der Tatsache, dass die Bilder jener verhängnisvollen Nacht wieder in mir hochstiegen.

»Was?«, fragte ich verwirrt.

»Deine Getränke.« Er deutete auf den Boden, der inzwischen wieder sauber war. »Das war meine Schuld.«

»Nein, war es nicht, ich …«

»Por favor no discutas.« Er zog die Augenbrauen zusammen. »Wie viel war das? Reichen zwanzig Dollar?« Er holte eine Brieftasche aus der Innenseite seines Mantels hervor und streckte mir ein paar Scheine hin.

»Das ist zu viel«, wiegelte ich ab. »Es war meine Schuld, ich hätte nicht …«

»Nimm es!« Er steckte die Scheine kurzerhand in meine Manteltasche. Dabei berührte er meine Hand, was mich zusammenfahren ließ. »¿Estás bien?«, raunte er und ich glaubte, Besorgnis in seinen Augen zu erkennen, als er sich ein wenig zu mir herunterbeugte.

»Ich …«

»Angel, kommst du?«

Die männliche Stimme rief vom Eingang her und Angel schloss kurz die Augen, ehe er mich wieder ansah. »Disculpa.«

Dann wandte er sich ab und verließ eiligen Schrittes das Starbucks. Ich konnte sehen, wie er zu einem dunkelhaarigen Mann aufschloss. Kurz meinte ich, dass Angel sich nochmals zu mir umdrehen würde, aber er verschwand aus meinem Sichtfeld, und Sara kehrte in dem Moment vom Klo zurück.

»Entschuldige, die Schlange war endlos lang, ich hätte mir fast in die Hose gemacht.« Sie seufzte, danach sah sie mich stirnrunzelnd an. »Alles okay? Du wirkst, als hättest du einen Geist gesehen.«

»Hab ich auch«, murmelte ich, während ich immer noch zum Eingang starrte, wo allerdings gerade Evan erschien.

Er tippte was auf seinem Handy rum, bis er bei uns ankam.

»Wir müssen noch diese Mikrowellen-Popcorn für Carol kaufen, Baby«, erklärte er mit einem Augenverdrehen.

»Kein Problem«, meinte Sara. »Deine Schwester liebt die ebenso wie ich. Und ich hab noch Platz in meinem Koffer.« Sie grinste und sah mich wieder an. »Lass uns erst mal Getränke bestellen, Hannes scheint noch nicht dazu gekommen zu sein.«

Ich war froh, dass sie nicht nach dem Grund fragte, warum ich immer noch ohne Getränke dastand, obwohl die Schlange am Tresen sich inzwischen gelichtet hatte.

Nachdem wir erneut Getränke bestellt und getrunken hatten, verabschiedeten sich Sara und Evan, um ihre Geschenke zu kaufen, während ich in Moms Wohnung zurückkehrte, mir die Lasagne aufwärmte und den Abend vor dem Fernseher verbrachte. Dabei achtete ich nicht darauf, was dort vorne lief. Ich dachte nur an die Begegnung mit Angel.

Die Wirkung, die er auf mich hatte, war so stark, dass ich selbst jetzt noch eine Gänsehaut bekam, wenn ich an seine Blicke dachte. Seine Stimme. Sogar seinen Geruch, obwohl ich den in dem ganzen Gewusel von Düften im Starbucks nicht richtig wahrgenommen hatte.

Da war immer noch so viel zwischen uns, auch wenn ich in den vergangenen Monaten versucht hatte, ihn aus meinem Kopf zu kriegen.

Und wer war der Mann, der ihn begleitete? Ein Teil von mir befürchtete, dass Angel wieder in einer Beziehung war. Der andere schalt mich einen Idioten, überhaupt so zu denken. Es ging mich nichts an, ob und wen Angel an seiner Seite hatte. Und dennoch … da war dieser Stich tief in meinem Herzen.

Nach einer mehr oder weniger schlaflosen Nacht machte ich mich am Samstagmorgen für die Wohnungsbesichtigung bereit.

Der Makler hatte mit mir einen Treffpunkt in Manhattan vereinbart und ich hoffte, dass der Termin mich etwas von den Gedanken an Angel ablenken würde. Ich musste jetzt nach vorne sehen und eine neue Wohnung war auf jeden Fall ein Anlass dafür.

Kates Makler war ein junger gut aussehender Mann, der mir enthusiastisch zwei Wohnungen zeigte, die allerdings aufgrund ihrer Lage nicht infrage kamen. Sie waren zu weit ab vom Zentrum, da hätte ich gerade so gut in der Bronx bleiben können.

»Ich habe noch eine weitere Wohnung, die ich Ihnen zeigen möchte«, sagte er, nachdem wir das zweite Apartment verlassen hatten. »Aber da gibt es noch andere Interessenten.«

»Ist das nicht immer so?«, fragte ich.

»Natürlich, aber zwei davon haben ebenfalls heute einen Termin. Wenn wir also gleich aufbrechen, könnte ich Ihnen die Wohnung noch alleine zeigen, ehe sie dort auftauchen.«

»Gern.«

Wir stiegen in ein Taxi und fuhren zu der Adresse, die der Makler dem Fahrer angab.

Die Wohnung befand sich im zwölften Stock eines Hochhauses, das ein bisschen wie einem Film entsprungen wirkte. Sogar einen Portier gab es unten in der luxuriösen Eingangshalle.

Und das sollte ich mir leisten können? Nun gut, ich vertraute darauf, dass der Makler nur Objekte herausgesucht hatte, die in der Preisspanne lagen, und Kate hatte zudem von einem Schnäppchen gesprochen.

»Nummer tausendzweihundertvier«, erklärte der Makler, während wir mit dem Lift in den zwölften Stock hochfuhren. »Von dort gibt es eine schöne Aussicht über den Central Park.«

Ja, das Gebäude und die Lage gefielen mir unheimlich gut. Auch der rote Teppich des Flures, der sich vor uns erstreckte – ebenso wie die Weihnachtsdekorationen, die hier jemand überall sorgfältig angebracht hatte.

Aber dieser ganze Luxus ... ich war eine kleine Wohnung in einem armen New Yorker Viertel gewohnt. Daher fühlte ich mich im ersten Moment in diesem Gebäude ziemlich verloren. Wenn auch nicht schlecht – die Atmosphäre hatte definitiv was.

Nun ja, vielleicht könnte ich meine Mutter fragen, ob sie nicht Lust hätte, mit mir zusammenzuziehen. Wir verstanden uns eh blendend und dann käme sie endlich aus der Bronx raus.

Inzwischen waren wir bei Apartment tausendzweihundertvier angekommen und der Makler schloss die vornehm wirkende Tür auf.

Nachdem ich eingetreten war, blieb ich staunend stehen. Die Wohnung war ein Traum. Modern und hell, mit grauen Fliesen auf dem Boden, die pflegeleicht wirkten. Dazu eine breite Fensterfront, die dem Eingangsbereich direkt gegenüberlag und auf die Stadt zeigte, sowie eine offene Küche zur Linken und gemütliche Sofaecke zur Rechten.

»Es gibt neben dem Wohnbereich drei separate Zimmer, zwei mit jeweils angrenzendem Bad«, erklärte der Makler.

»Zwei Badezimmer?« Ich sah ihn verdattert an. »Ich brauche nur eins.«

»Vielleicht haben Sie ja mal Gäste?«

Nun ja, Sara und Evan würde es hier auf jeden Fall extrem gut gefallen. Vielleicht auch meiner Mutter. Obwohl ich bezweifelte, dass ich sie jemals aus der Bronx holen könnte. Aber ein Versuch wäre es wert.

Ich schoss ein paar Fotos vom Eingang, dann ließ ich mir vom Makler die drei Zimmer zeigen, die allesamt geräumig und hell waren. Keine Ahnung, was ich mit allen dreien anstellen sollte, würde meine Mom nicht mit einziehen. Womöglich könnte ich ja wieder mit dem Malen beginnen und mir ein kleines Studio einrichten? Das hatte ich früher unheimlich gern gemacht, so war auch meine Liebe zum Kunsthandel entstanden. Und für den Preis, den mir der Makler nannte, war die Wohnung echt unschlagbar.

»Sie müssten sich bis spätestens nach Weihnachten entscheiden«, sagte er. »Das Apartment wird sehr rasch weg sein. Es ist ein richtiges Schnäppchen.«

»Das glaub ich.« Ich sah mich staunend um, als er mich zurück in den Wohnbereich geführt hatte und ich die offene Küche begutachtete.

Ja, hier könnte ich mich definitiv wohlfühlen und im Gegensatz zu den beiden anderen Wohnungen lag dieses Apartment in unmittelbarer Nähe des Kunstladens.

»Oh, das sind die anderen Interessenten«, rief der Makler, als es an der Tür klingelte. »Schauen Sie sich gern in Ruhe noch etwas um, ich bin gleich wieder bei Ihnen.«

Ich nickte und trat an die große Fensterfront, um den Ausblick zu bewundern. Nicht einmal meine Höhenangst meldete sich, da vor dem Fenster ein kleines Geländer angebracht worden war. Das war doch ein Zeichen.

Eine Weile ließ ich meinen Blick über den Central Park schweifen, den ich in der Nähe tatsächlich entdecken konnte. Er wurde von einer weißen Schneeschicht bedeckt und ich bemerkte, dass es inzwischen zu schneien begonnen hatte. Sara würde sich bestimmt gerade freuen.

Als ich hinter mir Stimmen vernahm, drehte ich mich um – und verharrte mitten in der Bewegung.

Das konnte doch jetzt echt nicht wahr sein, oder? Das hier war eine Großstadt, kein Dorf!

»Hannes«, stieß Angel hervor, der soeben die Wohnung hinter dem Makler betrat.

Auch er schien überrumpelt zu sein, dass wir uns innerhalb von zwei Tagen zwei Mal über den Weg liefen – und dann ausgerechnet auch noch bei einer Wohnungsbesichtigung.

»Oh, Sie kennen sich?«, fragte der Makler. »Na, das ist ja ein Zufall.«

»Sí. Das können Sie laut sagen«, murmelte Angel und trat nun vollständig in das Apartment.

Er trug wieder seinen schwarzen Mantel und darunter einen dunklen Anzug, wie ich unschwer erkennen konnte, da er die

313

Knöpfe des Mantels geöffnet hatte. Wahrscheinlich hatte er heute Morgen noch gearbeitet oder so.

Doch mein Blick blieb dieses Mal nicht an ihm haften, sondern an dem dunkelhaarigen Mann, der ihm auf den Fersen folgte. Es handelte sich um denselben wie gestern.

Und das bedeutete wahrscheinlich …

Ich schluckte trocken.

28
Adiós

Angel

¡Maldición!

Reichte es nicht, dass ich in der Nacht kein Auge zugetan hatte? Musste ich ihm jetzt direkt ein zweites Mal über den Weg laufen?!

Und dann auch noch in Begleitung von John, der soeben an mir vorbeiging und begeistert die Arme ausbreitete, während er sich einmal in der leeren Wohnung im Kreis drehte.

Ich war meinem Ex vor einigen Wochen per Zufall in einem Restaurant begegnet, wo wir zur gleichen Zeit zu Mittag aßen. Er hatte mich eine Weile mit Blicken gestalkt, ehe er sich einen Ruck gab und zu mir rüberkam.

»Siehst gut aus«, meinte er.

Ich sah ihn nur stirnrunzelnd an. Meiner Meinung nach sah ich beschissen aus, da ich viel zu wenig Schlaf bekam seit Europa.

»Geht es dir besser?«, fragte er, nachdem ich nicht geantwortet hatte.

»Wie man's nimmt.«

Meine Albträume von Rick waren tatsächlich etwas seltener und auch weniger stark seit der Kreuzfahrt, aber dafür waren neue dazugekommen. Von Hannes, wie er blutüberströmt auf dem Bett lag. Die Hilflosigkeit und Schuld, die mich jedes Mal überkam, wenn ich in der Nacht aufschreckte, waren nichts im Vergleich zu den Dämonen, die mich monatelang in ihren Klauen gefangen gehalten hatten.

Das, was ich jetzt erlebte, war noch eine Spur krasser. Und mir wurde klar, wie stark meine Gefühle waren, die ich für Hannes in den wenigen Tagen entwickelt hatte.

Aber jetzt war es eh zu spät. Hannes würde nie wieder meine Nähe suchen und das war gut so. Für ihn. Für mich war es … ich würde schon irgendwann damit klarkommen.

Irgendwie waren John und ich dann ins Gespräch gekommen und um mich von den Gedanken an Hannes abzulenken, hatte ich eingewilligt, mit meinem Ex zwei Tage später zu Abend zu essen. John schien die Veränderung, die ich durchgemacht hatte, indem ich mich etwas von meinen Dämonen befreite, zu mögen. Jedenfalls küsste er mich an jenem Abend zum Abschied und ich wehrte mich nicht dagegen.

Seither waren wir wieder zusammen und ich ließ mich erneut in die Beziehung verstricken, die er damals beendet hatte. Ich hatte ohnehin nichts mehr zu verlieren und statt jeden verfickten Abend allein zu verbringen und in Selbstmitleid und Selbstvorwürfen zu versinken, kam mir die Ablenkung gerade recht.

Ja, ich war nun mal ein verdammter Idiot, der sogar toxische Beziehungen einging, um sich selbst davon abzulenken, dass er im Grunde einsam war.

Irgendwann steckte ich so tief in dem Beziehungsding drin, dass mir die Anstrengung, John einen Korb zu geben, zu groß war. Also ließ ich mich dazu überreden, wieder zusammenzuziehen. In ein neues Apartment. Ein Neuanfang.

Nur dass ich jetzt zumindest sexuell kein Krüppel mehr war und ihm das geben konnte, was er sich von einer Beziehung erhoffte. Unser Sex war allerdings so leidenschaftslos wie eine Schnecke an der Hauswand. Nichts im Vergleich zu dem, was Hannes und ich damals auf dem Schiff erlebt hatten. Ich bekam einen Ständer und einen Orgasmus. Das war's dann auch. Keine Ekstase, keine Strudel der Lust. Keine ... Gefühle.

Ich hatte das darauf zurückgeführt, dass ich mich damals in der Nacht, als ich Hannes beinahe umgebracht hätte, aus Selbstschutz emotional abschottete. Doch so war es nicht. Das wurde mir gestern klar, als ich Hannes traf.

Ich hatte im Rekrutierungszentrum der Armee einen kurzen Vortrag gehalten – Veteranen wurden gern als glänzende Beispiele herumgezeigt und der Vortrag war gut bezahlt gewesen. John hatte mich dorthin begleitet und danach waren wir einen Kaffee trinken gegangen. Ausgerechnet im Starbucks nebenan, das auch Hannes aufgesucht hatte.

Ein Blick in sein Gesicht hatte genügt, dass alles wieder da war. Alle Erinnerungen, alle Gefühle – die ganze verdammte Kreuzfahrt war vor meinem inneren Auge vorbeigezogen. Ich hatte Hannes lachen sehen, hatte ihn geschmeckt, gespürt, gerochen.

Nein, ich hatte mich definitiv nicht emotional abgeschottet.

John gelang nur nicht das, was Hannes mit einem einzigen Blick zu tun vermochte. Was er mit einer winzigen Geste in mir bewirkte.

Wem hatten die beiden anderen Getränke gehört? Das war eine Frage, die mich seither beschäftigte. Ebenso wie die Sorge, wenn ich mir sein Gesicht ins Gedächtnis rief.

Er sah nicht gut aus, war viel schlanker, als ich ihn in Erinnerung hatte, und das Schlimmste: Sein Leuchten war verschwunden.

Fuck ... Hatte ich es ausgelöscht? Wenn ja, würde ich mir das niemals verzeihen. Ich hatte ihn zwar gewarnt, aber ihn derart gebrochen zu sehen, hatte mein Innerstes erschüttert.

Das hatte ich nicht gewollt. Das ... hatte er nicht verdient.

Auch jetzt, da John sich einmal grinsend in der Wohnung drehte und mich dann erwartungsvoll ansah, hatte ich nur Augen für den schlanken blonden Mann, der am Fenster stand und mich erschrocken anstarrte. Er trug einen halblangen grauen Wintermantel, der vorne etwas offen stand, und dunkle Jeans darunter.

In der großen Wohnung wirkte er so verloren und klein, dass meine Beschützerinstinkte beinahe Amok liefen. Alles in mir zog sich bei seinem Anblick zusammen. Wie gerne wäre ich auf ihn zugegangen und hätte ihn in die Arme genommen. Stattdessen blieb ich wie gelähmt stehen.

»Ich ... muss gehen«, stammelte Hannes und riss sich aus seiner Erstarrung.

»Vergessen Sie nicht, dass Sie sich bis übernächste Woche entschieden haben müssen«, sagte der Makler, während Hannes ihm fahrig die Hand schüttelte.

Er mied meinen Blick, sah mich nicht einmal an, als er eiligen Schrittes an mir vorbeiging, Richtung Tür.

»Was meinst du, Angel?«, fragte John, noch ehe Hannes die Wohnung verlassen hatte.

¡Ese idiota!

Ich verfluchte John in diesem Moment dafür, dass er nicht die Klappe halten konnte, wenn es wichtig war.

Doch er fuhr ungerührt fort und ich konnte ihm nicht einmal einen Vorwurf dafür machen. Schließlich kannte er Hannes nicht.

Niemand kannte ihn. Ich hatte keinem in meinem Freundeskreis von ihm oder dem erzählt, was wir zusammen erlebt hatten. Nicht einmal Dr. Turner hatte ich die ganze Wahrheit gesagt. Ich ging ohnehin kaum noch zu den Sitzungen mit ihm.

»Das wäre die perfekte Wohnung für uns zwei Hübschen, oder?«, rief John begeistert. »Hier könnte auch Charly sich wohlfühlen.«

Ich hörte, wie Hannes' Schritte kurz unregelmäßig wurden, als würde er bei der Erwähnung meiner Tochter stolpern, und wandte mich zu ihm um. Er war inzwischen bei der Tür angekommen und riss sie förmlich auf.

Nein, so konnte ich ihn nicht gehen lassen!

»Bin gleich wieder da«, sagte ich an John und den Makler gewandt.

Dann folgte ich Hannes aus der Wohnung, rannte ihm regelrecht hinterher. »¡Espere! Warte!«, rief ich und hörte, wie die Tür hinter mir ins Schloss fiel, da ich sie zu schnell zugezogen hatte.

Hannes beschleunigte seine Schritte, doch die Lifttür beendete seine Flucht abrupt. Er presste den Zeigefinger auf den Knopf und legte den Kopf in den Nacken, um die digitale Zahl über der Lifttür anzustarren, als könnte er sie dazu bewegen, schneller zu steigen.

»Hannes«, murmelte ich und blieb eine Armlänge hinter ihm stehen.

Er drehte sich nicht zu mir um, aber ich konnte erkennen, wie sein Körper erzitterte.

»Por favor, lass mich erklären«, bat ich.

»Du musst nichts erklären«, erwiderte er mit überraschend ruhiger Stimme. »Es ist alles okay so, wie es ist.«

»Oh, no, eso no es cierto«, widersprach ich.

Nun wandte er sich doch noch zu mir um und ich merkte, dass in seinen Augen Tränen glitzerten. »Weißt du, ich habe es echt versucht, Angel.« Jetzt klang seine Stimme alles andere als ruhig. »Ich habe versucht, dich zu vergessen. Aber …« Er holte leise Luft. »Das geht nicht. Es funktioniert einfach nicht!« Mit den letzten Worten war er wieder lauter geworden, klang verzweifelt.

»Hannes«, sagte ich leise und hob die Hand, um ihn an der Schulter zu berühren, doch er zuckte bei der Geste zusammen.

Fuck … er litt immer noch unter dem, was ich ihm angetan hatte.

Ich senkte meinen Arm und ballte die Finger zur Faust. »Escucha, yo estoy igual. Mir geht es genau so. Ich … kann dich nicht vergessen.«

»Ha!« Er lachte freudlos auf. »Da sprechen deine Taten aber eine andere Sprache. Du willst mit dem Typen zusammenziehen, oder?«

Ich neigte den Kopf. »Lo siento.«

»Was? Was tut dir leid? Dass du wieder in einer Beziehung steckst, als wäre das alles in Europa nie geschehen?« Er funkelte mich an.

»Escucha … das mit John und mir …«

»John? Das dort drinnen ist dein Ex-Freund John?!« Er machte eine wegwerfende Geste. »Weißt du, wie beschissen sich das für mich gerade anfühlt?«

Ich senkte den Blick. »Lo siento«, wiederholte ich.

»Weißt du was?« Er stemmte die Hände in die Hüfte. »Es muss dir nicht leidtun. Wahrscheinlich war es Schicksal, dass wir uns hier begegnen sollten. Damit ich endlich über dich hinwegkomme und nach vorne blicken kann.« In dem Moment öffnete sich die Lifttür und er ging hinein. »Mach's gut, Angel. Viel Spaß in der neuen Wohnung mit deinem John!«

Dann war er verschwunden und ich schloss die Augen.

Scheiße. Ich hatte es so was von verbockt. Schon wieder!

»Du willst ... was?!« John sah mich fassungslos an, ehe er in der leeren Wohnung umhertigerte.

»Du hast mich schon verstanden«, antwortete ich ruhig. »Es ist aus zwischen uns.«

Die Entscheidung war so einfach und so rasch über mich gekommen, dass ich keine Sekunde gezögert hatte, sie John noch im Apartment vor die Füße zu schmeißen.

Mir war verfickt gleichgültig, ob der Makler, der immer noch in der Wohnung stand, dabei zuhörte oder nicht.

»Du kannst nicht einfach Schluss mit mir machen!«, rief John jetzt und sah mich mindestens so empört an wie vorhin noch Hannes.

Nur dass es mir bei ihm egal war.

Bei Hannes hingegen ...

Dios mío ... allein die Erinnerung an seinen enttäuschten Blick ließ mich innerlich frösteln.

»Du hast mir bewiesen, dass es sogar *ziemlich* einfach ist«, erklärte ich und verschränkte die Arme vor der Brust. »Vergessen? *Du* warst es, der mich verlassen hat.«

»Aber ... wir haben uns doch wieder zusammengerauft!«

»Du. *Du* hast dich zusammengerauft«, korrigierte ich ihn. »Ich war nur zu schwach, um mich dagegen zu wehren. Aber das hat jetzt ein Ende.«

Er starrte mich fassungslos an. »Du meinst das wirklich ernst, oder?« Er trat auf mich zu, blieb knapp vor mir stehen. »Du wirst niemand anderen finden, Angel. Denn du bist ein verdammtes Wrack. Und …«

Ich hob unwillkürlich die Hand und legte ihm einen Finger auf den Mund. »Spar dir den Atem, John. Du hast mir das alles schon einmal an den Kopf geworfen und es führte zur besten Zeit meines Lebens. Ich denke, diesen Fehler willst du nicht nochmals wiederholen, oder?« Ich legte den Kopf schief und ließ von ihm ab.

»Zur besten Zeit deines …« Er wich vor mir zurück. »Es ist wegen des Blondschopfes, oder? Der, der vorhin hier war. Ich habe gesehen, wie du ihn ansiehst!«

»Ja.« Ich nickte, ohne mit der Wimper zu zucken. »Aber ich verlasse dich nicht *für* ihn, sondern *wegen* ihm.«

Nur schon die Tatsache, dass ich in seiner Gegenwart nicht ständig ins Spanisch verfiel, zeigte mir, dass ich gerade das einzig Richtige tat.

Bei Hannes … ich hatte weder meine Gefühle noch meine Sprache bei ihm unter Kontrolle – geschweige denn mein Verhalten. Er weckte in mir etwas, das noch kein anderer Mann in mir hatte wecken können.

»Du hast keine Ahnung, was du verpasst!«, zischte John.

»Doch, die hab ich«, erwiderte ich gelassen. »Und genau das ist der Grund, wieso ich dich verlasse. Denn ich weiß seit Europa, was ich verpasse, wenn ich das mit dir länger mitmache. Ich kann nicht mit jemandem zusammen sein, der mich nur will, weil ich wieder einen Ständer kriege. Ich habe mehr als das verdient. Viel mehr.« Damit wandte ich mich an den Makler, der etwas verlegen neben uns stand. »Für uns hat sich das hier erledigt.«

Der Mann nickte zerknirscht. »Tut mir leid.«

»Muss es nicht. Es ist alles richtig so.« Ich sah John wieder an. »Du kannst deine Sachen morgen aus meiner Wohnung holen, wenn du willst. Oder ich werfe sie aus dem Fenster. Mir einerlei.«

»Du verdammter Wichser!«, knurrte er.

»Auch diese Beleidigung von dir ist nichts Neues.« Ich wandte mich ab und ging aus der Wohnung.

Das Gefühl, in die Freiheit hinauszutreten, als ich das Gebäude verließ, kam unerwartet. Aber ich genoss es umso mehr.

29
Ready to party!

Hannes

»Hannes, was ist denn mit dir los?«, fragte Sara, als ich am Abend in meine Wohnung ging, um mit ihr und Evan zu essen.

Ich schüttelte den Kopf. »Nichts, es ist …«

»Es ist definitiv etwas!«, widersprach mir Sara und zog mich zum Esstisch, den sie gedeckt hatten. »Setz dich und erzähl. War die Wohnungsbesichtigung nicht gut?«

Ich sah in ihre grünen Augen und versuchte, die richtigen Worte zu finden.

Seit ich Angel angeschnauzt hatte, war für mich die Welt zerbrochen.

Wie konnte er einfach so weitermachen, während ich in Trauer versank? Hatte ihm das, was wir auf der Kreuzfahrt erlebten, nichts bedeutet? War ich ein Lückenfüller für ihn gewesen und er hatte eigentlich immer schon zurück zu John gewollt? Aber warum hatte es sich dann so richtig angefühlt? So wahnsinnig gut mit ihm? War das reine Einbildung gewesen?

Die Fragen schwirrten in meinem Kopf herum und ich konnte keinen klaren Gedanken fassen. Alles schien mit einem Mal so sinnlos zu sein und mir fiel auf, dass ich nie wirklich mit Angel abgeschlossen hatte.

Ein kleiner romantischer (und ziemlich naiver) Teil von mir hatte immer gehofft, ihm in New York über den Weg zu laufen. Doch noch dort weiterzumachen, wo wir vor dieser verhängnisvollen Nacht aufgehört hatten. Ihm wieder vertrauen und sich in seinen Armen wohlfühlen zu können … wie dumm von mir!

Evan erschien in der Küchentür mit einer Flasche Rotwein, und Sara bedeutete ihm, unsere Gläser, die bereits auf dem Tisch standen, aufzufüllen.

Nachdem ich ein paar Schlucke getrunken hatte, holte ich tief Luft. »Ich weiß nicht, ob ich euch das alles erzählen kann«, murmelte ich.

»Du musst nicht«, sagte Sara mit fester Stimme. »Aber lass uns für dich da sein, so wie du für uns da gewesen bist.«

Ich nickte fahrig und leerte meinen Wein viel zu rasch.

Doch während des ganzen Abends waren es Sara und Evan, die das Gespräch lenkten und von ihrer Sightseeingtour in New York berichteten. Ich aß die Spaghetti, die Sara gekocht hatte, und trank Rotwein. Viel Rotwein. Irgendwann war ich so betrunken, dass Evan mich beinahe nach Hause schleppen musste. Zum Glück bekam meine Mutter nicht mit, wie ich mich in mein Bett stahl, das immer noch im alten Zimmer in ihrer Wohnung stand, und am nächsten Morgen war Sonntag. Also konnte ich meinen Rausch in Ruhe ausschlafen.

Doch keine Sekunde verging, ohne dass ich an Angel dachte. Würde er wirklich mit seinem Ex-Freund in dieses Apartment ziehen? In das Apartment, in dem ich mich von Beginn an so wohl gefühlt hatte?

Der naive, romantische (und oberdämliche, falls das nicht klar genug war!) Teil von mir stellte sich vor, wie Angel und ich anstelle von John und ihm dort einzogen. Wie wir die Wohnung einrichteten. Uns dort niederließen. Seine Tochter Charly empfingen.

Lügen. Alles Selbstbetrug!

Ich würde niemals wieder mit Angel irgendetwas teilen. Wenn ich ihn das nächste Mal sah, würde ich ihm aus dem Weg gehen. So leicht war das.

Oder auch nicht … es war überhaupt nicht leicht.

Mist …

Schließlich reisten Sara und Evan am Sonntagabend ab und ich feierte mit meiner Mutter, der Familie meines Onkels und ein paar jüdischen Freunden zusammen Chanukka. Das acht Tage andauernde Fest, das dieses Jahr kurz vor dem christlichen Weihnachten stattfand. Meine Mutter und ich feierten oft auch an Heiligabend und am Weihnachtsmorgen, einfach weil wir es schön fanden. Obwohl Jesus in unserer Religion im Grunde keine Rolle spielte. Aber dafür gab es ja den Weihnachtsmann – und der war für alle da.

Dennoch war es dieses Jahr etwas anderes, wie ich feststellen musste, während die nächsten Dezembertage an mir vorbeizogen. Weder die Kerzen, von denen täglich eine am achtarmigen Kerzenleuchter auf dem Tisch entzündet wurden, noch die jüdischen Köstlichkeiten oder kleinen Geschenke, die wir uns gegenseitig machten, konnten meine Stimmung aufhellen.

Die Melancholie, die mich überkommen hatte, fiel nicht nur meiner Mutter und meinen Verwandten auf, sondern auch Kate.

Am Freitag, eine Woche später, wirbelte sie wie ein pink gekleideter Schneeengel in den Laden und ließ ihre Handfläche auf den Verkaufstresen niedersausen, sodass ich hochschreckte.

»Genug!«, rief sie und sah mich energisch an.

»Was?« Ich hob verwirrt die Augenbrauen.

»Seit der Wohnungsbesichtigung vergangenes Wochenende wirkst du noch depressiver, als du seit Europa ohnehin bist«, erläuterte sie. »Du willst nicht mit mir darüber reden, spazierst dieses traurige Gesicht durch die Gegend ... so geht das nicht!«

Sie ging zum Ladeneingang und drehte das ›Offen‹-Schild herum, sodass es nun nach außen ›Geschlossen‹ anzeigte. Da sich gerade keine Kunden im Laden aufhielten, waren wir damit ungestört.

Als sie zurück zu mir kam, zog sie mich kurzerhand am Arm hinter dem Tresen hervor und zu einem kleinen antiken Tisch, der einst in einem alten Pariser Café gestanden hatte und jetzt mit seinen zwei Bistro-Stühlen im Vintage-Stil den Besprechungsort mit unseren Kunden darstellte. Auf einen davon drückte sie mich nieder, wirbelte nochmals in den hinteren Ladenbereich und kehrte mit einer Flasche Wodka und zwei Shotgläsern zurück.

»Kate, es ist erst drei Uhr nachmittags, wir ...«

»Du darfst gleich sprechen«, unterbrach sie mich. »Aber erst stößt du mit mir an.«

Ich nickte ergeben, da ich wusste, dass sie eh nicht lockerlassen würde, wenn sie sich in dieser Stimmung befand.

»Hier.« Sie reichte mir einen Shot. »Cheers.«

»Cheers«, murmelte ich und stieß mit meinem Glas gegen ihres, ehe ich es in einem Zug austrank und mich schüttelte. »Bäh.«

»Wenn du dich schütteln musst, trinkst du gleich nochmals«, befahl sie und füllte das Glas wieder auf.

Nach dem zweiten spürte ich, wie mich Wärme durchflutete. Der Alkohol tat seine Wirkung und da ich kaum zu Mittag gegessen hatte, traf er in meinem leeren Magen auf eine wahre Willkommensparty.

»So, und jetzt erzählst du mir ganz genau, was bei der Wohnungsbesichtigung vorgefallen ist«, sagte Kate mit unnachgiebiger Miene. »Alle Details. Es muss etwas mit Angel zu tun haben, sonst würdest du nicht derart aus dem Konzept fallen.«

Ich seufzte, dann begann ich mit leiser Stimme von dem Wochenende zu berichten, das mich komplett aus der Bahn geworfen hatte.

Kate schenkte mir noch einmal nach und sich zweimal.

»Verdammte Scheiße«, kommentierte sie, als ich geendet hatte.

»Das kannst du laut sagen«, murmelte ich und hob freudlos einen Mundwinkel.

»Angel ist schon ein Wrack, oder?«, bemerkte sie. »Wenn auch ein attraktives Wrack, zugegeben. Aber ... wie kann man in die Arme des Typen zurück, der einen verlässt, sobald man es im Bett nicht mehr bringt?«

Auch von Angels Erektionsproblemen hatte ich erzählt – wenngleich ich wusste, dass er mir dafür den Kopf abreißen würde. Aber jetzt war ohnehin alles egal.

Ich nickte betrübt. »Ich denke, dieser John sieht in ihm nur eine Trophäe. Und Angel lässt es einfach mit sich machen – ihm scheint das, was zwischen uns in Europa war, nichts zu bedeuten und ...«

»Nein«, unterbrach mich Kate. »Nein, das glaube ich nicht. Ich habe ihn gesehen, als er im Gefängnis war und ich ihn ins Krankenhaus zu dir begleitet habe. Er ist vor Selbstvorwürfen und Schuld fast wahnsinnig geworden.« Sie seufzte. »Aber das tut jetzt eh nichts mehr zur Sache. Wenn er so dumm ist, zurück zu einem Kerl zu gehen, der nur Sex von ihm will, dann ...« Sie fuchtelte mit der Hand in der Luft herum. »Weißt du was? Das spielt echt keine Rolle mehr! Angel ist Geschichte. Aber ich kann das nicht länger mit ansehen, wie du dich in Traurigkeit suhlst, während er diesen Loser knallt. In einer Woche ist Weihnachten – das Fest der Liebe! Wann, wenn nicht jetzt, ist es Zeit, wieder aufs Pferd zu steigen? Ich lasse nicht locker, bis wir ein Date für dich haben. Wenn Angel daten kann, kannst du das auch!«

»Ich will aber nicht …«

»Keine Widerrede! Morgen ist Samstag und da findet eine Weihnachtsparty in der Bar eines Bekannten von mir statt. Du wirst mit deinem Date dort hingehen! Ich komme mit. Wir suchen uns jetzt passende Matches auf Tinder beziehungsweise für dich bei Grindr.«

»Kate …«

Doch ich wusste, dass jede Widerrede zwecklos wäre. Und auch meine Mutter würde es befürworten, wenn ich nicht mit ihr, sondern in einer Bar einen weiteren Chanukka-Abend verbringen würde. Sie wäre sogar froh, wenn ich endlich wieder am Leben teilnähme.

Also ergab ich mich in mein Schicksal und ließ mir von Kate die Kandidaten zeigen, die sie mit meinem Grindr-Profil, das ich immer noch auf dem Handy hatte, fand.

Einer davon hatte Ähnlichkeit mit Angel. Groß, Latino, gut gebaut. Und wenn ich mir schon den Mist antat, konnte ich es auch richtig tun. Tatsächlich hatten wir schon wenige Minuten später einen Match.

»Okay, schreib ihm.« Sie grinste. »Dann suchen wir noch jemanden für mich.«

Schließlich hatten wir beide zwei mehr oder weniger akzeptable Matches, und beide Typen schrieben uns auch umgehend zurück, sodass wir mit ihnen eine Verabredung für den nächsten Abend vereinbaren konnten.

Wenn das mal kein Zeichen war ...

Ich musste Kate recht geben. Es brachte nichts, wenn ich mich in meinem Selbstmitleid suhlte. Ich würde weder die Tage mit Angel noch ihn selbst zurückbekommen. Letzteres wollte ich auch gar nicht. Nun ja, doch. Eigentlich schon. Aber gleichzeitig wusste ich, dass ich mir damit selbst schaden würde.

Angel war kaputt und solange ihn seine Dämonen quälten, hätte ich keine Chance, an seiner Seite glücklich zu werden. Geschweige denn ruhig neben ihm zu schlafen ohne Angst, dass er mich halb tot prügelte.

Daher musste ich langsam wieder damit beginnen, nach vorne zu schauen.

Der Typ, mit dem ich via Grindr schrieb, schien sogar ziemlich nett zu sein. Er hatte Humor und auch seine Bilder, die er mir schickte, nachdem wir zu WhatsApp gewechselt hatten, wirkten nicht, als wären sie von Shutterstock geklaut. Zumindest würde mir hoffentlich kein fetter alter Kerl morgen Abend gegenübersitzen.

»Na siehst du, da ist es wieder«, meinte Kate. Inzwischen hatten wir ein Viertel der Wodkaflasche geleert.

»Was?«, fragte ich sie und hob den Blick von meinem Handy.

Eric, wie der Angel-Verschnitt hieß, hatte mir gerade das Video eines niesenden Pandas geschickt. Das kannte ich zwar schon, aber es war jedes Mal zum Schießen!

»Dein Lächeln.« Sie sah mich mit warmem Blick an. »Du hast gerade gelächelt.«

»Hab ich das?«

Sie nickte. »Das habe ich vermisst.« Sie hob die Hand und strich mir mit dem Handrücken über die Wange. »Das wird schon wieder. Gib dir einfach etwas Zeit.«

Ich schloss die Augen und holte leise Luft. »Das werde ich.«

»Ach, Hannes …«, murmelte sie. »Du bist so ein toller Mann und auch du wirst deinen Weg noch zu einem Herzen finden, das dir guttut. Wenn es nicht Angel ist, dann eben jemand anders. Einer, der dich zu schätzen weiß. Für jeden gibt es da draußen ein passendes Gegenstück, daran glaube ich ganz fest.«

Ja, das tat ich ebenfalls. Und womöglich war es Eric, der mein zerfetztes Herz wieder heilen konnte. Ich müsste ihm zumindest die Chance dazu geben, das war ich mir selbst schuldig. Natürlich war mir bewusst, dass man über eine Dating-App nicht gleich die große Liebe fand. Aber wenn ich wenigstens wieder mal Sex hätte, wäre das auch nicht verkehrt.

»Komm her.« Kate zog mich über den Tisch in eine Umarmung und drückte mir einen Kuss auf die Wange. »Und jetzt lass uns überlegen, was wir morgen anziehen«, meinte sie, nachdem sie sich von mir gelöst hatte.

»In welcher Bar findet die Party statt?«, fragte ich.

»Im ›Sceneries‹«, erklärte sie. »Weißt du was? Wir gehen morgen zusammen einkaufen und werden das auf Instagram in den Storys posten. Das wird unsere Follower sicher gut unterhalten.«

»Wie wir uns auf eine Party vorbereiten?« Ich hob skeptisch die Augenbrauen.

»Ja!« Sie klang euphorisch. »Genau das. Jeder soll wissen, dass es uns gut geht, und falls Angel das sieht, wird er sich in den hübschen Arsch beißen.«

»Er hat mich immer noch blockiert«, erinnerte ich sie. »Aber lass uns bitte nicht mehr von ihm sprechen …«

»Sorry. Ist notiert!« Sie erhob sich und drehte sich überschwänglich einmal vor mir im Kreis. »Ich muss mit dem Wodka aufhören«, murmelte sie, während sie sich torkelnd am Tisch abstützte.

»Das wollte ich auch gerade sagen«, bemerkte ich lächelnd. »Sonst wird das nichts mit dem Date morgen.«

»Aber morgen!« Sie hob den Zeigefinger in die Höhe. »Da geben wir uns so richtig die Kante. Deal?«

Ich grinste. »Okay. Aber wenn ich noch Sex haben will, darf ich es nicht übertreiben.«

Kate lachte laut auf und klopfte mir auf die Schulter. »So gefällst du mir schon viel besser, mein Lieber!«

Am nächsten Tag trafen wir uns gegen Nachmittag in der Stadt und gönnten uns eine Shoppingtour de luxe. Sogar ein Friseurtermin war darin enthalten, da mein Haar inzwischen wieder nachgewachsen war und dringend einen neuen Schnitt benötigte. Kate schleppte mich zu einem befreundeten New Yorker Friseur, der mich so richtig aufpolierte und mir sogar noch etwas Make-up verpasste.

Als ich mich im Spiegel sah, konnte ich selbst kaum glauben, dass ich das sein sollte. Meine Wangen wirkten nicht mehr eingefallen, sondern gesund, und meine Augenringe waren dank dem Concealer verschwunden. Vielleicht sollte ich mich selbst wieder regelmäßig schminken. Eine Weile hatte ich das getan, dann war es mir zu anstrengend geworden.

Aber jetzt, da ich dem frischen Hannes gegenübersaß, musste ich zugeben, dass ich damit gut aussah.

»Wow, zum Anbeißen!«, rief Kate, als sie mich betrachtete. Auch sie war im Friseursalon gestylt worden und postete gerade wie verrückt Fotos und Videos von unserem Shoppingtrip in ihrer Instagram-Story. »Dein Date wird Augen machen!«

»Du siehst auch wahnsinnig gut aus«, erwiderte ich grinsend, ehe ich ein Foto von mir schoss und es in meiner eigenen Story postete. Dabei verlinkte ich Kate, die im Hintergrund zu sehen war, und schrieb ›Ready to party‹ dazu.

Kate repostete das Bild, wobei sie auch noch den Link zur Weihnachtsparty hinzufügte, zu der wir gehen würden. »Nur falls sich jemand schockverliebt und dich heute Abend unbedingt treffen will«, meinte sie mit einem Zwinkern.

Ich lachte leise, während ich das Bild von Kates Profil nochmals repostete.

Ja, ich hatte echt ein gutes Gefühl in Bezug auf diesen Abend. Eric hatte mir auch schon geschrieben, dass er es kaum erwarten könne, mich endlich live zu treffen.

Ich würde heute Sex haben mit ihm. Das nahm ich mir fest vor und versuchte, dabei das Bild von Angel, das direkt in meinem Kopf erschien, zu verdrängen. Wie er auf dem Bett in seiner Kabine lag. Nackt und wunderschön … Nein! Stopp! Diese Gedanken waren heute fehl am Platz. Ich würde mit Eric schlafen und damit die Erinnerungen an Angel ein für alle Mal vergessen!

Kate lud mich zum Abendessen und Vorglühen zu sich nach Hause ein, da es bereits dämmerte und es für mich damit wenig Sinn ergab, in die Bronx zurückzukehren – nur um kurz darauf wieder in die Subway zu steigen und nach Downtown zu fahren, wo die Party stattfand.

Jedes Mal, wenn ich ihre Wohnung betrat, überkam mich Ehrfurcht. Sie war riesengroß und supermodern, mit allem Schnickschnack ausgestattet, den man sich wünschte. Eine offene Küche mit Kochinsel gehörte ebenso dazu wie die Hammer-Aussicht über die New Yorker Skyline. Was mich wieder an die Wohnung erinnerte, die mir der Makler gezeigt hatte und in der ich nie würde wohnen können. Nicht ohne Angel vor Augen zu haben, wie er in der Tür stand – mit einem anderen Mann an seiner Seite.

Ich hatte mich beim Makler noch nicht gemeldet und würde es wohl auch nicht tun. Sollte jemand anderes doch dieses Schnäppchen erobern. Ich würde was finden, das mich nicht an Angel erinnerte. Und wenn es eben erst im neuen Jahr wäre …

Während Kate und ich Prosecco auf ihrem Sofa tranken, lachten und scherzten, hatten wir die glorreiche Idee, unsere Dates doch direkt zu ihr nach Hause zu holen. So könnten wir sie schon mal in lockerem Rahmen kennenlernen und schauen, ob sich der Abend mit ihnen so entwickelte, wie wir es uns erhofften.

Inzwischen war es sieben Uhr, wir könnten Pizza bestellen, plaudern und uns auf die Party freuen, die wir später dann besuchten.

Eric war sofort Feuer und Flamme und schrieb mir, dass er in einer halben Stunde bei Kate sei.

»Du weißt, ich hab ein Gästezimmer«, sagte Kate mit einem vielsagenden Blick. »Es gehört heute Nacht dir und Eric, wenn du willst.«

»Das ist superlieb, danke.« Ich grinste sie an. »Ich hatte schon Bammel davor, zu einem Wildfremden nach Hause zu gehen. Hab so was ja schon länger nicht mehr gemacht.«

»Ich weiß.« Sie zog mich in eine Umarmung. Kate schien im Moment in Kuschelstimmung zu sein. »Und genau deswegen biete ich es dir an, mein Schatz.« Nachdem sie mich losgelassen hatte, sprang sie auf. »Komm, lass uns umziehen, vielleicht meldet sich Corey bis dahin auch noch.«

Ihr Date hatte bisher noch nicht auf ihre Einladung reagiert, aber vor einer Stunde war er noch online gewesen, daher nahmen wir an, dass er die Nachricht einfach noch nicht gesehen hatte.

Rasch schnappten wir uns die Einkaufstüten, und Kate dirigierte mich ins Gästezimmer, wo ich die neue schwarze Jeans sowie das beige Hemd anzog. Darüber würde ich später einen dunkelgrauen Mantel und einen braun karierten Schal tragen, die mich gegen die New Yorker Winterkälte schützten.

Kate selbst zog sich in ihrem eigenen Schlafzimmer um und als sie in ihrem Traum aus silbern glitzerndem Paillettenkleid in der Tür erschien, blieb mir tatsächlich die Sprache weg. Es war so kurz, dass es gerade mal ihren Po bedeckte und ihre langen Beine damit betonte, lag eng an und der Ausschnitt gehörte verboten.

»Wow!«, rief ich. »Also wenn ich nicht schwul wäre, würde ich direkt über dich herfallen.«

»Und ich würde dich kurzerhand selbst vernaschen!« Sie drehte sich für mich einmal im Kreis, ehe sie zu mir kam und mich begutachtete. »Echt jetzt, etwas Make-up, eine sexy Jeans und Hemd – und du siehst aus wie neugeboren!«

»So fühle ich mich auch.« Ich lächelte und sah an mir herunter.

»Also wenn Eric es nicht bringt, meine Schlafzimmertür steht für dich offen.« Sie lachte übermütig.

»Kate«, stöhnte ich, grinste aber dabei.

»Jaja, ich weiß, man sollte Beruf und Privates nicht vermischen.« Sie winkte ab und ich lachte ebenfalls.

Allein die Vorstellung, mit Kate irgendetwas anzufangen, war so absurd, dass wir beide wussten, dass so etwas niemals geschehen würde. Aber rumflachsen konnte man ja trotzdem – und wir kannten uns gut genug, um solche Sprüche als Spaß zu sehen.

Kurz darauf saßen wir wieder auf ihrem Sofa und als wir eine halbe Proseccoflasche getrunken hatten, klingelte es an Kates Tür.

»Ich geh!«, rief sie. »Das muss Eric sein!«

Mein Herzschlag beschleunigte sich unvermittelt und ich checkte noch rasch meine neue Kurzhaar-Frisur in der Spiegelung des Fensters, das dem Sofa gegenüber war und hinter der sich das nächtliche New York ausbreitete.

Na dann, auf in den Kampf!

Schon hörte ich Stimmen im Flur, Kates Lachen, und als sie mit einem gut aussehenden dunkelhaarigen Mann zurückkehrte, wusste ich, dass ich alles richtig gemacht hatte.

»Dein Date ist da!«, rief Kate überflüssigerweise und ich erhob mich, um Eric zu begrüßen.

Er war nur eine Spur größer als ich und weniger breitschultrig, als er auf den Fotos gewirkt hatte. Aber sein Lächeln machte das wieder wett und als ich ihm in die dunklen Augen sah, merkte ich, dass die Chemie sofort stimmte.

»Hey, ich bin Eric«, sagte er, als er vor mir stehen blieb.

»Hannes.« Ich schüttelte seine Hand, die er mir entgegenstreckte. »Schön, dich kennenzulernen.«

»Jungs, Corey hat sich gerade gemeldet!«, sagte Kate lächelnd. »Er kommt in wenigen Minuten dazu. Dann bestellen wir schon mal Pizza, oder?«

Eric und ich nickten gleichzeitig und grinsten uns verlegen an. Kate sah zwischen uns hin und her und an ihrem Blick erkannte ich, dass sie mit meinem Date schon mal mehr als zufrieden war. Sie zwinkerte mir zu, ehe sie ihre Handy-App öffnete, um für uns alle Pizzen zu bestellen.

In der Zwischenzeit setzten Eric und ich uns aufs Sofa. Ich schenkte ihm ebenfalls Prosecco ein und wir starteten augenblicklich ein reges Gespräch über den Unterschied von Prosecco, Sekt und Champagner. Mit ihm zu sprechen, war so einfach und locker, dass es mir vorkam, als würden wir uns schon seit Ewigkeiten kennen.

Als einige Minuten später tatsächlich Corey dazustieß, war auch Kate nicht mehr zu bremsen. Er sah zwar ebenfalls nicht ganz so gut aus wie auf seinen Tinderfotos, hatte aber ein bisschen was von Magic Mike und gehörte mit seinen Muskeln und den breiten Schultern definitiv in Kates Beuteschema. Er war verschlossener als Eric, der bereits nach zwei Gläsern Prosecco erste Annäherungsversuche bei mir startete und immer wieder Körperkontakt suchte, während er ein Dauergrinsen aufgesetzt hatte.

Ich ließ es zu. Ließ zu, dass er meine Hand streifte, mir tief in die Augen sah. Und als Kate und Corey kurz aufstanden, um die bestellten Pizzen an der Tür in Empfang zu nehmen, ließ ich es auch zu, dass Eric sich zu mir beugte und mir einen Kuss auf den Mund drückte. Dabei stellte er sich etwas ungeschickt an, doch wir kannten uns ja auch erst ein paar Minuten. Das würde schon noch werden zwischen uns.

Rasch tastete ich nach den Kondomen, die ich in meine Hosentasche gesteckt hatte, damit unserem Spaß heute nichts im Wege stand.

Jap, der Abend würde genial! Ich hatte mich lange nicht mehr so gelöst gefühlt.

30
Chiquitita

Angel

»Lust auf einen Film oder Zocken, Chiquitita?«, fragte ich an Charly gewandt, die auf meinem Sofa rumlümmelte und auf ihrem Handy im Internet surfte.

Ich hatte meine Tochter übers Wochenende bei mir, da Lara mit ihrem Mann Tom drei romantische Tage in der Karibik verbrachte. Ein verfrühtes Weihnachtsgeschenk von Charlys Stiefvater.

Gerade hatten wir zusammen Nudeln und Steaks gegessen, die ich für uns gekocht hatte, und ich räumte das Geschirr vom Tisch.

»Hm«, tönte es vom Sofa.

Teenager konnten mit einem ›Hm‹ *alles* meinen.

Hm, ja.

Hm, nein.

Hm, vielleicht.

Hm, ich hör dir gerade nicht zu, da alles auf der Welt interessanter ist als das, was du zu sagen hast.

Daher seufzte ich leise und ging in die Küche, die dem Wohnzimmer gegenüberlag. Nachdem ich zurückgekehrt war, ließ ich mich neben Charly auf dem Sofa nieder.

Sie hob den Blick von ihrem Handy und ich erkannte schon an dem Leuchten ihrer dunklen Augen, dass sie etwas im Schilde führte.

»Du, Dad?«, fragte sie mit scheinheiligem Lächeln, das ihre weißen Zähne blitzen ließ.

Ich zog die Augenbrauen zusammen. »Was willst du, Bonita? Geld? Ein Auto? Du hast noch nicht mal einen Führerschein.«

Sie schüttelte den Kopf, sodass ihre schwarzen Naturlocken flogen. »Dahaaad«, sagte sie in tadelndem Tonfall, der mich an ihre Mutter erinnerte, und ließ das Handy auf ihren Schoß sinken. »Ich will doch nicht immer Geld von dir.«

»Bien«, brummte ich. »Und was willst du dann? A mí no me engañas.«

»Jaja, dir kann man nichts vormachen, schon klar.« Sie verdrehte ihre schönen Augen und sah mich wieder lächelnd an. »Du hast recht, da gibt es tatsächlich etwas, das ich gerne möchte.«

»¿Y qué es lo que quieres?«

»In letzter Zeit sprichst du wieder ziemlich oft Spanisch, ist dir das aufgefallen?« Sie hob die Augenbrauen.

»Na und?« Ich bemühte mich, Englisch zu sprechen.

»Das tust du eigentlich vor allem, wenn du emotional bist – oder dich etwas beschäftigt.«

»No tengo nad… Mich beschäftigt nichts«, knurrte ich.

»Sicher?« Sie schenkte mir einen skeptischen Blick.

»Sicher.« Ich nickte mit Nachdruck. »Also, willst du einen Film schauen oder das neue Game zocken, das ich dir zum Geburtstag geschenkt habe?«

Sie atmete tief ein und aus, ehe sie die Beine unterschlug.

Wie so oft, wenn sie bei mir war, trug sie eine ausgeleierte Jogginghose und ein Shirt von mir, beides viel zu groß für ihren zierlichen Körper.

»Alsoooo«, begann sie gedehnt. »Film schauen und Zocken am Samstagabend ist doch was für Fünfzehnjährige, ich bin jetzt sechzehn.«

»Seit genau zwei Tagen«, erinnerte ich sie.

»Jap.« Sie grinste und fuhr sich durch die schwarze Lockenmähne. »Uuuund genau aus diesem Grund möchte ich was anderes machen heute.«

Ich verengte die Augen. »Dieser Blick gefällt mir nicht.«

Sie lachte leise. »Ach komm schon, Dad, sei nicht immer so verklemmt und lass uns mal so richtig Spaß haben.«

»Spaß?« Ich schnaubte.

Das letzte Mal, als ich zu Spaß-Haben eingewilligt hatte, hatte ich es im Nachhinein bitter bereut.

»Ja, Spaß!« Sie lehnte sich zu mir rüber und drückte mir einen Kuss auf die Wange. »Gehst du mit mir heute in eine Bar?«

»Eine … ¿Estás loco, o qué?«

»Ich bin nicht verrückt«, erwiderte sie und zog einen Schmollmund, von dem sie wusste, dass ich keine Chance hatte, ihn zu ignorieren. Obendrein legte sie mir ihre Arme um den Nacken und schmiegte ihren Kopf fest in meine Halsbeuge. »Bihiiitte Dad …«

Ich schloss die Augen und versuchte, mich zusammenzureißen. Noch nie hatte sie mich gebeten, mit ihr abends auszugehen.

Weil sie ein *Kind* war, verdammt! Sie hatte gefühlt gestern noch mit ihren Puppen gespielt!

»De ninguna manera«, knurrte ich.

»Bitte, bitte?« Sie hob den Kopf und schmiegte ihre Wange wie eine Katze an mein Kinn. »Bitte?«

»No.«

»Daddy …«

»Hör auf mit ›Daddy‹«, brummte ich und spürte, wie ich bereits unter ihrem Betteln weich wie Butter wurde, während meine Nase in ihren schwarzen Locken versank, die in alle Richtungen abstanden.

Fuck, sie wusste einfach genau, welche Knöpfe sie bei mir drücken musste.

»Daddydy?« Sie brachte ihr Gesicht nah vor meines und sah mir flehend in die Augen. »Es gibt da so eine angesagte Bar in der Stadt, da findet eine Weihnachtsparty statt.«

Ich sah sie stirnrunzelnd an. »¡Qué diablos! Woher weißt du, welche Bars angesagt sind?«

»Nuhuuun …« Sie nestelte an meinem Shirt herum, ohne mir in die Augen zu sehen. »Ich hab es von einer Freundin erfahren.«

¡Maldito! Mein kleines Mädchen wurde viel zu schnell erwachsen. Jetzt wollte sie schon in Bars! Was käme als Nächstes? Clubs? Eine Weltreise?!

»Sieh es doch positiv«, meinte sie und sah mich wieder an. »Ich könnte auch mit Freunden irgendwann in eine Bar gehen. Aber ich möchte mit dir, meinem Daddy, dieses erste Mal erleben. Es wird auch Essen dort serviert, daher darf ich in Begleitung eines Erwachsenen rein.«

Ich betrachtete meine Tochter für ein paar Sekunden. Ihr Bettelblick funktionierte leider viel zu gut und ich konnte erkennen, dass sie das ebenso wie ich wusste, denn ihr Lächeln, das sich auf ihren vollen Lippen ausbreitete, schrie eindeutig: ›Ich hab gewonnen.‹

»Weißt du, Mom macht nie so coole Sachen mit mir«, schickte sie noch hinterher und versetzte meinem Widerstand damit endgültig den Todesstoß.

Mein schlechtes Gewissen, dass ich in den ersten Jahren nicht für sie da gewesen war, regte sich wieder. Das Gefühl, kein guter Dad zu sein. Und genau dort war mein Schwachpunkt. Das wusste Charly leider.

Ich knurrte leise, was ihr Lächeln noch breiter werden ließ.

»Hast du etwa gerade Ja gesagt?«, flötete sie. »Das war ein Ja, oder?« Sie stützte sich mit einer Hand an meiner Brust ab und strahlte mich an. »Sí?«

Mierda, wenn sie dann auch noch Spanisch sprach, hatte sie mich endgültig um den Finger gewickelt.

»Maldición«, knurrte ich einen leisen Fluch.

Sie grinste. »Waaaah, wie cool! Wir gehen zusammen in eine Bar! Zum allerersten Mal! Aaaaah! Ich zieh mich rasch um!«

Damit war sie vom Sofa aufgesprungen und verschwand in ihrem Zimmer, während ich mir seufzend mit beiden Händen über das Gesicht fuhr.

»¿Maldito, qué tienes puesto?!«, knurrte ich, während ich mein Mädchen ansah, das sich gefühlt innerhalb eines Lidschlags in eine Frau verwandelt hatte. »Was zum Teufel hast du da an?!«

Charly drehte sich vor mir einmal um die eigene Achse – in einem Hauch von nichts!

»Cool, oder?«, fragte sie und klimperte mit den künstlichen Wimpern, die sie sich angeklebt hatte.

Ihr schlanker Körper steckte in einem blutroten Kleid, das so eng anlag, dass man *alles* sehen konnte! Ihren Hintern, ihre Brü… ¡Mierda! Ich würde mir eher die Kugel geben, als so mit ihr auf die Straße oder gar in eine Bar zu gehen!

»Hat mir Mom geschenkt«, schickte sie hinterher.

Ja, genau! So was würde Lara ihr nie und nimmer kaufen!

»¡Vamos, cámbiate!«, bellte ich.

»Nein, ich werde mich nicht umziehen!« Sie verschränkte die Arme vor der Brust und ich wandte unwillkürlich den Blick ab, da mir bei dieser Geste ihr Ausschnitt förmlich entgegensprang. Wann genau war ihr da vorne was gewachsen?! Was war nur mit meinem kleinen Mädchen – meiner Chiquitita – geschehen?

»Muy bien, nos quedamos aquí«, brummte ich und hängte den Mantel, den ich im Begriff gewesen war, anzuziehen, zurück an die Garderobe.

»Nein, wir werden nicht hierbleiben«, erwiderte sie und hob ihr Kinn in die Höhe. »Du hast versprochen, dass wir in diese Bar gehen und …«

»Ich hab überhaupt nichts versprochen!«

»Hast du.« Sie nickte mit Nachdruck. »Ich hab es in deinen Augen gesehen. Und jetzt gehen wir beide in diese Bar. Bitte, das mit dir zusammen zu erleben, ist echt wichtig für mich.«

»Ist es das?« Ich hob eine Augenbraue.

»Oh ja.« Sie lächelte mich charmant an. »Keine Sorge, ich trinke auch brav nur Cola und werde die ganze Zeit in deiner Nähe bleiben, weit weg vom Tresen.« Sie holte leise Luft. »Bitte, Dad. Lass uns das tun. Wir können Heiligabend und den Weihnachts-morgen schon nicht zusammen verbringen und da wäre es doch schön, wenn …«

»Zieh wenigstens eine Bluse drüber an oder so«, sagte ich finster.

»Und dann gehen wir?« Die Hoffnung und Freude, die ich in ihrem Blick las, hätten mich nie und nimmer dazu bewegen kön-nen, ihr den Wunsch abzuschlagen. Das wusste sie genau.

Wenn ich schon eine hübsche Tochter hatte, warum musste sie obendrein noch so clever sein wie Charly?!

Ich schloss die Augen, dann nickte ich.

Sie quietschte vor Freude laut auf. »Awwwww! Du bist der Beste! Warte, ich hol kurz einen Bolero!«

»Und keine High Heels!«, rief ich ihr hinterher, als mein Blick auf ihre Füße fiel, die davonstöckelten.

»Ist gebongt!«

Wenig später kehrte zumindest ein Teil des unschuldigen Mädchens aus ihrem Zimmer zu mir zurück. Wenngleich Charly viel zu stark geschminkt war für meinen Geschmack. Aber immerhin konnte jetzt nicht jeder ihre Oberweite anstarren, da diese unter einem kleinen Jäckchen verborgen war. Und ihre Beine schienen in den schwarzen Ballerinas zudem nur noch halb so lang.

»Können wir?«, fragte sie.

»Meinetwegen.«

»Du willst *so* mitkommen?« Sie sah an mir runter und wieder hoch.

»¿Por qué? Was stimmt nicht damit?« Ich trug eine blaue Jeans und immer noch das Shirt von vorhin. Vollkommen okay für meinen Geschmack. Ich musste in meinem Beruf schon genug Anzüge tragen.

»Dahaaaad.« Sie verdrehte die Augen. »Du bist an meiner Seite total underdressed! In der Bar findet eine Weihnachtsparty statt! Du musst dich schon ein bisschen rausputzen. Zieh wenigstens ein Hemd an. Ein schwarzes, das steht dir.«

›*Schwarz steht dir.*‹

Die Stimme, die in meinem Kopf erklang, ließ mich schaudern. Hannes hatte das zu mir gesagt. An jenem Abend, als wir nach Korfu im Panoramarestaurant des Kreuzfahrtschiffes essen waren. Als ich begonnen hatte, mich für ihn und seine herzliche Art zu erwärmen … im Nachhinein war mir das klar. Damals hatte ich es nicht wahrhaben wollen.

Was für ein Idiot ich doch gewesen bin.

»Dad?« Charly legte den Kopf schief und riss mich aus meinen Gedanken.

»Hm?«

»Ziehst du dich jetzt bitte noch um?«

Ich nickte und zog mir das Shirt über den Kopf, während ich in meinem Zimmer verschwand.

31

Was wäre gewesen,
wenn ...

Hannes

Die Party war bereits in vollem Gange, als Kate, Corey, Eric und ich in der Bar eintrafen.

Wir hatten vorgeglüht und waren allesamt bester Laune. Selbst Corey, der auf den zweiten Blick einen echt geilen Humor hatte. Trocken, direkt – ich mochte ihn fast noch mehr als mein eigenes Date Eric. Leider stand er ganz und gar auf Frauen, wie ich deutlich sehen konnte, denn er ließ kaum die Finger von Kate.

Aber auch Eric war nicht von schlechten Eltern. Nach unserem ersten Kuss hatte er mich noch ein paar Mal befummelt und seine Küsse waren forscher geworden. Und besser.

Alles in allem versprach der Abend eine Menge Spaß – und genau den hatte ich auch nötig.

Kate und ich posteten immer wieder Schnappschüsse und Videos in unseren Instagram-Storys und ich war erstaunt, wie viele Leute an einem Samstagabend offenbar Zeit fanden, sich den ganzen Mist anzusehen, den wir von uns gaben. Jap, wir unterhielten unser Publikum hervorragend. Selbstverständlich ließen wir unseren gemeinsamen Kunstladen-Account dabei außen vor. Dort sollten wir ja einigermaßen seriös rüberkommen.

Schon vor der Bar drang uns die Weihnachtsmusik entgegen, die ein DJ geschickt mit modernen Beats vermischte, sodass wir nicht anders konnten, als in der Schlange, in der wir kurz anstehen mussten, schon mal ein bisschen mitzuwippen. Was uns auch gegen die Kälte half, denn es war nun wirklich tiefster Winter in New York. Auch wenn es nicht schneite, so hatten die eisigen Klauen des Dezembers die Stadt fest im Griff.

Nachdem wir eingelassen worden waren, steuerten wir als Erstes die Garderobe an, die extra für die Party aufgebaut worden war. Wir deponierten unsere Mäntel, und Kate entdeckte ihren Freund, den Barbesitzer. Er empfing sie herzlich und sie stellte uns kurz vor, ehe er sich wieder in die Menge verabschiedete, die unter blinkenden Discolichtern tanzte.

Ich sah mich staunend in der Bar um. Sie bestand aus einem hohen Raum, der ganz in Weiß dekoriert war. Weihnachtsbäume standen auf geschützten Podesten in den Ecken, wo kein Betrunkener sie umstoßen konnte. Glitzergirlanden hingen von der Decke und alles war in ein blau-violettes Licht getaucht, das so richtige Winter- und Weihnachtsstimmung hervorrief.

Die Tische, an denen man essen konnte, waren an den Rand des Raumes geschoben worden, sodass in der Mitte eine weitläufige Tanzfläche entstand. Dort tummelten sich mehrere Dutzend Gäste, die zur Musik mittanzten.

»Wow, ist das schön hier!«, formulierte Kate meine Gedanken laut aus. »Lasst uns Party feiern!« Sie ergriff Coreys Hand und zog ihn zum Tresen.

Eric und ich folgten ihnen.

Wir bestellten Getränke und begaben uns dann fröhlich tanzend auf einen Rundgang durch die Bar, die sich immer mehr zu füllen schien.

Bald schon konnten wir uns kaum mehr fortbewegen, ohne dass wir angerempelt wurden.

Irgendwann hatten wir alles gesehen, was es zu sehen gab, und beschlossen, uns auf der Tanzfläche auszupowern.

Eric stellte sich als begnadeter Tänzer heraus und ich wurde immer heißer auf die Nacht mit ihm. Denn ich war der Meinung, dass man beim Tanzen direkt sah, wie ein Kerl im Bett war. Keine Ahnung, ob diese Überzeugung einer wissenschaftlichen Studie standhalten würde, doch bisher hatten Männer, die sich bewegen konnten, auch im Bett eine ordentliche Leistung hingelegt.

Kate und Corey begannen rumzuknutschen und auch Eric und ich konnten kaum mehr die Hände voneinander lassen.

Er küsste mich vor allen Feiernden und es war ihm egal, dass ein paar blöde Sprüche um uns herum fielen. Das waren sowohl er als auch ich gewohnt. Doch das Selbstbewusstsein, mit dem er sich mir an den Hals warf, war echt bewundernswert.

Dieser Typ wurde immer interessanter …

»Du bist geil«, rief er mir ins Ohr, während er mich tanzend an sich zog.

»Das kann ich nur zurückgeben.« Ich lachte, als er mich in eine Drehung verwickelte und wir miteinander ein paar Ausfallschritte machten.

»Ich bin echt schon etwas betrunken«, bemerkte Eric grinsend.

Der Kater morgen war vorprogrammiert, aber das war mir im Moment egal. Ich wollte einfach nur diesen Abend genießen, tanzen, knutschen und dann vögeln. Mir endlich wieder mal die Ausgelassenheit gönnen, die ich in den vergangenen Monaten nicht gehabt hatte.

»Ich brauch mal ein Wasser«, erklärte ich, als Eric und ich eine kleine Verschnaufpause einlegten.

Wir hatten uns eine Eckbank gesucht, vor der ein runder Tisch stand. Kellner bemühten sich zwar, ihn sauber zu halten, aber immer wieder stapelten sich Gläser und Flaschen darauf.

»Wasser klingt gut.« Eric lehnte sich in dem Sitz zurück, den wir für uns erobert hatten.

»Ich bring dir eins mit«, bot ich an.

»Danke, das ist lieb. Sonst werde ich dich nicht mehr ficken können heute …«

Ich lachte leise. Auch mir gelang es viel weniger gut, mit Alkohol einen Ständer zu kriegen. Männer-Problematik. Wenn ich also heute noch mit Eric schlafen wollte, sollte ich dringend einen Gang runterschalten.

»Bin gleich wieder da!«, rief ich und machte mich auf die Suche nach dem Bartresen.

Kate und Corey konnte ich seit einiger Zeit nirgendwo mehr sehen. Aber sie würde schon mit ihrem Magic Mike zurechtkommen.

Ich steuerte den Tresen an und brauchte eine Weile, bis ich an die Reihe kam. Als ich endlich die beiden Wasser bestellte, hatte ich so richtig Durst und trank noch am Tresen mein Glas leer. Was mich auf die Idee brachte, gleich noch ein weiteres zu ordern, wenn ich schon mal da war.

Doch mit einem Mal meldete sich meine Blase, also ließ ich dieses Vorhaben bleiben und trank stattdessen kurzerhand Erics Wasser aus. Ich würde auf dem Rückweg von den Toiletten nochmals zwei Getränke bestellen, jetzt musste ich erst mal dringend aufs Klo.

Suchend sah ich mich um und entdeckte nach einer Weile die rettende Leuchttafel, die mich einmal quer durch die Bar über die Tanzfläche dirigierte.

Mist, so weit weg …

Aber es nützte nichts, ich würde mich durch die tanzende Menge kämpfen müssen, sonst machte ich mir noch in die Hose.

Seufzend drängelte ich mich zwischen den Feiernden durch, wurde von verschwitzten Körpern angerempelt und von Händen angetatscht, die ziemlich sicher nicht in meine Richtung hatten tatschen wollen.

Als ich endlich bei den Klos ankam, stürzte ich mich fast schon auf das nächstbeste Pissoir und zog meinen Reißverschluss auf, noch ehe ich mich richtig positioniert hatte. Die Toiletten waren gut besucht, viele Männer drängelten sich hier drin. Ein Wunder, dass ich direkt einen freien Platz entdeckt hatte.

Es war eine Wohltat, sich endlich entleeren zu können. Ich stützte mich mit einer Hand an der Wand ab, die andere an meiner Männlichkeit und ließ den Strahl mit geschlossenen Augen fließen.

Meine Güte, was hatte ich denn alles getrunken?!

Es dauerte eine Weile, bis der letzte Tropfen meine Blase verließ.

Gerade als ich gespült hatte und mich zufrieden vom Pissoir abwenden wollte, blieb ich allerdings mitten in der Bewegung stehen.

»Das darf doch nicht …«, stieß ich aus, als mein Blick auf einen Mann fiel, der gegenüber an einem anderen Pissoir stand und mir den Rücken zugekehrt hatte.

Hier im Toilettenbereich war es durch die Türen viel leiser, sodass meine Worte nicht ungehört blieben.

Als der Kerl meine Stimme vernahm, verkrampften sich seine breiten Schultern merklich und ich sah, wie er am Schritt hantierte, bevor er die Spülung betätigte und sich wie in Zeitlupe zu mir umdrehte.

Noch immer stand ich da, mit halb offenem Mund – und sah Angel an, der mich seinerseits anstarrte.

Für einige Sekunden blieb die Zeit stehen, um dann umso schneller voranzupreschen. Ich wandte mich ab, eilte zu den Waschbecken und stellte rasch das Wasser an, ehe ich mit Seife meine Hände wusch. Nicht gründlich, aber so, dass sie sauber waren.

Als Angel neben mich an das benachbarte Waschbecken trat und es mir gleichtat, konnte ich seine Präsenz spüren, auch wenn ich ihn nicht anschaute. Es schien, als hätte sich der Raum um mich herum verdunkelt.

Ich hörte ihn leise atmen. Oder laut. Keine Ahnung. Alles, was ich wollte, war: weg von hier.

In New York gab es gefühlt tausend Bars. Wieso musste Angel ausgerechnet dieselbe wie ich besuchen?! Und auch noch an demselben Abend?

Rasch trocknete ich meine Hände an einem Papiertuch ab, das ich in den Müll warf, und wandte mich zur Tür, da merkte ich, wie er hinter mich trat. Nicht allzu nah, aber nah genug, dass ich seine Körperwärme fühlte. Womöglich bildete ich mir das bloß ein.

»Ich stalke dich nicht, falls du das von mir denkst.«

Seine Stimme war so tief und so nah, dass ich nach Luft schnappte.

»Das denke ich auch nicht«, erwiderte ich leise.

»Dann ist gut.« Er ging an mir vorbei und öffnete die Tür, woraufhin die Weihnachtsmusik lauter wurde. Bevor er über die Schwelle trat, zögerte er und drehte sich nochmals zu mir um. »Wir verlassen die Party, keine Sorge. Du kannst ungestört feiern.«

Ich runzelte die Stirn. »Wir?«

»Ich …« Er atmete langsam ein und stieß die Luft mit einem Schnauben aus. »Ich bin mit Charly hier. Meiner Tochter. Mit John ist es seit vergangenem Samstag aus, ich habe direkt nach unserem Zusammentreffen Schluss gemacht.«

Er hatte mit John … Schluss gemacht?!

Es dauerte ein paar Augenblicke, bis seine Worte mein Gehirn erreicht und ich sie begriffen hatte.

»Mach's gut«, murmelte er, ehe er mich stehen ließ.

Ein Teil von mir wollte ihm unbedingt hinterher, ein anderer … hatte Angst davor. Angst, wieder verletzt zu werden. Nicht nur innerlich.

Dann fiel mir etwas auf und meine Beine übernahmen die Kontrolle, während ich ihm folgte.

»Warte!«, rief ich und sah, wie Angel am Ende des Ganges, der zu den Toiletten führte, stehen blieb.

Hier war es immer noch weniger laut als im Herzen der Bar, dennoch dröhnte gerade ›Last Christmas‹ von Wham! aus den Boxen zu uns (ich liebte diesen Song!). Aber jetzt war keine Zeit, mitzuwippen oder mitzusingen. Ich musste da noch etwas von Angel wissen. Genauer gesagt zwei Dinge, die mir sonst keine Ruhe lassen würden.

Also schloss ich zu ihm auf und beobachtete, wie er sich wieder zu mir umdrehte. Als ich bei ihm ankam, verschränkte ich die Arme vor der Brust und sah zu ihm hoch. »Du sprichst nicht mehr Spanisch mit mir«, stellte ich fest.

Angel verengte kurz die Augen, ehe er sie schloss und leise durchatmete. »Echt jetzt? Das ist es, was du mir sagen wolltest?« Er schaute wieder auf mich herunter.

»Siehst du?« Ich löste einen Arm und deutete mit dem Zeige-finger auf seine Brust. »Da. Kein Spanisch. Normalerweise hät-test du ...«

»Hätte ich was?!« Er trat einen Schritt auf mich zu und ich wich unwillkürlich vor ihm zurück.

Angel schien zu merken, dass er mir Angst machte, daher schloss er erneut die Augen, nur um sie gleich wieder zu öffnen.

»Hör zu, Hannes«, sagte er etwas leiser, aber noch so, dass seine Stimme mühelos George Michael übertönte. »Ich brauche gerade ziemlich viel Selbstbeherrschung. Du hast keine Ahnung, was ich dir am liebsten sagen oder noch lieber mit dir tun würde. Du ... ¡Mierda!« Er griff sich an die Stirn, versuchte sichtlich, sich zu sammeln. »Bitte. Lass es gut sein.«

Wieso stand ich immer noch vor ihm? Ich musste masochis-tisch sein. Trotzdem konnte ich mich keinen Zoll bewegen.

Aber da war noch eine zweite Frage. Eine, die mir in den ver-gangenen Wochen immer und immer wieder durch den Kopf ge-spukt war. Wenn ich sie ihm jetzt nicht stellte, würde ich es nie tun.

»Du bist mich gleich los. Aber vorher sag mir noch eines. Wenn ...« Ich schluckte und nahm all meinen Mut zusammen. »Wenn das in Venedig ...« Angel atmete tief durch, was seine Brust sich heben ließ (dieses schwarze Hemd gehörte verboten!). »Wenn das nicht passiert wäre.« Jetzt war *ich* es, der Luft holte. »Hättest du ... hätten wir ... dann eine Chance gehabt?« Ich konnte sehen, wie seine Kiefermuskeln sich anspannten, ehe er mich wieder an-sah. »Bitte, Angel. Ich muss es wissen. Wärst du zu John zurück-gekehrt, auch wenn wir ... wenn das in Venedig nicht passiert wäre?«

»Warum willst du das wissen? Um dich selbst zu quälen? Oder mich?«

»Weder noch ... ich möchte abschließen. Mit dir. Mit ... uns. Aber ...«

»Hannes ... fuck, hör auf damit, das bringt nichts«, erklärte er mit erstaunlich ruhiger Stimme. »Das bringt keinem von uns etwas.«

»Ah, *da* bist du!«, rief in dem Moment eine Stimme, die mich zusammenfahren ließ. »Ich dachte schon, du hast mich versetzt!«

Mit einem breiten Grinsen und ein wenig torkelnd kam Eric den Gang herunter und auf mich zu. Er trällerte den Refrain von ›Last Christmas‹ mit. Als er bei mir ankam, unterbrach er sich und stützte sich kurz an meiner Brust ab. »Ich muss mal pissen, dann werde ich dich vernaschen, okay? Ich hab Angst, dass ich sonst keinen mehr hochbekomme.«

Ich konnte gerade noch den Kopf ein wenig zur Seite drehen, um den Kuss, der auf meinen Mund gezielt hatte, auf meiner Wange landen zu lassen.

»Na, seit wann zierst du dich denn so?«, fragte Eric belustigt. »Egal, ich muss pissen. Bis gleich!«

Damit war er in den Toiletten verschwunden und als ich wieder in Angels Gesicht blickte, glich dieses einer einzigen Gewitterwolke.

Shit.

32
Wenn Stalker
gestalkt werden

Angel

War das gerade tatsächlich geschehen?!

Ich starrte Hannes an, der vor mir noch kleiner zu werden schien. Der Typ, der soeben in den Toiletten verschwunden war, hatte ihn geküsst. Nicht nur das, er wollte mit ihm schlafen! Mit Hannes! Meinem Hannes!

Alles in mir bäumte sich gerade auf und als ich einen lauten Fluch ausstieß, zuckte Hannes unwillkürlich zusammen.

»¡Qué demonios es esto!«, brach es aus mir hervor und es war mir egal, dass ich gerade viel zu laut wurde. »¡Qué diablos pasa!«

Was zum Teufel noch eins ging hier vor?!

Hannes starrte mich entgeistert an und als er einen Schritt in meine Richtung trat und ein Lächeln sein Gesicht erhellte, verstand ich die Welt nicht mehr.

»Du tust es wieder«, hauchte er.

Fuck.

Ich hatte tatsächlich Spanisch gesprochen und es nicht einmal gemerkt! Aber das war kein Wunder in Gegenwart dieses Goldlöckchens, das mich gerade auf die Palme brachte!

Ich atmete tief durch, riss mich am Riemen und verengte die Augen. »Du bist also in einer Beziehung?«

»Grindr-Date«, erwiderte er und zuckte mit den Schultern. »Mein erstes seit … ewig. War Kates Idee.«

Ich war der Letzte, der ihm einen Vorwurf zu machen hatte, das war mir klar. Trotzdem drang ein unwirsches Schnauben über meine Lippen. »Dann viel Spaß mit ihm.«

Der Ursprung des Stichs, der meine Brust durchfuhr, während ich mich von Hannes ab- und der tanzenden Menge zuwandte, war mir bewusst. Aber ich durfte keine Ansprüche auf ihn erheben, musste ihn gehen lassen. Auch wenn ich kein Auge zutun könnte in dieser Nacht – denn die Vorstellung, dass dieser Clown mit Hannes Sex hatte, brachte mich jetzt schon beinahe um den Verstand.

Aber wenn schneller Sex mit Grindr-Dates der Weg war, den er für sich wählte – wer war ich, dass ich es ihm verbieten könnte? Mit John hatte ich in den vergangenen Wochen zigmal gevögelt. Wäre sogar mit meinem Ex wieder zusammengezogen.

Ich selbst tat Hannes nicht gut und wenn er sich mit kleinen Latinos umgeben wollte, sollte er meinetwegen zehn davon ins Bett zerren.

Wenigstens besaß er so viel Selbstschutz, mir jetzt nicht hinterherzurennen oder mich aufhalten zu wollen.

Meine Laune war im Keller, als ich wieder bei Charly ankam, die brav an dem kleinen Bartisch stand und wartete. Ich verscheuchte den Typen, der gerade versuchte, ihre Nummer zu kriegen, mit finsterer Miene.

»Finger weg, sie ist noch minderjährig!«, knurrte ich.

Der Kerl nahm sofort Reißaus und ich stellte mich wieder an Charlys Seite.

»Dir scheint eine ziemliche Laus über die Leber gelaufen zu sein«, bemerkte sie mit einem Blick in mein Gesicht.

»¿Sabías algo de esto?«, fuhr ich sie an.

»Wovon soll ich gewusst haben?« Sie klimperte unschuldig mit den künstlichen Wimpern.

»Davon, dass Hannes hier ist!«

»Wer?«

»¡Dios mío! Tu nicht so scheinheilig!«

»Ach, du meinst den Typen, den ich blockieren sollte?«

»¡Sí! Du hast ihn nicht blockiert, oder?«

»Nope.«

Ich atmete tief durch – das gefühlt tausendste Mal in den letzten Minuten.

Meine Tochter sah mich von unten herauf lächelnd an. »Ich hab dich extra hierhergebracht, da er schon den ganzen Nachmittag und Abend davon schwärmt, dass er zu dieser Party geht«, erklärte sie seelenruhig. Sie schien ziemlich zufrieden zu sein mit sich.

»Du hast *was?!*«, bellte ich. »Woher weißt du überhaupt davon, dass er hier ist?!«

»Social Media.« Sie grinste und wirkte dabei, als könnte sie kein Wässerchen trüben. »Ach komm schon, Dad. Du bist seit Europa so mies drauf – das konnte ja keiner mit ansehen. Und dann diese Nummer mit John ... was sollte das?«

»¡Santa mierda! Mit wem ich was mache, geht dich einen Scheißdreck an!«

»Falsch.« Sie hob belehrend den Zeigefinger. »Es geht mich sehr wohl was an, wenn ich deine Launen ertragen muss. Sogar Mom ist aufgefallen, dass John dir nicht guttut. Nicht mehr.«

»Ihr redet über mein Liebesleben?!«

In welchem Film war ich denn jetzt bitte sehr gelandet?!

»Nicht im Detail.« Sie grinste. »Das wäre ziemlich eigenartig – brrrr … daran darf ich gar nicht denken, sonst brauch ich doch noch Alkohol. Wodka oder so.«

»¡Olvídalo! Du wirst keinen Schluck Wodka vor einundzwanzig trinken!«, knurrte ich.

»Einundzwanzig Uhr, wie man in Europa sagen würde?« Sie grinste noch breiter, was ich mit einem Knurren kommentierte. »Na, wenigstens lässt du mich ab und zu an deinem Weinglas schnuppern. Also – du hast Hannes getroffen?«

Ich stolperte kurz über ihren abrupten Themenwechsel, dann verfinsterte ich meine Miene noch stärker. »¡Vamos!« Ich griff nach ihrem Arm.

»Du willst schon gehen?« Sie entzog sich mir und sah mich verwirrt an.

»¡Sí!«

»Aber …«

»¡Hala, vamos! Deine Kupplungsversuche sind zwar nett gemeint, aber sie werden niemals fruchten!«

»Warum denn? Ich finde Hannes und du …«

»Hör auf damit! Du hast keine Ahnung, was tatsächlich geschehen ist!«

»Wie denn auch, wenn du keinem was erzählst?« Sie stemmte die Hände in die Hüfte. »Du fährst nach Europa, um diese Schiffsreise zu machen, die Rick gern gehabt hätte. Und kommst zurück mit der miesesten Laune der Welt. Zudem ist da dieser ominöse Blondschopf, der dir ganz offensichtlich den Kopf so verdreht hat, dass du ständig Spanisch sprichst!« Sie blies die Backen auf und stieß die Luft wieder aus. »Was in Gottes Namen ist auf dem Schiff so Schreckliches geschehen, dass du ihn nicht mehr an dich ranlässt?! Weder ihm noch dir geht es gut, das sieht doch ein Blinder! Und dass du ziemlich sicher sogar in diesen Hannes verliebt bist, ebenfalls!« Sie unterbrach sich und starrte an mir vorbei, ehe sie die Hand vor den Mund schlug. »Sorry, Dad …«

Ich schloss reflexartig die Augen, bevor ich mich zur Seite drehte. Und Hannes ansah, der mich mindestens so entgeistert anstarrte, wie Charly es bei ihm tat.

»Du … bist in mich …« Er schluckte und sein Adamsapfel hüpfte dabei.

Mierda!

»Hi, ich bin Charly.« Sie streckte ungeniert den Arm aus und ehe ich es verhindern konnte, hatte Hannes die Hand meiner Tochter ergriffen und schüttelte sie.

»Hannes.«

»Ich weiß. Du stalkst mich auf Instagram.« Sie grinste.

»Oh.« Er senkte verlegen die Augen.

»Kein Problem, bist nicht der einzige Mann, der …« Sie warf einen raschen Blick zu mir und ich konnte selbst im dämmrigen Neonlicht der Bar sehen, wie sie errötete. »Ähm …«

»Qué demonios …«, knurrte ich. »Ich werde dir dein Handy wegnehmen und …«

»Bevor du mir drohst, mich in einen Turm zu sperren und ich mir lange Haare wachsen lassen muss, ruf ich mir dann mal lieber ein Taxi«, unterbrach sie mich und zückte ebenjenes Handy, das ich ihr wegnehmen wollte. »Keine Sorge, Daddy, ich finde alleine nach Hause. Bin schon ein großes Mädchen.«

»¡No, ni hablar!«, knurrte ich und legte den Arm um ihre Schulter. »Ich bringe dich nach Hause.«

»Okay, du darfst mich bis nach draußen zum Taxi begleiten«, meinte sie lächelnd. »Wartest du hier auf meinen Dad, Hannes?«

»Ich …«

Hannes sah mich fragend an und ich seufzte, ehe ich ihm mit einem Nicken zu verstehen gab, dass ich zu ihm zurückkehren würde.

Ja, wir hatten da noch was zu klären. Und ich wusste, dass ich meine Tochter allein mit dem Taxi nach Hause fahren lassen konnte.

»Supi!«, rief Charly. »Und Dad, sei zu ihm bitte freundlich. Sei einfach du.«

»Was denn jetzt?«, brummte ich missmutig.

Sie lachte nur und gähnte theatralisch. »Komm, lass uns gehen, ich muss ins Bett. Bin echt mühüüde.«

Ich verdrehte die Augen, während ich ihr folgte. Von wegen müde. Wahrscheinlich würde ich sie später beim Zocken antreffen, wenn ich in meine Wohnung zurückkehrte.

33

Die unverblümte Wahrheit

Hannes

Ich sah Angel und seiner Tochter hinterher, unsicher, was hier gerade geschehen war. Aber ich würde warten, bis Angel zurückkäme und es mir erklärte. Hoffentlich beschloss er nicht, mich einfach bis zum Ende der Welt hier stehen zu lassen. Doch ich erinnerte mich daran, dass er in Kroatien erwähnte, immer Wort zu halten.

Daher zückte ich mein Handy, um eine Nachricht an Kate zu schreiben, in der ich ihr kurz mitteilte, dass ich Angel und seiner Tochter über den Weg gelaufen war.

Es kam mir unwirklich vor, ihm schon wieder begegnet zu sein. Wochenlang hatte ich ihn nicht gesehen und jetzt innerhalb von zwei Wochen gleich drei Mal?

Noch während ich auf Angel wartete, wurde mir klar, dass zumindest das Aufeinandertreffen hier in der Bar von seiner Tochter eingefädelt worden sein musste.

Sie hatte gemerkt, dass ich ihr immer noch auf Instagram folgte, und hatte ziemlich sicher meine Storys gestalkt. Ich konnte zwar ihr Profil nicht in meiner Follower-Auflistung finden, aber wofür gab es Fake-Profile? Charly schien ein cleveres

Mädchen zu sein – und erkannt zu haben, dass da zwischen Angel und mir auf der Kreuzfahrt was gelaufen war. Was mich wieder zu den Worten brachte, die sie Angel gesagt hatte, als ich ihn eigentlich gerade zur Rede stellen und ihm sagen wollte, dass ich Eric abgeschossen hatte.

Gleich nachdem mein Grindr-Date vom Klo zurückgekommen war, hatte ich ihm erklärt, dass ich es mir anders überlegt hätte. Seine Reaktion war so cool gewesen wie alles an ihm. Er hatte bloß mit den Schultern gezuckt und »Okay« gesagt, ehe er gegangen war.

Dann hatte ich beschlossen, Angel zu suchen, bevor er die Bar verließ. Einen groß gewachsenen Mann wie ihn konnte man in der Menschenmenge schnell aufspüren, daher dauerte es nicht lange, bis ich ihn fand. Und die Worte hörte, die Charly sagte.

›Weder ihm noch dir geht es gut, das sieht doch ein Blinder! Und dass du ziemlich sicher sogar in diesen Hannes verliebt bist, ebenfalls!‹

War Angel wirklich in mich verliebt? Und falls das stimmte … was bedeutete das dann für uns?

Ja, ich hatte immer noch diese starken Gefühle für ihn – trotz allem. Aber da war auch die Angst. Die Angst, die mir damals in der Nacht in Venedig jegliches Vertrauen geraubt hatte.

Konnte ich mich je wieder in seiner Nähe sicher fühlen?

Die Erinnerung an ihn und seine Tochter, der er liebevoll den Arm um die Schultern gelegt hatte, ehe er sie zum Taxi brachte, rüttelte an meinen Zweifeln.

Ich wusste, wie Angel sein konnte, hatte es erlebt. Seine zärtliche, sanfte, leidenschaftliche Seite. Er beschützte die, die er liebte. Aber schloss mich das auch ein?

Angel war echt lange weg und meine Zweifel wurden immer größer, während ich an dem Stehtisch stand, einen Ellbogen aufgestützt und gedankenversunken mit dem Strohhalm in Charlys halb ausgetrunkener Cola rührte. Das Eis darin war beinahe geschmolzen und ich schubste es von einer Seite zur anderen.

»Wir müssen reden«, riss mich eine Stimme aus meinen Überlegungen.

Ich hob den Blick und sah tatsächlich Angel, der vor mir stand und mich stirnrunzelnd betrachtete.

»Das sollten wir«, antwortete ich und ließ den Strohhalm los, richtete mich auf. Da die Musik lautstark aus den Boxen dröhnte, mussten wir beide unsere Stimme heben, um einander zu verstehen.

»Wo ist dein Date?«, fragte er und sah sich suchend um, als erwartete er, Eric im nächsten Moment wieder an meine Seite eilen zu sehen.

»Hab ihm gesagt, dass das heute nichts mehr wird.« Ich beobachtete Angels Reaktion forschend.

Er verengte kurz die Augen, ehe er mit den Schultern zuckte und die Arme vor der Brust verschränkte. »Bien.«

»Du …« Ich kratzte mich an der Wange. »Also …«

»Lass uns woanders hingehen«, meinte er. »Hier ist es zu laut.«

»Das stimmt.«

Er machte eine Kopfbewegung Richtung Ausgang.

»Ich schreib noch rasch Kate«, erklärte ich und holte mein Handy hervor. »Bin mit ihr hier.«

Angel wartete, bis ich ein paar Zeilen getippt und abgeschickt hatte, dann folgte ich ihm zur Garderobe und aus der Bar.

Inzwischen war meine Betrunkenheit etwas verflogen. Die zwei Wassergläser und Angels Auftauchen hatten mich wieder nüchterner gemacht. Die Winterkälte, die uns empfing, als wir auf die Straße traten, tat den Rest. Fröstelnd verbarg ich die Hände in den Manteltaschen und zog die Schultern hoch.

Angel sah mich von der Seite an, ehe er etwas unschlüssig stehen blieb. »Willst du in eine ruhigere Bar oder so?«, fragte er.

»Hauptsache irgendwohin, wo es wärmer ist.«

Er nickte und trat an den Straßenrand, um ein Taxi zu rufen.

Zwanzig Minuten später saßen wir einander gegenüber in einer Jazz-Bar, in der es um einiges angenehmer und leiser war als in der vorherigen.

Das Licht in dem kleinen Laden war dämmerig und die Bar zwar gut besucht, aber da die Tische weit genug auseinanderstanden, hatten wir etwas Privatsphäre.

Angel bestellte uns zwei Colas, denn weder er noch ich hatten Lust, dieses Gespräch unter Alkoholeinfluss zu führen. Dazu war es zu wichtig.

»Also«, begann Angel, als wir unsere Getränke vor uns stehen hatten. »Was du da vorhin von Charly gehört hast …«

»Dass du in mich verliebt bist?«

»Unterbrich mich bitte nicht«, sagte er in einem Tonfall, der zwar streng, aber gleichzeitig auch müde klang.

»'tschuldigung.« Ich biss mir auf die Innenseite der Wange, ehe ich einen Schluck Cola trank.

»Es stimmt.« Er sah nicht mich, sondern sein Glas an und ich beobachtete, wie sich die Falte zwischen seinen Augenbrauen vertiefte. »Ich habe Gefühle für dich entwickelt während der Kreuzfahrt. Aber das ist mir erst im Nachhinein klar geworden. Als es schon … zu spät war.«

Er seufzte leise und sah mich wieder an. In seinen dunklen Augen konnte ich einen inneren Kampf lesen. Es kostete ihn offenbar viel Kraft, nicht schon wieder ins Spanisch zu driften, aber er schien zu wollen, dass ich jedes Wort von dem verstand, was er mir sagte.

»Es tut mir leid«, murmelte er, nachdem er ebenfalls einige Schlucke Cola getrunken hatte. Er drehte das Glas in den Händen, fuhr mit den Daumen über den Rand, während er in die Flüssigkeit starrte. »Alles tut mir leid. Was ich dir in Venedig angetan habe, ist … fuck … ich hasse mich selbst dafür. Du bist für mich so wertvoll … und trotzdem habe ich dich beinahe zerstört.« Sein Blick wurde dunkel und verzweifelt, als er mich wieder anschaute. »Wenn …« Er saugte seine Unterlippe zwischen die Zähne und kaute kurz darauf herum, bevor er die Luft mit einem leisen Schnauben ausstieß. »Wenn das, was in jener Nacht geschah, nicht passiert wäre, dann …« Er sah mich rastlos an, blieb eine Sekunde an meinem Mund hängen, ehe er mir fest in die Augen schaute. »Ich wäre mit euch durch Italien gereist, so selbstzerstörerisch das auch gewesen wäre. Sowohl für dich als auch für mich. Aber ich hätte jeden Moment mit dir ausgekostet. Und dich dann sitzen lassen.«

Ich sog scharf die Luft ein, spürte, wie sich ein Brennen in meinen Augen anbahnte. Rasch blinzelte ich und trank nochmals einen Schluck Cola, um zu verbergen, wie weh er mir mit diesen Worten tat.

War sie das? Die unverblümte Wahrheit? Dass Angel in mir wirklich nur ein kleines Abenteuer in Europa gesehen hatte? Womöglich immer noch sah?

»Du hättest mich …« Ich schluckte und versuchte, mich zusammenzureißen. Ich hatte es hören wollen, jetzt musste ich auch damit umgehen können.

Er betrachtete mich ein paar Atemzüge lang, dann kratzte er sich am Kinn. »Ich hätte dich sitzen lassen, weil … ich hätte es nicht ausgehalten, dich ins Unglück zu stürzen. Irgendwann hätte ich es verbockt, hätten meine Dämonen dich mit sich in den Abgrund gezerrt. Und mit dieser Schuld … hätte ich nicht leben können.«

Er holte tief Luft, strich sich mit der Hand über die Stirn und schloss kurz die Augen, ehe er blinzelte. Als sein Blick mich erneut traf, zuckte ich ob des Schmerzes, den ich darin las, zusammen.

»Hannes … als ich dich im Starbucks gesehen habe, hat es mir fast das Herz zerfetzt«, murmelte er und Trauer zeichnete seine Stimme ebenso wie aufrichtiges Bedauern. »Denn dein Leuchten … es war weg. Ist es immer noch. Ich habe keine Ahnung, wie ich damit umgehen soll, geschweige denn, wie ich das wiedergutmachen kann.« Ein Seufzen entfuhr ihm und er schüttelte den Kopf. »Es tut mir so leid, dass ich schuld daran bin. Por favor, ich weiß, ich sollte dich nicht um Verzeihung bitten, denn Vergebung habe ich nicht verdient, aber …« Seine Stimme war jetzt heiser, beinahe brüchig, und mir wurde bewusst, wie groß seine Selbstvorwürfe sein mussten.

»Angel, du musst nicht …«

»Du bedeutest mir viel, Hannes«, unterbrach er mich. »Santa madre de Dios, das ist noch gelogen. Du bedeutest mir verdammt viel. Das ist mir in den vergangenen Tagen so klar geworden wie noch nie. Ich hätte niemals mit John wieder etwas anfangen dürfen. Das war einfach nur … feige und es tut mir unendlich leid, dass ich dir damit schon wieder wehgetan habe.«

Die Trauer verweilte in seinen Augen und ich spürte, dass es ihm todernst damit war. Dass er jedes Wort genau so meinte, wie er es sagte. Dennoch konnte ich nichts erwidern – ich hatte keine Ahnung, wie ich überhaupt darauf reagieren sollte.

Angels Brustkorb hob sich unter einem tiefen Atemzug, ehe er mit der Hand über sein Gesicht fuhr und an seinem Bart verweilte. »John … er war nie mehr als eine Ablenkung für mich, das musst du mir glauben. Eine Ablenkung von der Einsamkeit, die mich seit Europa befallen hatte. Eine Ablenkung von … von dir. Von meinen Gefühlen, die ich dir gegenüber empfinde.« Er sah mich unverwandt an, legte beide Hände auf den Tisch. »Hannes, ich glaube, meine Tochter hat recht. Ich habe mich auf dieser Kreuzfahrt in dich verliebt.« Er schnaubte leise und machte eine fahrige Geste. »Keine Ahnung warum. Du bist zu laut, zu fröhlich und zu klein … aber …«

»Du bist verliebt in mich«, hauchte ich und spürte, wie sich alles in mir zusammenzog, bevor mir eine Gänsehaut über den Rücken rann.

»Glaub mir, ich wünschte auch, es wäre anders.« Er hob freudlos einen Mundwinkel und rieb sich mit dem Zeigefinger über die Oberlippe. »Denn ich weiß gleichzeitig, dass ich dich verloren habe, und dieses Gefühl ist … fuck … es ist beschissen.«

»Du hast mich nicht verloren«, erwiderte ich leise, was ihn erstaunt den Blick heben ließ.

Die Art, wie er mich ansah, die Hoffnung, die in seinen dunklen Augen aufflackerte, ließ mich zittrig Luft holen.

»Ich sitze doch hier, rede mit dir. Aber …« Ich schluckte erneut. »Ich weiß nicht, ob ich mit dir wieder so zusammen sein kann, wie wir es in Europa waren. Diese Nacht in Venedig …« Ich schauderte, als unwillkürlich wieder die Bilder in mir hochstiegen. Wie Angel sich über mich gebeugt hatte, seine Fäuste auf mich einprügelten, er mich anbrüllte … Rasch blinzelte ich, um die Erinnerungen zu verdrängen, und versuchte, meinen Herzschlag zu beruhigen. »Diese Nacht war die bisher schlimmste in meinem Leben. Und …«

Er hob die Hand und unterbrach mich damit ein weiteres Mal. »Ich will dich nicht überreden, alle Zweifel über Bord zu werfen und mir blindlings zu vertrauen«, stellte er klar und sein Blick wurde wieder fokussierter. »Das war nicht die Absicht oder der Grund, warum ich dir das alles erzählt habe. Mir ist bewusst, dass du dich in meiner Gegenwart nicht mehr genauso wohl fühlen kannst wie auf dem Schiff. Weil du sie gesehen hast ... die verfickten Dämonen meiner Vergangenheit, die mich auch jetzt noch nicht in Ruhe lassen.« Er verzog das Gesicht, als wollte er ausspucken, tat es aber natürlich nicht. Stattdessen sprach er weiter. »Obwohl sie seit Europa um einiges weniger stark sind, habe ich noch immer fast jede Nacht Albträume, da helfen weder Medikamente noch Psychotherapiesitzungen. Sie werden ziemlich sicher mein Leben lang an meiner Seite sein und auf mich lauern – und ich kann dir nicht zumuten, das auszuhalten.«

Ich nickte, dankbar für sein Verständnis.

»Aber ...« Er sah mich mit bohrendem Blick an, als wollte er in meine Seele schauen. »Wenn du dir vorstellen könntest, dich wieder mit mir zu treffen. Mich ... noch einmal kennenzulernen ... weit weg von antiken Säulen und sonnigen Stränden ... würde ich dich gerne davon überzeugen, dass es den Aufwand wert ist. Dass ich an mir arbeite, um gut genug für dich zu werden. Um dich zu verdienen. Denn ... Dios mío. Ich will dich nicht nur, ich *brauche* dich. Und ich möchte dir ebenso guttun wie du mir. Daher werde ich alles daransetzen, dass du merkst, wie ernst es mir ist, solltest du mir die Möglichkeit dazu geben wollen. Ich werde wieder regelmäßig in die Therapie gehen, trete meinen Dämonen entgegen. Denn niemand stellt sich zwischen dich und mich – auch nicht meine Vergangenheit.«

Ich starrte ihn an, unfähig, ihm zu antworten. Noch vor ein paar Monaten hätte ich jubelnd die Hände in die Luft geworfen und wäre ihm um den Hals gefallen. Hätte mich wie der glücklichste Kerl der Welt gefühlt, dass ein Mann wie Angel vor mir saß und mir anbot, sich mit mir zu treffen. Sogar an sich zu arbeiten, um mit mir irgendwann zusammen sein zu können.

Aber jetzt ... die Zweifel und die Angst verboten es mir, Ja zu sagen.

Was, wenn ich an ihm zerbrach? Was, wenn er mir wieder wehtat? Nicht nur seelisch, sondern körperlich? Könnte ich das noch einmal durchmachen? War ich stark genug dafür, mich seinen Dämonen ein weiteres Mal zu stellen? Auch auf die Gefahr hin, dass sie mich wieder zerfleischten?

Nein. Die Antwort war ein simples Nein.

Trotzdem ... ich konnte ihn nicht einfach gehen lassen. Da waren diese Gefühle in mir, die in seiner Gegenwart verrücktspielten.

»Escucha por favor«, murmelte Angel und dass er wieder ins Spanisch verfiel, zeigte mir, wie emotional er gerade in seinem Inneren war. »Wenn du uns eine Chance gibst, bin ich bereit, alles dafür zu tun, dein Vertrauen zurückzubekommen. Ich war arrogant und dumm. Hatte geglaubt, dass ich alleine klarkäme. Aber dann bist *du* im wahrsten Sinn des Wortes in mein Leben gestolpert und hast mir gezeigt, wie sinnlos ein ewiger Kampf gegen die Vergangenheit ist, wenn man doch viel besser in der Gegenwart und Zukunft lebt. Statt seinen Schatten zu betrachten, sollte man sich dem Licht zudrehen, das diesen erzeugt. Und in diesem Licht stehst für mich du, Hannes.«

Sein Blick ging mir durch Mark und Bein, als er sich etwas über den Tisch beugte und seine Augen mich fixierten. Mein Herz schlug so schnell, dass ich glaubte, demnächst zu kollabieren. Alles an mir spannte sich an, aber nicht aus Angst, sondern vor Aufregung, Zuneigung, Hoffnung ... mein Inneres glich einem einzigen Gefühlscocktail, der mich schwindelig zurückließ.

Wann hatte jemals jemand etwas Schöneres zu mir gesagt? Wann jemals stärkere Gefühle in mir ausgelöst, als Angel es gerade tat?

Sein Blick wurde noch eine Spur entschlossener und ein leichtes Funkeln war in seinen Augen zu erkennen, als er mit rauer Stimme weitersprach. »Hannes ... Wenn du mir etwas gibst, woran ich mich festhalten, woran ich glauben kann, dann werde ich kämpfen. Ich werde darum kämpfen, dich wiederzubekommen. Mehr, als ich für unser Land gekämpft habe. Mehr, als ich überhaupt jemals in meinem Leben gekämpft habe. Und glaub mir, ich war ein ziemlich guter Soldat. Ein SEAL versucht nicht, er macht. Und er gibt niemals auf. Nie. Scheitern ist keine Option. Das kann ich dir hier und jetzt versprechen.«

Unwillkürlich glitt ein Lächeln über meine Lippen und ich griff über den Tisch nach seiner Hand, die er um das Glas gelegt hatte. »Das war die schönste Liebeserklärung, die ich jemals gehört habe«, flüsterte ich und seufzte. »Angel ... meine Gefühle für dich sind immer noch unheimlich stark. Ich würde so gerne Ja sagen und mit dir in den Sonnenuntergang segeln, aber ...«

»Bien. Das reicht mir bereits.« Er nahm seine Hand vom Glas und umschlang meine Finger mit seinen, hielt sie fest. »Das reicht mir als Anfang.«

»Das ist in Filmen aber immer das Ende«, flüsterte ich.

»Was, wenn das hier kein Film, sondern ein Buch ist? Eines, in das du dich fallen lassen kannst und in dem ich dich auffange?«

»Das wäre zu schön, um wahr zu sein.« Ich lächelte wehmütig.

»Lass es uns herausfinden.« Er sah mich fest an. »Glaub mir, in den vergangenen Minuten habe ich so viel emotionalen Scheiß von mir gegeben, dass ich langsam an meinem Verstand zweifle. Aber ich werde dem Wahnsinn mit weit ausgebreiteten Armen entgegentreten, wenn ich dafür *dich* haben kann.«

Mein Lächeln wurde breiter. »Du bist wirklich gut im Kämpfen.«

»Dann warte erst ab, was ich mit dir als meine Kriegsbeute tue, wenn ich gewonnen habe.« Sein Blick wurde verheißungsvoll und das Lächeln, das sich auf seinen Lippen ausbreitete, ließ mich frösteln.

»Ich sollte jetzt gehen«, murmelte ich und entzog ihm meine Hand.

Er hatte mir so viel gesagt, mir so viel zum Nachdenken gegeben – das musste ich erst mal für mich sortieren und verdauen. Das konnte ich nicht, wenn ich ihm gegenübersaß und ihn am liebsten geküsst hätte. Nein, ich durfte nicht nochmals dieselben Fehler machen und ihn unterschätzen.

Das schien er zu verstehen, denn er nickte, während ich mich erhob. »Du feierst als Jude kein Weihnachten, oder?«, fragte er.

Verwirrt sah ich auf ihn herunter. »Nicht wirklich. Warum?«

»Würdest du am nächsten Samstag an Heiligabend zu mir kommen?«

»Zu ... dir?«

»Sí.« Seine Augen hielten mich gefangen. »In meine Wohnung. Zum Abendessen. Charly ist bei ihrer Mutter, sie gehen zusammen mit der Familie ihres Stiefvaters in die Kirche und feiern am Fünfundzwanzigsten morgens. Toms Verwandte mögen keine schwulen Männer, daher habe ich mich ausgeladen. Ich kann auf den Gottesdienstbesuch an Heiligabend und den Stress am

Weihnachtsmorgen herzlich gern verzichten. Charly und ich feiern zusammen mit Lara und Tom am Fünfundzwanzigsten abends. Daher ...«

Auch wenn eine innere Stimme mich davor warnte, zu schnell vorzupreschen, so fühlte ich gleichzeitig den Drang, ihm etwas zu geben, woran er sich festhalten konnte. Ein Versprechen. Und ein Abendessen wäre vielleicht ein guter Anfang.

»In Ordnung.« Ich nickte, was ihn die Augenbrauen heben ließ.

»Me alegro, das freut mich.« Er stand ebenfalls auf und kratzte sich verlegen am Hinterkopf. »Gibst du mir deine Nummer?« Er holte sein Handy aus der Hosentasche und entsperrte es, ehe er es mir hinhielt.

»Natürlich.« Ich lächelte verständnisvoll, nahm sein Telefon entgegen und erstellte einen neuen Eintrag in seiner Kontaktliste. »Aber nur, wenn ich ein Herzchen hinter meinen Namen setzen darf.«

Angel schnaubte leise, dann schüttelte er schmunzelnd den Kopf. »Du und Charly, ihr seid euch erschreckend ähnlich.«

»Das ist doch ein guter Anfang für unser Buch.« Ich lächelte ihn an und gab ihm das Handy zurück. »Ruf mich an. Bis Samstag.«

»Bis Samstag.« Er hielt meine Hand noch kurz fest, sodass ich fragend den Kopf schief legte. »Gracias de todo corazón. Du wirst es nicht bereuen, versprochen.«

34
Rendezvous
mit einem Engel

Hannes

Es war Sonntag und ich hatte eine unruhige Nacht hinter mir. Eine, in der sich Zweifel, Glück und Bammel beinahe im Minutentakt die Klinke in die Hand drückten.

Nach dem Gespräch mit Angel hatte ich mich dazu entschlossen, zurück nach Hause in die Bronx zu fahren. Auch weil sich Kate inzwischen gemeldet hatte und mir schrieb, dass sie und ihr Date sich Mühe gäben, leise zu sein, damit ich schlafen könne. Nein. Ich musste meine Chefin wirklich nicht beim heißen Sex mit einem Typen im Nebenzimmer zuhören. Da war ich lieber mit meinen Gedanken alleine und versuchte zu begreifen, was an diesem Abend alles geschehen war.

Angel hatte mir erneut eine Freundschaftsanfrage auf Facebook gestellt und folgte mir nun auch auf Instagram. Sobald ich das entdeckt hatte, hatte ich meine Storys der vergangenen Stunden gelöscht.

Das fehlte noch, dass er mich beim Feiern mit Eric sah. Leider hatte er sich bereits ein paar Sachen angesehen, aber bis zu dem Teil, wo Eric und ich uns abknutschten, war er zum Glück nicht gekommen.

Zum ersten Mal seit meiner Rückkehr aus Europa wischte ich durch das Fotoalbum meines Handys und betrachtete die Bilder und Videos, die ich während der Kreuzfahrt aufgenommen hatte. Bisher hatte ich es einfach nicht geschafft, sie mir anzutun – da es sich wirklich nach ›antun‹ angefühlt hätte. Die ganzen Erinnerungen, die ich damit verknüpfte, wären schlicht und ergreifend zu schmerzhaft gewesen.

Aber nun reiste ich in Gedanken zurück.

An jenen Freitagnachmittag in Kreta, als unsere Reise startete.

Gefolgt von Santorini. Dort hatte Angel mich heldenhaft gerettet und auch noch im letzten Moment aufgesammelt und aufs Schiff geholt.

Dann Athen. Die Zusage von Angel zu unserem ersten Date brachte jetzt noch alle Schmetterlinge in meinem Bauch zum Flattern. Und am Abend … das geilste erste Date meines Lebens.

Danach der Seetag. Der Sex mit Angel … es war so unbeschreiblich gewesen.

Korfu. Beim Kloster der Heiligen Jungfrau Maria im Dorf Paleokastritsa hatte ich mit ihm ein Selfie geschossen. Darauf konnte ich einen mehr oder weniger lächelnden Angel erkennen, während ich neben ihm wie ein Honigkuchenpferd grinste. Würde es je wieder so zwischen uns werden? Dass ich derart gelöst und verliebt neben ihm stehen und mich wohlfühlen könnte? Ich hoffte es. Ich hoffte es so, so sehr. Denn diesen Hannes, der dort bei dreißig Grad unter der Sonne Griechenlands stand, den mochte ich. Und ich vermisste ihn. Vielleicht würde es mir gelingen, ihn am kommenden Samstag wiederzufinden.

Nach Korfu folgte der Landgang in Kotor. Die Stadt selbst war nicht berauschend gewesen, aber was ich danach mit Angel erlebte, umso mehr. Unsere Unterhaltung am Pool, dann der Musicalabend, die Party, der Sex … auch wenn Angel mich danach aus seiner Kabine warf, so hatte uns dieser Tag einander nähergebracht. Emotional näher.

Der Krka-Nationalpark. Ich blieb an einem Foto von Mrs Blumberg hängen. Wenn Angel mich an jenem Abend nicht versetzt hätte, hätte ich sie nie näher kennengelernt.

Als ich am nächsten Abend Angel bei seiner Kabine aufsuchte, da hatte ich sie zum ersten Mal gesehen … seine Dämonen. Sie hatten mich vorgewarnt vor dem, was nur vierundzwanzig Stunden später geschehen würde. Aber ich war blind dafür gewesen.

Venedig … der letzte und schönste Tag der Reise, aber auch gleichzeitig der schmerzhafteste und schwärzeste in meinem bisherigen Leben.

Danach endeten die Fotos abrupt. Ich hatte auf der gesamten Rückreise keine mehr geschossen.

Die nächsten Bilder, die mein Handy mir zeigte, waren irgendwelche antiken Stücke, die ich fotografiert hatte, um sie auf die Instagram-Seite unseres Ladens zu stellen.

Vielleicht … womöglich könnte ich irgendwann nochmals nach Europa reisen. Nach Deutschland. England. Zu Sara und Evan. Und ein kleiner Teil von mir hoffte, dass Angel mich dann begleiten würde. Ja, ich war trotz allem, was mir widerfahren war, eines geblieben: ein unverbesserlicher Optimist.

Am Montag wollte Kate alles von meinem Treffen mit Angel erfahren. Nachdem ich ihr den Großteil davon erzählt hatte, meldete sie zwar Zweifel an, ob es eine gute Idee sei, dass ich mich erneut auf ihn einließ. Aber als sie merkte, wie viel mir Angel immer noch bedeutete, wünschte sie mir alles Glück der Welt.

»Ich bin am Samstag auf der Weihnachtsfeier eines Freundes eingeladen«, meinte sie. »Aber wenn etwas ist und Angel sich nicht benehmen sollte, rufst du mich an, okay?«

Ihre Fürsorge rührte mich und ich versprach ihr, mich sofort zu melden, würde ich mich bei meinem Date unwohl fühlen.

Interessanterweise kehrte mit dem Gespräch, das Angel und ich am Samstag geführt hatten, auch mein Appetit wieder zurück. Ich aß so viel wie seit Tagen nicht mehr und auch wenn ich aus Nervosität kaum schlief, so fühlte ich mich gelöster und zufriedener.

Am vierundzwanzigsten Dezember stand ich als kleines Nervenwrack pünktlich um sieben Uhr abends vor Angels Wohnungstür. Allerdings mit einem erwartungsvollen Grinsen, denn sosehr mich die Aufregung auch im Griff hatte, freute sich der größte Teil von mir auf den Abend mit ihm.

Angel wohnte in einem schicken New Yorker Apartment und bereits vor seiner Tür nahm ich den herrlichen Geruch wahr, der den Gang erfüllte.

Hatte er tatsächlich für mich gekocht? Und war es das, was ich vermutete?

Nachdem ich geklingelt hatte, dauerte es einen Moment, bis die Tür sich öffnete – doch dann drang der Geruch des Schweinebratens und Rotkohls unverkennbar in meine Nase.

Aber alles, was meine Aufmerksamkeit auf sich zog, war Angel. Er hatte sich für mich in einen teuer wirkenden Anzug geschmissen, der ihm so gut stand, dass mir beinahe die Kinnlade heruntergefallen wäre. Zusammen mit dem hammergeilen Parfum, das mir entgegenwehte, war er schlicht und ergreifend die personifizierte Verführung.

Okay, der Panther hatte sich für die Jagd vorbereitet – und die Beute wäre dann wohl ich.

»Bienvenido, Hannes«, sagte er mit einem leichten Lächeln, das seine Augen funkeln ließ. »Komm herein.«

»Da…danke«, stotterte ich und drückte ihm die Weinflasche und die Weihnachtsstern-Pflanze in die Hand, die ich als Gastgeschenk mitgebracht hatte.

»Gracias«, murmelte er, während er zur Seite trat und mich vorbeiließ.

Neugierig sah ich mich um und registrierte, wie er meine Geschenke auf ein Sideboard stellte, das sich neben der Tür befand.

Da ich ihm den Rücken zukehrte, zuckte ich zusammen, weil ich mit einem Mal seine Hände an meinen Schultern spürte. Aber als ich merkte, dass er mir lediglich aus dem Mantel helfen wollte, um ihn an der Garderobe aufzuhängen, entspannte ich mich wieder.

»Schön hast du es hier«, bemerkte ich ehrlich erstaunt.

Angels Wohnung war ohne großen Schnickschnack eingerichtet und er hatte moderne, vor allem weiße, braune und schwarze Möbel gewählt. Wie auch schon in seiner Schiffskabine herrschte überall Sauberkeit und Ordnung.

Ich stand direkt in seinem Wohnzimmer, in dem ich neben einem Sofa mitsamt riesigem Flachbildschirm einen geschmückten Weihnachtsbaum erblickte. Zu meiner Rechten stand ein wundervoll gedeckter Mahagoni-Tisch, der ein Vermögen wert sein musste, wie ich unschwer an den Holzbeinen erkannte, die unter dem weißen Tischtuch hervorschauten. Angel hatte sogar die goldenen Servietten passend zur Tischdeko gewählt, die aus kleinen Sternen und Weihnachtskugeln bestand. Drei Kerzen versprühten eine gemütlich-romantische Atmosphäre, und unaufdringliche Pianomusik drang aus Bluetooth-Lautsprechern, die ich auf einer Kommode entdeckte.

Okay, dass er so viel Aufwand für mich betrieb, hätte ich ihm nun wirklich nicht zugetraut.

»Schuhe aus«, sagte er und erst jetzt fiel mir auf, dass er selbst nur in schwarzen Hausschuhen unterwegs war.

»Oh, klar.« Ich schlüpfte aus meinen vom Winterwetter etwas verschmutzten Schuhen. Es hatte den ganzen Tag geregnet und da ich mit der Subway hergefahren war, hatte ich durch die matschigen Straßen von Manhattan gehen müssen.

Zwar wurde durch das Schuheausziehen ein Teil meines Outfits ruiniert, das aus einer dunklen Anzughose sowie einem hellblauen Hemd bestand, aber der blitzeblank geputzte Boden würde es mir danken.

Angel reichte mir schwarze Hauspantoffeln, in die ich schlüpfte.

»Champagner?«, fragte er, während er an mir vorbei und in einen angrenzenden Raum ging, in dem sich wohl die Küche befand.

»Gern«, rief ich und blieb etwas unschlüssig in dem großen Wohnraum stehen.

Angel kehrte mit einer Flasche zurück und mir fiel auf, dass er bereits auf dem Beistelltisch vor dem Sofa zwei Gläser und Servietten hingestellt hatte.

Wow, der Kerl war gut vorbereitet.

»Siéntate.« Er deutete auf die weiße Couch mit den beigen Kissen. »Setz dich.«

Ich nickte und folgte seiner Aufforderung. Als ich vor dem großen Fernseher saß, bemerkte ich tatsächlich eine Playstation.

Angel als Zocker … irgendwie schräg, aber gleichzeitig auch total cool. Vielleicht könnten wir mal zusammen was spielen. Ich selbst besaß keine Konsole, konnte mir aber vorstellen, dass mir das gefallen würde.

Nachdem Angel den Korken der Flasche mit einem leisen ›Plopp‹ entfernt hatte, füllte er die beiden Gläser auf.

Dann setzte er sich neben mich und prostete mir zu. »Salud.«

»Salud«, wiederholte ich und nippte dankbar an dem Champagner, der meine Befangenheit hoffentlich etwas entschärfen würde. »Wow, der ist lecker.«

»Stammt aus Deutschland. Auch wenn er sich aufgrund seiner Herkunft nicht Champagner nennen darf, so wird er genau gleich hergestellt und ist für mich daher Champagner«, erklärte Angel, was mich die Augenbrauen heben ließ.

»Oh, das ist …« Ich sah ihn an und mir fiel wieder der Bratengeruch auf, der seine Wohnung erfüllte. »Hast du extra für mich deutsches Essen gekocht?«

»Sí.« Er nickte und ein leises Funkeln erfüllte erneut seine Augen. »Schweinebraten mit Rotkohl und Klößen. Nach dem Rezept deiner Oma.«

»Was?!« Ich ließ fast das Champagnerglas fallen. »Wie …«

»Nicht nur *du* kannst stalken«, erklärte er mit einem zufriedenen Schmunzeln. »Deine Mutter war unschwer auf Facebook zu finden und sie hat mir liebend gern das Rezept verraten.«

»Aber … sie hat mir gar nichts davon gesagt.«

»Bien. Das durfte sie auch nicht.« Er zuckte mit den breiten Schultern.

Ich schaute ihn sprachlos an. Angel hatte sich echt ins Zeug gelegt für diesen Abend. Das wurde mir mit jeder Sekunde, die ich hier verbrachte, klarer. Und meine Mom hatte sich hinter meinem Rücken mit ihm verbündet.

Daher hatte sie mir zugezwinkert, als ich gestern sagte, dass ich heute ein Date hätte und ausnahmsweise den Heiligabend nicht mit ihr verbringen würde. Sie hatte genau gewusst, mit wem ich mich traf, und war natürlich Angels Charme ebenso erlegen wie ich. Lag bei uns anscheinend in den Genen. Denn noch nie hatte sie jemandem Familienrezepte verraten.

Angel musste ein echt guter Broker sein, wenn er sogar meine Mutter um den Finger wickeln konnte. Ein kleiner Teil von mir war froh darüber, dass ich ihr immer noch nicht die Wahrheit darüber erzählt hatte, was auf der Kreuzfahrt wirklich geschehen war. Ich bezweifelte, dass der Start mit Mom und Angel dann so gut verlaufen wäre. Vielleicht würde ich es ihr irgendwann erzählen, wenn sie ihn besser kannte – obwohl das im Grunde keine Rolle mehr spielte. Alles, was zählte, war die Zukunft, und ich war gespannt, was sie noch für Überraschungen bereithielt.

»Ich hab auch das Rezept für die Lasagne von ihr bekommen, die du so magst. Das von deiner Urgroßmutter«, meinte Angel mit einem Lächeln, das ich so selten an ihm sah – und umso mehr mochte. »Wenn du einwilligst, mit mir Silvester zu verbringen, werde ich für dich noch einmal kochen. Ich bin ziemlich gut darin, aber das wirst du gleich selbst feststellen.«

Mir blieb nichts übrig, als sein Lächeln zu erwidern. Es war einfach nur herzerwärmend, wie er um mich – um uns – kämpfte. Obwohl eine innere Stimme mir warnend zuflüsterte, dass ich vorsichtig bleiben und mein Herz vor den Flammen schützen sollte, die ich in Angels Augen lodern sah. Doch ebenjenes schmolz gerade dahin wie Eis in der Sonne.

»Muy bien, diese Herzchenaugen wollte ich sehen.« Angel lehnte sich ein wenig zu mir rüber und brachte sein Gesicht näher zu mir. »Ich kann den Sieg schon riechen.«

Der hungrige Blick, den er mir schenkte, jagte Stromstöße durch meinen Körper. Hätte er mich jetzt küssen wollen, hätte ich ihn keinesfalls daran gehindert.

Aber mein düsterer Panther schien es zu bevorzugen, noch eine Weile um mich herumzuschleichen, ehe er zum endgültigen Angriff überging.

Er stellte sein Glas auf den Beistelltisch und erhob sich, um in die Küche zu gehen. Nach ein paar Minuten kehrte er mit einem Teller zurück, auf dem ich kleines rundes Gebäck erkannte.

»Blätterteig, gefüllt mit Rohschinken und Käse«, erklärte er. »Hab ich auf einem Instagram-Kanal gesehen, wo sich alles ums Essen dreht. Ziemlich nützlich, dieses Social Media.« Er hob einen Mundwinkel an und ließ seine Augen blitzen. »Bedien dich. Dort sind Servietten. Buon appetito.« Er deutete auf den Serviettenhalter, der auf dem Sofatisch stand.

Das Gebäck war noch warm und roch unglaublich lecker. Nachdem ich eines genommen und hineingebissen hatte, schloss ich vor Genuss die Augen. »Wow, wenn du den Schweinebraten gleich gut hinbekommen hast wie diese Blätterteigrollen, werde ich einen Geschmacksorgasmus erleben.«

»Das wäre ein Anfang.« Seine Stimme war eine Oktave tiefer geworden und als ich ihn wieder ansah, merkte ich, dass er näher gerückt war. »Ich werde dich heute weder küssen noch mit dir schlafen«, sagte er leise. »Das Einzige, was du hier ausziehen durftest, waren deine Schuhe. Aber ich habe nichts dagegen, dich stöhnen zu hören. Ich kann mich noch sehr gut daran erinnern, wie geil es klingt, wenn du dich vor Ekstase kaum mehr unter Kontrolle hast, ehe du kommst.«

Was er mit diesen Worten bei mir anrichtete, glich einem wahren Feuerwerk der Gefühle. Einerseits war ich darüber enttäuscht, dass er mich nicht küssen wollte, andererseits törnte sein Dirty Talk mich gleichzeitig an und mein Schwanz begann, stärkere Durchblutung für sich zu fordern.

Oh mein Gott, ich war einfach wie Wachs in seinen Händen …

Nachdem wir das Gebäck gegessen hatten, verabschiedete sich Angel wieder in die Küche und ich bekam dadurch Gelegenheit, mich in seiner Wohnung ein wenig umzusehen.

Die Bilder auf der Kommode, auf der auch die schwarzen Bluetooth-Lautsprecher standen, fielen mir sofort ins Auge und ich ging hin, um sie näher zu betrachten. Unter anderem erkannte ich darauf Angel mit Charly und einer Schönheit, die Charlys Mutter sein musste. Die Ähnlichkeit zu ihrer Tochter war unverkennbar, wenngleich mir aus ihren Augen weniger Schalk entgegensprühte, als es bei Charly der Fall war.

Ich betrachtete die Aufnahmen weiter und mein Augenmerk fiel auf ein Bild, das ein schwarzes Samtband an einer Ecke des Fotorahmens hatte. Es zeigte einen Mann in Militäruniform, der mir mit ernstem Blick entgegensah.

Im ersten Moment glaubte ich, meinen ehemaligen Nachbarn Evan zu erkennen, denn das schwarze Haar und die blauen Augen waren exakt gleich – ebenso wie die schmalen Gesichtszüge. Doch dann kam mir in den Sinn, dass es sich hierbei um Rick handeln musste. Den Mann, für den Angel die Kreuzfahrt auf sich genommen hatte.

Eine Weile schaute ich sein Bild an und bedauerte, ihm nie dafür danken zu können, dass er Angel dazu gebracht hatte, diese

Reise zu buchen. Denn ohne Rick hätten wir uns vielleicht niemals kennengelernt.

Warum er Angel so viel bedeutete, wurde mir in diesem Moment klar. Hatte seine eigene Familie sich von ihm abgewandt, war Rick wohl so etwas wie der Bruder gewesen, den Angel niemals hatte. Der ihn so akzeptierte, wie er war. Umso härter musste ihn Ricks Tod getroffen haben.

Eine Gänsehaut rann über meinen Rücken, als mir die Tragweite von Angels schmerzvollem Verlust zum ersten Mal in vollem Umfang bewusst wurde.

Kein Wunder, suchten ihn diese Dämonen heim – ich an seiner Stelle wäre wohl ebenso zerbrochen.

»Ein älteres Foto von ihm«, ertönte Angels Stimme dicht hinter mir.

»Ich hätte Rick gerne kennengelernt«, murmelte ich, ohne mich zu ihm umzuwenden.

»Du hättest ihn gemocht. Und er dich.« Sein Atem streifte mein Ohr, so nahe stand er an meinem Rücken. »Er liebte es, zu lachen, auch wenn man es auf diesem Foto der Army nicht sehen kann.«

»Wahrscheinlich wären wir dir bereits nach fünf Minuten auf die Nerven gegangen.« Ich schmunzelte.

»Muy seguro.« Ich hörte ihn leise einatmen (schnupperte er gerade an mir?). »Das Essen ist fertig«, sagte er dann mit rauer Stimme.

Als ich mich umdrehte, war er bereits von mir weggetreten und ich folgte ihm zum Tisch, wo mich tatsächlich Schweinebraten mit Rotkohl und Klößen erwartete. Sogar ein deutsches Bier hatte er für mich besorgt, während er selbst deutschen Wein trank.

Keine Ahnung, woher er das alles hatte, er musste in den vergangenen Tagen alle Hebel in Bewegung gesetzt haben, es zu organisieren.

»Und?«, fragte Angel, nachdem wir eine Weile stumm gegessen hatten. »Hast du es dir schon überlegt?«

Ich hatte in den vergangenen Minuten fast bei jedem Bissen ein genüssliches »Mhmm« ausgestoßen. Angel konnte echt wahnsinnig gut kochen.

»Ob ich den Mann, der den besten Schweinebraten der Welt hinkriegt, näher kennenlernen und mit ihm Silvester verbringen will?«, fragte ich und stopfte mir etwas Rotkohl in den Mund (ebenfalls hervorragend).

Angel sah mich mit hochgezogener Augenbraue an. »Den besten?«

Ich nickte zustimmend.

»Besser als der deiner Oma?«, hakte er nach.

Ich nickte erneut.

»Bueno, dann kenne ich die Antwort«, meinte er und lehnte sich zufrieden im Stuhl zurück. »Denn du wärst bescheuert, wenn du diesen Mann jemals wieder gehen lassen würdest.«

Das Lachen, das ich ausstieß, war laut und herzhaft. Es kam so unerwartet über mich, dass ich sogar die Gabel, mit der ich den letzten Happen Schweinebraten aufgestochen hatte, sinken lassen musste.

35
Sissi

Angel

Mierda, ich mochte dieses Lachen, von dem ich geglaubt hatte, es nie wieder hören zu dürfen. Nein ... ich mochte diesen *Mann*, der das Lachen ausstieß und sich die Tränen wegwischte, während er versuchte, wieder zu Atem zu kommen.

Ich musste mich wirklich zusammenreißen, nicht aufzustehen, um den Tisch herumzugehen und ihn zu küssen. Geschweige denn ihm kurzerhand die Kleider vom Leib zu reißen und ihn so lange zu vögeln, bis er unter mir wimmerte.

Stattdessen trank ich den deutschen Rotwein, den ich extra beim Weinhändler meines Vertrauens bestellt hatte.

Ich hatte eine Menge Aufwand betrieben und tief in der Kitsch-Schublade gewühlt für diesen Abend. Aber das Leuchten, das in ebendiesem Moment wieder in Hannes' Augen angeknipst wurde, war unbezahlbar und ich würde alles dafür tun, dass es nicht wieder erlosch.

»Dann haben wir ein Date für Silvester?«, hakte ich zur Sicherheit nach.

»Du hast dir die Frage doch soeben selbst beantwortet«, meinte er belustigt.

»Ich möchte es gern von dir hören.«

»Sí.« Er grinste.

Fuck … jetzt sprach er auch noch Spanisch …

»Du machst es mir nicht gerade leicht, mich an mein Versprechen zu halten, nicht über dich herzufallen, chico«, brummte ich.

»Oh, entschuldige.« Er grinste noch breiter. »Das war überhaupt nicht meine Absicht.«

Ich knurrte leise, was ihn erneut zum Lachen brachte.

Nein, ich würde ihn heute nicht küssen, das hatte ich mir fest vorgenommen. Ich wollte dieses Mal alles richtig machen und dazu gehörte auch, dass ich es langsam anging. Dass ich Hannes Zeit ließ, das Vertrauen zurückzuerlangen, das ich ihm in Venedig genommen hatte. So viel war ich sowohl ihm als auch mir schuldig.

Also erhob ich mich, nachdem er fertig gegessen hatte, und räumte den Tisch ab, während Hannes es sich auf meinem Sofa gemütlich machte. Dass er mir half, hatte ich entschieden abgelehnt. Er war mein Gast, und Gäste sollten sich verwöhnen lassen. Wenngleich mir da noch ein paar andere Arten eingefallen wären, wie ich ihm ein Lächeln ins Gesicht zaubern könnte.

Noch nicht …

Aber an Silvester würde ich mich nicht mehr so stark zusammenreißen.

Da Hannes kein weiteres Bier wollte, schenkte ich ihm Wein ein und achtete darauf, dass weder er noch ich zu viel davon tranken. Nur schon aus Selbstschutz, da ich mir nicht sicher war, ob ich in betrunkenem Zustand etwaigen Annäherungsversuchen eines ebenfalls angeheiterten Hannes würde standhalten können.

Er schlug vor, einen dieser Sissi-Filme zu sehen, wie er es immer in der Weihnachtszeit mit seiner Oma getan hatte.

Wir fanden sie tatsächlich auf Apple-TV zum Ausleihen. Sogar auf Englisch, sodass ich etwas verstand.

Nun ja, mir war der Film eindeutig zu alt und zu kitschig, aber ich beobachtete dafür gerne Hannes von der Seite, dessen Augen vor Begeisterung strahlten und der sich ganz und gar in dem Film verlor.

Irgendwann rückte er zu mir und ich legte ihm einen Arm um die Schulter, während er sich mit dem Kopf gegen meine Brust lehnte und die Beine aufs Sofa zog. Sein Duft wehte in meine Nase und ich schloss die Augen, atmete ihn tief ein.

Er roch so verdammt gut …

Meine Hand zeichnete wie von selbst kleine Kreise auf seinen Oberarm und ich hörte ihn zufrieden seufzen, während Sissi ihren Franzl auf dem Bildschirm anlächelte.

Nie hätte ich geglaubt, dass ich je wieder einen so schönen Abend mit ihm verbringen dürfte. Umso mehr genoss ich jede Minute.

Als der Film fertig war und wir unsere Weingläser ausgetrunken hatten, kehrten wir zurück an den Tisch. Ich holte das Dessert, das aus einer Schwarzwälder Kirschtorte bestand, die ich ebenfalls nach dem Rezept seiner Oma gebacken hatte. Hannes quietschte fast vor Begeisterung, als ich ihm ein Stück Torte abschnitt. Er befand auch diesen Menügang für mehr als gelungen und spätestens, als wir zusammen Kaffee tranken und uns wieder auf die Couch setzten, war ich mir sicher, dass es nicht der letzte gemeinsame Abend gewesen war.

Hannes bat mich, ihm zu zeigen, wie man Playstation spielte, und ich suchte ein Game, das wir zu zweit zocken konnten. Da Charly und ich des Öfteren zusammen spielten und manche Games zwei Konsolen benötigten, hatte ich irgendwann eine zweite

Playstation und einen weiteren Bildschirm gekauft. Beides holte ich jetzt aus meinem Schlafzimmer, wohin ich es gestellt hatte, was Hannes natürlich mit einem »Du bist echt ein Nerd« kommentierte. Ich grinste nur, ehe ich die zweite Playstation am Strom anschloss und die Bildschirme nebeneinander platzierte.

Meine Wahl fiel auf ›Dead by daylight‹, ein Horrorspiel, in dem man in einer Gruppe einem Mörder entkommen musste. Spiele mit Schusswaffen und zu viel Rumballern hatte ich noch nie gemocht und mied sie seit der Navy ohnehin. Aber bei diesem Horrorspiel war das Ziel, aus dem Gebiet, wo sich der Killer befand, zu fliehen, indem man Generatoren reparierte, die am Ende eine oder zwei Türen öffneten. Wenn der Killer – der ebenfalls von einem Gamer gespielt wurde – einen fand, konnte er den Charakter mit einem ersten Schlag verwunden und mit einem zweiten Schlag töten, wenn man nicht schnell genug Reißaus nahm.

Hannes überraschte mich, indem er sich trotz mangelnder Zockererfahrung sehr rasch in dem Game zurechtfand und sich ziemlich geschickt anstellte. Mehr als einmal rettete er meinem Charakter sogar das Leben, indem er mich heilte, wenn ich es wieder mal zu stark übertrieben und bis zur letzten Sekunde beim Generator geblieben war, was den Killer anlockte.

»Ich wär ein guter Soldat«, bemerkte er lächelnd, als unsere beiden Überlebenden auf den Bildschirmen durch die Tür in den sicheren Bereich rannten.

Ich schmunzelte nur, da ich mir Hannes beim besten Willen nicht als Soldat vorzustellen vermochte. Er würde keiner Fliege was zuleide tun und genau das war der Grund, warum ich ihn so gern bei mir hatte. Hannes' Seele war rein wie die eines Engels. Und stellte damit einen krassen Gegensatz zu mir dar. Aber ohne Licht gab es nun mal keine Schatten – und Hannes war mein Licht. Das war mir inzwischen klar geworden.

Wir spielten so viele Runden, bis Hannes irgendwann beinahe die Augen zuklappten, obwohl das Game einen einzigen Nervenkitzel darstellte.

Weit nach Mitternacht verließ er meine Wohnung – mit der restlichen Schwarzwälder Kirschtorte in einer Tüte.

Auch wenn mein Versprechen im Grunde nicht mehr galt, da ein neuer Tag angebrochen war, hielt ich mich bei der Verabschiedung zurück und beugte mich lediglich zu ihm herunter, um ihm einen Kuss auf die Stirn zu drücken.

»Du willst, dass ich dich anbettle, mich zu küssen, oder?«, meinte Hannes mit einem vielsagenden Grinsen, nachdem ich mich wieder aufgerichtet hatte.

»Sí, ich will dich betteln hören«, murmelte ich. »Aber nicht nur für einen Kuss, sondern, dass ich dich wieder vögle.«

Sein Grinsen wurde sündig. »Ich werde kommenden Samstag auf jeden Fall Gleitgel dabeihaben.« Er legte mir eine Hand auf die Brust, direkt dort, wo mein Herz saß. »Danke für diesen unvergesslichen Abend, Angel. Es war der schönste Heiligabend, den ich in meinem Leben hatte.«

»Eso es todo. Das war er auch für mich.«

Mit einem letzten Lächeln wandte er sich ab und ging den Flur runter zum Lift, der zu meiner Wohnung hochführte.

Ich blieb in der Tür stehen, bis er den Knopf drückte, dann kehrte ich zurück in meine Wohnung. Sonst wäre ich ihm wahrscheinlich hinterhergerannt, um ihn doch noch zu küssen.

Nein. Erst an Silvester. Und bis dahin würde ich mit dem Ständer klarkommen müssen, den ich definitiv während der nächsten Woche jeden Morgen hätte.

36
Neujahrsvorsätze

Hannes

Nach dem Abend mit Angel waren sie wieder da – die Schmetterlinge, die mich ab sofort begleiteten, wenn ich an ihn dachte. Was oft war, denn wir schrieben jeden Tag miteinander, schickten uns Sprachnachrichten und Fotos.

Angel hatte anscheinend von seiner Tochter rote Hauspantoffeln zu Weihnachten erhalten und er sandte mir ein Bild davon, wie er sie zu einem schwarzen Anzug trug. Zum Schießen! Ich kriegte mich kaum mehr ein, da der Stilbruch mehr als krass war. Doch wenn jemand es mit Selbstbewusstsein tragen konnte, dann Angel.

Ich stellte ihm mit einem kleinen Video vom Aquarium Toni Nummer drei und Elvis vor, meine beiden Goldfische. Angel schien sie zu mögen, denn er kommentierte das Video sogar mit einem Herz.

Die Woche verging wie im Flug und als der Samstag und damit Silvester näher rückte, stellte sich mir die Frage, wie und wo wir eigentlich feiern wollten.

Also schrieb ich Angel, während ich im Laden gerade nichts zu tun hatte, da Kate soeben die beiden Kunden bediente, die sich für ein antikes Biedermeier-Nähtischchen aus Nussbaumholz interessierten.

Hannes:

Was hast du dir für Silvester
vorgestellt? :-)

Umgehend sah ich, dass Angel online war und etwas schrieb.
Kurz darauf blinkte eine Nachricht von ihm auf.

Angel♡:

Mir würden da so einige Dinge
einfallen … ;-)

Er hatte sogar ein Zwinker-Smiley verwendet – Seltenheitswert.
Ich grinste das Display an.
Oh Mann, wie ich mich auf den Abend morgen mit ihm freute!
Seit unserem Date an Weihnachten fühlte ich mich, als würde ich
auf rosa Wolken schweben.

Hannes:

Ja, aber … wo? *_*

Angel♡:

Zuerst in deinem Mund,
danach in deinem Arsch. Oder
du in meinem. Wäre auch geil.

Okay, er war bester Laune. Mein Grinsen wurde breiter. Na gut,
dann ging ich eben auf seine Anspielungen ein.

Hannes:

Und wann? :-D

Angel♡:

Nach dem Essen.

Hannes:

Haha, okay, mir gehen die
Fragen aus. XD Kannst du
mir bitte noch beantworten,
an welchem Ort wir das
alles tun werden? Und eine
Uhrzeit nennen, wann ich
dort aufkreuzen soll?

Angel♡:

8 pm bei mir.

Hannes:

In Ordnung. Ich freu mich
schon. <3

Angel♡:

Vergiss das Gleitgel nicht.

Hannes:

Ich werde sogar eine
Analdusche machen. :-D <3
Du bitte auch, damit ich
deinen Hintern so richtig
verwöhnen und lecken
kann. ;-)

Ich konnte Angel förmlich fluchen hören. Das Display zeigte an, dass er etwas schrieb, dann war er aber offline, ohne die Nachricht verschickt zu haben.

Schmunzelnd wollte ich das Handy schon wegstecken, da blinkte ein Foto auf.

Von …

»Oh mein Gott!«

Kate, die soeben die beiden neuen Besitzer des Biedermeier-Nähtischchens aus dem Laden begleitet hatte und zurückkehrte, sah mich mit hochgezogenen Augenbrauen an. »Ist was passiert?«

»Ähm.« Rasch wollte ich den Chat schließen, aber da hatte sie mir das Handy schon aus der Hand genommen und starrte auf das Bild, das Angel mir gerade geschickt hatte.

»Ist das ein Dickpic von … Angel?!« Ihre Augen wurden riesig, während sie den deutlich erregten Schwanz meines Silvesterdates anstarrte. »Ach du heilige Scheiße!«

»Gib her!«, rief ich und eroberte mein Handy zurück. »Das ist privat.«

»Haha, nein, das ist scharf.« Sie grinste. »Oh mein Gott, du tust mir beinahe ein bisschen leid. Sex mit ihm muss ziemlich … schmerzhaft sein.«

Ich verdrehte die Augen und schmunzelte. »Man gewöhnt sich dran.«

»Hast du das Herzchen hinter seinen Namen gesetzt?« Sie deutete auf mein Handy, das ich nun wieder gesperrt hatte.

»Jap.« Ich grinste. »Sag ihm das bloß nicht, er würde mich umbringen.«

»Oder morgen noch härter vögeln.« Sie lachte laut. »Wie gesagt, ich beneide dich zwar – allerdings nicht um die Arschschmerzen morgen.«

»Analsex ist gar nicht so schmerzhaft, wenn jemand weiß, wie er es richtig macht«, erwiderte ich lächelnd.

»Und Angel scheint das ziemlich gut zu wissen, oder?« Sie zwinkerte mir zu.

»Oh ja, und wie er das tut.«

»Ich freu mich wirklich für dich.« Sie strich mir über den Arm. »Aber sei vorsichtig.«

»Das bin ich immer – hab stets Kondome dabei, zudem war ich noch beim Arzt und hab mich durchchecken lassen.« Ich grinste.

»Das meinte ich nicht.«

»Ich weiß.« Ich ergriff ihre Hand. »Keine Sorge, Kate. Angel und ich … wir werden nicht dieselben Fehler nochmals machen.«

»Das wollte ich hören.« Sie sah mich mit einem liebevollen Blick an. »Und falls er dir doch erneut das Herz bricht, wird er es mit mir zu tun bekommen.«

Ich lachte leise. »Allein schon deswegen wird er sich hüten.«

»Kannst du dir denn vorstellen, mit ihm … also ich meine …«

»Mit ihm wieder in einem Bett zu liegen?«, formulierte ich ihre Frage aus und sie nickte. Ich hob die Schultern und ließ sie wieder sinken. »Ehrlich gesagt, ich hab keine Ahnung. Das werde ich wohl erst wissen, wenn es so weit ist. Aber ich habe auch keine Angst davor, das ist doch schon mal was.«

Sie lächelte erneut und drückte mir einen raschen Kuss auf die Wange. »Bitte pass einfach auf dich auf, ja? Ich bin morgen wieder erreichbar, sollte etwas sein. Werde mein Handy akribisch aufladen und auf laut stellen – zudem nehme ich meine Powerbank mit, um für alle Fälle vorbereitet zu sein. Hätten wir in Europa auch schon tun sollen, wir Dummerchen.«

»Danke, Kate.«

Sie winkte ab. »Kein Ding. Was ich noch sagen wollte: Die Wohnungen, die dir der Makler gezeigt hat, sind allesamt weg.«

»Oh.« In meiner rosaroten Wolken-Welt hatte ich gar nicht mehr daran gedacht, mir das mit der Wohnung nochmals zu überlegen.

Jetzt, da es mit Angel so gut lief, hätte ich nichts dagegen gehabt, in das Loft zu ziehen, wo wir uns bei der Wohnungsbesichtigung begegnet waren. Im Gegenteil, es hätte sich schön angefühlt, zu wissen, dass das der Anfang von etwas Neuem gewesen war.

»Kein Problem, Hannes, ich habe für die zweite Januarwoche einen weiteren Termin mit ihm vereinbart. Ich hoffe, das geht für dich in Ordnung? Er wird passende Objekte heraussuchen und sich bei mir melden.« Sie zwinkerte mir erneut zu. »Wer weiß, vielleicht ist ja was dabei, das groß genug für zwei Männer wäre.«

»Kate«, stöhnte ich, was sie lachen ließ.

»Jaja, schon gut. Eins nach dem anderen. Aber ganz ehrlich: Wenn das Date mit dir und Angel morgen gut verläuft, steht einer gemeinsamen Zukunft doch nichts mehr im Weg, oder?«

»Keine Ahnung«, murmelte ich. »Alles, was ich weiß, ist, dass er mir unheimlich viel bedeutet. Aber was die Zukunft bringt … das lasse ich einfach mal auf uns zukommen.«

»Das ist die richtige Einstellung und ein guter Vorsatz fürs neue Jahr.« Sie klopfte mir auf die Schulter.

»Das stimmt.« Ich nickte. »Was sind denn deine Vorsätze fürs neue Jahr?«

Sie machte eine wegwerfende Handbewegung. »Nun ja, mal sehen. Ich würde mir gern eine kleine Auszeit gönnen – die vergangenen Monate waren doch ziemlich intensiv. Vielleicht reise ich im Sommer oder Herbst mal zu meiner Freundin ins Napa Valley. Paar Wochen entspannen, die Seele baumeln lassen, Wein trinken …«

»Zu Emilia?« Sie hatte mir schon einige Male von ihr erzählt. Ihre beste Freundin hatte eine Weile mit Kate in New York verbracht, allerdings verstarben ihre Eltern vergangenes Jahr sehr plötzlich und hinterließen Emilia ein Weingut im Napa Valley. Daher wohnte sie nun dort, schien aber rundum glücklich zu sein.

»Ja, genau.« Kate nickte. »Ich war im Sommer ja in Napa auf ihrer Hochzeit und da hatte ich die Idee, mal etwas länger zu bleiben. Das Weingut ist echt wunderschön und weit ab von der New Yorker Hektik. Was meinst du, könnte ich dich ein paar Wochen mit dem Laden alleine lassen?«

»Klar, kein Problem.« Ich sah meine Chefin lächelnd an. »Angel würde das Napa Valley ziemlich sicher auch gefallen.«

»Ja, er trinkt gerne Wein, oder?«

»Tut er.«

»Wer weiß, was die nächsten Jahre noch bringen?«, meinte Kate mit vielsagendem Blick. »Vielleicht besucht ihr das Napa Valley ja mal zusammen?«

»Vielleicht sogar zu *deiner* Hochzeit.« Ich lachte.

»Wer weiß?«, wiederholte Kate und fiel in mein Lachen ein. »Womöglich treffe ich einen heißen Weingutbesitzer, der mir den Kopf verdreht. Man soll niemals nie sagen.« Sie zwinkerte mir ein drittes Mal zu. »So, und jetzt machen wir Feierabend. Du musst morgen ausgeruht sein, wenn du mit Angel ins neue Jahr feiern willst.«

Wir räumten auf und verabschiedeten uns dann.

Morgen wollte Kate den Laden geschlossen lassen, um sich selbst auf eine Silvester-Party vorzubereiten, zu der sie mitsamt ein paar Leuten der New Yorker High Society eingeladen war.

Und ich, ich würde mich auf das Date mit Angel vorbereiten, zum Friseur gehen, denn obwohl ich normalerweise halblange Haare trug, hatte es mir der neue kürzere Haarschnitt angetan. Für Angel wollte ich zudem so gut wie nur möglich aussehen.

Ja, ich konnte mir inzwischen vorstellen, ihn regelmäßig zu treffen. Vielleicht sogar mehr als das. Die Bilder von Venedig waren zwar immer noch präsent und ich wäre definitiv nicht so blöd, zu denken, sie würden einfach verschwinden und damit alles vergeben und vergessen sein.

Mein Raubkatzen-Vergleich, den ich mit Angel und dem Panther anstellte, traf erschreckend gut zu. Egal, wie laut er schnurrte oder sich von mir streicheln ließ – er blieb gefährlich. Und ich musste mich in seiner Gegenwart in Acht nehmen, durfte nicht so naiv sein zu glauben, ich könnte ihn von heute auf morgen zähmen oder ihm gar die Krallen stutzen.

Aber dennoch waren da nun auch neue Bilder. Von Angel, der seine Tochter liebevoll umarmte, in seiner Wohnung für mich kochte. Mich anlächelte, mit mir zusammen einen Film sah, obwohl er ihm ganz offensichtlich nicht gefiel. Mich im Arm hielt. Mir beibrachte, wie man zockte, mir versaute Nachrichten schrieb.

Er hatte mir bereits jetzt gezeigt, wie ernst es ihm war, und das gemeinsame Essen war ein Anfang gewesen. Von was genau, würde ich herausfinden, denn ich war mehr als gewillt, ihm so viele Chancen zu geben, bis ich mich seinen Dämonen auch wirklich gewappnet fühlte.

37

Ven conmigo

Hannes

Es war erstaunlich mildes Wetter, als ich die Treppen aus der Subway-Station hochstieg, die sich in der Nähe von Angels Wohnung befand. Den ganzen Tag hatte die Sonne geschienen und auch jetzt, da ich durch die Straßen Manhattans ging, war es nur leicht bewölkt und sechs Grad. Für einen einunddreißigsten Dezember wirklich angenehm.

Ich steuerte auf das Hochhaus zu, in dem sich Angels Apartment befand, und spürte mit jedem Schritt, den ich mich ihm näherte, wie mein Herz schneller schlug. Es war was anderes, Angel live gegenüberzustehen, als mit ihm zu schreiben und Dirty Talk zu machen (jap, ich hatte ihm am Abend dann auch noch ein Dickpic geschickt – Fairness und so). Er hatte mein Foto mit einer kurzen geknurrten Sprachnachricht kommentiert.

Angel♡:
›*Wir werden so was von vögeln, chico.*‹

Seither konnte ich es kaum erwarten, dass er sein Versprechen einhielt. Aber erst hatte ich vor allem eins: Lust auf das Essen, das er vorbereitet hatte.

Er hatte mir via WhatsApp ein Bild geschickt mit dem Kommentar ›Spoiler‹. Darauf war eine große Auflaufform mit Lasagne zu sehen. Wenn die nur halb so gut schmeckte wie der Schweinebraten, würde ich mich heute Abend schon beim Essen im siebten Himmel fühlen.

Nachdem ich aus dem Lift getreten war, fiel mein Blick sofort auf Angel, der in einem Mantel im Flur vor seiner geschlossenen Wohnungstür stand. Stirnrunzelnd ging ich auf ihn zu.

»Du bist pünktlich, das ist gut«, meinte er, als ich bei ihm ankam, und schenkte mir einen Blick, der ganze Wälder hätte in Flammen aufgehen lassen können. »Ich habe eine Überraschung für dich.«

»Ich dachte, wir essen …«

Weiter kam ich nicht, denn da hatte er mir den Champagner, den ich mitgebracht hatte, schon mit einem »Gracias« aus den Händen genommen und stellte ihn neben der Tür auf den Boden. Im nächsten Moment zog er ein schwarzes Seidenband aus seiner Manteltasche und sah mich mit schmalen Augen an.

»Vertraust du mir schon genug, dass ich dir die Augen verbinden kann?«

Ich schluckte einmal trocken. »Ähm, das wird jetzt aber kein Sadomaso-Ding oder so – oder?«

Angel stieß ein leises Knurren aus. »Ich mag es hart beim Sex, aber nicht *so* hart.« Er zog die dunklen Brauen zusammen. »Dennoch muss ich dir die Augen verbinden, denn das, was ich mit dir vorhabe, soll eine Überraschung sein.«

»Wir bleiben nicht hier?«

Er schüttelte den Kopf. »Eres tan impaciente. Du bist so ungeduldig.«

»Nun ja.« Ich zuckte mit den Schultern. »Dann … okay, verbinde mir die Augen.«

Ich konnte gerade noch sehen, wie sich sein rechter Mundwinkel hob, dann hatte er mir das Seidentuch auch schon über die Augen gelegt und verknotete es an meinem Hinterkopf.

»Cielo santo, du riechst verdammt gut«, murmelte er und ich konnte fühlen, wie sein Atem über mein Gesicht strich.

Gott, es hatte echt etwas Erregendes, nichts zu sehen und zu wissen, dass Angel gerade dicht vor mir stand. Dennoch stieg auch Unsicherheit in mir hoch.

Allerdings hatte ich keine Zeit, mich ihr hinzugeben, denn da hatte Angel mich schon an den Schultern gepackt und drängte mich kurzerhand über den Flur gegen die Wand an der gegenüberliegenden Seite.

Ich keuchte erschrocken auf, während mein Rücken gegen die Mauer stieß. Doch als ich Angels Atem an meinem Hals fühlte und seine Lippen, die sanft über meine Haut strichen, erbebte ich innerlich. Er war so zärtlich und vorsichtig, dass ich unbedingt mehr wollte. Ich wollte ihn intensiver spüren.

Ohne großartig darüber nachzudenken, legte ich den Kopf etwas in den Nacken und entblößte dadurch meine Kehle, was ihn scharf die Luft einsaugen ließ.

Noch vor wenigen Wochen hätte ich mir nicht vorstellen können, mich ihm derart verletzlich zu präsentieren, aber in ebendiesem Moment fühlte es sich einfach nur geil an. Und Angel schien das genauso zu erregen wie mich.

»Fuck, vielleicht kann ich doch nicht so lange warten«, murmelte er an meiner Kehle.

Seine Zunge wanderte über meinen Adamsapfel, hinauf und meinen Kiefer entlang zu meinem Ohr. Angels Bart kitzelte mich dabei an der Wange und sein hammerscharfes Parfüm hüllte mich ein. Seine Hände glitten über meine Schultern nach unten, umfassten kurz meine Oberarme, ehe er sie an meine Taille legte und mich ein Stück näher zu sich zog.

»Ich muss mich schon die ganze Woche zusammenreißen, um mir keinen runterzuholen.« Er knurrte leise an meiner Haut. »Denn ich will den Orgasmus mit dir zusammen erleben. Heute Nacht.«

»Das … das will ich auch«, stöhnte ich, als er seine Liebkosung fortsetzte und mit den Lippen den empfindlichen Punkt unter meinem Ohr streifte.

»Dein Dickpic gestern hat nicht gerade dazu beigetragen, dass das Warten einfacher wurde«, raunte er und biss mir sanft ins Ohrläppchen, zog mit den Zähnen ein wenig daran.

»*Du* hast angefangen«, keuchte ich und legte ihm die Hände auf die Schultern, ließ sie hinauf zu seinem Nacken wandern und verschränkte die Finger dort ineinander.

»No estoy de acuerdo.« Er fuhr mit der Zunge langsam meine Ohrmuschel entlang und verpasste mir heftige Schauer, die meinen Rücken herunterjagten. »Du hast eine Analdusche erwähnt. Glaubst du wirklich, dass es mich kaltlässt, wenn ich an deinen verdammten Knackarsch denke?«

Er drückte seinen Körper an meinen und ich fühlte Angels Erregung, als er seinen Schwanz in Höhe meiner Hüfte positionierte und sich kurz an mir rieb.

Auch ich war bereits dabei, hart zu werden, und hatte jeglichen Hunger auf die Lasagne vergessen.

»Nicht hier«, murmelte Angel schließlich und ließ von mir ab.

Augenblicklich vermisste ich die Wärme seines Körpers, als er von mir wegtrat. Obwohl er mich losgelassen hatte, konnte ich den Abdruck seiner Finger immer noch an meiner Taille fühlen und sein Geruch haftete weiterhin an mir, was mich tief einatmen ließ.

Kurz darauf bemerkte ich, wie er meinen Arm ergriff.

»Ven conmigo.«

Damit zog er mich mit sich mit und ging zurück zum Lift, mit dem ich hochgefahren war.

Ich war froh um meinen Mantel, der die Erektion, die ich immer noch in der Hose hatte, ein wenig verbarg, während ich hörte, wie Angel ein Taxi zu sich winkte. Im nächsten Moment saßen wir nebeneinander auf dem Rücksitz und Angel schien dem Fahrer einen Zettel zuzustecken oder so. Auf jeden Fall konnte ich es rascheln hören, dann sagte der Fahrer: »In Ordnung«, und fuhr auch schon los.

Die Strecke war kurz und hätten wir wohl auch zu Fuß hinlegen können. Aber natürlich hatte Angel mich nicht mit verbundenen Augen durch die Stadt führen wollen – das wäre wohl ziemlich schräg gewesen, selbst für New York.

Nachdem wir ausgestiegen waren, hatte sich immerhin mein Schwanz wieder ein wenig beruhigt und war nur noch halb so steif wie vorhin, als Angel sich an mir rieb.

Oh mein Gott, dieser Mann war einfach der Wahnsinn! Und ich würde mit ihm heute Abend definitiv Sex haben! Ich war immer noch so scharf auf ihn und konnte es kaum erwarten, wieder seine Nähe zu spüren, seine Haut zu küssen, mich von ihm verwöhnen zu lassen.

Er ergriff wieder meinen Arm und führte mich über den Gehsteig zu einer Tür, wie ich an den Geräuschen erkannte. Nachdem wir in ein Gebäude eingetreten waren, hallten unsere Schritte über Steinboden, ehe ich das ›Bling‹ einer Lifttür hörte.

»Wohin bringst du mich?«, fragte ich, da ich die Neugierde nicht mehr aushielt. Den ganzen Weg über hatte Angel kein Wort gesprochen. »In einen Club? Ich höre gar keine Musik ... Oder zu einer privaten Party?«

»Espere«, murmelte er und zog mich weiter, in den Lift, in dem eine angenehme Musik spielte.

»Waaarte mal«, begann ich, nachdem die Tür sich geschlossen hatte. »Kann es sein, dass du ...«

»Espere«, unterbrach er mich und drückte mich sanft gegen die Wand des Liftes. »Wir sind gleich da.«

Nachdem sich die Tür wieder geöffnet hatte, ergriff er meine Hand und ich trat auf weichen Teppichboden, der meinen Verdacht verstärkte.

Angel dirigierte mich einen langen Flur entlang und als wir anhielten, war ich mir ziemlich sicher, dass ich mit meiner Vermutung richtiglag.

»Angel ...«, sagte ich.

»Schhht.« Ein Schlüssel klimperte, danach öffnete sich eine Tür.

Er zog mich hinein und ließ die Tür hinter uns ins Schloss fallen. Ich hörte, wie er meinen Champagner, den er wohl die ganze Zeit mit dabeihatte, auf etwas Hölzernes stellte. Dann spürte ich seine Hände an meinem Hinterkopf, ehe er mir die Augenbinde abnahm.

Als mein Blick auf das Loft fiel, das ich vor zwei Wochen besichtigt hatte, stieß ich einen erstaunten Laut aus.

Es sah zwar noch genauso aus wie zuvor, nur dass es jetzt möbliert war. Ich konnte sogar Angels Mahagonitisch erkennen, der bei der Essecke neben der offenen Küche stand. Sowie eine nagelneue Sofa-Landschaft mit einem Fernseher vor der breiten

Fensterfront. Auf dem Fernsehtischchen standen zwei Champagnergläser sowie ein Teller mit in Streifen geschnittenem Gemüse und ein paar Dipschälchen. Daneben die Weihnachtsstern-Pflanze, die ich Angel an Heiligabend geschenkt hatte.

»Angel«, hauchte ich und schluckte. »Du ... du hast.«

»Sí, ich hab eine neue Wohnadresse«, hörte ich ihn hinter mir sagen und spürte seine Hände, die sich sanft auf meine Schultern legten. Dabei drückten seine Daumen etwas stärker zu, während er leicht meinen Nacken über dem Mantel massierte. »Ich konnte dieses Apartment einfach nicht jemand anderem überlassen. Daher habe ich es kurzerhand gekauft.«

»Gek...« Ich schluckte erneut. »Wow.«

Seine Finger glitten an meinen Schultern seitlich nach unten zu meinen Oberarmen, und ich riss mich aus meiner Erstarrung. Langsam drehte ich mich zu ihm um, bis er mich loslassen musste und ich ihn ansehen konnte.

»Das Loft hat neben dem Wohnbereich zwei Schlafzimmer mit Bad und ein weiteres Zimmer, das ich für Charly hergerichtet habe«, sagte er leise und seine Augen betrachteten mich forschend. »Ein Schlafzimmer mit Bad ist also noch frei und ich glaube, du bist auf der Suche nach etwas, das zentraler liegt als deine Wohnung in der Bronx.«

»Angel, ich ...« Ich wusste, worauf er hinauswollte, aber das ging mir eindeutig zu schnell.

»No te preocupes«, murmelte er und hob sachte eine Hand, legte sie auf meine Brust. Die Geste war so behutsam und sein Blick so voller Wärme, dass ich keinerlei Angst verspürte und auch nicht zusammenzuckte, als seine Finger zum Kragen meines Mantels glitten, um damit zu spielen. »Mach dir keine Sorgen, ich will nicht, dass du mich direkt heiratest oder so. Ich möchte dir nur die Möglichkeit anbieten, mit mir zusammen eine WG zu gründen. Hier. Wir könnten uns in Ruhe kennenlernen, schauen, ob das mit uns beiden funktioniert. Und falls ja ...« Seine Finger hielten inne und sein Blick wurde intensiver, ohne dass er den Satz zu Ende sprach.

»Eine WG?« Ich sah ihn fragend an.

»Eine WG, in der wir ab und an miteinander vögeln können.« Angels Mund verzog sich zu einem Lächeln, das die Zähne blitzen ließ, und seine Augen flammten auf. »Falls du das willst, natürlich.«

Sein Angebot klang verlockend. Sehr verlockend. Ich hätte ein eigenes Schlafzimmer und damit Zeit, mein Vertrauen ihm gegenüber nach und nach weiter aufzubauen. Ihn wieder komplett an mich ranzulassen. Vielleicht würden wir irgendwann sogar nur noch in einem der Schlafzimmer schlafen – das andere könnten wir als Gästezimmer oder für Charly nutzen.

»Was ist, wenn ich ein Grindr-Date mit nach Hause bringe?«, fragte ich mit hochgezogenen Augenbrauen.

Angel verfinsterte sein Gesicht, aber sein funkelnder Blick zeigte mir, dass er meinen Scherz verstand. Er packte den Kragen meines Mantels fester und zog mich etwas näher zu sich. »Dann werde ich ihn hochkant aus der Wohnung schmeißen.« Er senkte den Kopf zu mir herunter, bis seine Lippen knapp vor meinen waren. »Du gehörst zu mir, solange wir uns in dieser Wohnung aufhalten. Zu mir allein. Ebenso wie ich zu dir gehören will.«

»Auch jetzt?«

»Sí.« Er nickte kaum merklich. »Und jetzt werde ich dich verdammt noch mal endlich küssen.«

Ehe ich etwas erwidern konnte, hatte er seine Lippen auf meine gepresst und seine zweite Hand an meinen Hinterkopf gelegt, um den Kuss zu vertiefen. Keine Sekunde später drang seine Zunge in meinen Mund, eroberte ihn gierig, schien jeden Winkel von mir erkunden zu wollen.

Ich stöhnte laut in den Kuss hinein, da ich nicht mehr gewusst hatte, wie gut es sich anfühlte, von Angel begehrt zu werden. Wie perfekt seine Lippen auf meine passten. Die Küsse von Eric waren ein Scherz gewesen gegen das, was Angel gerade mit mir anstellte.

Mein Herz wurde leicht und schwer gleichermaßen. Mein Atem beschleunigte sich und meine Männlichkeit meldete sich erwartungsvoll zurück, indem sie wieder härter wurde.

Ich drängte mich gegen ihn, fuhr mit den Händen unter seinen Mantel, an der Taille entlang zu seinem Hintern, um ihn so intensiv wie nur möglich zu spüren.

Angel knurrte ebenfalls in meinen Mund, als seine Erektion über meine Hüfte zu meinem Bauch rieb. Seine Zunge vibrierte bei diesem Laut, und meine Nackenhärchen stellten sich auf.

Der Kuss war so stürmisch, dass unsere Zähne gegeneinanderstießen, aber wir unterbrachen ihn nicht. Die Zungen kämpften miteinander, unsere Atemluft vermischte sich zu einem hektischen Keuchen.

Ich wollte ihm zeigen, wie sehr ich ihn begehrte, wie viel er mir bedeutete, und verlor mich in der Leidenschaft, die über uns zusammenschwappte wie eine Welle, die uns unter sich begraben wollte.

Oh Gott, wieder einmal wurde mir klar, wie perfekt wir zusammenpassten. Wie richtig sich das alles mit ihm anfühlte.

Angel drehte mich schwungvoll herum, sodass ich gegen die geschlossene Tür gepresst wurde.

Er ließ von meinen Lippen ab, küsste sich über mein Gesicht, am Ohr vorbei zu meinem Nacken, stöhnte in den Kragen meines Mantels, während er seine Erektion wieder an mir rieb. Seine Zähne glitten über meine Haut, ehe er sanft auf der Höhe meiner Schlagader in meinen Hals biss.

Mir entfuhr ein erregter Laut und ich krallte meine Hände in seinen Po, drückte ihn noch fester an mich.

»¡Espere!«, keuchte er und löste sich abrupt von mir, trat einen Schritt zurück, sodass ich ihn loslassen musste. »Warte! Das … fuck … das geht zu schnell.«

Er schnappte nach Luft und ballte eine Hand zur Faust, biss kurz hinein, bevor er mich wieder ansah. Sein Blick war vor Erregung noch verschleiert und einfach nur sexy.

»Ich möchte dich erst kulinarisch verwöhnen, ehe ich dir die Kleider vom Leib reiße«, sagte er mit etwas ruhigerer Stimme, in der aber immer noch das hastige Atmen mitschwang. »In der nächsten Stunde darfst du dich mir nicht mehr als eine Armlänge nähern, sonst vergesse ich mich.«

»Eine Stunde lang?«, japste ich entgeistert, während ich ebenfalls versuchte, wieder zu Atem zu kommen. Mein Puls spielte verrückt und mein Ständer bettelte darum, aus der Hose befreit zu werden. »Das werde ich nicht aushalten.«

Angel kratzte sich am Hinterkopf und für einen kurzen Moment glaubte ich, dass er sich umentscheiden würde, dann wurde sein Blick entschlossener. »Hannes, ich will alles richtig machen dieses Mal und dazu gehört auch, dass ich nicht sofort über dich herfalle, sondern dich nach allen Regeln der Kunst verführe. Mitsamt kitschiger Musik, gutem Essen und dem ganzen romantischen Zeug, das ein perfektes Date ausmacht.«

Ich lachte leise.

Oh, ich liebte Kitsch und Romantik sowieso. Nein, darauf würde ich wohl kaum verzichten wollen. Obwohl es hart wäre, so lange zu warten – im wahrsten Sinn des Wortes, wenn ich an meine Erektion dachte.

»Das wird echt schwer«, murmelte ich.

Angel hob leicht die Hand. »Warte, bis du ein Glas Champagner in der Hand hast. Spätestens, wenn du die Lasagne probierst, wird es dir leichter fallen«, meinte er mit einem schiefen Lächeln. »Das Rezept deiner Oma ist wirklich einmalig.«

»*Du* bist einmalig.«

»Schhhht.« Er trat wieder etwas näher. »Du darfst jetzt immerhin ein bisschen für mich strippen. Zieh deinen Mantel aus.«

Lächelnd folgte ich seiner Aufforderung und er tat es mir gleich. Angel trug ein dunkelrotes Hemd, das vorne etwas offen stand, dazu eine schwarze Anzughose und bildete damit einen schönen Kontrast zu meinem weißen Hemd und der grauen Hose. Fast schien es, als hätten wir unsere Outfits abgestimmt.

»Die Schuhe.« Er deutete auf meine Füße und zog gleichzeitig seine eigenen Schuhe aus.

»Hast du einen Putztick? Dann wärst du perfekt für mich.« Ich grinste, während ich ebenfalls aus meinen Tretern schlüpfte. »Ich putze nämlich nicht gern.«

»Ich mag es einfach ordentlich«, erwiderte er, während er mir wieder schwarze Hausschuhe reichte und selbst welche anzog. Danach legte er den Kopf schief und betrachtete mich amüsiert. »Aber wenn es das Argument ist, das dich zum Zusammenziehen bewegt ... sí. In dem Fall bin ich gerne ebenso nach Putzmitteln verrückt wie nach Putzlappen. Abends vor dem Schlafengehen reiße ich mir alle Kleider vom Leib und putze nackt die Küche. Oder auch dein Schlafzimmer, sieh mich einfach als deinen Putzsklaven an.«

Ich lachte laut auf. Angels Humor war einfach herrlich erfrischend und ein krasser Gegensatz zu seiner finsteren Seite, die viel zu oft die Oberhand behielt.

»Okay, so langsam beginne ich, mich für deine Idee zu erwärmen«, meinte ich lächelnd.

»Ich putze nicht nur, sondern koche auch nackt für dich«, erklärte Angel, während er an mir vorbei und in die Küche ging. »Wenn du willst, gleich jetzt.«

Er griff tatsächlich noch im Gehen nach den Knöpfen seines Hemdes.

Ich biss mir mit dem Eckzahn auf die Unterlippe, während ich seinen knackigen Hintern betrachtete.

»Sosehr ich das auch feiern würde, ich glaube, ich könnte deine Eine-Armlänge-Abstandsregel dann nicht mehr einhalten«, murmelte ich, während ich ihm folgte.

Angel zuckte mit den breiten Schultern und drehte sich im Gehen zu mir um, sah mich mit blitzenden Augen an, während er rückwärts das Wohnzimmer betrat. »Na dann ein anderes Mal.«

War das ein Augenzwinkern, das er mir gerade schenkte?

Oh mein Gott, Angel hatte in den vergangenen Wochen echt eine Wandlung hingelegt ... eine, die mir derart imponierte, dass ich mir tatsächlich vorstellen konnte, mit ihm in dieses Loft zu ziehen.

Aber das würde ich ihm noch nicht sagen – erst wollte ich von ihm noch so gründlich verwöhnt und überzeugt werden. Und damit meinte ich nicht nur das Essen ...

38
Überzeugende Argumente

Angel

Hannes dabei zuzusehen, wie er die Lasagne genüsslich verschlang, die ich ihm servierte, war gleichermaßen surreal wie beflügelnd.

Wir hatten zuerst gemütlich zusammen auf dem Sofa gesessen und die Dips mit Gemüse gegessen, die ich vorbereitet hatte. Dazu tranken wir kühl gestellten Champagner, und Hannes zeigte mir am Fernseher über die Bluetooth-Funktion von Apple-TV die Bilder unserer Kreuzfahrt. Zum Glück besaß er ein iPhone, sodass er nur mein WLAN-Passwort benötigte, und schon wurden wir zurück nach Europa katapultiert.

Es war schön, zusammen in Erinnerungen zu schwelgen, nochmals gemeinsam nach Griechenland zu reisen, wo alles begann. Hannes hatte sogar heimlich ein Foto von mir gemacht, als ich am ersten Tag der Kreuzfahrt auf der Liege saß und den Sonnenaufgang beobachtete. Das war gewesen, bevor er mich zum zweiten Mal an jenem Morgen angesprochen hatte. Ich würde ihm für immer dankbar dafür sein.

Es war komisch, mich dort sitzen zu sehen und zu wissen, dass das nicht mehr der Mann war, den ich kannte. Denn der Angel, der dort gedankenversunken auf das Meer starrte, hatte keine

Ahnung davon, wie erfüllend sich das Leben anfühlen konnte, wenn man einen Mann wie Hannes an seiner Seite haben durfte.

Wie hatte ich jemals ohne ihn leben können? Ohne seine positive und gleichzeitig so herzlich-fröhliche Art?

Ja, er tat mir gut. In seiner Gegenwart wirkte alles leichter und klarer. Und ich war mir inzwischen bewusst, dass ich ihn verdammt noch mal verdient hatte.

Ich würde den Teufel tun, ihn je wieder gehen zu lassen – ganz egal, wie lange es dauerte, ihn zum Einziehen zu überreden. Ein paar Argumente hatte ich noch auf Lager, die ich ihm später präsentieren wollte. Und wenn diese nicht fruchteten, würde ich ihm eben so lange beweisen, wie ernst es mir war, bis er einwilligte.

Nicht nur *er* konnte hartnäckig sein, sondern auch ich, wenn ich etwas wollte. Und ich wollte *ihn*. Dafür würde ich Himmel und Hölle in Bewegung setzen.

»Schmeckt es dir?«, fragte ich, während ich meine Lasagne in mundgerechte Portionen teilte.

»Besser als bei Oma.«

Er grinste mich an und verschlang seinen Teller beinahe schneller als ich meinen – was etwas heißen wollte, denn ich war in der Army regelrecht darauf trainiert worden, schnell zu essen.

Im Krieg blieb keine Zeit für Genuss. Etwas, das ich nach meiner Entlassung aus dem Dienst versuchte zu ändern. Mit mehr oder weniger Erfolg. Wenn ich Stress hatte, verfiel ich immer noch in die alten Muster – und im Moment war ich ziemlich gestresst. Was vor allem daran lag, dass mir das Engelchen auf der gegenüberliegenden Tischseite einen Ständer verpasst hatte, der nicht mehr wirklich abschwellen wollte.

Oh ja, ich würde ihn ficken und von ihm gefickt werden.

»Möchtest du noch Nachschlag?«, fragte ich.

»Sehr gern.«

Ich erhob mich schmunzelnd, um die Lasagne zu holen, die ich im Backofen warm gestellt hatte, und servierte ihm eine weitere Portion.

»Danke.« Er lächelte mich an und mir wurde wärmer.

Es war echt krass, was Hannes allein mit einer kleinen Geste mit mir anstellen konnte – aber ich fühlte mich verflucht wohl dabei.

Auch mir selbst lud ich nochmals etwas Lasagne auf den Teller. Ich würde morgen ins Fitnesscenter gehen, das an einem ersten Januar kaum besucht wäre, um die Kalorien abzuarbeiten. Vielleicht konnte ich Hannes ja überreden, mitzukommen, zu zweit machte es definitiv mehr Spaß.

Ich setzte mich wieder ihm gegenüber hin, nachdem ich die Lasagne zurück in den Ofen gestellt hatte.

»Du siehst zufriedener und gesünder aus im Vergleich zu damals, als ich dich im Starbucks traf«, formulierte ich eine Tatsache, die mir mit Erleichterung aufgefallen war.

Hannes hatte sich leicht geschminkt, aber das war nicht der Grund, weshalb er gut aussah. Er strahlte wieder, seine Wangen waren nicht mehr eingefallen und von den Kilos, die an ihm gefehlt hatten, schien ein kleiner Teil zurückgekehrt zu sein.

»Ich bin auch zufriedener, schlafe besser und träume schön. Was vor allem an dir liegt«, antwortete er mit einem weiteren Lächeln, das Grübchen um seine Mundwinkel zauberte. »Damals im Starbucks ... wieso warst du eigentlich dort?«

»Ich hatte einen kurzen Vortrag beim Rekrutierungszentrum der U.S. Army«, erklärte ich und trank einen Schluck von dem italienischen Rotwein, den ich uns eingeschenkt hatte.

Er setzte ebenfalls sein Weinglas an die Lippen, bevor er sich über die Lasagne hermachte. Dieses Mal aß er etwas langsamer.

»Wie war es eigentlich? Im Krieg, meine ich?« Seine Augen musterten mich forschend, während er sich eine weitere Gabel belud.

»Beschissen.« Ich senkte den Blick und stocherte in meinem Essen herum, da mir mit der Frage ein wenig der Appetit vergangen war. »Ein verfickter Teil von mir ist wohl für immer dortgeblieben. Und der andere ... nicht unglücklich darüber, dass es vorbei ist.«

Hannes stieß leise die Luft aus, ehe er sich die Gabel in den Mund schob. »Ich finde es unheimlich bewundernswert, was du alles geleistet hast, um unserem Land zu dienen«, sagte er, nachdem er geschluckt hatte.

Ich hob den Kopf wieder und sah ihn stirnrunzelnd an. »Hätte ich bloß unserem Land dienen wollen, hätte ich ein einfacher Soldat werden können. Nein.« Ich seufzte leise und aß nun auch einen Bissen. Hannes wartete geduldig, bis ich weitersprach. »Dass ich mich entschied, ein SEAL zu werden, hat Gründe. Ich habe dir doch von dem Typen erzählt, der mich in der Highschool gemobbt und verprügelt hat.« Ich warf ihm einen kurzen Blick zu.

Hannes nickte und ich trank einen Schluck Wein, um den bitteren Geschmack hinunterzuspülen, den die Erinnerung an meine Jugend in meinem Mund hinterlassen hatte.

»Nun, er war der Anlass dafür, dass ich begann, an meinem Körper zu arbeiten. Ich wollte nie wieder schwach sein, mich nie wieder von jemandem unterkriegen lassen. Also machte ich Bodybuilding, Konditionstraining und wurde Wrestler. So kam ich schließlich zum Militär, denn bei einem Wrestling-Kampf lernte ich einen SEAL kennen. Er wurde zu meinem Vorbild. Ich wollte genau so stark und furchtlos sein wie er.«

Hannes hatte inzwischen schon wieder ein Drittel seines Tellers geleert. »Das kann ich absolut nachvollziehen«, bemerkte er, dann leuchtete Neugierde in seinem Blick auf. »Es heißt, das Training der SEALs ist unheimlich hart und nur einer von zehn kann es überhaupt bestehen. Stimmt das?«

Ich verengte die Augen ein wenig und nickte, während ich uns beiden mehr Wein nachschenkte. »Die Ausbildung ist die Hölle. Aber die Glocke zu läuten und damit aufzugeben, kam für mich nie infrage. Wir haben mit etwa sechzig begonnen und nur zwanzig haben die Ausbildung abgeschlossen.«

Er blies die Wangen auf. »Wow, das ist echt heftig. Was war denn das Schlimmste an der Ausbildung?«

Eigentlich sprach ich nicht so gern über die Army, da ich das alles hinter mir lassen wollte. Dennoch gehörte es nun mal zu meinem Leben. Das war auch der Grund, wieso ich den Vortrag vor zwei Wochen gehalten hatte. Zudem hatte Hannes ein Recht darauf, zu erfahren, wer der Mann war, der mit ihm zusammenziehen wollte. Ich wollte ihn nie wieder ins Messer laufen lassen.

Daher riss ich mich jetzt zusammen und beantwortete seine Frage. Dabei bemühte ich mich, jegliche Emotionen von mir zu schieben und im Englischen zu bleiben. »Die Ausbildung an sich könnte theoretisch von jedem gut trainierten Highschool-Athleten bewältigt werden, denn während der ersten paar Wochen kommt man ohnehin in Form und lernt aus seinen Fehlern, lernt von anderen. Das, woran die meisten scheitern, ist der Durchhaltewillen. Viele geben bereits in der ersten Stunde auf. Denn die Ausbilder sagen einem nicht, dass man mentale Stärke beweisen soll, sondern einfach nur: ›Schmeiß doch hin, wenn es für dich

zu viel ist‹. Man muss selbst den Willen haben, sich durchzubei-
ßen. Im Grunde muss man nur zur rechten Zeit am rechten Ort
mit der richtigen Ausrüstung erscheinen. Und dann: durchhalten. Schnell genug schwimmen, rennen … Das ist alles. Du musst
während der Ausbildung weder an irgendwelche Strategien
noch an den Feind denken – das kommt erst später, wenn du zu
Missionen geschickt wirst. Der einzige Feind, der einem während der Hell Week begegnet, ist man selbst.«

Hannes hörte mir aufmerksam zu und vergaß dabei sogar zu
essen.

»Deine Lasagne wird kalt«, bemerkte ich.

»Deine auch.«

Er grinste, aß aber weiter und ich tat es ihm gleich. Eine Weile
schwiegen wir, ehe er wieder das Wort ergriff.

»Und wie hast du das gemacht? Durchgehalten, mein ich?«

Ich war inzwischen fertig mit meiner zweiten Portion und
lehnte mich zurück, nahm das Weinglas in die Hand und trank
einen Schluck. »Ich habe mir direkt am ersten Tag einen Typen
ausgesucht, von dem ich dachte, dass er es schaffen könnte, und
sagte mir, dass ich nicht aufgeben würde, bis *er* aufgibt. Nachdem er aufgegeben hatte, pickte ich den nächsten raus und so
weiter.«

Hannes lachte leise und prostete mir mit seinem eigenen Weinglas zu. »Diese Strategie passt zu dir. Und als du ein SEAL warst,
in welche Gebiete wurdest du geschickt?«

»Afghanistan, Irak … ich war im SEAL Team THREE, das im
Nahen Osten eingesetzt wird.« Ich holte leise Luft. »Glaub mir,
wenn du als Schwuler in ein Land geschickt wirst, in dem auf
Homosexualität die Todesstrafe steht, ist es nochmals ein ganz
anderer Nervenkitzel.«

Er sah mich betroffen an. »Das ... es fällt mir echt schwer, mir das vorzustellen.«

»Besser ist es.«

Hannes aß schweigend die Lasagne auf.

»Nochmals etwas?«, fragte ich, als er fertig war.

»Die Lasagne ist echt ein Traum, aber ich kann nicht mehr.« Er legte sein Besteck auf den leeren Teller und schob ihn von sich.

Ich erhob mich und stapelte unsere Teller, um sie abzuräumen.

Hannes griff derweil wieder zu seinem Weinglas. »Warst du oft ... nun ja, also, in Gefahr?«

Ich hielt in der Bewegung inne und sah ihn über den Tisch stirnrunzelnd an. »Als SEAL ist man auf den heikelsten Missionen unterwegs und ja, ich habe dem Tod oft in die Augen gesehen. Einmal ging mein Fallschirm beinahe nicht auf und auch die Kampfeinsätze, in denen man permanent einem hohen Risiko ausgesetzt ist, waren brutal.« Ich wandte mich zur Küche. »Wir können gern ein anderes Mal darüber weiterreden, okay? Ich denke, für heute habe ich dir genug Fragen übers Militär beantwortet.«

»Sorry, ich finde es einfach unheimlich interessant.«

Während ich die Teller in den Geschirrspüler räumte, sah ich zu ihm rüber. »Es muss dir nicht leidtun, wenn du Fragen hast. Nur möchte ich nicht den ganzen Abend über die Navy sprechen. Ich hoffe, du verstehst das.«

»Tu ich.« Er lächelte mich an.

»Du hattest drei Getränke dabei«, wechselte ich das Thema, während ich die Hände wusch und an einem Geschirrtuch abtrocknete.

»Im Starbucks?«, fragte Hannes, der an seinem Wein nippte.

»Sí. Wem gehörten sie?«

»Oh.« Hannes' Gesicht begann zu strahlen. »Das waren die von Sara und Evan. Zwei Freunde aus London. Sie hatten mich an dem Wochenende besucht.«

Ich schlenderte zurück zum Tisch. »Hast du oft Besuch aus dem Ausland?«

Er schüttelte den Kopf. »Ich kenne bis auf ein paar entfernte deutsche Verwandte nicht allzu viele Ausländer, und meine Wohnung ist auch zu klein, als dass ich ständig Besuch haben könnte. Im Grunde besteht sie nur aus einem Wohnzimmer mit einer Schlafcouch, Bad und kleiner Küche. Wenn Sara und Evan jährlich zur Weihnachtszeit für ein Wochenende nach New York kommen, weiche ich daher zu meiner Mutter aus.«

»Du könntest etwas viel Besseres haben als eine kleine Wohnung mit Schlafcouch«, murmelte ich.

Inzwischen war ich bei ihm angekommen. Ich legte eine Hand auf die Tischfläche, während ich mit der anderen seine Stuhllehne festhielt und mich über ihn beugte. Hannes sah mich von unten herauf mit seinen großen dunklen Augen an.

Ich schenkte ihm einen Blick, von dem ich hoffte, dass er so flammend war wie das Feuer, das Hannes in mir entfachte. »Du musst nur Ja zu meinem WG-Vorschlag sagen.«

»Du ...« Er biss sich auf die rechte Seite seiner Unterlippe, was meinen Blick auf seinen Mund lenkte und meinen Puls beschleunigte. »Du verletzt gerade deine Abstandsregel.«

Ich schnaubte belustigt. »Meine Regeln kann ich nach Belieben ändern. Aber ich seh schon, du musst noch weiter überzeugt werden, oder?«

»Nun ja«, meinte er gedehnt und lächelte mich an.

»Warte hier, ich bin gleich wieder da.« Ich beugte mich zu ihm hinunter und drückte ihm einen Kuss auf den Mund. Gerade kurz genug, damit ich nicht augenblicklich mehr wollte. Denn inzwischen traute ich mir selbst nicht mehr wirklich in seiner Gegenwart.

»Ich renn nicht weg«, hörte ich ihn hinter mir noch rufen, während ich ins Schlafzimmer ging, das ich für mich selbst auserkoren hatte.

Falls Hannes lieber dieses hätte, wäre es aber kein Problem, zu tauschen. Hauptsache, er zog überhaupt bei mir ein.

Ich griff in meiner Nachttischschublade nach zwei etwas mehr als handtellergroßen Kartonschachteln, die ich in Geschenkpapier verpackt hatte. Dann kehrte ich zu Hannes zurück.

Er saß tatsächlich immer noch genau gleich am Tisch, den Rotwein in der Hand, und sah mir neugierig entgegen.

Ich legte eine der Schachteln vor ihm hin.

»Oh? Ich habe gar kein Geschenk für dich«, murmelte er, ehe er den Wein zur Seite stellte, das Päckchen ergriff und in der Hand wog.

»Du kannst mir immer noch einen blasen.« Ich warf ihm einen verheißungsvollen Blick zu.

»Na gut, wenn es denn uuuunbedingt sein muss …« Er grinste und zeigte mir mit einem Augenzwinkern, dass er immer noch so scharf auf mich war wie ich auf ihn. »Darf ich?« Er deutete auf das Geschenk.

»Sí.« Ich setzte mich wieder ihm gegenüber hin und beobachtete ihn mit angespannter Miene.

Er löste das Klebeband, mit dem ich das Geschenkpapier zusammengeklebt hatte, sorgfältig.

Amüsiert stellte ich fest, dass er das Päckchen wie ein rohes Ei behandelte. Ich hätte erwartet, dass er das Papier kurzerhand zerriss, aber es passte zu Hannes, dass er es trotz der Neugierde, die ich in seinen Augen las, behutsam anging.

Er holte den Gegenstand heraus.

»Eine CD?« Er drehte die CD herum und schnappte nach Luft. »Eine deutsche Schlager-CD mit den neusten Hits?!«

Ich schmunzelte. »Mir ist aufgefallen, dass du auf unserer Kreuzfahrt nicht alle aktuellen Lieder kanntest. Das wollte ich ändern.«

»Angel ...!«

Er machte Anstalten, aufzuspringen und um den Tisch herumzurennen, aber ich hob die Hand, sodass er sich wieder auf seinen Stuhl plumpsen ließ.

»Espere. Die CD soll nur symbolisch sein, mir ist bewusst, dass du ziemlich sicher wie ich die meiste Musik übers Handy hörst. Aber es gibt einen Grund, weshalb ich möchte, dass du up to date bist.« Ich schob das zweite Geschenk, das etwas länglicher war, über den Tisch.

»Einen ...« Er sah erst mich, dann das Päckchen stirnrunzelnd an. »Was ist das? Noch ein Geschenk?«

»Öffne es.«

Er befolgte meine Anweisung und holte einen Briefumschlag aus dem Karton. Fragend legte er den Kopf schief und öffnete ihn, zog zwei längliche Papiere heraus, die sich darin befanden.

»Ein ... Ticket?« Seine Augen wurden groß.

»Nicht nur ein Ticket«, erklärte ich. »Es sind zwei. Für eine Kreuzfahrt mit einer deutschen Reederei von hier zu den Bermudas und nach Florida. Vierzehn Tage lang im März. Und falls Schlager gespielt werden sollten, wärst du auf jeden Fall vorbereitet.«

»Was?« Er starrte mich entgeistert an, aber ich konnte in seinem Blick sehen, dass er nahe davor war, auszuflippen.

Ich schmunzelte. »Bueno. Ich dachte, wir könnten vielleicht dort anknüpfen, wo wir in Europa aufgehört haben. Dieses Mal verspreche ich dir, dass ich jeden Mist mitmache, den die Reise zu bieten hat. Nicht wegen Rick. Sondern deinetwegen. Nur wegen dir und für dich.« Mein Blick wurde ernster. »Ich habe zwei Kabinen reserviert, du musst also nicht bei mir übernachten, kannst die Reise in vollen Zügen genießen. Kate hat zugestimmt, dass du im März freibekommst.«

»Kate … weiß davon?!« Seine Augen wurden noch größer.

»Nun ja, ich hab ihre Nummer nie gelöscht … im Gegensatz zu deiner. Aber in meinem Beruf lernt man, dass es nie verkehrt ist, ein Ass im Ärmel zu haben.«

»Angel …« Seine dunklen Augen wurden kugelrund.

Ich hob noch einmal meine Hand. »Bevor du weitersprichst, möchte ich von dir wissen, ob das überzeugend genug war, wie ernst ich es mit dir meine und wie verdammt viel du mir bedeutest.«

»Das war … ist es.« Er schien immer noch in Schockstarre zu sein, denn er blieb weiterhin auf seinem Stuhl sitzen, die beiden Tickets in der Hand.

Ich lehnte mich zurück und ließ meine Augen blitzen. »Muy bien. Falls du hier einziehen solltest, müsstest du natürlich Miete bezahlen«, erklärte ich.

»Kate wird …«

»Ja, sie wird deinen finanziellen Anteil der Miete übernehmen. Aber ich finde, du solltest dich auch erkenntlich zeigen.«

»Klar, aber …«

»Ich wäre mit Blowjobs einverstanden. Ich nehme auch Anzahlungen.«

»Blow…«

»Einer pro Woche?«

»Ähm …«

»Was meinst du?«

Natürlich wusste er, dass ich ihn niemals zur Prostitution überreden, sondern lediglich etwas aus der Reserve locken wollte. Dass er meinen Scherz verstand, konnte ich in seinen leuchtenden Augen lesen.

Für ein paar Lidschläge musterte er mich und ich konnte förmlich dabei zusehen, wie es hinter seiner Stirn ratterte. Dann legte er die Tickets auf den Tisch, die Hände auf die Oberschenkel und atmete zwei Mal tief ein und aus, ehe er mich ansah.

Sein Blick ging mir durch Mark und Bein.

»Okay!«

»Okay?« Ich hob eine Augenbraue.

»Ja. Ich werde einziehen.« Ein Lächeln breitete sich auf seinen Zügen aus, brachte alles an ihm zum Strahlen. »Und die ersten beiden Mietraten werde ich heute und morgen vorauszahlen.«

Fuck ja, ich hatte ihn endlich dort, wo ich ihn haben wollte.

»Dann komm her.« Ich erhob mich, lehnte mich über den Tisch und zog ihn am Kragen seines Hemdes vom Stuhl hoch.

Während ich meine Lippen auf seine presste, fühlte ich, wie mein Herz sich weitete, als wollte es noch mehr Platz darin für Hannes schaffen, als ihm ohnehin schon gehörte.

39

Feliz año nuevo

Hannes

Ach du heilige Scheiße! Was war nur mit meinem knurrenden Panther geschehen? Er hatte sich ja beinahe in ein schnurrendes Schmusekätzchen verwandelt. Diese Entwicklung hätte ich nie und nimmer kommen sehen. Umso schneller raste mein Herz, während ich mich von ihm über den Tisch ziehen ließ und er seine Lippen auf meine legte.

Noch immer konnte ich es nicht ganz fassen, dass ich seinem WG-Plan zugestimmt hatte, aber es fühlte sich einfach nur richtig an. Er ließ mir genügend Freiraum, indem ich ein eigenes Zimmer und Bad hatte, und schon jetzt freute ich mich auf die gemeinsamen Abende und Wochenenden, die wir hier verbringen würden.

Ich würde mit Angel zusammenziehen! Wahnsinn!

Ja, wir waren einfach füreinander geschaffen, und dass es vorerst nur eine WG wäre, würde mir auf jeden Fall helfen, meine Ängste vor gemeinsamen Nächten mit ihm nach und nach abzulegen.

»Ich glaube, ich sollte dir dein neues Schlafzimmer zeigen«, murmelte er, als er seinen Mund von meinem löste.

»Ich bin gespannt.« Ich sah ihn lächelnd an.

»Ich auch.« Er ging um den Tisch herum, sodass er jetzt vor mir stand. »Und wir sollten es einweihen, findest du nicht?«

»Sí«, antwortete ich, was ihm ein leises Brummen tief aus seiner Brust entlockte.

Erneut beugte er sich über mich, legte seine Hände an meine Hüften und zog mich ruckartig an sich. Meine Finger fanden wie von selbst seine breiten Schultern und als er sein Gesicht in meine Halsbeuge drückte und leise spanische Worte murmelte, während er mich unter dem Ohr küsste, glitten wohlige Schauer durch meinen Körper.

Nie hätte ich geglaubt, ihm je wieder so nahe sein zu können, ohne die Bilder vor Augen zu haben, wie er mir wehtat. Aber das damals in der Nacht in Venedig war nicht der Angel gewesen, den ich jetzt umarmte. Ich wusste, dass er mich niemals mit Absicht geschlagen hätte. Nie hätte er mir Schmerzen zugefügt, das war mir mehr als klar.

Angel … *der* Angel, der jetzt die Haut an meinem Hals einsaugte und mir gerade ziemlich sicher einen Knutschfleck verpasste, war sanft, leidenschaftlich, fürsorglich. Ich fühlte mich wohl in seiner Gegenwart. Nein. Geborgen. Das war das richtige Wort.

Es würde wohl eine Weile dauern, bis ich mit ihm wieder in einem Bett schlafen könnte, aber wir hatten alle Zeit der Welt. Er würde mich nicht unter Druck setzen und warten, bis ich ihm wieder vollständig vertraute. Bis seine Dämonen mich nicht mehr davon abhielten, die Zuneigung von ihm zu nehmen, die er mir zu geben bereit war.

»Fuck. Hannes, estoy loco por ti«, raunte Angel an meinem Ohr und ergriff mit einer Hand meinen Unterkiefer, drehte mein Gesicht so, dass er mir tief in die Augen sehen konnte. »Ich bin verrückt nach dir.«

»Und ich nach dir«, hauchte ich und stellte mich ein wenig auf die Zehenspitzen, um meine Lippen wieder auf seine zu legen.

»Versprich mir, dass das hier kein Traum ist«, murmelte er an meinem Mund.

»Ich verspreche es. Dein Weg zu mir war voller Windungen und Sackgassen … aber jetzt sind wir zusammen hier und ich werde alle Hebel in Bewegung setzen, damit das so bleibt.«

»Das werde ich auch.« Er strich mir mit dem Handrücken über die Wange. »Dieses Loft – unsere WG … das ist ein Neuanfang. Für uns.«

»Du meinst, unsere WG mit gewissen Vorzügen.« Ich zwinkerte ihn schelmisch an.

Er schenkte mir ein schiefes Lächeln und sein Blick wurde dunkler. »Ich glaube, die erste Mietrate wäre fällig.«

Meine Lippen verzogen sich zu einem Grinsen. »Wie du wünschst, mein schöner Engel.«

Ein Knurren war alles, was ich noch hörte, da hatte Angel mich bereits an der Taille gepackt und mit einem Ruck kurzerhand über die Schulter geworfen.

»He, was …« Ich legte meine Hände auf seinen Rücken, versuchte mich aufzurichten, aber er lief schnurstracks mit mir durch die Wohnung in Richtung eines der beiden Schlafzimmer. Meinem Schlafzimmer.

Lachend ergab ich mich meinem Schicksal und nachdem er die Tür geöffnet hatte, ließ er mich auf eine Matratze plumpsen.

Ich richtete mich sofort auf, um mich umzusehen, aber das Zimmer war bis auf das Licht, das durch die Tür fiel, stockdunkel.

Schemenhaft konnte ich erkennen, dass ich auf einem breiten Queensize-Bett saß, mir gegenüber irgendein Schrank stand und sich rechts von mir die Tür zum Badezimmer befand, das ich bei der Wohnungsbesichtigung damals inspiziert hatte.

»Das ist ja bereits möbliert!«, rief ich begeistert aus.

»Eso es. Kate sagte, dass du bisher auf einem Schlafsofa geschlafen hast«, erklärte Angel, dessen Silhouette sich vor mir im Türrahmen aufbaute. »Ein Umstand, den ich dringend ändern musste. Mein WG-Mitbewohner schläft keinesfalls auf einem Sofa.«

Ich lächelte unwillkürlich. »Und wenn ich Nein gesagt hätte?«

»Nein war keine Option, und Aufgeben schon gar nicht«, erklärte er und erinnerte mich daran, was er mir vorhin über sein Leben als SEAL erzählt hatte. »Ich hätte so lange gekämpft, bis du hier eingezogen wärst. Und bis dahin wäre das Zimmer eben frei geblieben. Wenn man etwas im Krieg lernt, dann, dass es in jedem Kampf irgendwann eine Lösung gibt. Man muss nur lange genug durchhalten.«

Ein Schauer rann durch meinen Körper. Angel meinte es echt ernst mit mir und er hatte recht: Er war erschreckend gut im Kämpfen – und ich liebend gern seine ›Kriegsbeute‹, wie er es scherzhaft betitelt hatte. Denn es fühlte sich keinesfalls so an, als hätte nur er allein den Sieg davongetragen. Vielmehr spürte auch ich ein Hochgefühl in mir aufsteigen, das nicht mehr abebben wollte. Wir gehörten zusammen, er und ich.

»Einen ehemaligen Navy SEAL und dann auch noch vermögenden Vermieter als WG-Partner zu haben, hat schon seine Vorteile«, bemerkte ich immer noch lächelnd.

»Sí.« Er näherte sich mir langsam. »Und solange du brav deine Miete bezahlst, liest er dir alle Wünsche von den Augen ab.«

Ich lachte leise. »Dann wünsche ich mir nachher ebenfalls einen Blowjob.«

»Ist notiert«, murmelte er mit tiefer Stimme.

Ich konnte erkennen, wie er sich an seinem Schritt zu schaffen machte, ehe das Geräusch eines Reißverschlusses erklang, der geöffnet wurde.

Begierig leckte ich mir über die Lippen. Ich wusste noch genau, wie Angel schmeckte, und konnte es kaum erwarten, ihm zu zeigen, wie dankbar ich für alles war, was er für mich – für uns – getan hatte.

Angel stellte sich vor das Bett und ich kroch auf allen vieren auf ihn zu. Kurz vor ihm richtete ich mich auf und legte meine Hände an seine Brust. Meine Finger tasteten nach seinen Hemdknöpfen und ich öffnete einen nach dem anderen, küsste die Haut, die darunter zum Vorschein kam.

Er roch unheimlich sexy, und die Wärme seines Körpers, die Härte seiner Muskeln, steigerten mein Verlangen noch stärker.

Angel stieß über mir ein leises Keuchen aus, öffnete die Ärmelknöpfe an seinen Handgelenken. Dann schob ich ihm das Hemd kurzerhand über die Schultern, zog es aus dem Hosenbund und ließ es zu Boden fallen.

Ich konnte spüren, wie er aus seiner Hose stieg, und legte meine Hände an seinen Hintern, der noch in den schwarzen Boxershorts steckte, während ich mit der Zunge von unten nach oben über seine Bauchmuskeln fuhr.

»Santa mierda«, murmelte er und griff mit beiden Händen nach meinem Kopf, schob ihn sanft nach unten.

Ich küsste mich über seinen Bauch bis zum Bund seiner Unterhose und fühlte, wie Angels Erektion gegen mein Kinn stieß. Mit einem Grinsen ließ ich eine seiner Pobacken los und schob seine Unterhose etwas herunter, sodass mir sein Schwanz förmlich entgegensprang.

»Nur einmal pro Woche?«, fragte ich, während ich mit der Nase zärtlich seinen Schaft entlangglitt und ihm einen Kuss darauf drückte.

»Fuck, ich überlege gerade, ob ich die Miete erhöhe«, keuchte er.

Grinsend ließ ich ihn meine Zunge spüren, was ihm ein Stöhnen entlockte. Seine Fingerspitzen übten etwas mehr Druck an meinem Hinterkopf aus und ich griff mit einer Hand nach seinem Schwanz, hielt ihn fest, während ich seine Spitze in den Mund nahm und einmal kräftig daran saugte.

»Fuck. De puta madre ...«, stöhnte Angel. »Todos los putos Dios.«

»Hat nach ›weitermachen‹ geklungen.« Ich verzog die Lippen zu einem Lächeln.

»Verdammt, ja. Mierda. Ich ...«

Sein Becken zitterte, während ich meine Hände langsam an seinem Schaft auf und ab gleiten ließ und seine Hoden in den Mund nahm. Genüsslich saugte ich daran, hörte zu, wie er über mir immer schneller atmete.

»Dios mío«, keuchte er. »Wenn du so weitermachst, komme ich gleich.«

»Du hast lange genug darauf warten müssen, oder? Eine ganze Woche ...« Ich hob den Kopf und nahm seine Eichel in den Mund, tanzte mit der Zunge darüber, ehe ich seinen Schaft weit eindringen ließ.

Angels erregte Laute waren einfach nur geil.

Doch bevor er zustoßen konnte, schob ich ihn wieder aus meinem Mund und küsste stattdessen einmal rund um seinen Penis herum, was ihn fast wahnsinnig machte.

»Fuck«, knurrte er, als er endlich wieder in mich eindringen durfte.

Ein paar Mal stieß er sanfter in mich, dann übernahm er die Führung und krallte seine Hände in meine Haare. Seine Stöße wurden härter und ich konzentrierte mich ganz darauf, meinen Würgereflex zu unterdrücken, während ich gleichzeitig seinen Po knetete. Ich ließ mich von ihm in den Mund vögeln, bis mir schwindelig war.

Er wurde immer schneller, sein Stöhnen immer lauter.

Ein letztes Mal bäumte sich Angel auf, drückte seine Männlichkeit bis in meine Kehle, woraufhin sein Becken unter einer Welle der Ekstase zuckte. Er kam mit einem lauten spanischen Fluch.

Kurz blieb er noch in meinem Mund. Danach ließ er meinen Kopf los, zog sich zurück und beugte sich zu mir herunter. Er legte die Hände sanft an meine Wangen und wischte mit den Daumen sowohl die Spucke als auch die Tränen weg, die durch den harten Blowjob darüber geronnen waren.

»Mierda, das war … fuck, das war geil«, murmelte er, während er seine Stirn gegen meine lehnte und versuchte, seinen Atem zu beruhigen.

»Das konnte ich spüren.« Ich lächelte ihn an und leckte mir die Reste seines Saftes von den Lippen.

»Jetzt bist *du* dran.« Er ließ von mir ab und trat vom Bett weg, weshalb ich fragend den Kopf hob. »Espere.«

Dass das ›warte‹ hieß, wusste ich inzwischen. Also beobachtete ich, wie er seine Hose, die ihm nur bis zu den Knöcheln heruntergerutscht war, ebenso wie seine Socken abstreifte. Dann ging er durchs Zimmer und hantierte an einer Kommode, die ich erst jetzt bemerkte. Kurz darauf erhellte die Flamme eines Feuerzeuges den Raum und ich sah mit Erstaunen, wie Angel mehrere kleine Teelichter entzündete, die auf der Kommode standen.

Augenblicklich war das Schlafzimmer in romantisches Kerzenlicht getaucht. Zudem holte Angel aus seiner Hose sein Handy und kurz darauf klang leise Jazzmusik aus dem Bluetooth-Lautsprecher, der sich ebenfalls auf der Kommode befand.

Zu beobachten, wie er nackt im Kerzenlicht vor mir hin- und herging, war einfach nur sexy. Seine Erkennungsmarke blitzte im Licht der Flammen auf, die Muskeln spielten, während er für eine verführerische Stimmung sorgte.

Ich spürte, wie mein Schwanz, der durch den heftigen Blowjob etwas schlaffer geworden war, erneut anschwoll und setzte mich so hin, dass er bequemer in meiner Hose wachsen konnte.

Angel drehte sich wieder zu mir und kam in raubtierhafter Manier auf mich zu geschlendert.

»Leg dich hin«, befahl er leise. »Ich werde dich jetzt mindestens eine Stunde verwöhnen. Es ist bald Mitternacht und ich möchte, dass du das neue Jahr mit einem Orgasmus begrüßt.«

War die Zeit wirklich so schnell vergangen? War es bereits elf Uhr? Mir kam es vor, als hätten das Abendessen und der Blowjob nur wenige Minuten gedauert, aber anscheinend lag ich da falsch.

Ehe ich ihn fragen konnte, hatte er sich über mich gebeugt und packte mein Hemd, zog mich ein wenig hoch, bevor er mich mit dem Rücken auf die Matratze warf. Seine Kraft war immer wieder beeindruckend und für einen kurzen Moment musste ich mich zusammenreißen, um die Bilder jener schlimmen Nacht, die in mir hochsteigen wollten, zu unterdrücken.

Das war das erste Mal seit Venedig, dass Angel und ich uns in einem Bett befanden. Die Angst kroch wie eine Spinne durch meine Brust, aber ich scheuchte sie mit einem unwirschen Schnauben zur Seite.

Der Angel, der gerade wie eine Raubkatze auf mich zukroch, war nicht derselbe, den ich in Venedig zurückgelassen hatte. Ich vertraute ihm, wollte mich von ihm verwöhnen lassen.

»Ich werde dir nicht wehtun«, sagte er leise, als hätte er meine Gedanken erraten. »Im Gegenteil. Ich werde alles daransetzen, dass du nie wieder Angst haben musst in meiner Gegenwart.«

Seine Finger griffen nach meinem Hosenbund und öffneten den Reißverschluss, ehe er mir die Hose mit einem Ruck auszog. Meine Socken folgten. Als er sich wieder aufrichtete, konnte ich dieses wölfische Lächeln auf seinen Zügen erkennen, das mich noch heißer auf ihn machte.

»Estas tan caliente«, raunte er und auch wenn ich kein Wort von dem verstand, was er sagte, wusste ich aufgrund seines Gesichtsausdrucks, dass er mich scharf fand.

Seine Finger glitten über meine Hüfte nach oben, schoben das Hemd hoch, ehe er die Knöpfe nach und nach öffnete. Als ich mit nacktem Oberkörper vor ihm lag, beugte er sich über mich und küsste jeden Zoll von mir. Seine Zunge kitzelte meine Haut, sein Atem strich über den Bauch, hoch zu meiner Brust. Sanft biss er in die Brustwarzen, zog mit seinen Zähnen ein wenig daran, bevor er sich zu meinem Hals küsste und schließlich seine Lippen auf meine presste.

Während unsere Zungen sich fanden und sich in einem leidenschaftlichen Tanz verloren, tastete seine Hand nach meinem Schritt und er umfasste meinen Schwanz, der ob seiner Zärtlichkeit wieder härter geworden war.

Er rieb ihn über dem Stoff der Unterhose, stöhnte leise in meinen Mund, und ein Beben glitt durch meinen Körper.

Meine Hände griffen nach seinem Kopf, ich vergrub die Finger in seinen vollen Haaren und zog ihn noch näher an mich, während ich gierig seinen Duft einsog.

Angel so intensiv zu spüren, war einfach nur geil und ich wusste nicht, wie ich jemals wieder ohne ihn sein sollte.

Ja, ich vertraute ihm. Vertraute ihm hier und jetzt gerade blindlings. Dennoch würde ich die Nacht noch nicht mit ihm verbringen können, dafür fehlte mir im Moment die Stärke, das fühlte ich. Die Spinne war nicht ganz verschwunden, kauerte nur in einer Ecke, in die ich sie verscheucht hatte.

Aber hier und jetzt ließ ich mich fallen. In den Strudel der Erregung, den Angel unter mir aufwirbelte und der mich zu sich zog. Doch ich hatte keine Angst, denn ich würde nicht darin ertrinken. Nicht mit Angel an meiner Seite.

Er küsste sich über mein Gesicht, zum Hals, zurück zu meiner Brust. Dann streifte er mir das Hemd ab und schließlich die Unterhose.

»Ich kann es kaum erwarten«, raunte er, ehe er seinen Kopf über mein Becken beugte.

Und dann fühlte ich ihn. Endlich. An der Stelle, die so stark spannte, dass es kaum auszuhalten war.

Angels Zunge leckte hungrig über meinen Schwanz, neckte die Eichel, fuhr über die Hoden. Er spreizte meine Beine, bevor er sich dazwischen auf den Bauch legte und meine Erektion sanft, aber bestimmt zu lutschen begann.

»Oh wow«, keuchte ich.

Es war einfach nur geil, von ihm einen Blowjob zu erhalten. Er machte das so extrem gut, dass ich schon nach kurzer Zeit befürchtete, abzuspritzen.

Aber immer, wenn ich glaubte, dass die nächste Welle mich zum Höhepunkt treiben würde, hörte Angel auf und küsste mich stattdessen auf den Mund oder den Hals, bis die Erregung wieder geringer war.

Ich hatte keine Ahnung mehr, wie lange ich seine Behandlung schon über mich ergehen ließ, verlor jegliches Gefühl für die Zeit.

Mein Atem ging stoßweise, Schweiß rann mir über die Stirn, und mein Herz klopfte wie wild, während ich nicht mehr wusste, ob ich stöhnte, keuchte, wimmerte oder seufzte.

Irgendwann setzte sich Angel so hin, dass sein Schwanz an meinem lag, und er begann, mit einer Hand uns beide zu wichsen. Langsam und genüsslich, schnell und leidenschaftlich. Er wechselte das Tempo immer wieder, sodass ich kaum mehr zu Atem kam.

Seinen Schwanz an meinem zu spüren, zu merken, wie Angel wieder härter wurde, war unbeschreiblich. Kleine Blitze schossen durch meine Lenden, ich bäumte mich auf, krallte die Hände in die Laken.

»Warte noch«, hörte ich Angel knurren. Seine Pumpbewegungen wurden etwas weniger intensiv.

»Angel, ich …«

Er hörte abrupt auf, nahm meinen Penis in die Hand und drückte unterhalb des Eichelrandes mit Daumen und Zeigefinger zu. Ich kannte diese Technik, um eine Ejakulation zu verhindern, und bemerkte, wie nach ein paar Sekunden der Drang, abspritzen zu müssen, abnahm. Mein Penis wurde etwas schlaffer dabei, aber ich hatte keine Sorge, dass Angel dies nicht gleich wieder korrigieren würde.

»Es ist noch nicht Neujahr«, raunte er und beugte sich über mein Gesicht. Sein Ständer drückte gegen meinen Bauch und ich griff unwillkürlich danach, fuhr ein paar Mal mit der Hand daran rauf und runter.

Angel schloss die Augen, stieß ein leises Brummen aus, ehe er mich auf den Mund küsste. Er knabberte an meiner Unterlippe, biss sanft hinein.

Dann löste er sich von mir, richtete sich wieder auf und entzog mir mit dieser Bewegung gleichzeitig seinen Schwanz.

Er blickte auf sein Handy, das er irgendwann neben uns aufs Bett gelegt hatte, bevor er mich wieder ansah. Das Verlangen, das ich in seinen Augen erkannte, ließ mich erzittern und meine Erektion erneut anschwellen.

»Noch drei Minuten«, erklärte er mit einer Stimme, die mindestens eine Oktave tiefer klang als zuvor.

»Ich weiß nicht, ob ich so lange durchhalte.«

»Du wirst es.«

Er rutschte ein Stück nach hinten, senkte den Kopf über mein Becken und hob meinen Schwanz mit einer Hand ein wenig an.

Ich sog scharf die Luft ein, als ich seine Zunge über den Punkt zwischen After und Hodensack gleiten spürte, was meine Lust erneut ins Unermessliche steigerte. Sein Bart kitzelte mich dabei und ich stöhnte laut auf.

»Angel …«, murmelte ich warnend.

Mein Penis wurde wieder härter, während Angel ihn langsam mit der Hand stimulierte und über die Stelle an meinem Damm leckte, die mich beinahe wahnsinnig machte.

Er ließ etwas Spucke durch meine Spalte rinnen, die sich an meinem After sammelte.

»Contrólate«, murmelte er an meinem Hintern und ehe ich michs versah, war er mit einem Finger in mich eingedrungen.

Ich stöhnte noch lauter, krallte mich wieder in die Laken meines neuen Bettes, als er meine Prostata zu massieren begann.

»Oh Gott, ich …«

Angel hob den Kopf ein wenig. »Ich bin nicht Gott, sondern der Teufel«, raunte er und warf einen Blick auf sein Handy. »Noch eine Minute.«

»Aaaah«, stieß ich aus und mein Becken bebte immer stärker. Wellen der Lust schossen von meinem Hintern zu meiner Penisspitze, durch meinen gesamten Körper, ließen alles um mich herum verschwimmen und mir wurde schwummrig vor Erregung.

Es gab nur noch Angel und seine Zunge, die mich leckte, seinen Finger, der in mich stieß, und seine Hand, die gleichzeitig meinen Schwanz mit einem schnellen Rhythmus bearbeitete.

Als Angel schließlich meine Erektion wieder in den Mund nahm und kräftig zu saugen begann, konnte ich mich nicht mehr zurückhalten. Ich schrie meinen Orgasmus heraus, stieß meinen Schwanz in seinen Hals, was ihm einen angetörnt würgenden Laut entlockte, und ließ mich von den Wellen der Lust weit weg tragen. Alles drehte sich um mich und ich bekam kaum noch Luft.

Ich spürte meinen Herzschlag am ganzen Körper pulsieren – und blickte in die dunklen Augen von Angel, der sich über mich gebeugt hatte.

Draußen erklang das Knallen des traditionellen Feuerwerkes und ich sah, wie Angel kurz zusammenzuckte.

»Ich mag keine Feuerwerke«, murmelte er, als er meinem fragenden Blick begegnete.

Als wollte er sich von dem Knallen ablenken, legte er seine Lippen auf meine, küsste mich zärtlich, während er meinen Penis streichelte, der gerade den Orgasmus des Jahrhunderts hinter sich hatte.

»Feliz año nuevo«, raunte er an meinem Mund, danach glitt ein Lächeln über seine Züge. »Dessert?«

Ich lachte leise. »Du meinst, eine nächste Runde?«

Sein Lächeln wurde sündiger. »Das auch. Aber erst habe ich ein Tiramisu im Kühlschrank, das wir essen sollten. Und dann … werden wir das Gleitgel verwenden, denn ich hab da noch ein neues Sofa, das wir einweihen müssten. Oh, und mein eigenes Schlafzimmer, natürlich. Wir haben also noch eine Menge vor in dieser Nacht, daher gibt es zuerst eine Stärkung, falls du möchtest.«

Zur Antwort hob ich den Kopf und küsste ihn stürmisch, schlang meine Hände um seinen Nacken, zog ihn wieder zu mir herunter.

Himmel, wenn ab jetzt jedes neue Jahr so starten würde, wollte ich für den Rest meines Lebens mit diesem Mann verbringen.

Aber eins nach dem anderen – mein Magen freute sich jetzt erst mal auf das Tiramisu, ehe ich ihn nochmals so richtig vögeln würde, bis er keuchend auf dem Sofa unter mir zusammensank. Schließlich hatten wir Zeit. Und ich wollte jede Sekunde auskosten, die mir Angel schenkte.

Epilog
Zwei, die gleich
f... äh ticken

Hannes

Drei Monate später ...

Ich stand an der Reling des Kreuzfahrtschiffes und ließ meinen Blick über das weite Meer gleiten, das sich in den wundervollen Farben des verblassenden Sonnenuntergangs vor mir ausbreitete, während der Wind mir die Haare zerzauste. Sterne glänzten über uns am Himmel und ich konnte die Sichel des Mondes erkennen, der soeben dabei war, seinen Platz dort oben einzunehmen. Das Schiff pflügte sanft durch die Wellen, während es uns in Richtung der Bermudas brachte.

»Das Meer ist schon ein Wunder der Natur«, murmelte ich, während ich den Kopf etwas nach hinten legte und gegen die Schulter des Mannes lehnte, der seine Arme um meinen Bauch geschlungen hatte.

»Sí«, sagte Angel leise an meinem Ohr und drückte mir einen Kuss auf die Schläfe, sodass sein Bart mich dort kitzelte.

»Und du bist wirklich sicher, dass du zur Schlagerparty heute Abend willst?«, fragte ich und drehte meinen Kopf ein wenig, um ihn anzusehen.

Sein Gesicht war direkt vor meinem und er beugte sich zu mir herunter, um mich auf die Lippen zu küssen.

»Seguro«, raunte er an meinem Mund. »Ich habe es dir versprochen und …«

»Du stehst zu deinem Wort, ich weiß.« Ich lächelte ihn verliebt an.

So viel war in den vergangenen drei Monaten geschehen. Dinge, die ich nie geglaubt hätte, erleben zu dürfen. Mit ihm zusammen. Angel. Dem Mann, dem ich bereits in Griechenland mein Herz geschenkt hatte.

Am sechsten Januar war ich bei ihm eingezogen. Mit zwei neuen Goldfischen, da Toni Nummer drei und Elvis leider der ganze Umzugsstress zu viel gewesen war und sie kurz nach dem Einzug starben.

Angel hatte mir danach zwei neue Goldfische geschenkt, um meine Trauer über den Verlust der beiden zu lindern. Ich nannte sie Toni Nummer vier und Elvis Nummer zwei, ganz so, wie mein ehemaliger Nachbar Evan es gehandhabt hätte.

Ansonsten war der Umzug reibungslos vonstattengegangen und ich bereute die Entscheidung keine Sekunde, mit Angel zusammengezogen zu sein. Er kümmerte sich rührend darum, dass es mir an nichts fehlte und ich mich so wohl wie nur möglich mit ihm fühlte.

Er hatte wie versprochen damit begonnen, wieder regelmäßig in die Therapie zu gehen. Ein paar Mal durfte ich ihn sogar bereits begleiten, lernte Dr. Turner kennen und er erklärte mir, was es mit Posttraumatischen Belastungsstörungen auf sich hatte. Er brachte mir Angels Dämonen auf verständliche Weise näher, sodass ich meine Angst vor ihnen etwas ablegen und auch meine eigene Traumatisierung, die ich aus der Nacht in Venedig mitgebracht hatte, besser verstehen konnte.

Angel arbeitete echt hart daran, seine Vergangenheit zu bewältigen, und ich verliebte mich jeden Tag noch ein wenig mehr in ihn.

Obgleich wir immer noch in getrennten Schlafzimmern übernachteten, verbrachten wir viele Stunden in einem unserer beiden Betten, kuschelten zusammen, liebten uns ... es war einfach perfekt.

Auch Angels Tochter Charly lernte ich näher kennen und mein erster Eindruck von ihr bestätigte sich. Sie war clever und tough – genau wie ihr Vater. Sie eroberte mein Herz im Sturm und auch sie schien mich sehr zu mögen.

Angel hatte ihr das dritte Zimmer eingerichtet und wenn sie bei uns war, stellte er ihr sein Badezimmer zur Verfügung. Dann kam er morgens zu mir zum Duschen. Eine Tatsache, die mich trotz meines näheren Arbeitsweges regelmäßig viel zu früh aus dem Bett trieb, denn der Morgensex mit Angel unter der Dusche war der beste Start in den Tag.

Je näher ich ihn kennenlernte, desto sicherer war ich, dass ich das, was ich heute Abend vorhatte, nicht bereuen würde. Ja, ich könnte wirklich glücklicher nicht sein und genau deswegen würde ich das durchziehen.

»Gehen wir essen?«, fragte Angel leise.

»Sí.«

Ich spürte, wie seine Hände stärker zupackten wie immer, wenn ich ihm auf Spanisch antwortete. Er liebte das – und ich liebte es, zu sehen, was für eine Wirkung ich auf ihn haben konnte.

Seine Augen funkelten und er zog mich kurzerhand mit sich über Deck. Allerdings in eine andere Richtung als die, wo sich das Restaurant befand, in dem wir einen Tisch reserviert hatten.

»Warte, wollten wir nicht …«, begann ich, wurde aber von ihm unterbrochen.

»Ich habe etwas Spezielles für uns vorbereitet«, sagte er geheimnisvoll.

»Oh.«

Na gut, ich würde ihn überall fragen können, ob er sich vorstellen konnte, auch die nächsten Tage, Wochen, Monate, Jahre … vielleicht sogar das ganze restliche Leben an meiner Seite zu verbringen.

Daher folgte ich ihm ohne Widerrede. Als er mich in eine Bar führte, in der man Separees buchen konnte, wurde ich dennoch stutzig. Ein paar weitere Passagiere suchten gerade ihre Plätze, und Kellner schwirrten zwischen den abgeschotteten Bereichen herum.

Aber Angel zog mich weiter, bis zu einem mit einem roten Samtband abgesperrten Tisch, vor dem Rosenblätter auf dem Boden lagen – und auf welchem eine Champagnerflasche stand.

»Angel«, begann ich erneut, wurde aber von ihm ein weiteres Mal unterbrochen.

»Schhht«, murmelte er und sah mich mit blitzenden Augen an. »Espere.«

Er drückte mich auf einen der Stühle, und ein Kellner kam sofort angerannt, um uns zwei Champagnergläser aufzufüllen.

»Angel, nein, ich …«, widersprach ich und erhob mich wieder, was ihn die Stirn in Falten legen ließ.

Ich konnte Unsicherheit in seinem Blick aufflackern sehen, doch dann atmete er tief durch und sah mich fest an. »Hannes, ich habe dich hergebracht, weil ich dich etwas fragen möchte.«

Ehe ich etwas sagen konnte, hatte er in seine Hosentasche gegriffen und holte ein kleines schwarzes Samtkästchen hervor.

Ich starrte ihn entgeistert an, bevor sich ein Lachen in meiner Kehle bildete. Und als ich es lautstark entließ, schüttelte sich mein ganzer Körper.

Angel musterte mich perplex. »Ähm ... geht es dir gut?«, fragte er und die Unsicherheit schwang nun auch in seiner Stimme mit.

Ich konnte mich kaum zusammenreißen, denn das Lachen wollte einfach nicht aufhören. Japsend rang ich um Luft. Der Kellner, der die beiden Champagnergläser unschlüssig in den Händen hielt, sah mich ebenso entgeistert an wie Angel.

»Mehr als gut.« Ich versuchte, zu Atem zu kommen. »Ich ...«

Da mir die Luft zum Reden fehlte, holte ich meinerseits ein schwarzes Kästchen aus der Hosentasche und hielt es ihm immer noch lachend hin.

»Ich hatte ... dasselbe ... vor«, stieß ich belustigt aus.

Angel riss die Augen auf, dann fiel auch er in mein Lachen ein. Wir lachten so herzhaft, dass sich andere Kellner und Passagiere zu uns umdrehten, aber das war mir egal.

»Angel«, japste ich. »Ich glaube, die Fragen können wir uns sparen.«

»Sí«, erwiderte er grinsend und strich sich die Lachtränen aus den Augenwinkeln.

Nachdem wir uns etwas beruhigt hatten, öffneten wir nacheinander die beiden Kästchen. Angel hatte mir einen dunkelgrauen Ring mit der Gravur unseres ersten Kennenlern-Datums gekauft, ich ihm einen silbernen mit dem Datum unseres ersten Dates.

Nachdem Angel mir den Ring übergestreift hatte, sah er mich ernst an. »Hannes, ich bin dir verfallen – und ich verspreche dir, dass du es nie bereuen wirst, dass du mich damals auf dem Schiff angerempelt hast. Te amaré siempre.«

»Ich werde dich auch für immer lieben«, flüsterte ich.

Den Applaus, der um uns aufbrandete, als ich sein Gesicht in beide Hände nahm und ihn küsste, hörte ich kaum. Es gab nur noch Angel und mich. Und seine Lippen, die sich warm und fest auf meine drückten.

Manchmal musste man um die halbe Welt reisen, um das zu finden, was immer in seiner Nähe gewesen war. Bei Angel und mir war es so – und wenngleich der Pfad unserer Liebe viele Stolpersteine für uns bereitgehalten hatte, war ich mir sicher, dass unsere Wege ab sofort in dieselbe Richtung führten.

Nachwort und Dankefein der Autorin

So, als Erstes geht mein Wort an Hannes und Angel:

Oh. Mein. Gott. Jungs … seid ihr noch ganz dicht?! Was war das denn? Ihr seid der Wahnsinn! <3 Ihr habt mich echt und im wahrsten Sinne des Wortes aufgefressen! Ich habe eure Geschichte förmlich inhaliert und jede mir zur Verfügung stehende Sekunde an meinem Schreibtisch sitzen müssen, um zu wissen, wie ihr euch kennengelernt habt. Ich bin euch verfallen – absolut und unwiderruflich. Danke dafür! <3

Nachdem das geklärt ist, nun zum mehr oder weniger seriösen Teil:

Selten habe ich mich derart in einer Geschichte verloren, obwohl ich wusste, wie es ausgehen wird – obwohl auch die Leser das wussten, die bereits die Kurzgeschichte »Unlike: Von Heiratsanträgen und verschollenen Goldfischen« oder »Kathleen: Dein Weg zu mir« kennen – in beiden sind Hannes und Angel nämlich bereits verlobt.

Ich hoffe, dass ihr, meine Leser, ebenso viel Vergnügen hattet, mit den beiden auf Kreuzfahrt zu gehen und zu ergründen, welche Wege die Liebe manchmal einschlägt.

Einige von euch werden ein paar Charaktere wiedererkannt haben, die ihr bereits in anderen Romanen traft (Kate, Sara, Evan, Rhett, Emilia ...). Nein, jene, die keine Charaktere wiedererkannt haben, sollen sich bitte nicht gezwungen fühlen, nun alle meine Liebesromane zu lesen. Das war nicht die Absicht, wieso ich sie auftauchen ließ. Ich schreibe die Geschichten in erster Linie für mich selbst. Und dass Sara und Evan in Hannes' Roman vorkommen mussten, war für mich ebenso klar wie die Verbindungen zur »Dein Weg zu mir«-Reihe, die im Napa Valley spielt. Für mich hätte etwas gefehlt, wenn lieb gewonnene Charaktere nicht einen kleinen Auftritt erhalten hätten oder zumindest erwähnt worden wären.

Denn für mich sind die Charaktere zu Freunden geworden. Ich habe viele, viele, viiiiele Stunden mit ihnen verbracht und sie zu leugnen wäre, als ob ich einen Teil von mir selbst leugnen würde.

Hehe, und ja, mein Lieblingself Maryo Vadorís aus meinen Fantasy-Romanen musste natürlich auch einen Auftritt haben. Einfach nur schon, ›weil ich es kann‹. XD Okay, und auch, weil ich ihn liebe. Sehr sogar.

Das Cover von Hannes und Angel weist keine Ähnlichkeiten mit »Unlike« oder der »Dein Weg zu mir«-Reihe auf. Das ist so beabsichtigt, denn es war mir wichtig, dass sich die Geschichte von meinen anderen Romanen abhebt.

Die Gay Romance gehört weder zu »Unlike« noch zur »Dein Weg zu mir«-Reihe, trotzdem ist es ein Teil meines Romance-Universums, daher habe ich den Untertitel so gewählt. Kein anderer hätte meiner Meinung nach besser gepasst.

Hannes und Angel auf ihrem Weg zueinander zu begleiten, war für mich mehr als Spaß. Es war eine wahre Erfüllung.

Und für jene, die nun doch noch ganz genau wissen wollen, wie sie was einzuordnen haben, hier eine kleine Übersicht:

Begonnen hat eigentlich alles mit »Emilia: Dein Weg zu mir«, dem Roman, den ich im Herbst 2015 schrieb. Damals hatte ich das Premade-Cover gesehen und mir eine Geschichte zurechtgesponnen, die im Napa Valley spielt. Die Ausmaße, die diese einnehmen würde, waren mir alles andere als klar.

Auf Band 1 der »Dein Weg zu mir«-Reihe folgte Band 2 »Melinda«. Danach »Selena« und schließlich »Kathleen« (die ihr ja jetzt bereits kennt), gefolgt von »Giulia«.

Jede der Geschichten ist in sich abgeschlossen und lässt sich unabhängig lesen. Die Pärchen der vorherigen Romane tauchen in den späteren Romanen immer wieder mal kurz auf, denn inzwischen hat sich im Napa Valley eine richtige Clique gebildet. Jeder kennt jeden über irgendwelche Ecken und ja, auch Hannes und Angel durften bereits schon mal in »Giulia: Dein Weg zu mir« zu einer gewissen Hochzeit dorthin fahren. ;-)

Noch immer habe ich ganz viele Ideen für das Napa Valley und werde auf jeden Fall noch weitere New-Adult-Bücher schreiben.

Die Geschichte von Hannes und Angel ›geschah‹ eigentlich eher unabsichtlich. Und zwar bei der Kurzgeschichte zu meinem nicht weihnachtlichen Weihnachtsroman »Unlike: Von Goldfischen und anderen Weihnachtskeksen«, wo Hannes erstmals einen Auftritt als Nebencharakter hat. Er ist der schwule Nachbar von Evan, der den grummeligen Grinch am Ende mit Sara zusammenbringt. Im Weihnachtsroman ist Hannes allerdings noch single.

Besagte Kurzgeschichte »Unlike: Von Heiratsanträgen und verschollenen Goldfischen« schrieb ich zwei Jahre später als kleines Weihnachts-Dankeschön an meine Leser. Sie spielt fünf Jahre nach dem zugehörigen Roman und handelt davon, dass Sara und Evan Hannes wieder in New York besuchen. Hannes und Angel sind da bereits verlobt und wohnen seit einem Jahr zusammen in dem Loft in Manhattan.

Es fühlte sich damals einfach richtig an, Hannes in der Kurzgeschichte einen Verlobten zu gönnen.

Doch dann tauchte Angel auf. Ein Traum von einem Mann und so düster, dass ich nicht anders konnte, als seine Vergangenheit zu ergründen. Ich wollte wissen, wie die beiden zusammengekommen waren – und fand es heraus: Hier in der Gay Romance »Angel: Dein Weg zu mir«.

So schließt sich der Kreis eines kleinen Abenteuers, das ich im Grunde nur deswegen erfand, um Hannes glücklich zu machen. *Wie* glücklich er mit Angel ist, das konnte ich damals noch nicht ahnen.

Doch jetzt wissen wir es. <3

Ihr fragt euch womöglich, was aus Angels Tochter Charly wird und ob es irgendwann ein Wiedersehen gibt? Jap, in Kapitel 30 »Chiquitita« hat sie ihr Bewerbungsgespräch für die »Dein Weg zu mir«-Reihe definitiv bestanden. Es wird also irgendwann (wenn sie etwas älter ist) einen New-Adult-Roman »Charlene: Dein Weg zu mir« geben. Und ich habe auch schon so eine kleine Ahnung, wem ich dieses Power-Girl zumuten kann. Seid gespannt. :-)

Auf jeden Fall freue ich mich jetzt schon riesig darauf, darin natürlich auch Hannes und Angel wieder zu treffen, die dann ja schon eine Weile zusammen sein werden. Mal schauen, wie es ihnen bis dahin ergangen ist.

Dankefein:

An dieser Stelle möchte ich mich wieder einmal bei allen bedanken, die mich auf dem Weg meiner ersten Gay Romance unterstützt und begleitet haben.

Zuallererst ein fettes Dankeschön an Pierre Petermichl. Du hast dich intensiv mit mir über den Roman ausgetauscht und ich danke dir für deinen Input und deinen Rat – dass du stets ein offenes Ohr für mich und meine Fragen hast. Ich hoffe, dass dir das Endergebnis gefällt. :-)

Dann geht ein großes, großes DANKE an meine Testleserin Jasmin Wurzel. Dank dir wurde ich regelrecht beflügelt.

Danke auch an Stefan Wilhelms dafür, dass du dich für das Sensitivity Reading bereit erklärt hast. Dein Input war grandios und half mir, die Geschichte so zu feilen, dass sie rundum stimmig ist.

Joa, und da wären auch noch meine zwei Heldinnen, die sich mutig dem Fehlerteufel stellen, der auch vor einem düsteren Panther keinen Halt macht. Danke an Natalie Röllig und Jennifer Papendick, dass ihr unermüdlich gegen diese Bestie kämpft – also den Fehlerteufel. Der Panther darf ruhig noch etwas knurren, äh, schnurren. ;-)

Was wäre eine Geschichte ohne das passende Kleidchen? Nur halb so toll. Und das Cover, das du, Alexander Kopainski, meinen Jungs gezaubert hast, ist einfach nur einmalig! Ich LIEBE es so sehr, liebe es, dass die beiden Männer so wundervoll, modern und sexy in Szene gesetzt wurden. Danke von Herzen dafür! Ich bin unsagbar stolz und glücklich mit diesem wunderschönen Design.

Danke zudem wie immer an meinen Mann Andi, der mich auch bei diesem Roman unheimlich unterstützt und bestärkt hat. Danke, dass du ihn als Allererster gelesen und mit mir viele, viele Stunden darüber gesprochen hast. Du bist einfach der beste Mann der Welt und dein Verständnis für mich und meine Passion ist unheimlich schön. Ich liebe dich.

Last but not least DANKE ich euch – meinen Lesern – dafür, dass ihr meine Romance-Bücher mögt. Vielleicht sogar liebt oder zumindest bis hierher gelesen habt. Danke für jede einzelne Sekunde, die ihr euch von meinen Jungs habt entführen lassen!

Habt eine schöne Zeit und passt auf euch auf. <3

Herzlich, Eure Corinne

Dreingabe
(… und drauf auch ;-))

Es hat mir einfach keine Ruhe gelassen … euch auch nicht?
Tja, dann erleben wir doch gemeinsam,
wie Hannes und Angel damals an Silvester
ihr Sofa eingeweiht haben. :-D
Viel Vergnügen damit! <3

****

Angel

»Das war das beste Tiramisu meines Lebens«, schwärmte Hannes, während er neben mir auf dem Sofa saß und sich zufrieden zurücklehnte.

»Muy bien. ›Des Jahres‹ hätte mir schon gereicht.«

Er lachte und ich schenkte ihm ein schiefes Grinsen, ehe ich mich erhob und die Dessertteller in die Küche rüberbrachte.

Wir trugen beide wieder Unterhosen, aber das würde ich gleich ändern, denn ich hatte noch was vor mit ihm. Inzwischen war es ein Uhr morgens, doch ich fühlte mich alles andere als müde.

Wenigstens hatte das traditionelle Feuerwerk endlich aufgehört. Es war jedes Mal kaum auszuhalten für mich, wenn Explosionen erklangen – dann flimmerte alles vor meinen Augen und ich hatte Mühe, mich nicht in den Krieg zurückkatapultieren zu lassen. Doch Hannes' Anwesenheit hatte das Ganze etwas erträglicher gemacht.

Als ich zum Sofa zurückkehrte, stutzte ich, da er nicht mehr dort saß.

»Hannes?«, fragte ich und sah mich suchend im Wohnbereich um.

»Hier!«, erklang es von der Tür her und ich entdeckte ihn im halbdunklen Flur, der zu den Schlafzimmern und ins Wohnzimmer führte. »Musste noch was holen.«

Er kam mit einem breiten Lächeln auf mich zu, in der Hand eine kleine Flasche.

»Das mit dem Gleitgel-Mitbringen war ein Scherz«, murmelte ich und verschränkte die Arme vor der Brust. »Ich habe natürlich selbst welches.«

»Sicher ist sicher«, erklärte er immer noch grinsend, als er bei mir ankam.

Ich sah auf ihn herunter und schüttelte leicht den Kopf, ehe ich die Arme löste und ihn an mich heranzog. Augenblicklich legte sich seine freie Hand auf meine nackte Brust und noch im selben Moment, als ich mich zu ihm herunterbeugte, spürte ich, wie mein Schwanz, der sich während des Dessertessens ein wenig beruhigt hatte, wieder anschwoll.

Oh ja, ich hatte so Lust auf seinen Arsch. Und darauf, dass auch er mich fickte.

Seine Augen glänzten verheißungsvoll, bevor er sie schloss und den Kopf in den Nacken legte. Ich legte meine Lippen auf seine, teilte sie mit meiner Zunge und eroberte seinen Mund, küsste ihn mit all dem Verlangen, das sich in mir sammelte.

Hannes ließ mich den Kuss vertiefen, während er ein leises Stöhnen von sich gab, das über meine Zunge vibrierte.

Ohne den Kuss zu unterbrechen, glitten meine Hände an seinem Rücken zur Taille, bis ich bei seiner Unterhose ankam. Ich schob die Finger darunter und Hannes stöhnte erregt, als ich seinen Arsch knetete und sein Becken dabei stärker gegen meinen Oberschenkel presste. Kurzerhand schob ich seine Unterhose nach unten, spürte, wie sie weiterrutschte und wahrscheinlich zu Boden fiel.

Seine Erektion drückte warm gegen meine Hüfte und ich positionierte mich schließlich so, dass ich meinen Schwanz an seinem reiben konnte.

»Da ist noch Stoff dazwischen, lass mich das ändern«, murmelte Hannes an meinen Lippen.

Ehe ich etwas antworten konnte, griff seine schlanke Hand in den Schlitz meiner Boxershorts und befreite meinen Ständer, was mir ein leises Stöhnen abrang. Allein seine Hand an meinem Schwanz zu fühlen, ließ diesen noch härter werden.

Hannes öffnete die Augen und als ich ihn ansah, merkte ich, dass er gerade aus seinen Unterhosen stieg, die tatsächlich bis zu seinen Knöcheln gerutscht waren. Er schenkte mir ein leichtes Lächeln, während er, wie ich vorhin, seinen und meinen Penis zusammen in die Hand nahm und mit rhythmischen Bewegungen zu stimulieren begann.

»De puta madre«, knurrte ich und schloss die Augen, um dieses geile Gefühl zu genießen.

Hannes' Atem streifte meine Brust, seine Lippen brannten sich in meine Haut, als er meine Brustwarzen küsste. Er saugte daran, neckte sie mit den Zähnen, und der Drang wurde immer größer, ihn endlich zu ficken.

Kurzerhand ging ich etwas in die Hocke, ergriff die Hinterseite seiner Oberschenkel, direkt unter seinem Arsch, und hob ihn mit einem Ruck auf Hüfthöhe, was ihm ein verblüfftes Keuchen entlockte. Womöglich war der Laut aber auch der Tatsache geschuldet, dass seine Hoden jetzt gegen meine Erektion drückten, die zwischen unseren Körpern gefangen war.

Seine Überraschung dauerte nur einen Lidschlag, da schlang er bereits die Beine um meine Taille und den freien Arm um meinen Nacken. Er brachte etwas Distanz zwischen uns, sodass er sich an mir reiben konnte.

Ich stöhnte laut auf, küsste ihn auf den Mund und biss in seine Lippe. Das schien ihn noch weiter anzustacheln, denn er legte auch den zweiten Arm um meinen Nacken, klammerte sich regelrecht an mir fest, während er seinen Schwanz an meinen drückte und das Becken hoch und runter bewegte.

»Fuck. Ich bin so geil auf dich«, knurrte ich und trug ihn zum Sofa.

»Und ich auf dich«, murmelte er an meinen Lippen.

Als ich bei der Couch ankam, ging ich drum herum und setzte ihn auf der Rückenlehne ab.

Ich bemerkte, wie er das Gleitgel hinter sich auf die Sitzfläche fallen ließ.

»Dreh dich um«, befahl ich leise.

Er zögerte, doch dann setzte er sich so auf die Lehne, dass er die Füße auf die Sitzfläche stellen konnte und mir seinen Hintern entgegenstreckte.

Ich war sehr zufrieden mit mir, weil ich das Sofa extra so gekauft hatte, dass die Rückenlehne genau auf meiner Hüfthöhe aufhörte. Schon als ich es vergangene Woche im Laden gesehen hatte, wusste ich, dass ich irgendwann mit Hannes das machen wollte, was ich nun gleich tun würde.

»Gib mir das Gel«, sagte ich und Hannes befolgte auch diese Anweisung.

Dabei bückte er sich ein wenig, streckte mir seinen Hintern noch stärker entgegen und mir entfuhr unwillkürlich ein leises Brummen.

Rasch öffnete ich die Flasche, träufelte etwas Gel auf meine Finger und strich damit durch seine Arschspalte. Hannes entfuhr ein Seufzen, als ich seine Rosette zu massieren begann.

»Oh, Angel«, hauchte er, während ich sanft mit einem Finger in ihn eindrang, um ihn für mich vorzubereiten.

Ich hielt seine Hüfte fest, als ich einen zweiten Finger hinzunahm, und hörte Hannes erregt aufkeuchen. Eine Weile verwöhnte ich ihn damit, danach drang ich mit einem dritten Finger in ihn ein, und jetzt spürte ich, wie bereit er war. Mühelos überwand ich seinen Widerstand, sein Loch dehnte sich unter meiner Behandlung regelrecht aus.

»Angel … nimm mich, bitte«, hörte ich ihn zwischen zwei lustvollen Lauten stöhnen.

»Nichts lieber als das«, erwiderte ich und zog meine Finger aus ihm zurück, um meine Boxershorts ganz abzustreifen. Ich rieb meinen Ständer mit Gleitgel ein und zögerte. »Warte, ich muss noch kurz ein Kondom holen.«

»Ohne Kondom«, sagte er. »Ich will deinen Saft in mir haben.«

»Hannes …« Ich sog scharf die Luft ein.

»Habt du und dein Ex mit Kondom …?« Er drehte den Kopf zu mir herum.

Ich nickte stumm.

Ohne wäre für mich bei John nicht infrage gekommen, dafür kannte ich ihn zu gut. Er hatte in der Zeit, als wir nicht zusammen waren, mit Sicherheit ein Dutzend Männer im Bett gehabt und das Risiko war mir zu hoch.

Aber bei Hannes … ich wollte ihn so unbedingt spüren. Ohne Kondom.

»Ich war extra noch beim Arzt und habe mich durchchecken lassen. Alles okay bei mir«, meinte er und sah mich über die Schulter mit einem glühenden Blick an.

Mir entfuhr ein leises Lachen. Hannes und ich … wir waren echt auf einer Wellenlänge. Auch ich hatte zur Sicherheit noch bei meinem Arzt einen Termin gemacht, denn so ganz wohl war mir trotzdem nicht bei dem Gedanken, mit Hannes zu vögeln, ohne mich vorher versichert zu haben, dass ich mir bei John nicht doch etwas eingefangen hatte.

»Ich bin ebenfalls beim Arzt gewesen«, erklärte ich, als Hannes mich fragend ansah, weil er mein Lachen nicht einordnen konnte.

»Und?«

»Alles in Ordnung.«

»Na dann …« Er drückte sein Kreuz durch, damit sein Arsch noch etwas weiter über die Lehne ragte.

Das Knurren, das ich ausstieß, hatte ich nicht unter Kontrolle und Hannes warf mir ein verführerisches Grinsen über die Schulter zu, da er genau wusste, dass er mich in der Hand hatte.

»Worauf wartest du?«, schickte er hinterher und jetzt gab es für mich kein Halten mehr.

Ich nahm meine Erektion in die Hand, stellte mich hinter ihn und verteilte nochmals etwas Gleitgel auf meinem Schaft. Dann drückte ich die Spitze gegen seinen Arsch und glitt langsam in ihn hinein.

»Fuck«, stieß ich aus, während er mich in sich aufnahm. »Maldita mierda.«

Das Gefühl, in ihm zu sein, war jedes Mal überwältigend. Keine Ahnung, warum es sich nur bei ihm so geil anfühlte. Es schien, als passten er und ich perfekt zusammen.

Auch Hannes stöhnte angetörnt und drängte mir seinen Arsch noch mehr entgegen.

Immer tiefer stieß ich in ihn, hielt seine Hüfte fest, um ihn so stark wie möglich auszufüllen.

Als er mich vollkommen aufgenommen hatte, richtete er sich ein bisschen auf und ich legte einen Arm von hinten um seine Brust, um ihn in dieser Position zu halten. Er drückte seinen Hinterkopf gegen meine Schulter und ich küsste ihn auf die Schläfe, keuchte gegen seine Haut.

»Du magst es, wenn ich dich in den Arsch ficke, oder?«, raunte ich an seinem Ohr.

»Ich liebe es«, erwiderte er angetörnt.

Ich griff an seinen Kiefer, drehte Hannes' Kopf so, dass ich ihn auf den Mund küssen konnte. Unsere Zungen kämpften kurz miteinander, dann ließ ich ihn wieder los. Der verschleierte Blick, der mich traf, hätte beinahe alle meine Sicherungen zum Durchbrennen gebracht.

Am liebsten hätte ich seine Kehle gepackt, ihn noch stärker zum Keuchen gebracht. Doch ich wollte nicht riskieren, dass die traumatischen Bilder von Venedig in ihm hochkamen. Irgendwann dürfte ich es vielleicht tun, aber jetzt musste ich mich damit begnügen, stattdessen die Hand auf seine Brust zu legen und ihn auf diese Weise an mich zu ziehen.

Meine andere Hand tastete zwischen seine Beine und schloss sich um seinen Schwanz, der mindestens so hart war wie meiner. Langsam bewegte ich das Becken an seinem Hintern, während ich seine Erektion mit der Hand stimulierte.

Hannes stieß ein Wimmern aus, krallte die Hände um die Sofalehne und ergab sich mir vollkommen, ließ sich von mir wichsen, während sich sein Arsch um mich herum rhythmisch zusammenzog.

Es war unheimlich scharf, ihn auf diese Weise zu nehmen und zu wissen, dass wir das in Zukunft so oft tun könnten, wie wir wollten. Wann wir wollten. Wo wir wollten. Denn das hier war unsere gemeinsame Wohnung.

Ich genoss es, ihn zu vögeln, und nahm ihn so langsam und tief, wie ich es gerade noch aushielt. Am liebsten hätte ich ihn viel härter gefickt, aber dann hätte ich seinen Schwanz loslassen müssen und es war zu erregend, zu fühlen, wie geil er meinetwegen war.

»Oh mein Gott«, seufzte Hannes. »Verdammt.«

»Du hast geflucht.« Ich schmunzelte und schlang den Arm stärker um seinen Oberkörper, presste ihn fest an mich. »Ich scheine auf dich abzufärben.«

Hannes stieß einen Laut aus, der eine Mischung aus Stöhnen und Lachen war, und ich intensivierte meine Handbewegungen an seinem Schwanz, wichste ihn schneller.

»Angel … ich … wow …«, stieß er zusammenhangslos aus, als er merkte, wie ich sogar noch härter in ihm wurde und mein Orgasmus kurz davor war, über uns hereinzubrechen.

Noch ein paar Mal drang ich in ihn, wurde nun doch noch etwas schneller, da mein Unterleib die Führung übernahm.

Alles in mir erbebte und ich spritzte ab. In seinen Arsch, der unter meinem Höhepunkt pulsierte.

Ich musste Hannes noch stärker festhalten, sonst wäre er durch den letzten intensiven Stoß, den ich ihm verpasste, nach vorne gekippt.

Für ein paar Sekunden blieb ich noch in ihm drin, ließ meinen Orgasmus langsam abebben. Dann zog ich mich aus ihm zurück und stellte sicher, dass mein Saft nicht das neue Sofa bekleckerte.

»Jetzt bist *du* dran.« Ich ging ums Sofa herum. »Wie willst du mich?«

»Setz dich hin«, sagte er, während er sich erhob und seinen Schwanz mit der Hand weiter stimulierte.

Ich nickte und setzte mich vor ihm hin, rutschte an die vordere Kante des Sofas, sodass ich direkt auf Höhe seines Ständers war.

»Komm her«, murmelte ich, packte seine Hüfte und zog sein Becken zu mir.

Hannes stöhnte, als ich seinen Penis in den Mund nahm und sanft daran leckte. Ich lehnte mich etwas nach hinten, zog ihn mit mir mit, bis mein Rücken auf der breiten Sitzfläche lag. Mein Kopf kam an der Lehne zu liegen, Hannes' Erektion immer noch an meinem Mund. Meine Zunge verwöhnte seine Spitze, ich rieb mit den Fingern fest über seinen Schaft und er stieß einen heiseren Laut aus.

Inzwischen stützte er sich mit beiden Händen an der Lehne über mir ab und bewegte sein Becken vor und zurück. Zuerst langsam, dann schneller. Immer stärker übernahm er die Führung, stieß rhythmisch in meinen Mund.

»Ich will deinen Hintern«, keuchte er, als sein Unterleib zu beben begann. Er zog sich aus mir zurück.

»Du kannst alles von mir haben, was du willst«, erwiderte ich und drückte ihm einen letzten Kuss auf den Schwanz. »Ich hab ebenfalls eine Analdusche gemacht, um für dich bereit zu sein.« Mein flammender Blick ließ Hannes erregt seufzen.

Er richtete sich ein wenig auf. »Winkle deine Beine an.«

Auch wenn es mit meiner Knieverletzung etwas schwieriger war, so tat ich ihm den Gefallen und legte mich so hin, dass er an meinen Arsch kam.

Als Hannes sich vor das Sofa kniete und ich kurz darauf seine Zunge zwischen meinen Beinen fühlte, stöhnte ich laut auf.

Dios … gleich würde er mich ficken und ich konnte es kaum erwarten, ihn wieder in mir zu spüren. Obwohl mein Schwanz wohl noch eine Weile brauchen würde, um sich vom Orgasmus zu erholen, und ich nicht sicher war, ob er in absehbarer Zeit nochmals hart wurde, so zweifelte ich keine Sekunde daran, dass ich erneut eine Erektion bekäme. Wenn nicht mehr in dieser Nacht, dann spätestens morgen früh. So war es jeden Morgen gewesen, seit ich aus Europa zurück war.

Ich war immer noch so scharf auf diesen Mann, der mein Leben komplett auf den Kopf gestellt hatte. Hätte ich gekonnt, hätte ich ihn die ganze Nacht gevögelt, aber leider waren dem Körper nun mal Grenzen gesetzt.

Hannes leckte gründlich meinen Arsch, strich mit der Zunge über meinen Damm und die Hoden. Ich fühlte, wie er mit der Zungenspitze in meinen Hintern drang, ganz sanft und vorsichtig.

»Fuck ist das geil«, knurrte ich.

Ich schloss die Augen, um seine Zärtlichkeit voll und ganz zu genießen. Zeit wurde bedeutungslos, während er mich auf sich vorbereitete.

Langsam drang er mit einem Finger in mich ein (wann genau hatte er Gleitgel an meinem Anus verteilt?). Schon spürte ich einen weiteren Finger, versuchte mich zu entspannen und den Widerstand zu lockern.

Als Hannes sich von mir löste, öffnete ich die Lider und sah gerade noch, wie er seinen Schwanz mit dem Gel einrieb, ehe er sich über mich beugte.

Leidenschaftlich küsste er mich auf den Mund. Allein die Vorstellung, dass seine Lippen eben noch an meinem Hintern gewesen waren und seine Zunge in mir, ließ meine Erregung ins Unermessliche steigern.

Ich verfluchte meinen Schwanz dafür, dass er nicht nochmals hart wurde und ich ihn wichsen konnte, während Hannes mich vögelte. Aber das würde ich bei Gelegenheit auf jeden Fall nachholen.

»Bereit?«, fragte Hannes leise und sah mich an. Seine Augen glänzten vor Leidenschaft.

»So was von, chico«, brummte ich und stellte mein gesundes Bein so hin, dass ich ihm den Arsch noch stärker entgegenstreckte.

Als ich seinen Schwanz fühlte, der an meinem Hintern um Einlass bat, drängte ich mich ihm ebenso entgegen, wie er es vorhin bei mir getan hatte.

Ach verflucht, es war einfach atemberaubend, wie er mich begehrte.

Hannes schloss die Lider, während er in mich eindrang und meinen Arsch auszufüllen begann. Sein Gesicht wirkte zum Sterben schön und war vollkommen entspannt. Und wieder einmal sah ich den Engel in ihm, der mein Leben gerettet hatte. Der mich vor mir selbst rettete und damit aus dem Fegefeuer holte, in das ich zu fallen drohte.

Als er mich rhythmisch nahm, keuchte ich meine Lust heraus. Er küsste mich immer wieder, ließ seine Zunge mit meiner tanzen.

»Oh wow, Angel«, murmelte er an meinen Lippen. »Ich bin so verknallt in dich.«

»Und ich in dich«, knurrte ich, ehe ich die Hand in seinen Nacken legte und ihn wieder küsste.

Inzwischen kniete er halb auf dem Sofa, während er mich vögelte. Das eine Bein hatte er angewinkelt, das andere auf den Boden gestellt, um mich schneller zu ficken.

Sein Atem wurde abgehackt und ich beobachtete, wie eine Ader an seiner Stirn hervortrat. Er warf den Kopf in den Nacken, stöhnte laut auf und presste dann sowohl Augen als auch Lippen zusammen. Lange würde er den Orgasmus nicht mehr hinauszögern können, das sah ich ihm an. Und ich konnte es kaum erwarten, dass er in mir abspritzte.

Ich spürte, wie sich der Höhepunkt in ihm anbahnte, wie sein Penis noch stärker in meinem Arsch anschwoll. Er füllte mich nun komplett aus, fickte mich mit harten Stößen, bis sich unser Stöhnen vermischte.

Auch wenn er nicht mehr hart war, so nahm ich meinen Penis in die Hand, stimulierte ihn in einem schnellen Rhythmus, was meine Lust weiter steigerte. Mein Hintern pochte, da Hannes keine Rücksicht mehr auf Zärtlichkeit nahm. Er vögelte mich, als wäre es das Letzte, was er in diesem Leben tun wollte.

Dios, war der Kerl scharf …

Ich nahm mir vor, ihn nochmals in den Arsch zu ficken, sobald mein Schwanz wieder bereit war. Und zwar, während er auf mir drauf saß und mich wie ein Jockey ritt. Womöglich müsste ich dafür bis morgen warten, da mein Penis echt gerade durch den heißen Sex mit Hannes überfordert war. Aber egal wann – wir hatten Zeit.

Mit einem letzten Keuchen ergoss sich Hannes in mir, und sein Becken zuckte unkontrolliert, während er seine Lippen auf meine presste und mich stürmisch küsste.

Er flüsterte meinen Namen, atmete hektisch in meinen Mund und ich fühlte, wie sein Saft in mich schoss, an meinem Hintern herauslief und (hoffentlich) auf den Boden tropfte.

Santa madre de Dios ... ich wusste in diesem Moment, dass ich vorhin gelogen hatte.

Nein, ich war nicht verknallt in ihn. Ich liebte ihn.

Über die Autorin

C. M. Spoerri wurde 1983 geboren und lebt in der Schweiz. Ursprünglich aus der Klinischen Psychologie kommend, schreibt sie seit Frühling 2014 erfolgreich Fantasy-Jugendromane (›Alia-Saga‹, ›Greifen-Saga‹) und hat im Herbst 2015 zusammen mit ihrem Mann den Sternensand Verlag gegründet. Weitere Fantasy- und New-Adult-Projekte sind dabei, Gestalt anzunehmen.

Kontakt:
Homepage: www.cmspoerri.ch
E-Mail: info@cmspoerri.ch
Facebook: www.facebook.com/c.m.spoerri
Instagram: www.instagram.com/c.m.spoerri

Mehr New Adult Liebesromane
der Autorin

Emilia & Alejandro

C. M. Spoerri

Emilia: Dein Weg zu mir

328 Seiten, broschiert

New Adult Liebesroman

Als Taschenbuch und E-Book

Klappentext:

Partys. Reisen. Flirten. Das bestimmt den Alltag von Emilia dos Santos – bis sie vom plötzlichen Tod ihrer Eltern erfährt. Mit einem Mal ist ihr sorgloses Leben vorbei. Sie soll nach alter Familientradition das Weingut im Napa Valley weiterführen und sieht sich damit einer Verantwortung gegenüber, der sie sich nicht gewachsen fühlt. Ganz und gar nicht. Da hilft es auch wenig, dass ihr Jugendfreund Alejandro wieder auftaucht und sie unterstützen will. Denn seine Nähe verwirrt und verunsichert Emilia nicht nur, sondern stellt sie zusätzlich vor die unangenehme Aufgabe, ihren bisherigen Lebensstil zu hinterfragen ...

Melinda & Armando

C. M. Spoerri

Melinda: Dein Weg zu mir

360 Seiten, broschiert

New Adult Liebesroman

Als Taschenbuch und E-Book

Klappentext:
Nur ein Kuss. Kein Licht. Keine Namen. Seit sechs Jahren hat Melinda keinen
Mann mehr geküsst. Als die Studentin auf der Hochzeit einer Bekannten in
einem dunklen Zimmer einem Fremden gegenübersteht, fasst sie den Ent-
schluss, den Schritt aus ihrer Männer-Abstinenz zu wagen. Schließlich ist sie
bereits einundzwanzig, die drei Regeln, auf die sie sich einigen, klingen
harmlos und sie würde dem Unbekannten nie wieder begegnen. Leider
scheint das Glück nicht auf Melindas Seite zu sein. Ein paar Tage später stellt
sich der Mann, den sie im Dunkeln geküsst hat, als ihr neuer Chef heraus
und obendrein als DER Playboy des Napa Valleys: Armando Pérez.

Selena & Nick

C. M. Spoerri

Selena: Dein Weg zu mir

332 Seiten, broschiert

New Adult Liebesroman

Als Taschenbuch und E-Book

Klappentext:
Ein One-Night-Stand mit einem gutaussehenden Arzt? Genau das Richtige für einen Freitagabend – zumindest, wenn es nach Selena geht. Unverbindlicher Spaß, eine heiße Nacht und Ablenkung von dem Grund, der sie überhaupt ins Napa Valley geführt hat.

Allerdings entpuppt sich der selbstbewusste Nick als Herausforderung, denn er kommt Selena emotional viel näher, als sie zulassen will. Also tut sie, was sie immer tut: Sie lässt ihn abblitzen.

Doch statt sich endlich den Geistern ihrer Vergangenheit zu stellen, begegnet sie jemandem, der sie in die Knie zwingt … und muss sich eingestehen, dass sie nicht alles alleine schaffen kann. Schon gar nicht, sich ihrem größten Feind zu stellen: ihren Gefühlen.

Kate & Jordan

C. M. Spoerri

Kathleen: Dein Weg zu mir

350 Seiten, broschiert

New Adult Liebesroman

Als Taschenbuch und E-Book

Klappentext:
Abschalten vom stressigen Alltag und eine unbeschwerte Zeit in paradiesischer Landschaft genießen. Das sind die Vorsätze von Kate, als sie für einige Wochen ins Napa Valley reist, um ihre Freundin Emilia zu besuchen. Da kommt ein Weinfest gerade gelegen – ebenso wie ein heißer Gutsherr namens Jordan in einem dunklen Weinkeller. Wäre dieser Kerl doch nur nicht so ein Griesgram ... aber hey, sie muss ihn ja nicht wiedersehen. Dass die Begegnung mit Jordan jedoch höhere Wellen schlägt als gedacht, erfährt sie kurze Zeit später. Denn das Leben des Weingutbesitzers ist nicht nur kompliziert, sondern auch düster.

Giulia & Cley

C. M. Spoerri

Giulia: Dein Weg zu mir

446 Seiten, broschiert

New Adult Liebesroman

Als Taschenbuch und E-Book

Klappentext:
Eine Traumhochzeit am Strand von Kalifornien. Eigentlich das Letzte, was Giulia aus dem Napa Valley locken könnte, ganz abgesehen davon, dass die Hochzeit ausgerechnet in dem Hotel stattfindet, in welchem sie ihren Ex-Mann geheiratet hat. Als sich jedoch ihr aktueller Freund als Arschloch herausstellt und auch noch ein flirtender Wikinger namens Cley in ihrer Modeboutique auftaucht, lässt sie sich umstimmen. Dabei ahnt sie nicht, dass sie eine Clique kennenlernt, die es in sich hat. Denn Cley ist kein Kind von Traurigkeit und scheut sich nicht davor, Giulia bis an die Grenzen ihrer Geduld zu reizen. Er will ihr wahres Gesicht sehen, das sie bisher hinter ladyliker Contenance verbergen konnte.

Sara & Evan

C. M. Spoerri

Unlike: Von Goldfischen und anderen Weihnachtskeksen

348 Seiten, broschiert

New Adult Liebesroman

Als Taschenbuch und E-Book

Klappentext:

Evan hat in seinem Leben schon viel Mist gebaut, doch seit fünf Jahren ist es ihm gelungen, nicht mehr auf die schiefe Bahn zu geraten. Er wohnt in New York, hat einen Job, eine Wohnung, keine nervigen Freunde … alles wäre eigentlich so weit in Ordnung – abgesehen von der bescheuerten Weihnachtszeit, die gerade in vollem Gange ist. Und ausgerechnet jetzt mischt sich auch noch der schwule Nachbar in sein Leben ein. Dieser kann nicht mehr mit ansehen, wie Evan sich abkapselt, und plant deswegen über eine Single-Plattform ein Date für ihn. Sara, eine Londoner Studentin, wird für eine ganze Woche anreisen. Allerdings in der falschen Annahme, dass sie mit Evan gechattet hat und er sich auf ihren Besuch ebenso freut wie sie. Als wäre das nicht schon verheerend genug, ist Sara auch noch das komplette Gegenteil von ihm. Sie LIEBT Weihnachten und kommt einzig und allein nach New York, um hier den romantischsten Urlaub ihres Lebens zu verbringen – zusammen mit Evan.

Kurzgeschichte.

Sollte zwischen "Kathleen" und "Giulia" gelesen werden

Hannes & Angel – Fortsetzung
Sara & Evan – Fortsetzung
Kate & Jordan – Fortsetzung

C. M. Spoerri

KURZGESCHICHTE!

ca. 50 Seiten

New Adult Liebesroman

Als E-Book

Klappentext:

New York zur Weihnachtszeit. Ein Traum für Sara. Ein Albtraum für Evan. Dennoch begleitet er seine Freundin zur Zeremonie beim Rockefeller Center, denn er hat etwas vor, das wohl bei jedem Mann die Nerven flattern lässt. Und dafür nimmt er sogar die schrecklich bunte Glitzerwelt in Kauf. Aber dass der Aufenthalt bei Evans ehemaligen Nachbarn Hannes und dessen Verlobtem nicht ganz ohne Zwischenfälle verläuft, war irgendwie abzusehen, oder?

Besucht uns im Netz:

www.sternensand-verlag.ch

www.facebook.com/sternensandverlag

www.instagram.com/sternensandverlag